KNAUR

Über den Autor:
Jan Jacobs (* 1975) ist in den Niederlanden aufgewachsen und hat dort studiert. Er arbeitete als Journalist und betreute als Verlagslektor Kriminalromane und Thriller, bevor er sich als Schriftsteller selbstständig machte. Privat ist er von Gesetzeshütern umgeben, seine Schwägerin und sein Nachbar sind Polizisten. Familienurlaube führen ihn fast immer an die Strände oder auf die Inseln seiner zweiten Heimat Holland. In seiner Freizeit segelt er am liebsten auf dem Ijsselmeer.

JAN JACOBS

MORD AUF VLIELAND

Griet Gerritsens erster Fall

EIN HOLLAND-KRIMI

KNAUR

Besuchen Sie uns im Internet:
www.knaur.de

FSC
www.fsc.org
MIX
Papier aus verantwortungsvollen Quellen
FSC® C083411

Originalausgabe März 2020
Knaur Taschenbuch
Ein Imprint der Verlagsgruppe
Droemer Knaur GmbH & Co. KG, München

Redaktion: Ilse Wagner
Covergestaltung: ZERO Werbeagentur, München
Coverabbildung: © Dana Neibert / getty-images
Illustration im Innenteil: Sergey Furtaev / Shutterstock.com
Satz: Sandra Hacke
Druck und Bindung: CPI books GmbH, Leck
ISBN 978-3-426-52489-3

2 4 5 3 1

Für Edda,
die Holland liebte und nun für immer dort ist.

PROLOG

VLIELAND, 1989

Het Niets, so hat die junge Frau die gigantische Sandfläche, die sich hier im Westen der Insel erstreckt, bei sich immer genannt, *das Nichts.* Hier gibt es keine Menschen, keine Häuser, keine Straßen, nur Sand, so weit das Auge reicht, eine sturmumtoste Wüste mitten im Meer. Und wie eine echte Wüste ist auch dies ein gefährlicher Ort. Ihr Vater, der niemals erfahren darf, was ihr zugestoßen ist, hat sie als Kind oft gewarnt. *Da draußen gibt es Stellen mit Treibsand,* poesje, *bei Springflut läuft das Wasser so hoch auf, dass die gesamte Ebene meterhoch überspült wird.* Er hat recht, es ist ein Ort zum Sterben. Und deshalb ist die junge Frau heute hergekommen.

Ihr Atem geht stoßweise, als sie von dem Dünenkamm hinabtaumelt, der die letzte Grenze zwischen dem bewohnten Land und dem Nichts markiert. Der Wind faucht in Böen über die Ebene, drückt den Strandhafer nieder und zerrt an ihrer Bluse, als wollte er sie mit sich hinaus aufs Meer reißen, dessen Schaumkronen weiß in der pechschwarzen Nacht leuchten. Eisige Regentropfen stechen ihr wie Tausende von feinen Nadeln ins Gesicht.

Sie blickt noch einmal rasch über die Schulter zur Insel zurück, als wolle sie sich versichern, dass ihr das, was sie hinter sich lässt, nicht folgt. Während sie vorwärtsstolpert, legt sie die Hand auf ihren gewölbten Leib. Die Tränen laufen ihr die Wangen hinab, und der salzige Geschmack vermischt sich mit dem der See und des Regens, der auf ihren blau angelaufenen Lippen liegt. Das Geräusch ihres Schluchzens wird vom Tosen des Meeres geschluckt. Natürlich hat sie Angst wie noch nie zuvor im Leben. Doch dies ist der einzige Weg. Ihre Zukunft ist mit der Wucht eines Hammers zerschmettert worden.

Wäre *er* noch am Leben, sähe die Sache anders aus, denkt sie. Aber so wird es wieder geschehen, wenn sie zurückgeht, da ist sie sich sicher. Es ist noch nicht vorbei.

In der Ferne sieht die junge Frau das Blitzen des Leuchtturms von Texel, und sie folgt seinem kreisenden Lichtstrahl, der sie durch die schwarze Nacht immer weiter hinaus ins Nichts lockt. Sie läuft so lange, bis sich ihre Muskeln vor Kälte verkrampfen und sie am ganzen Leib zu zittern beginnt. Sie sinkt auf die Knie, schlingt die Arme um ihren Oberkörper. Der Regen hat ausgesetzt, und hinter den zerfetzten Wolken, die über den Himmel jagen, kommt der Vollmond hervor. Die Dünen der Insel sind nicht mehr zu sehen. Die junge Frau ist nun weit draußen auf der Sandbank, an deren Rändern die steigende Flut nagt. Ihre Angst wird plötzlich übermächtig, verdrängt jede Entschlossenheit. Voller Panik springt sie auf, will zurück, aber dort, wo sie hergekommen ist, sind ihre Spuren schon vom schwarzen Nass geschluckt worden. Das Blut pulsiert in ihren Schläfen, während sie sich umsieht. Da drüben. Eine Hütte mitten auf der immer kleiner werdenden Sandfläche. Die Flut hat beinahe die Stelzen erreicht, auf denen sie steht. Es kann nicht weit sein.

Mit tauben Fingern umklammert die junge Frau das wabenförmige Medaillon, das sie um den Hals trägt, und läuft los, während das Wasser sich um sie herum schließt. Es erreicht zunächst ihre Knie, dann ihre Hüfte, zerrt an ihr und will sie mit sich reißen. Die Distanz zu dem rettenden Pfahlbau verringert sich nicht. Als das Wasser der jungen Frau bis zur Brust reicht, breitet sich die Angst in ihrem Kopf wie ein wild wucherndes Geschwür aus und zerfrisst jeden Gedanken, nimmt ihr jegliche Kontrolle. Sie versucht zu schwimmen, als die ersten Wellen über ihren Kopf schwappen. Doch ihre verkrampften Muskeln lassen keine Bewegung mehr zu. Die junge Frau sinkt hinab in die Dunkelheit wie ein Stein. Für einen langen, letzten Augenblick hält sie die Luft an, lässt sie dann stoßartig entweichen und saugt das Meer und den Tod tief in ihre Lungen.

ERSTER TEIL

1
GEISTER DER VERGANGENHEIT

LEEUWARDEN, HEUTE

Sie hatte den zweiten Schützen erst bemerkt, als die Kugel in ihren Körper eingeschlagen war, und nun hockte sie hinter einem der großen Seecontainer, presste die Hand auf die Wunde an ihrer Seite und sah zu, wie das Leben aus ihr hinaussickerte und sich in einer dunkelroten Lache auf dem Deck des Frachtschiffs ausbreitete. Erstaunlich, wie schnell es gehen konnte, wenn man einen Moment lang unachtsam war. Sie prüfte ihre Waffe. Ein volles Magazin. Der erste Schütze hatte direkt am Ende der Gangway gestanden, über die sie an Bord gekommen war. Er hatte sofort zur Waffe gegriffen und ihr keine andere Wahl gelassen, als ihn mit einem gezielten Schuss in die Brust niederzustrecken. Der zweite Mann hatte vom Geländer der Brücke aus gefeuert. Es war schon ein verdammter Zufall gewesen, dass er sie überhaupt von dort oben getroffen hatte.

Mit einer schnellen Bewegung spähte sie um die Ecke und sah zur Brücke hoch. Der Mann war verschwunden. Sie ging wieder in Deckung und fuhr erschrocken zusammen, als ein Schatten hinter dem Container neben ihr hervorschoss. Es war Bas.

»Verdammt, warum hast du nicht auf mich gewartet?«, fragte er atemlos, hockte sich neben sie, half ihr, die Jacke auszuziehen, knöpfte ihre Bluse auf und untersuchte die Verletzung. »Das wird schon wieder, Süße.«

Er zog seinen olivgrünen Parka aus und presste ihn auf die Wunde, um die Blutung zu stoppen. Dann berührte er ihre Wange und sagte: »Wenn wir das hier hinter uns haben, werden wir beide …«

Bas' Gesicht erstarrte, als ein lauter Knall durch die Nacht hallte. Er kippte vornüber und landete auf ihr, wobei sein lebloser Körper die zweite Kugel abfing, die der Schütze abschoss, als er hinter dem gegenüberliegenden Container hervortrat. Das gab ihr die Gelegenheit, in einem letzten Kraftakt den Arm hochzureißen und das gesamte Magazin ihrer Waffe abzufeuern.

Der Mann war tot, noch ehe er auf dem Boden aufschlug.

Nur Augenblicke später hörte sie die Sirenen der Einsatzfahrzeuge, das Knattern eines Rotors, eilige Stiefelschritte. Sie ließ die Waffe fallen und legte die freie Hand auf den Kopf von Bas Dekker, *Commissaris* des Sittendezernats Rotterdam. Dann gab sie sich der Kälte und Dunkelheit hin und wünschte sich, dass sie bald wieder vereint sein würden.

Wie üblich war dies der Moment, in dem Griet Gerritsen schweißgebadet aufwachte. Sie schnellte in die Höhe und stieß mit dem Kopf gegen die niedrige Holzdecke. Der Schmerz explodierte lärmend und in tausend grellen Farben hinter ihrer Stirn. Griet hielt sich den Kopf und sank zurück in die Kissen. Sie würde sich noch an die Enge auf dem Plattboot, das ihr Vater ihr vererbt hatte, gewöhnen müssen. Das alte Segelschiff war nach allem, was geschehen war, fürs Erste ihre Bleibe.

Eine Weile lag sie ruhig da, bis das Pochen in ihren Schläfen langsam nachließ. Das Trommeln des Regens auf das Deck und das Schmatzen des Wassers, das gegen den Bug des Schiffs schwappte, drangen gedämpft zu ihr. Griet atmete tief ein. Die Luft war kühl und roch modrig, und ein Hauch vom Duft des Pfeifentabaks, den ihr Vater immer geraucht hatte, lag noch darin. *Danish Mixture*, Vanillearoma. Im Laufe vieler Ermittlungen hatte Griet Gerritsen manchmal Behausungen betreten, deren Bewohner bereits vor geraumer Zeit aus dem Leben geschieden waren – die meisten von ihnen nicht freiwillig –, und immer wieder hatte es Griet überrascht, wie lange sich Gerüche hielten, fast so, als würden sich die Räume an die Menschen erinnern, die einmal in ihnen gelebt hatten.

Sie griff nach ihrem *mobieltje*, dem Smartphone, das auf der Ablageleiste unter dem Bullauge lag, an dessen Außenseite die Regentropfen herabliefen. Auf dem Sperrbildschirm erschienen die Uhr und ein Foto, das Griets Tochter Fenja bei der Einschulung vor zwei Wochen zeigte. Kurz vor sechs Uhr morgens. Griet musste zwar erst in knapp vier Stunden in der neuen Dienststelle erscheinen, doch wie immer, wenn sie von diesem verfluchten Abend vor fünf Jahren geträumt hatte, war an Schlaf nicht mehr zu denken.

Zeit für einen starken *koffie*.

Griet kletterte aus der Koje, zog Jeans und einen schwarzen Pullover an. In geduckter Haltung trat sie durch die niedrige Tür in das, was ihr Vater immer den *Salon* genannt hatte – eine völlig übertriebene Bezeichnung für den beengten Raum in der Mitte des Schiffs, in dem sich eine Essecke, ein Navigationspult und eine Kochecke drängten. Ihr Vater hatte den Kahn geliebt, bis zum Schluss. Griet hatte ihn gehasst, seit ihr Vater sie als Kind mit auf das Ijsselmeer genommen und sie sich bei starkem Wellengang die Seele aus dem Leib gekotzt hatte. Noch immer konnte sie sich nicht recht vorstellen, auf dem Ungetüm zu leben, auch wenn es nur vorübergehend war.

Sie betätigte den Schalter einer kleinen Messinglampe an der Decke. Nichts. Griet seufzte, trat zum Sicherungspaneel und legte die Schalter der Reihe nach um. Es blieb dunkel. Erst als sie mit der Faust gegen das Paneel hämmerte, ging das

Licht endlich an. Sie würde jemanden kommen lassen müssen, der sich die Elektrik ansah. Und am besten auch den Rest des alten Kahns.

Nachdem sie ausgiebig gegähnt hatte, schaltete sie das Autoradio mit CD-Player ein, das neben dem Sicherungspaneel eingebaut war. Ein Song endete, und die Nachrichten begannen. Griet öffnete in der Kochecke den Gasabsperrhahn und kochte auf dem Herd Wasser für den Kaffee. Dann streifte sie den olivgrünen Parka über, der über der Lehne der Sitzbank lag, und stieg mit einem dampfenden Becher in der Hand die schmale Leiter hoch, die an Deck hinaufführte. Auf halber Höhe blieb sie stehen und öffnete die beiden Flügeltüren, deren kleine Fenster mit Messingsprossen versehen waren. In einer der Scheiben erblickte Griet ihr Spiegelbild, vom dicken Glas derart verzerrt, dass es wie ein ungebetener Blick in die Zukunft aussah – ihre grünen Augen wirkten müde, die Falten und Grübchen in ihrem Gesicht schienen tiefer und zahlreicher und ließen Griet um einige Jahre älter aussehen als fünfundvierzig Jahre. Mit der freien Hand wischte sie sich die langen blonden Haare aus dem Gesicht, dann schob sie die Luke über der Tür gerade so weit zurück, dass sie darunter noch vor dem Regen geschützt war. Aus ihrem Unterstand blickte sie auf die *Noorderstadsgracht* hinaus. Hinter ihrem Schiff waren weitere Segeljachten und Plattboote vertäut, in deren Masten der flaue Wind seine klappernde Melodie spielte. In den vergangenen Tagen hatten sich zwar die ersten Frühlingsboten gezeigt, doch es war ihnen noch nicht gelungen, den Winter zu vertreiben. Auf der anderen Seite der Gracht erstreckte sich der *Prinsentuin,* der Stadtgarten von Leeuwarden, über dessen laublosen Bäumen der *Oldehove* in den Himmel aufragte, jener unvollendete Kirchturm ohne Spitze, aus rotbraunen Back- und Sandsteinen gemauert, der sich im Stadtkern über die Jahrzehnte unmerklich, aber stetig ein wenig mehr zur Seite neigte.

Griet trank einen Schluck *koffie.* Im Radio endeten die Nachrichten mit der Meldung eines Schiffsunglücks vor der Nordseeinsel Vlieland, im Anschluss folgte der Wetterbericht, der von einem aufziehenden Sturm kündete. Dann erklangen die ersten Takte von Marco Borsatos »De Waarheid«: *Ik denk an wat je voelt, ik denk aan hoe je lacht, ik denk aan al die liefde die jij aan me hebt gegeven …*

Sie musste an Bas denken, mit dem sie gelacht und der ihr so viel Liebe geschenkt hatte. Das Lied hatte in seiner alten Stereoanlage gespielt, als sie sich zum ersten Mal …

Griet biss sich auf die Lippe und spülte den Kloß in ihrer Kehle mit einem weiteren Schluck *koffie* hinunter. Über dem Prinsentuin verkündeten die ersten Strahlen der Morgensonne den Beginn eines neuen Tags. Für Bas würde es nie wieder einen neuen Tag geben. Für sie schon, und das empfand sie als grotesk und ungerecht. In wenigen Stunden trat sie ihren Dienst auf dem neuen Revier an. Es war eine Chance, ihr Leben wieder in den Griff zu bekommen, vielleicht die letzte. Diesmal würde sie es richtig machen, sie würde nicht noch einmal versagen.

2

BOVEN DE RIVIEREN

Warum hast du damals nicht auf die Verstärkung gewartet?«, fragte Wim Wouters, *Hoofdcommissaris* und Teamchef der *Districtsrecherche Fryslân*, als er Griet zwei Stunden später in ihren neuen Job einwies.

Wouters war ein untersetzter Mann Mitte fünfzig, dessen Gesicht man die vielen Jahre in seinem Beruf ansah. Leicht zurückgelehnt saß er hinter dem Schreibtisch, hatte die Hände wie zum Gebet unter dem massiven Doppelkinn gefaltet und musterte Griet, die ihm gegenüber am Fenster stand. Mehr als nur ein Hauch seines Aftershaves lag in der Luft.

Das Büro befand sich im obersten Stockwerk des *politiehoofdkantoor* für den Distrikt Friesland, ein schnörkelloser, rechteckiger Bau aus ockerfarbenem Beton auf der *Willemskade.* Die *Districtsrecherche* war für alle Fälle von Kapitalverbrechen zuständig, die sich in der Region Friesland ereigneten, von Mord über Betrug bis hin zu Vergewaltigung. Der Zuständigkeitsbereich erstreckte sich von Stavoren im äußersten Westen bis kurz vor die Stadtgrenze von Assen im Osten und in Nordsüdrichtung von den Watteninseln bis hinunter nach Lemmer.

Griet blickte zu den Ausflugsschiffen in der Gracht, vor denen sich kleine Menschentrauben versammelt hatten. Die Touristensaison trieb erste zarte Blüten. Entlang des Kanals hatten Händler ihre Stände aufgebaut, verkauften Obst, Gemüse oder Blumen an Radfahrer und Passanten. Auf der gegenüberliegenden Seite drängten sich ausdruckslose Hochhäuser mit verspiegelten Glasfronten eng aneinander. Wouters' Arbeitszimmer war ein abgetrennter Raum in einem Großraumbüro, und die bodentiefen Fenster, die bei Bedarf mit Lamellenjalousien abgedunkelt werden konnten, gewährten ihm freie Sicht auf die Arbeitsplätze der Rechercheeinheit, die er befehligte.

Griet schob die Hände in die Hosentaschen. Sie trug noch immer die Jeans und den schwarzen Pulli von heute früh, und auch den olivgrünen Parka hatte sie nicht abgelegt, als sie Wouters' Büro betrat. In ihrem vorigen Leben wäre sie an ihrem ersten Arbeitstag sicherlich in einem Businesskostüm erschienen, doch solche Äußerlichkeiten scherten sie nicht mehr. Entweder die Leute akzeptierten sie so, wie sie war, oder eben nicht.

Warum hatte sie nicht auf die Verstärkung gewartet?

Griet hatte diese Frage unzählige Male während der internen Untersuchung gehört, die obligatorisch folgte, wenn ein Polizist Gebrauch von der Schusswaffe machte. Und sie hatte sich die Frage selbst immer wieder gestellt, meistens in den Nächten, in denen sie im Traum den leblosen Körper von Bas Dekker wie ein Zentnergewicht auf sich spürte. Wäre er noch am Leben, wenn sie sich vor fünf Jahren an die Vorschriften gehalten hätte? Wie sie es auch drehte, die Antwort, zu der sie kam, war immer dieselbe.

»Ich konnte nicht warten«, sagte Griet und wandte sich Wouters zu. »Es war Gefahr im Verzug, die Leben von fünfzig Menschen standen auf dem Spiel.«

Dann erzählte sie ihm, was auch in ihrer Personalakte vermerkt stand. Vielleicht hatte er sie nicht gelesen, wahrscheinlicher war, dass er das Ganze noch einmal aus ihrem Mund hören wollte: Sie hatte bei Europol für das EMSC, das *European Migrant Smuggling Centre,* gearbeitet, eine Einheit, die Schleusern und Menschenhändlern das Handwerk legt. Griet war vom Rotterdamer Morddezernat dorthin versetzt worden, die nächste Stufe auf der Karriereleiter, für die sie hart gearbeitet hatte. Der Dienst beim EMSC hatte sie mit einer neuen, ungekannten Energie erfüllt. Es war nicht länger darum gegangen, toten Menschen Gerechtigkeit zu verschaffen, sondern lebende Menschen zu schützen.

Seit zwei Jahren war sie einem Schleuserring auf der Spur gewesen, der Flüchtlinge aus Afrika nach England schaffte. Die letzte Etappe der Fluchtroute war die kniffligste: Sie verfrachteten die Menschen in Seecontainer und transportierten diese mit Frachtschiffen aus dem Rotterdamer Hafen auf die Insel. Viele Flüchtlinge hatten zu diesem Zeitpunkt schon eine lange Reise hinter sich, waren entkräftet. Ein Jahr zuvor hatte die Polizei zwanzig Menschen entdeckt, die in einem dieser Container erstickt waren, darunter Frauen und Kinder. Griet wusste, dass es Kollegen gab, die einen solchen Umstand mit einem Schulterzucken quittierten, was sie den Erfahrungen zuschrieb, die einige von ihnen im Alltag mit jenen Migranten machten, die sich nicht an die Gesetze hielten. Für Griet handelte es sich einfach um Menschen, schwache und wehrlose noch dazu, und ein solches Desaster hatte sie nicht noch einmal erleben wollen.

Deshalb hatte sie schnell gehandelt, als ein Informant sie über den bevorstehenden Transport informierte. Das war ihr erster Fehler gewesen. Das EMSC arbeitete in dem Fall mit dem Rotterdamer Sittendezernat zusammen, auf dessen Seite Bas Dekker die Ermittlungen leitete. Griet war bereits auf dem Weg zum Hafen gewesen, als sie ihn verständigt hatte, und es war klar, dass sie früher als er und seine Leute vor Ort eintreffen würde. Es war nur um Minuten gegangen, doch es waren Minuten, die über ein Menschenleben entscheiden konnten. Wie sich herausstellte, war es aber nicht nur das Leben der Flüchtlinge gewesen, über das Griet mit ihrem eigenmächtigen Vorgehen entschieden hatte, sondern auch über das von Bas.

Wouters nickte und fuhr sich mit der Hand durch das lockige graue Haar.

»Was die nächste Frage aufwirft«, sagte er. »Was hattest du überhaupt vor Ort zu suchen?«

Damit war er bei ihrem zweiten Fehler angelangt, dem springenden Punkt. Griet war es bewusst, dass sie nicht nur gegen zahlreiche Dienstvorschriften verstoßen, sondern auch Kompetenzen an sich gezogen hatte, die nicht in ihre Zuständigkeit fielen. Als Europolbeamte hätte sie bei den Ermittlungen lediglich eine koordinierende Funktion übernehmen sollen, das Tagesgeschäft überließ die europäische Polizeibehörde üblicherweise den zuständigen Einheiten vor Ort. Kurz, sie hätte hinter ihren Schreibtisch gehört.

Wouters deutete auf den Besucherstuhl.

»Setz dich bitte endlich«, sagte er, und Griet tat wie geheißen. »Die Menschen in diesem Container verdanken dir ihr Leben. Und mir ist klar, dass der Einsatz für dich persönlich nicht ohne Folgen war …«

Wouters machte eine kurze Pause, und Griet ahnte, dass dies die Ruhe vor dem Sturm war, der nun folgen würde. Sie hatte sich auf einen kühlen Empfang hier oben in *Fryslân* vorbereitet.

Griet war im limburgischen Thorn aufgewachsen, einem Ort nahe der deutschen Grenze, der wegen seiner vielen weiß getünchten Altbauten auch »das weiße Städtchen« genannt wurde. In Limburg und ebenso im benachbarten Brabant hielt man große Stücke auf die eigene Geselligkeit und Lebensfreude und hatte eine klare Meinung über die Menschen *boven de rivieren.* Damit war die Bevölkerung jener Landesteile gemeint, die nördlich der großen Flüsse Rhein und Maas und ihres Deltas lagen. Natürlich gehörte auch Rotterdam, ihr bisheriges Revier, dazu, allerdings war das eine Großstadt, und dort galten andere Regeln als auf dem Land. Wenn es in den dicht besiedelten Niederlanden so etwas wie eine tiefste Provinz gab, dann hier im sturmumtosten *Fryslân.* Seinen Einwohnern eilte der Ruf voraus, ein wortkarger, gefühlskalter, manchmal etwas grobschlächtiger Haufen zu sein. Was vielleicht mit der Gegend zusammenhängt, dachte Griet.

Zumindest konnte sie sich gut vorstellen, dass hier im Norden, wo das Wasser mit unzähligen Sturmfluten das Land geformt hatte, sich ein Menschenschlag ausgebildet hatte, der die Dinge geradeheraus benannte, ohne Umschweife und Rücksicht auf Befindlichkeiten, schlicht aus der Not heraus, den Gewalten der Natur ohne langes Geschwafel zu trotzen.

»Dein ehemaliger Vorgesetzter bei Europol ist ein Freund des Polizeichefs. Der wiederum ist mein Chef«, fuhr Wouters fort, »und offenbar schuldete er deinem Vorgesetzten einen Gefallen.«

Tatsächlich hatte ihr alter Chef Griet überhaupt erst auf die Idee gebracht, sich um die Stelle als Ermittlerin bei der *Districtsrecherche Fryslân* zu bewerben. Als Stadtmensch wäre sie selbst nie auf den Gedanken gekommen, eine Versetzung in die Provinz anzustreben. Er war jedoch der Ansicht gewesen, ein Tapetenwechsel könnte ihr helfen, ihr Leben wieder auf die Reihe zu bekommen, das nach dem Vorfall im Rotterdamer Hafen aus dem Ruder gelaufen war, sowohl beruflich als auch privat.

Wouters stützte die Ellbogen auf den Schreibtisch, faltete die Hände und blickte Griet aus kalten blauen Augen an.

»Ich wollte dich nicht hier haben«, sagte er. »Jemanden, der nicht nach den Regeln spielt, kann ich nicht gebrauchen. Hier arbeiten junge Beamte mit Familien, die lebend nach Hause kommen möchten.«

Griet nickte. »Ich verstehe.« Allein der Gedanke, dass jemals wieder ein Kollege durch ihr Verschulden den Tod finden könnte, war ein Albtraum.

Wouters stieß die Luft durch die Nase aus. »Dein ehemaliger Vorgesetzter hat dich offensichtlich in höchsten Tönen gelobt. Der Polizeichef meint, du hast vor deiner Zeit bei Europol als Mordermittlerin hervorragende Arbeit geleistet.«

Wouters lehnte sich wieder zurück. »Du bekommst eine Chance. Eine. Nicht, weil ich sie dir geben will, sondern weil ich es muss. Ein einziger Fehler, und du bist raus.«

Griet sah zu, wie er eine Ermittlungsakte in die Mitte des Schreibtischs zog und aufschlug.

»Heute Morgen ist auf einer Sandbank vor Vlieland die Leiche eines Mannes gefunden worden«, erklärte Wouters. »Die Kollegen von der Insel haben sich vorschriftsmäßig mit einem Arzt auf die Sandbank begeben und vermuten eine nicht natürliche Todesursache. Du wirst die Ermittlungen leiten.«

»Steht bereits fest, um welche *nicht natürliche Todesursache* es sich handelt?«, fragte Griet.

Wouters hob die Hände. »Es gibt eine Schusswunde. Mehr wissen wir noch nicht.«

»Wurde die Identität des Toten festgestellt?«

»Ein angesehener Hotelier von der Insel.«

»Aus wie vielen Leuten wird mein Team bestehen?«

Wouters seufzte. »Wir arbeiten derzeit am Limit. Die Kriminaltechnik ist bereits vor Ort, die Rechtsmedizinerin ebenfalls. *Hoofdinspecteur* Pieter de Vries und *Hoofdagent* Noemi Bogaard werden dich hier unterstützen.« Wouters deutete durch die Glasfront in das Großraumbüro. »Deine neuen Kollegen sind dort hinten. Da steht auch dein Schreibtisch. Du findest dich sicher zurecht.«

Griet erhob sich zum Gehen.

»Eins noch« – Wouters grinste –, »viel Spaß mit de Vries. Heute Mittag ist er nämlich eigentlich mit Kollegen zum Mittagessen verabredet, unten im *T'Pannekoek Ship* auf der Gracht. Pfannkuchen sind seine Leibspeise. Er könnte über euren spontanen Einsatz auf der Insel ein wenig verstimmt sein …«

3
DAS KÜKEN UND DER PFANNKUCHENMANN

Im Großraumbüro waren die Arbeitsplätze der Ermittler durch Trennwände voneinander abgegrenzt, auf den Schreibtischen, von denen nur wenige besetzt waren, stapelten sich neben den Computerbildschirmen die Ermittlungsakten. Auf der fensterlosen linken Seite des Raums befanden sich zwei große Besprechungsräume mit Glasfronten. Beide waren besetzt, jeweils mit mehreren Dutzend Beamten.

Griet war sich einer Sache bereits jetzt sicher: Die Ermittlungen auf Vlieland würde sie wohl mit dem kleinsten TGO in der Geschichte der niederländischen *Politie* führen. Ein solches *Team Grootschalige Opsporing* wurde bei jedem Fall neu zusammengestellt, möglichst unter Berücksichtigung der speziellen Fähigkeiten, die bei den Ermittlungen in dem jeweiligen Verbrechen gebraucht wurden. Es gab Verhörspezialisten, Protokollführer, Finanzexperten, IT-Fachkräfte, Koordinatoren für die Kriminaltechnische Untersuchung und sogar einen Ermittler, der als Ansprechpartner ausschließlich Kontakt zu den Angehörigen eines Opfers hielt. Üblicherweise arbeiteten zwischen zwanzig und fünfzig, manchmal sogar hundert Ermittler unter Führung eines Teamleiters an einem Fall. Griet würde mit zwei Kollegen auskommen müssen, und sie hatte die ungute Vermutung, dass ihr neuer Chef damit ein bestimmtes Ziel verfolgte.

Pieter de Vries saß mit dem Rücken zum Gang, als Griet hinter ihn trat. Sein Arbeitsplatz befand sich in einem vorbildlichen Zustand. Es war einer jener Schreibtische, bei deren Anblick sie sich immer fragte, ob die Leute, denen sie gehörten, auch wirklich daran arbeiteten oder den Tag lediglich damit zubrachten, die Dinge um sich herum zu ordnen. Der Aktenstapel auf der rechten Seite des Tischs machte den Eindruck, als wäre er nach einem Bauplan ausgerichtet worden, die Mappen lagen so exakt aufeinander, dass nicht eine einzige die Statik des beträchtlichen Papierturms gefährdete. Auf der linken Seite standen neben der Telefonbasis eine Tupper-Brotdose, eine Thermoskanne und eine Kaffeetasse, die mit einem Lorbeerkranz und der Aufschrift *De liefste vader van de wereld* – der liebste Vater der Welt – bedruckt war. Der Computerbildschirm in der Mitte des Tischs thronte erhöht auf einem Stapel von kriminaltechnischen Handbüchern, und Pieter de Vries saß auf einem jener ergonomischen Bürostühle, deren diverse Einstellmöglichkeiten denen einer Mondrakete entsprachen. An der Pinnwand hinter dem Monitor waren zahlreiche Fotos angebracht, unter anderem die Bilder eines Mädchens und eines Jungen. Ein anderes Foto zeigte Pieter mit seiner Frau vor einem Esszimmerschrank voller Kaffeegeschirr in Delfter Blau; Motive mit Windmühlen und Schiffen zierten die Teller und Tassen. Auf weiteren Aufnahmen war de Vries einmal in jüngeren Jahren am Steuer eines Segelboots zu sehen, ein andermal in Trekkingausrüstung vor einem Wohnwagen, im Hintergrund eine hügelige, bewaldete Landschaft und ein gelbes Ortsschild mit der Aufschrift *Prüm.*

Der Schreibtisch neben dem von Pieter war frei. War dies ihr neuer Arbeitsplatz? Griet würde jedenfalls keine Fotos von ihrer Tochter aufhängen – und von ihrem Ex-Mann schon gar nicht –, damit handelte man sich nur Nachfragen ein. Und je weniger Fragen, desto besser.

Ihr neuer Kollege telefonierte. Er hatte Griet nicht bemerkt.

»… aber natürlich, Schatz, ich bin pünktlich zum Abendessen zu Hause«, sagte er. »Ja, die neue Kollegin leitet die

Ermittlung … Was? Nein, ich bin nicht aufgeregt … Ja, ich habe sie auch gegoogelt … Ja, Schatz, wirklich eine attraktive Frau … *Was?* … Nein, so war das doch nicht gemeint, ich … Also bitte, Schatz, wie lange sind wir jetzt schon verheiratet?«

Griet räusperte sich, und Pieter fuhr erschrocken ein Stück in die Höhe. »Schatz, ich mach jetzt Schluss, sie ist da«, flüsterte er ins Telefon. *»Zoentjes.«*

Er beendete das Gespräch, erhob sich und reichte Griet die Hand. Pieter trug ein kariertes Hemd in den Farben Rot, Blau und Weiß, dazu eine braune Cordhose, die von Hosenträgern in Position gehalten wurde, und Wanderschuhe einer bekannten Marke. Seine vollen schwarzen Haare und der Bart zeigten erste graue Stellen, und sein deutlicher Bauchansatz, über dem sich die Knöpfe des Hemds spannten, verriet Griet, dass er jene Jahre im Leben eines Mannes erreicht hatte, in denen Sport durch die Familie von der ersten Stelle der Freizeitaktivitäten verdrängt worden war. Griet schätzte ihn auf Mitte vierzig.

»Was wissen wir bislang?«, fragte sie, nachdem sie sich miteinander bekannt gemacht hatten.

Pieter nahm einen Notizblock von seinem Schreibtisch und setzte eine Brille mit schwarzem Holzrahmen auf. »Also … heute Morgen ging gegen acht Uhr dreißig ein Notruf bei den Kollegen auf Vlieland ein«, berichtete er in bedächtigem Ton und machte eine Pause, während er in den Notizen blätterte. »Zwei Männer sind mit einem Boot zu einer Sandbank, Moment, wie hieß die gleich … ah, hier … sie waren zur Sandbank *De Richel* im Watt direkt vor der Insel gefahren. Einer der Männer ist offenbar von der Insel, er hat auch den Notruf abgesetzt. Auf der Sandbank haben sie eine Leiche gefunden. Die Inselpolizei hat diese Angaben bestätigt und uns verständigt …« Er blätterte noch einmal schweigend durch die Notizen.

Dem ersten Eindruck nach schien ihr neuer Kollege durchaus exakt und gründlich zu sein, Griet wünschte nur, er würde seine Arbeit nicht im Schneckentempo verrichten.

Schließlich blickte Pieter auf. »Ich glaube, das wäre so weit alles. Wer wird noch zu unserem Team gehören?«

»Du, ich und *Hoofdagent* Noemi Bogaard.« Griet zuckte entschuldigend die Schultern. »Mehr ist wohl nicht drin.«

»Bogaard?« Pieter rollte mit den Augen. »Bitte nicht das hektische Küken …«

»Das ›hektische Küken‹ hat soeben mit Henk van der Waal gesprochen, er leitet das politiebureau auf der Insel«, sagte eine helle Frauenstimme hinter Griet. »Er erwartet uns auf der Sandbank. Hoffentlich zertrampelt der Dorftrottel nicht alle Spuren. Der Hubschrauber hat die Kriminaltechnik und die Rechtsmedizinerin rübergeflogen und ist wieder zurück. Die Maschine wartet abflugbereit auf dem Dach.«

Griet wandte sich um und sah sich einer jungen Frau Mitte zwanzig mit dunkler Hautfarbe und kurzen Rastalocken gegenüber. Sie trug ein blaues Businesskostüm mit weißer Bluse. Noemi streckte Griet die Hand zur Begrüßung entgegen und setzte ein Zahnpastalächeln auf. »Noemi Bogaard. Meinetwegen kann es losgehen.«

»Verlieren wir keine Zeit«, sagte Griet und erwiderte den Handschlag. »Machen wir uns auf den Weg.«

Pieter sah Griet mit großen Augen an. »Heißt das, du willst mit dem Hubschrauber fliegen …?«

Griet zuckte die Schultern. »Da ich nicht selbst fliegen kann: ja.«

»Sollten wir nicht lieber … die Fähre nehmen?«

»Dauert zu lange«, sagte Griet und verkniff sich die Bemerkung, dass sie es nicht mochte, wenn über ihre Anweisungen diskutiert wurde.

Dann wandte sie sich zum Gehen, und Noemi folgte ihr. Pieter erhob sich mit einem Seufzen, griff nach seiner beigen Jacke und setzte eine graue Schiebermütze auf, während er hinter ihnen hertrottete. Er blickte auf seine Armbanduhr.

»Es ist jetzt kurz nach elf«, sagte er im Gehen. »Meint ihr, wir sind bis eins wieder hier? Ich habe dann …«

»… eine Verabredung zum Pfannkuchenessen«, vollendete Griet den Satz, wobei ihr nicht entging, dass Noemi eine Grimasse schnitt. »Das Mittagessen muss heute ausfallen. Wird ein langer Tag.«

»Potverjanhinnekont …!«, entfuhr es Pieter.

Griet war es durchaus bewusst, dass die Friesen dafür bekannt waren, ihren Dialekt zu pflegen, der sogar offiziell als eigene Sprache anerkannt war. Dennoch machte sie wohl ein derart verdutztes Gesicht, dass Noemi sich einschaltete.

»Fries«, erklärte die junge Frau mit einem Schulterzucken, »heißt so viel wie: verdammte Scheiße.«

Noemi wies den Weg durch das Treppenhaus zum Dach des Gebäudes. Als sie die Stufen hochstieg, war Griet sich einer weiteren Sache sicher. Wouters hatte ihr nicht nur ein besonders kleines Ermittlungsteam zur Verfügung gestellt, sondern offenbar auch ein besonders unbeliebtes. Pieter de Vries war vermutlich eine ganze Weile nicht mehr am Fundort einer Leiche gewesen, wenn er sich denn überhaupt jemals einem solchen genähert hatte. Sonst wäre er sicher davon ausgegangen, dass die Arbeit vor Ort eine ganze Weile dauerte. Dass er wohl schon länger nicht mehr hinter seinem Schreibtisch hervorgekommen war, hatte Griet zudem eine weitere Beobachtung verraten: Die oberste Akte auf seinem Schreibtisch enthielt nicht nur einen Aufdruck mit der Fallnummer, sondern auch einen Datumsvermerk. Der Fall stammte aus dem Jahr 1992. Pieter bearbeitete Cold Cases, ungelöste Fälle, die lange zurücklagen und mit denen niemand sich abgeben wollte – Fälle, die man gern Neulingen aufs Auge drückte und Kollegen, die sich unbeliebt gemacht hatten oder schlicht zu nichts anderem taugten.

Und auf Noemi Bogaard schien die Bezeichnung *hektisches Küken* durchaus zuzutreffen. Eine junge Berufseinsteigerin, die sich mit überbordendem Ehrgeiz und einem natürlichen Mangel an Erfahrung dafür qualifizierte, dass alle einen weiten Bogen um sie machten.

Wouters hatte es offenbar darauf angelegt, Griet scheitern zu sehen und sie auf diese Weise möglichst schnell wieder loszuwerden.

Ein rottes Plattboot, ein Toter auf einer Sandbank mitten im Watt, eine Anfängerin und der Pfannkuchenmann. Der erste Tag ihres neuen Lebens verlief in jeder Hinsicht so geschmeidig wie ein Verkehrsunfall.

4

DER TOTE IM WATT

Aus der Luft betrachtet glich das Wattenmeer mit seinen zahllosen Strömungen, die zwischen den Sandbänken und Untiefen verwaschene Schlieren in der grau-grünen See hinterließen, einem Opal, durch die Jahrtausende geschliffen vom Wechsel der Warm- und Eiszeiten, dem Spiel der Gezeiten und den Sturmfluten ausgesetzt, die der Küste ihre heutige Form gegeben hatten. Griet hatte das Wattenmeer noch nie von oben gesehen, und nun, da der blau-weiße Eurocopter EC-135, mit der Aufschrift *Politie* an der Seite, das Festland auf Höhe von Harlingen hinter sich ließ und Kurs aufs offene Meer und die Inseln nahm, empfand sie Ehrfurcht vor dem, was die Natur hier geschaffen hatte.

Es war nicht das erste Mal, dass Griet in einem Hubschrauber flog, und sie stellte erneut fest, dass er definitiv eines der unbequemeren Fortbewegungsmittel war. Die Regenwolken vom Vortag hatten sich verzogen, doch die Schlieren am Himmel verkündeten, dass das schöne Wetter nur von kurzer Dauer sein würde. Der Wind schüttelte die Maschine kräftig durch. Dem *hektischen Küken* schien dies nichts auszumachen. Noemi klebte förmlich mit dem Gesicht an der Scheibe, und ihr war anzusehen, dass sie von dem Anblick, der sich ihnen bot, ebenfalls überwältigt war. Bei Pieter lag die Sache anders. Er saß Griet kerzengerade gegenüber, hatte die Augen geschlossen und krampfte die Finger ins Sitzpolster. Seine Gesichtshaut hatte eine leicht grünliche Färbung angenommen.

»*Alles goed met jou* – Geht es dir gut?«, fragte Griet durch das Headset, das sie trugen, um sich über das Knattern der Rotoren verständigen zu können.

»War schon mal besser …«, murmelte Pieter, ohne die Augen zu öffnen.

Noemi wandte sich zu ihm um. »Stell dir einfach vor, du wärst auf dem Pfannkuchenschiff, und es schwankt ein wenig.«

Er verzog das Gesicht. »Bitte … red jetzt nicht vom Essen.«

Die Unterhaltung wurde von der Stimme des Piloten unterbrochen. »Wir sind gleich da.«

»Okay«, antwortete Griet, »dreh eine Runde, ich will mir das Ganze von oben ansehen.«

Vlieland war die am weitesten vom Festland entfernte Watteninsel und, wie von hier oben gut zu erkennen, deutlich kleiner als ihre Nachbarn Texel im Westen und Terschelling im Osten. Das einzige Dorf, Oost-Vlieland, lag vor einem bewaldeten Hügel, auf dem ein Leuchtturm stand. Im Westen breitete sich eine ausgedehnte Heidelandschaft aus, die in einer gigantischen Sandfläche, dem *Vliehors,* auslief, die sich weit ins Meer in Richtung Texel erstreckte.

Die Sandbank *De Richel,* auf die sie zuflogen, lag vor dem östlichen Ende Vlielands und war nicht gerade klein. Griet schätzte, dass *De Richel* ungefähr so groß wie ein Fünftel der Insel war.

Der Helikopter neigte sich zur Seite, als er in die Kurve ging. Pieter hatte das Headset abgenommen, sodass Griet seine Stimme nicht über den Kopfhörer hörte, doch von seinen Lippen konnte sie die Worte ablesen: *lieve hemel!* – ach, du lieber Himmel.

Sie umkreisten die Sandbank in einem weiten Bogen, und das verschaffte Griet einen guten Überblick über die Lage dort unten. Am südöstlichen Rand der Sandbank hatten sich einige Menschen versammelt, die sie anhand der typischen weißen Schutzanzüge als Kriminaltechniker ausmachen konnte. Sie standen in der Nähe von etwas, das wie das Gerippe eines Schiffswracks aussah. Westlich davon lagen zwei Boote auf dem Sand, neben ihnen war eine weitere Gruppe von vier Personen zu erkennen, von denen sich eine Person entfernte und in Richtung der nördlichen Spitze der Sandbank ging.

Griet hörte erneut die Stimme des Piloten im Kopfhörer.

»Die Verwirbelungen der Rotoren wühlen den Sand ganz schön auf«, erklärte er. »Vorhin habe ich die Kriminaltechnik und die Rechtsmedizinerin ein gutes Stück entfernt vom

Fundort der Leiche am äußersten nördlichen Rand abgesetzt.«

»In Ordnung«, erwiderte Griet.

Es war klar, dass sie nirgendwo anders landen konnten, wenn sie möglichst wenig Spuren zerstören wollten.

»Der Sandboden ist hier allerdings sehr weich. Ich hatte vorhin echt Probleme, ihn hochzukriegen …« Der Pilot setzte ein schiefes Grinsen auf. »Den Helikopter, meine ich. Ich werde diesmal lieber nicht landen, sondern die Maschine dicht über dem Boden halten. Es ist nicht hoch, aber ihr müsst abspringen. Schafft ihr das?«

»Kein Problem«, rief Griet und reckte den Daumen in die Höhe, was Pieter, der den Kopfhörer wieder aufgesetzt hatte und ihrer Unterhaltung folgte, mit einem ungläubigen Blick quittierte.

»Ihr solltet euch übrigens nicht allzu viel Zeit lassen«, sagte der Pilot. »Die Flut läuft schon wieder auf.«

»Keine Sorge, wir wollen hier nicht übernachten.«

Griet öffnete die Schiebetür, als der Pilot die Maschine in eine stabile Position gebracht hatte. Es mussten gute zwei Meter bis zum Boden sein. Sie hockte sich hin, stellte die Füße auf die Kufen, sprang ab und landete im Sand. Noemi tat es ihr gleich, bevor Pieter der jungen Polizistin nach kurzem Zögern folgte. Offenbar versuchte er, den Sprung abzufedern, indem er sich abrollte, was ihm allerdings nicht gelang. Er kippte zur Seite und blieb wie eine Schildkröte auf dem Rücken liegen, während der Hubschrauber sich in einer aufgewirbelten Sandwolke entfernte.

Noemi wollte ihm helfen, doch er lehnte ihre ausgestreckte Hand ab und rappelte sich auf, richtete seine Schiebermütze und nuschelte etwas in seinen Bart, das für Griet wie das bereits gehörte *Potverjanirgendwas* klang.

Das Knattern des Hubschraubers verklang, und plötzlich umfing eine unerwartete Stille sie. Kühler Wind wehte aus nordwestlicher Richtung, machte sich hier allerdings nur schwach bemerkbar, da sich die Sandbank im Windschatten der Insel befand. Griet zog den Reißverschluss ihres olivgrünen Parkas hoch und blickte hinüber zu der Gestalt, die sich ihnen über die Sandfläche näherte. Es war ein Mann in dunkelblauer Polizeiuniform und passender Mütze.

»Unser Empfangskomitee«, sagte Griet. »Gehen wir ihm ein Stück entgegen.«

***

Sie trafen den Mann auf halbem Weg, in der Mitte der Sandbank.

»Henk van der Waal«, stellte er sich vor. »Ich leite die Dienststelle auf der Insel.«

Griet machte ihn mit ihrem Team bekannt. Henk war ungefähr in ihrem Alter, hatte dunkelblondes, welliges Haar, das an den Seiten unter der Polizeimütze hervorschaute, und einen Vollbart. Er war auf eine herbe Art attraktiv, aber Griet nahm das in ihrem noch immer anhaltenden Schmerz über Bas' Tod nur beiläufig zur Kenntnis. Außerdem hatte sie sich sowieso geschworen, in Zukunft nie wieder etwas mit einem Kollegen anzufangen.

»Die Kriminaltechnik und die Rechtsmedizinerin sind drüben bei der Leiche«, erklärte Henk und deutete zu dem Schiffswrack, das Griet aus der Luft gesehen hatte, dann wies er in Richtung der beiden Boote. »Meine Kollegin, *Agent* Karen den Bosch, ist bei den Männern, die den Toten gefunden haben. Wir haben sie mit Kaffee und Decken versorgt.«

»Wer sind die beiden?«, wollte Griet wissen.

»Marc Martens, ein Mann von der Insel, und Klaas Verhoeven, ein Archäologe der Universität Leiden«, erklärte Henk. »Martens hat Verhoeven heute Morgen mit dem Boot zur Sandbank gebracht. Verhoeven hat dann die Leiche in den Überresten des Schiffswracks entdeckt.«

»Wie lange sind die beiden schon hier?«

»Ihr Notruf ging gegen halb neun bei uns ein. Soweit ich weiß, sind sie erst kurz zuvor hier eingetroffen.«

Griet blickte auf ihr *mobieltje,* es war jetzt ein paar Minuten nach elf, also hielten sich die beiden Männer schon seit knapp drei Stunden hier draußen auf. Es war nicht unüblich, dass derjenige, der eine Leiche entdeckt hatte, an Ort und Stelle zur ersten Befragung blieb – seine frischen Eindrücke und Beobachtungen beim Auffinden des Toten konnten bei den weiteren Ermittlungen eine wichtige Rolle spielen. Allerdings gab es hier keinen zwingenden Grund, die Männer noch länger festzuhalten, sie konnten alles Weitere genauso gut in der Polizeiwache auf Vlieland erledigen.

Griet wandte sich an Pieter und Noemi: »Ihr beiden bringt die Auffindungszeugen gemeinsam mit Karen den Bosch zur Wache auf die Insel. Nehmt ihre Aussagen zu Protokoll. Und denkt daran, die Befragungen getrennt durchzuführen, sie sollen sich nicht gegenseitig beeinflussen.«

»Heißt das, ich darf einen von den beiden ganz allein vernehmen?« Noemi sah sie mit aufgerissenen Augen an.

»Ich fürchte …«, stammelte Pieter entschuldigend, »sie hat das noch nie gemacht … also, allein zumindest nicht.«

Griet runzelte die Stirn. »Lässt sich jetzt nicht ändern, oder? Irgendwann ist immer das erste Mal«, meinte sie und blickte Noemi aufmunternd an. »Vergiss auf keinen Fall, den Zeugen über seine Rechte zu belehren, bevor du loslegst, sonst ist die ganze Arbeit für die Tonne. Also dann …«

Pieter und Noemi machten sich auf den Weg, und Griet blickte den beiden nach. Die junge Kollegin war noch grüner hinter den Ohren, als sie ohnehin befürchtet hatte.

»Gehen wir«, sagte Griet zu Henk und deutete mit einem Nicken zu der Stelle, wo das Wrack lag. »Was weißt du über den Toten? Er ist ein Mann von der Insel, richtig?«

»Vincent Bakker, er war Besitzer und Betreiber des *Badhotels* in Oost-Vlieland«, sagte Henk. »Das Hotel ist das älteste auf der Insel.«

»Hatte er Familie?«

»Eine Frau und eine Stieftochter. Sie arbeiten beide im Hotel, ein klassischer Familienbetrieb«, erklärte er. »Ich habe seine Frau bereits über seinen Tod unterrichtet, sonst hätte sie es über den Dorftratsch erfahren. Sie weiß allerdings noch nicht, dass es sich um Mord handelt. Ich dachte, das sagen wir ihr lieber persönlich. Wir können zu ihr fahren, sobald wir auf der Insel sind.«

»Einverstanden«, sagte Griet. »Können wir sicher sein, dass es sich um einen Mord handelt?«

»Sieht ganz danach aus. Ich meine, wer würde sich schon selbst in eine Plastikfolie wickeln, nachdem er sich erschossen hat?« Henk lachte gezwungen.

»Eine Idee, wer einen Grund gehabt haben könnte, Bakker zu töten?«

Henk schürzte die Lippen. »Absolut nicht. Er war ein angesehener Mann.«

Sie erreichten die Fundstelle, wo sich zwei Frauen in weißen Schutzanzügen unterhielten. Im Hintergrund packten die Kriminaltechniker, die blaue Jacken mit der Aufschrift *Forensische Recherche* trugen, ihre Ausrüstung bereits wieder zusammen. Ein Polizeifotograf dokumentierte den Fundort von allen Seiten.

Die beiden Frauen unterbrachen ihr Gespräch, als sie Griet und Henk bemerkten, und Griet stellte sich ihnen vor.

»Noor van Urs«, sagte die Linke der beiden und streckte Griet die Hand entgegen. »Ich leite die kriminaltechnische Untersuchung. Wim Wouters hat dich bereits angekündigt. Mein Labor befindet sich übrigens im Stockwerk unter deinem Büro.« Sie lächelte und zog die Schutzhaube vom Kopf, unter der lange, weiße Haare zum Vorschein kamen, die sie zu einem Zopf geflochten hatte und die im Kontrast zu ihrem jugendlichen Gesicht standen. Ihre Augenbrauen waren ebenfalls weiß, und in den Pupillen ihrer Augen lag ein roter Schimmer. Noor van Urs war ein Albino.

»Mein Name ist Mei Nakamura«, sagte die andere Frau, eine Asiatin mittleren Alters. »Ich bin Rechtsmedizinerin am Forensischen Institut des GGD Friesland.«

»Gut, wie weit seid ihr mit der Arbeit?«, fragte Griet.

»Ich kann es kurz machen: Für uns gibt es hier nicht viel zu tun«, antwortete Noor. »Der Fundort ist erheblichen Witterungseinflüssen ausgesetzt. Wind, Ebbe, Flut – und in der vergangenen Nacht hat es auch noch geregnet.«

Sie deutete hinüber zu der Stelle, wo die Sandbank ins Wasser überging. Eine Reihe von Schiffsspanten ragte dort aus dem Schlick. Das dunkle Holz war morsch, durchlöchert und an vielen Stellen abgebrochen, sodass nur schwer vorstellbar war, dass es einmal den Rumpf eines Schiffs gebildet hatte. Etwa hundert Meter von den Wrackresten entfernt war ein kleines Schutzzelt aufgebaut worden. Darunter musste sich der Tote befinden.

»Die Leiche hatte sich zwischen den Spanten des Schiffs verfangen«, erklärte Mei. »Wir haben auflaufendes Wasser, deshalb waren wir uns einig, dass wir den Toten am besten dort wegschaffen.«

»Wir haben keine weiteren Spuren außer der Leiche selbst gefunden, was mit den Witterungseinflüssen zu tun haben kann – zu viel Wind, und der Regen und das Meer könnten Fußabdrücke ausgewaschen haben, falls es welche gab«, fügte Noor hinzu. »Also nichts, was darauf hindeutet, dass die Tat hier begangen wurde. Da sind lediglich die Fußspuren der beiden Männer, die den Leichnam entdeckt haben. Außer ihnen hat in letzter Zeit niemand diese Sandbank betreten – mal abgesehen von denen da drüben.«

In gebührendem Abstand von den Schiffsspanten und den Anwesenden lagen am Saum zwischen Sand und Meer einige Robben.

»Die Kleider des Opfers und die Plastikplane sehe ich mir dann im Labor an«, fuhr Noor fort.

»In der Plane lagen noch einige Steine, die offenbar zur Beschwerung dienten«, ergänzte Henk. »Was aber wohl nicht ganz erfolgreich war.«

»Hatte der Tote irgendwelchen persönlichen Besitz bei sich?«

»Nein, kein Portemonnaie, kein Handy, nichts. Er trug lediglich eine Armbanduhr, die wir sichergestellt haben.«

Damit lässt sich nicht ausschließen, dass es sich um einen Raubmord handelt, überlegte Griet. Allerdings würde es sich um eine sehr umständliche Art von Raub handeln, denn dazu gehörte üblicherweise nicht die anschließende Entsorgung der Leiche. So etwas bedurfte vorausgehender Planung. Der Aufwand hätte sich wohl nur gelohnt, wenn Vincent Bakker eine große Geldsumme oder Gegenstände von hohem Wert mit sich führte.

Der Himmel hatte sich in der Zwischenzeit verfinstert, und ein leichter Nieselregen setzte ein. Griet zog sich die Kapuze ihres Parkas über den Kopf.

Mei, die Rechtsmedizinerin, bedeutete Griet mit einer Handbewegung, ihr zu folgen. Sie gingen hinüber zu dem Zelt, unter dem der Leichnam lag.

Einer der Kriminaltechniker reichte Griet Schutzkleidung, die sie anlegte. Sie betraten das Zelt und knieten sich neben den leblosen Körper. Der Mann war noch immer der Länge nach in eine durchsichtige Plastikplane eingewickelt. Lediglich der Bereich vom Kopf bis zur Brust war freigelegt. Die Haut war schrumpelig und dunkel, an einigen Stellen schwarz verfärbt, die Haare lagen wie dünne Fäden um das Gesicht. Ein Mann, der seine besten Jahre hinter sich hatte, dachte Griet. Sicher hatte er einmal gut ausgesehen, aber sein feistes Gesicht ließ vermuten, dass er zu sehr dem Alkohol zugesprochen hatte – und fettem Essen nicht abgeneigt gewesen war. Die Augen waren geschlossen, die Arme gestreckt an den Körper angelegt, die Beine parallel nebeneinander. Soweit Griet durch die Plane sehen konnte, trug der Tote Arbeitsstiefel, eine Cargohose und ein kariertes Hemd. Auf der Kleidung waren Farbflecken zu erkennen. Das Hemd war aufgeknöpft. Die entblößte Brust offenbarte, woran Vincent Bakker vermutlich gestorben war: ein kreisrundes Einschussloch auf Höhe des Herzens.

»Die Leiche hat nicht lange im Wasser gelegen«, sagte Mei. »Es ist noch kein Algenbesatz vorhanden, ebenso wenig gibt es Bissspuren von Fischen, obwohl die Plane an einigen Stellen gerissen ist, und die für Wasserleichen typische Waschhaut ist auch kaum ausgeprägt.«

Sie deutete mit einem Stift auf etliche Stellen im Gesicht, die wie tiefe Kratzer aussahen. »Diese Verletzungen haben nicht geblutet, sind also post mortem entstanden. Es könnten Treibverletzungen sein, wie sie oft bei Wasserleichen entstehen. Würde mich nicht wundern, wenn wir an den Beinen weitere solcher Verletzungen finden.« Ihr Stift wanderte zu dem Einschussloch in der Brust. »Schusswunde. Direkt ins Herz. Durch die Lagerung im Wasser sind die Spuren nicht deutlich, aber es befindet sich am Einschussbereich keine Stanzmarke, keine Schmauchhöhle, also war es kein aufgesetzter Schuss. Ich vermute, der Täter hat aus mittlerer Distanz geschossen.«

Mei bedeutete Griet, ihr zu helfen, und gemeinsam drehten sie die Leiche um.

»Siehst du«, sagte sie, »wir haben keine Austrittswunde, das bedeutet, das Projektil steckt noch im Körper.« Sie legten den Toten wieder auf den Rücken.

»Gibt es noch weitere Verletzungen?«

»An Kopf und Torso habe ich auf den ersten Blick nichts gefunden, Unterleib und Beine werde ich mir bei der Leichenschau ansehen.«

»Die Schussverletzung war mit Sicherheit die Todesursache?«

»Sehr wahrscheinlich.« Mei erhob sich, und sie verließen das Zelt. Draußen legten sie die Schutzkleidung ab.

»Meiner ersten Schätzung nach ist die Leiche nicht länger als vierundzwanzig Stunden im Wasser gewesen«, sagte Mei, während sie den Reißverschluss des weißen Overalls öffnete. »Das bedeutet, der Tod ist gestern Abend eingetreten, womit das Zeitfenster für die Tat zwischen siebzehn Uhr und Mitternacht liegen dürfte. Genaueres dann nach der Obduktion.«

Da der Hubschrauber nicht auf der Sandbank landen konnte, traten die Rechtsmedizinerin und die Kriminaltechniker die Heimreise mit einem Boot der Küstenwache an, das inzwischen neben dem Polizeiboot angelandet war. Griet würde mit Henk van der Waal nach Vlieland fahren. Zuvor ging sie noch einmal zu der Stelle hinüber, wo die Reste des Wracks inzwischen beinahe vollständig in der steigenden Flut versunken waren. Sie zog ein schwarzes Notizbuch aus der Jackentasche. Anders als manche jüngeren Kollegen hielt sie ihre Beobachtungen gern schriftlich fest – bei einem Notizbuch konnte nie der Akku leer sein.

Ein gezielter Schuss in die Brust, die Leiche in eine Plane gewickelt, mit Steinen beschwert, dann der Versuch, den Toten im Wasser zu entsorgen. Wer auch immer der Mörder von Vincent Bakker war, er hatte vermutlich nicht im Affekt gehandelt. Er hatte sein Vorgehen geplant und mit kühlem Kopf umgesetzt.

Griet klappte das Notizbuch zu, blickte aufs Meer hinaus. In der Ferne waren die braunen Segel eines Plattboots zu erkennen, das Richtung Ameland oder Schiermonnikoog unterwegs sein musste. Vom Festland her näherte sich eine Fähre, und zwischen Vlieland und Terschelling stampfte ein Seenotrettungsschiff der KNRM, der *Koninklijke Nederlandse Redding Maatschappij,* gegen die Wellen auf die offene See hinaus. Griet hatte bereits einige Male mit der KNRM zu tun gehabt und erkannte, dass es sich um ein Boot der NH1816-Klasse handelte, ein Allwetterschiff, das sogar bei schwerem Sturm eingesetzt werden konnte. Sie hatte das Gefühl, selbst ebenfalls in rauer See unterwegs zu sein. Die Ermittlungen in diesem Fall konnten sich als schwierig erweisen. Vielleicht lieferten die Leichenschau oder die kriminaltechnischen Analysen im Labor noch eine Überraschung, doch bislang schien es bei diesem Mord keine brauchbare Spur zu geben. Ob ihre beiden neuen Kollegen ihr eine Hilfe sein würden, das war ungewiss. Nur eines war sicher: Ihr neuer Chef würde ihr trotz aller Widrigkeiten nicht einen einzigen Fehler verzeihen.

Griet zog die Kapuze des Parkas enger um den Kopf, um sich gegen den Regen zu schützen. Vielleicht war es doch keine so gute Idee gewesen, sich hierher versetzen zu lassen.

5
EIN ERSTER VERDACHT

Die Polizeiwache von Oost-Vlieland befand sich in einem Gebäude mit hellbrauner Klinkerfassade in der *Dorpstraat*, der einzigen Einkaufsstraße des kleinen Ortes. Schmale und niedrige Häuser drängten sich dort mit Geschäften des Alltags, Restaurants und Cafés dicht an dicht, als wollten sie sich vereint gegen die Nordwinde stemmen, die hier im Winter Regime führten. Griet kannte die Betulichkeit des Dorflebens aus ihrem Heimatort Thorn, und sie konnte sich nichts Langweiligeres vorstellen, als auf einer Insel Dienst zu tun. Dennoch beneidete sie die Kollegen für einen kurzen Moment um ihr Domizil, denn sie hatte selten eine Polizeiwache gesehen, die einen solch einladenden Eindruck machte. Das Haus hatte einen kunstvoll verzierten Schweifgiebel, dessen Seiten sich nach innen aufeinander zuwölbten, und über zwei weißen Holzfenstern mit Schlagläden waren Markisen mit der Aufschrift *Politie* angebracht. Links neben der Wache befand sich ein Café. Über dem schmalen Durchgang zwischen den Häusern, an dessen Ende der Deich zu sehen war, der das Dorf umgab, war ein Schild mit der Aufschrift *Waddenterrass – uitzicht op zee* angebracht.

Die Fahrt mit dem Polizeiboot von der Sandbank zur Insel dauerte nicht lange. Henk hatte das Boot im Jachthafen von

Vlieland vertäut, der nicht weit entfernt vom Dorf lag. Den Rest der Strecke hatten sie mit dem Streifenwagen zurückgelegt, einem wuchtigen Jeep mit Vierradantrieb, mit dem man auch auf dem Strand gut vorankam, was sehr nützlich sein konnte, wie Henk Griet erklärte. Nach einem Sturm musste er die Insulaner gelegentlich davon abhalten, sich vorschnell Strandgut anzueignen, das im Norden der Insel angespült worden war. Entgegen der allgemeinen Rechtsauslegung der Vlieländer war dieses nämlich erst dann herrenlos, wenn der bisherige Besitzer auf sein Eigentum verzichtete. Vorher durfte der Finder es sich also nicht unter den Nagel reißen. Was natürlich trotzdem geschah; ein zwanzig Kilometer langer Strand war nicht so einfach zu überwachen. So hatten sich im vergangenen Frühjahr viele Dorfbewohner eine neue Terrasse gezimmert, nachdem einem Frachtschiff vor der Insel zwei Paletten Teakholz über Bord gegangen waren. Ein andermal hatte Henk am Strand einen leeren Seecontainer vorgefunden, dessen Ladung, Joggingschuhe aus China, zu Spottpreisen bei eBay angeboten wurde, Absenderadresse vieler Verkäufer: Oost-Vlieland.

Vor der Polizeiwache schaltete Henk den Motor aus und wandte sich Griet zu. »Bevor wir reingehen, sollten wir vielleicht ein klares Wort über unsere Zusammenarbeit sprechen«, sagte er. »Nur, damit später keine Missverständnisse aufkommen.«

»*Zeker* – sicher«, antwortete Griet, der es nicht ungelegen kam, dass er dieses Thema ansprach. Die Polizeireform von 2013, die eine Neueinteilung der Zuständigkeiten in den Regionen und Distrikten mit sich gebracht hatte, sah auch einen offeneren Austausch zwischen den Hierarchieebenen des Polizeikorps vor. Übergeordnete Einheiten leiteten bei einem Kapitalverbrechen wie diesem zwar die Ermittlungen, jedoch sollten die Teams vor Ort sie unterstützen, schließlich standen diese in direktem Kontakt zur Bevölkerung und verfügten häufig über entscheidende Informationen. Griet wusste allerdings aus dem Alltag, dass es sich hierbei vor allem um theoretische Überlegungen handelte, die sich jemand am grünen Tisch gemacht hatte. Die örtlichen Einheiten empfanden die Zusammenarbeit mit übergeordneten Ermittlern oft als eine Einmischung in ihre Angelegenheiten – eine durchaus nachvollziehbare Wahrnehmung – und zeigten sich daher nicht immer besonders kooperativ.

Henk schien, aus welchem Grund auch immer, ein anderes Verständnis zu haben. Er sagte: »Ich werde dir bei den Ermittlungen keine Steine in den Weg legen. Ich kenne die Insel und die Bewohner, und mein Wissen stelle ich dir gern zur Verfügung.«

»Ich fühle mich geehrt«, erwiderte Griet und hob eine Augenbraue. »Ganz blöd bin ich aber nicht. Du willst sicher eine Gegenleistung dafür. Also?«

»Ich möchte nur, dass du mich nicht außen vor lässt. Informier mich über die Ermittlungsschritte und Erkenntnisse, als wären wir in einem Team.« Henk setzte ein schiefes Lächeln auf – und unwillkürlich lächelte Griet zurück. Schnell schüttelte sie das Gefühl der Vertraulichkeit ab, das sich hatte einstellen wollen. Henk van der Waal war ihr sympathisch, das musste sie zugeben.

»Warum sollte ich das nicht tun?« Griet zuckte die Schultern. »So sind doch die Spielregeln …«

»Komm schon, du weißt, wie das üblicherweise abläuft«, sagte Henk. »Du zapfst mein Wissen an, lässt mich ansonsten aber außen vor. Die Inselbewohner vertrauen mir. Wenn ich nicht auf dem Laufenden bin, lässt mich das vor ihnen ziemlich dumm aussehen.«

»Einverstanden.« Griet streckte die Hand aus. »Im Gegenzug stehen du und deine Assistentin mir zur vollen Verfügung. Ihr kocht das Alltagsgeschäft auf kleiner Flamme und gebt unseren Ermittlungen Priorität.«

»Abgemacht.« Henk nahm Griets Hand mit warmem, festem Griff.

»*Uitstekend* – hervorragend«, sagte Griet, die seine Hand in geschäftlicher Manier drückte, bevor sie ihre wieder zurückzog.

Sie öffnete die Wagentür, stieg aus und folgte Henk die kleine Steintreppe mit schwarzem Messinggeländer hinauf, die zum Eingang der Wache führte. Das Innere des Gebäudes zeigte überraschenderweise nur wenig von dem Charme, den das Äußere ausstrahlte. Die Einrichtung war allenfalls zweckmäßig, und die verputzten Wände konnten einen neuen Anstrich vertragen. Ein Heizlüfter auf dem Boden blies warme Luft in den Raum.

Hinter einem kleinen Empfangsschalter, an dem Karen den Bosch telefonierte, standen zwei schlichte Schreibtische, davor jeweils zwei ebenso schlichte Besucherstühle aus blauem Plastik. Auf einem von ihnen saß Marc Martens, ihm gegenüber auf dem Bürostuhl Pieter.

Griet staunte nicht schlecht. Pieter schien die gemütliche Art der Zeugenbefragung zu bevorzugen und hatte offenbar einen adäquaten Ersatz für das entgangene Pfannkuchenessen gefunden. Jeder der beiden Männer hatte eine Tasse dampfenden *koffie* vor sich, und zwischen ihnen in der Mitte des Tisches lagen auf einem Teller *appelflappen,* jene dreieckigen, mit Zucker bestreuten Apfeltaschen aus Blätterteig, die am besten schmeckten, wenn sie frisch und warm aus dem Ofen kamen.

Pieter erhob sich und bedeutete Griet, sich auf seinen Stuhl zu setzen.

»Möchtest du auch einen?«, fragte er und wies auf den Teller mit dem Gebäck. »Ich habe sie eben vom Bäcker gegenüber geholt.«

Griet lehnte dankend ab. »Wie weit bist du mit der Befragung?«

»Noemi nimmt gerade die Aussage von Klaas Verhoeven auf«, sagte Pieter und deutete auf eine Tür im hinteren Teil des Raums. »Die von *meneer* Martens habe ich bereits zu Protokoll genommen. Wir haben grad noch über den neuen Bondscoach geredet. Der ist viel zu alt, um einen Umbruch in der Nationalmannschaft einzuleiten, *meneer* Martens findet aber, dass seine Erfahrung gerade den jungen Spielern …«

Für Fußball hatte sich Griet noch nie interessiert, sie wunderte sich immer wieder, wie wichtig das Thema für Männer war, um Small Talk zu machen. Wobei ihr durchaus die Inbrunst und Ausdauer imponierten, mit der viele ihrer Kollegen und Freunde ihre Gedanken einer Mannschaft widmeten, die sich in jüngster Vergangenheit nicht gerade mit Ruhm bekleckert hatte. Offenbar waren diese Überlegungen ihrem Gesichtsausdruck anzusehen.

Pieter setzte eine ernste Miene auf und nahm Griet beiseite.

»Ich habe Martens in ein Gespräch verwickelt, damit er noch dableibt«, sagte er im Flüsterton. »Der gute Mann scheint mir nicht die hellste Kerze auf der Torte zu sein, aber ich bin bei seiner Aussage auf ein interessantes Detail gestoßen, oder sagen wir lieber, es ist die Art, wie er über ein bestimmtes Detail spricht. Ich glaube, du solltest dir das anhören …«

Pieter sah Griet über seine Hornbrille hinweg mit bedeutungsvollem Blick an. In ihrem Hinterkopf regte sich die Ahnung, dass ihr neuer Kollege vielleicht doch etwas mehr als nur Pfannkuchen und *appelflappen* im Kopf hatte.

Griet zog den Parka aus, hängte ihn über die Lehne des Stuhls und setzte sich. Henk hatte sich kurz mit seiner Kollegin unterhalten, die ihr Telefonat beendet hatte, kam nun zu ihnen herüber und hockte sich auf die Tischkante.

Dann stellte sie sich Marc Martens vor und musterte ihn: gelocktes, etwas fettiges blondes Haar, speckiger Wollpulli, zerschlissene Jeans. Was auch immer der Mann beruflich trieb, reich war er damit bislang noch nicht geworden, oder er legte schlicht keinen Wert auf sein Äußeres.

»Muss ich euch jetzt alles noch mal erzählen?«, fragte Martens gelangweilt und zeigte auf das Aufnahmegerät, das auf dem Tisch lag. »Ist doch schon alles im Kasten.«

»Wenn es Ihnen nichts ausmacht.« Griet lächelte beflissen.

»Okay … Also, Verhoeven hatte mein Boot für heute gemietet …«

»Ihr Boot? Verchartern Sie es?«

»Nee, oder doch, ja«, erwiderte Martens. »Im Sommer fahre ich mit dem Boot die Touris zum Robbengucken zur Sandbank. Jetzt ist aber noch tote Hose, und da muss ich halt sehen, wie ich Moos zusammenkratze.«

Henk schaltete sich in das Gespräch ein. »Marc betreibt einen Strandpavillon auf dem Nordstrand«, erklärte er. »Ich denke, was er sagen möchte, ist, dass es ihm wie den anderen Inselbewohnern geht: Außerhalb der Saison ist es schwierig, Geld zu verdienen, da hat jeder einen kleinen Nebenjob …«

»*Precies,* Henk, genau so ist es«, sagte Martens. »Und Verhoeven wollte eben auf die Sandbank, um sich da irgendein Wrack anzugucken. Warum er deswegen in aller Herrgottsfrühe dahin musste, hab ich irgendwie nicht ganz kapiert.« Er gähnte demonstrativ.

»Wie viel hat Verhoeven Ihnen für Ihre Dienste denn gezahlt?«, wollte Griet wissen.

»Zweihundert Euro, der war ganz heiß auf den Trip. Unter uns, ich hätte es auch für fünfzig gemacht.« Martens grinste.

»Okay, Sie haben ihn also zur Sandbank gebracht. Was geschah dann?«

»Er ging hinüber zu diesem Wrack oder den Resten davon … Und dann kam er zurückgerannt, ganz grün im Gesicht. Ich dachte schon, der kotzt mir vor die Füße.«

»Da hatte er wohl die Leiche entdeckt«, sagte Griet.

»Ja, also bin ich rüber, um mir das selbst anzusehen … und na ja, und da lag er dann.«

»Kannten Sie Vincent Bakker?«

Marc Martens hatte sich gerade ein weiteres Stück *appelflappen* in den Mund geschoben und hustete, als hätte er sich daran verschluckt. »Na klar, er war doch mein Cousin.«

Griet bemerkte, wie Pieter, der seitlich neben dem Zeugen saß, sodass dieser ihn nicht sehen konnte, ihr zunickte und die Augenbrauen ein Stück hob.

»Mein aufrichtiges Beileid«, sagte Griet, während Martens weiter auf seinem Gebäckstück kaute. »Das muss ein schwerer Schlag für Sie gewesen sein.«

Martens hielt inne, als wäre ihm gerade aufgegangen, dass er vielleicht etwas mehr Betroffenheit über den Tod eines nahen Verwandten zeigen sollte. Er legte das halb abgebissene Stück *appelflappen* auf den Teller zurück.

»*Jawell, zeker weten* … das hat mich echt total umgehauen … also, ich meine, deshalb habe ich ja dann auch gleich die Polizei gerufen, falls er noch lebt, wobei, mir war natürlich klar, der ist tot … Also, verstehen Sie, was ich meine …?«

Griet ließ eine Pause entstehen. Martens hatte ein wenig von seiner Selbstsicherheit eingebüßt und kam ins Schwimmen. Sie blickte kurz zum Fenster hinaus. Die Wolkendecke war aufgerissen, ein Lichtstrahl fiel durch das milchige Fensterglas und erhellte den Raum, sodass man die feinen Staubpartikel in der Luft tanzen sehen konnte.

»Ich denke, ich verstehe perfekt, was Sie meinen, *meneer* Martens. Wie würden Sie Ihr Verhältnis zu Ihrem Cousin beschreiben?«

»Er … also, er war ein echt dufter Typ, alle mochten ihn, und die Leute haben gern ein *pilsje* mit ihm getrunken«, antwortete Martens unsicher.

»Mich interessierte eher, wie Sie persönlich zu ihm standen.«

»Ach so, na ja, wir … wir waren oft zusammen im *Oude Veermann* …«

»Eine sehr beliebte Kneipe hier im Ort«, schob Henk erklärend ein.

»Ich … ich habe doch alles erzählt«, sagte Martens. »Kann ich jetzt gehen? Ich habe noch einiges zu erledigen … die Saison fängt bald an.«

»Wir haben Ihre Aussage aufgezeichnet«, erklärte Pieter, »und müssen sie Ihnen der Ordnung halber noch mal vorspielen. Sie müssen dann erklären, ob Sie damit einverstanden sind oder Einwände haben.«

Martens hob abwehrend die Hände. »Nein, nein … schon gut, alles in Ordnung so. Wie gesagt, ich muss jetzt wirklich los.«

Pieter nahm das Aufnahmegerät in die Hand und hielt es ihm entgegen. »Dann äußern Sie bitte in einem vollständigen Satz, dass Sie darauf verzichten, Ihre Aussage noch mal anzuhören.«

Martens tat, wie ihm geheißen, und sah Henk an. »Mein Gott, macht ihr immer so einen Aufstand?«

»Du kennst doch das alte Sprichwort«, sagte Henk und klopfte ihm auf die Schulter. »Die Deutschen haben die

Bürokratie erfunden, die Niederländer haben sie perfektioniert!«

Griet erhob sich und streckte die Hand aus. »Vielen Dank für Ihre Hilfe, *meneer* Martens, und entschuldigen Sie, dass wir Sie so lange aufgehalten haben. Erlauben Sie, dass wir uns erkenntlich zeigen – der Kollege de Vries wird Sie gern nach Hause bringen.«

Während Marc Martens zum Ausgang ging, nahm Griet Pieter beiseite.

»Lass dir die Autoschlüssel für den Streifenwagen geben«, sagte sie. »Horch den Kerl auf der Fahrt noch ein wenig aus. Ich will alles über ihn wissen. Wo dieser Strandpavillon ist, den er betreibt, was er in seiner Freizeit macht, Freundin, Frau, Kinder, das ganze Programm, und vor allem: Welche Beziehung hatte er wirklich zu seinem Cousin?«

Pieter nickte, nahm die Schlüssel von Karen entgegen, setzte seine Schiebermütze auf und folgte Marc Martens.

Griet sah den beiden nach. Martens mochte ein einfältiger Bursche sein, eine gewisse Bauernschläue und Geldgier gingen ihm aber nicht ab. Und sie war überzeugt davon, dass der Tod von Vincent Bakker ihn nicht im Geringsten berührte.

***

»Professor Verhoeven wollte mir gerade erklären, was ihn am frühen Morgen auf die Sandbank geführt hat«, sagte Noemi, als Griet den Vernehmungsraum betrat. Offenbar hatte sie etwas länger für die Formalitäten gebraucht als ihr erfahrener Kollege. Das Zimmer hatte wenig mit jenen Räumlichkeiten gemein, in denen Griet üblicherweise Zeugen und Verdächtige befragte. Zwar gab es einen Tisch und Stühle, ansonsten wirkte der Raum eher wie eine Abstellkammer. An den

Wänden waren Regale angebracht, in denen Aktenkartons, Ausrüstungsgegenstände, ausgediente Telefone und EDV-Geräte lagerten. Offensichtlich waren Vernehmungen auf Vlieland nicht an der Tagesordnung.

»Dann komme ich ja im richtigen Moment. Machen wir einfach weiter«, sagte Griet, stellte sich Verhoeven vor und setzte sich auf den Stuhl neben Noemi, die dem Zeugen am Tisch gegenübersaß. Verhoeven trug eine Jeans, die an den Beinen mit Resten von Sand und Schlick verschmutzt war, dazu ein rot-blau kariertes Hemd und einen blauen Pullunder.

»Nun«, sagte Verhoeven, »wie ich Ihrer Kollegin gerade erklärte, bin ich Unterwasserarchäologe und spezialisiert auf alte Schiffswracks.«

»Ist das Wattenmeer dafür denn eine interessante Stelle?«, fragte Noemi.

»Aber natürlich, das Watt wird allgemein unterschätzt, was seinen kulturhistorischen Wert angeht.« Verhoeven lächelte. »In unseren Datenbanken sind rund sechzigtausend Stellen vor der niederländischen Küste markiert, an denen etwas auf dem Meeresboden liegt.«

»Lauter versunkene Schiffe?«

»So genau kann man das leider nicht sagen. Es können Wracks sein, aber auch Container und Anker oder Reste menschlicher Zivilisation – immerhin waren das Watt und die Nordsee vor langer Zeit einmal bewohntes Land.«

»Wie spüren Sie denn solche Schiffe auf?«, schaltete sich Griet ein. »Und machen Sie so was oft?«

»Natürlich, ich war erst im vergangenen Jahr an der Bergung eines Wracks vor Texel beteiligt, einem Handelsschiff aus dem siebzehnten Jahrhundert«, sagte Verhoeven und klang dabei fast ein wenig beleidigt. »Viele Schiffe der niederländischen Ostindien-Kompanie lagen damals vor Texel auf Reede.

Unser Fund stammte aus einer Zeit, in der man begann, größere Schiffe zu bauen, die mehr Güter fassten, gleichzeitig aber mit einer kleineren Mannschaft auskamen. Wir fanden sogar Reste der Ladung, Garn aus dem Baltikum. Das Geld aus dem Verkauf investierte man in den Aufbau der Ostindien-Kompanie. Das Schiff muss zusammen mit etwa zwanzig anderen am Weihnachtsabend 1593 vor Texel in einem heftigen Sturm gesunken sein. Wir fanden heraus, dass einer der Versicherer, der Kaufmann und Dichter Roemer Visscher, von dem Verlust so nachhaltig beeindruckt war, dass er seine gerade geborene Tochter Maria Tesselschade nannte …« Verhoeven lachte laut. »Sie verstehen: Tesselschade – Texelschaden …«

Griet unterbrach Verhoeven mit einer Handbewegung in seinem Redefluss, bevor die Befragung vollends zu einer kulturhistorischen Vorlesung ausartete. »Warum haben Sie denn angenommen, dass Sie heute ausgerechnet auf dieser Sandbank vor Vlieland ein Wrack finden würden?«

»Wir beobachten das Watt inzwischen sehr genau«, erklärte Verhoeven, »um zu retten, was noch zu retten ist.«

Noemi hob fragend die Augenbrauen. »Wie meinen Sie das?«

Der Professor räusperte sich. »Seit 1932 der Abschlussdeich zwischen Den Oever und Harlingen gebaut wurde, erodiert der westliche Teil des Wattenmeers durch die Strömungen, die vom Deich reflektiert werden und den Sand im Watt ordentlich durcheinanderwirbeln. Dazu kommt der Klimawandel mit dem Ansteigen des Meeresspiegels, wodurch neue Strömungen sowie Tiefen und Untiefen entstehen. Das sind gigantische Veränderungen, die da stattfinden, und sie lassen Wracks an Stellen aus dem Sandboden auftauchen, wo man es lange nicht für möglich gehalten hätte. Tritt so ein Fall ein, muss man schnell sein.«

»So wie heute Morgen.«

»Ja, wir vermuten schon seit Langem an dieser Stelle ein Wrack. Und heute Morgen hatten wir ein historisches Niedrigwasser, die Sandbank wäre ansonsten gar nicht an dieser Stelle begehbar«, fuhr Verhoeven fort. »Ich habe mich deshalb von *meneer* Martens bei ablaufendem Wasser dorthin fahren lassen, um möglichst viel Zeit vor Ort verbringen zu können.«

»Was haben Sie dort getan?«, fragte Griet.

»Nun, ich war natürlich sehr froh, als ich das Wrack tatsächlich aus dem Wasser auftauchen sah. Leider war es nicht so gut erhalten, wie ich gehofft hatte. Ich machte dennoch ein paar Fotos ...«

»Moment«, unterbrach Griet ihn, »Sie hatten eine Fotoausrüstung dabei?«

»Professor Verhoeven hat sich schon bereit erklärt, uns Kopien der Fotodateien zu überlassen«, schob Noemi ein.

»Danke«, sagte Griet. »Erzählen Sie weiter.«

»Ich machte also Fotos, und dann sah ich durch den Sucher, dass da etwas in den Spanten des Wracks lag. Ich bin hingegangen und ...« Er sprach nicht weiter, offenbar erinnerte er sich nur ungern an seinen grässlichen Fund.

»Mir ist klar, dass das schwer für Sie ist«, sagte Griet, »aber ich muss wissen, was Sie genau gesehen haben.«

»Ich ging näher heran ... Er lag in eine Plastikplane eingehüllt zwischen den Spanten und ... seine glasigen Augen blickten mich durch die Folie direkt an ...«

»Haben Sie oder *meneer* Martens irgendetwas am Fundort verändert?«, fragte Noemi.

»Nein, wir haben sofort die Polizei verständigt ... und dann ist natürlich keiner von uns beiden noch mal dorthin gegangen.«

»Sagen Sie, wie hat *meneer* Martens auf den Leichenfund reagiert?«, fragte Griet.

»Er … nun ja, er war doch recht gelassen. Worüber ich sehr froh war, denn … ehrlich gesagt hätte ich nicht gewusst, was ich tun sollte.«

Griet dankte Verhoeven für seine Auskunft, sagte, dass er nun gehen könnte, sich allerdings telefonisch zur Verfügung halten sollte, falls es später noch Fragen gab. Noemi begleitete ihn nach draußen.

Verhoevens Aussage stimmte mit der von Marc Martens überein. So wie es schien, hatten sie den Fund von Vincent Bakkers Leiche lediglich einem Zufall zu verdanken. Ohne das außergewöhnliche Niedrigwasser wäre sein toter Körper vermutlich für alle Zeit in den eisigen Fluten der Nordsee verschwunden.

Griet hatte wenig Zweifel an der wahrheitsgemäßen Aussage über den Grund, aus dem die beiden Zeugen sich am Morgen auf der Sandbank aufgehalten hatten. Bei Klaas Verhoeven war es äußerst unwahrscheinlich, dass er etwas mit der Tat zu tun hatte, er schien keinerlei Verbindung zu dem Toten zu haben und ging als Wissenschaftler völlig in seiner Arbeit auf – eine Leiche passte ihm da sicher nicht in den Kram.

Marc Martens würde Griet hingegen auf den Zahn fühlen. Sein Verhältnis zu dem Toten konnte durchaus interessant sein.

6
EIN HAUS MIT GESCHICHTE

Das *Badhotel,* dessen Betreiber Vincent Bakker gewesen war, befand sich von der Wache aus gesehen nur wenige Häuser weiter die Dorpstraat hinunter. Griet folgte Henk. Wie sie wusste, war Emma Bakker, die Frau von Vincent Bakker, bereits über den Tod ihres Mannes informiert. Üblicherweise überbrachte man solch schlechte Nachrichten persönlich, in diesem Fall fand Griet es aber verständlich, dass Henk von der Routine abgewichen war und die Witwe per Handy von der Sandbank aus informiert hatte: Auf einer kleinen Insel wie Vlieland verbreiteten sich Neuigkeiten erfahrungsgemäß zügig, und schlechte Nachrichten taten dies am schnellsten.

Ganz recht war es Griet aber nicht, dass sie nun die erste Reaktion der Ehefrau nicht gesehen hatte, auch wenn sie es eigentlich hasste, die Todesbotin sein zu müssen. Jemandem den Tod eines geliebten Menschen zu verkünden, dazu noch einen gewaltsamen, und das Entsetzen und die Trauer in ihren Gesichtern zu sehen, war jedes Mal aufs Neue ein schlimmer Moment. Griet hatte sich über die Jahre eine Art zweite Haut zugelegt, die sie davor schützte, die Emotionen der Hinterbliebenen zu nahe an sich heranzulassen – nicht nur um ihres eigenen Seelenheils willen, sondern auch, um eine professionelle Distanz zu wahren und für die feinen Nuancen im Gesicht ihres Gegenübers offen zu sein. Denn als Ermittlerin empfand Griet die Situation als überaus aufschlussreich. Wie jemand reagierte, wenn man ihn damit konfrontierte, dass ein Angehöriger gestorben war, hatte in so manchem Fall schon erste Hinweise auf den Täter geliefert.

Als sie vorhin um die Mittagszeit auf der Insel angekommen waren, hatte die Dorpstraat wie verlassen dagelegen. Nun war es kurz vor vier Uhr am Nachmittag, und das Dorf war aus dem Dornröschenschlaf erwacht – wach geküsst von einer Fähre, die ihr Kommen mit dem Schiffshorn angekündigt hatte. Auf der Straße wimmelte es von Fahrradfahrern und Fußgängern, die Besorgungen machten oder auf dem Weg zum Hafen waren, und gerade angekommene Touristen suchten den nächstbesten Fahrradverleih auf oder wanderten mit Rucksäcken und Trolleys zu ihren Hotels und Ferienhäusern. Vlieland war praktisch eine autofreie Insel, wie Henk ihr erklärt hatte, lediglich die Insulaner durften über motorisierte Fahrzeuge verfügen, die Besucher waren auf Fahrräder oder gutes Schuhwerk angewiesen. Wer es bequem wollte, konnte sich alternativ mit einem Elektrobus über die Insel kutschieren lassen.

»Kanntest du Vincent Bakker gut?«, fragte Griet im Gehen.

»Schon, das bleibt auf einer so kleinen Insel nicht aus.« Henk deutete mit einem Nicken auf das Haus zu ihrer Rechten. »Das ist es.«

Das *Badhotel* war im Kolonialstil erbaut, mit weißer Klinkerfassade, Schlagläden an den Butzenscheiben und einem hölzernen Wintergarten als Vorbau. Es strahlte bereits von außen das gediegene Flair eines kleinen, aber feinen Betriebs aus, der seit langer Zeit erfolgreich geführt wurde.

Der Empfangstresen der Rezeption, ein Quader mit Eichenvertäfelung und Marmorplatte, war unbesetzt. Henk betätigte die Klingel. Auf der gegenüberliegenden Seite des Raums befand sich ein offener Kamin, in dem ein Feuer prasselte, davor standen zwei Ohrensessel mit einem Beistelltisch in der Mitte. Es dauerte nicht lange, und aus dem Hinterzimmer kam ein älterer Herr mit Glatze in einem exakt sitzenden, dunkelblauen Zweireiher mit Krawatte und Weste. Es handelte sich um den Concierge des Hotels, Guus van Schouten, und rein dem Aussehen nach schätzte Griet, dass er fast so alt sein musste wie das Hotel, mindestens um die siebzig. Er erklärte ihnen, wie sehr das Ableben ihres Gemahls *mevrouw* Bakker getroffen habe, dass sie aber bereit war, die Herrschaften in ihrem Büro zu empfangen.

Guus van Schouten führte sie aus dem Eingangsbereich in den hinteren Teil des Gebäudes, durch einen schmalen Flur mit rotem Läufer, offenbar eine Art Ahnengalerie mit einem handgemalten Porträt und gerahmten Fotos an den Wänden.

»Wer ist das?«, fragte Griet den Concierge, und er blieb vor einem handgemalten Porträt stehen. Es war nicht sehr groß, aber der Ausdruck der Gesichter zeugte von Stolz und von noch etwas anderem. Das ältere Ehepaar, vor schwarzem Hintergrund, der Mann stehend, die Frau neben einem Beistelltisch mit Blumen sitzend, wirkte auf eine merkwürdige Weise wie Staatsleute.

»Das sind Aad und Sjan Koopmanns, Gott hab sie selig«, erklärte Guus van Schouten. »Die Großeltern des verstorbenen *meneer* Bakker.«

»Haben die beiden das Hotel gegründet?«

»Sozusagen. Das *Badhotel* war ursprünglich eine kleine Pension und befand sich nach dem Krieg in einem schlimmen Zustand. Aad und Sjan kauften den Betrieb und führten das Hotel zu neuer Blüte.«

»Haben Sie die beiden noch kennengelernt?«

Van Schouten neigte den Kopf leicht zur Seite und machte ein so indigniertes Gesicht, als sei es verwerflich, eine solche Frage überhaupt zu stellen.

»Natürlich«, sagte er. »Zwei sehr feine Menschen, aufrichtig und tatkräftig, wie man sie heute nur noch selten findet. Ich habe alles von ihnen gelernt. Ich war damals noch sehr jung. Es ist vermutlich eine Gnade Gottes, dass sie den heutigen Tag nicht mehr erleben mussten.«

Auf jeden Fall hat das *Badhotel* wohl reiche Früchte für die Koopmanns' getragen, dachte Griet und trat näher an das Bild heran. Aad Koopmanns hatte einen Smoking an, seine Frau ein weißes Abendkleid. Um den Hals trug die Hotelgründerin ein ungewöhnliches wabenförmiges Medaillon, das sicherlich ein paar Gulden gekostet hatte. Die Anfertigung eines solchen handgemalten Porträts war für die Zeit, in der es entstanden war, ungewöhnlich und konnte nicht billig gewesen sein.

Griet ging zwei Schritte weiter zu den Fotos, auf denen ebenfalls je ein Ehepaar zu sehen war, den Kleidern nach zu urteilen, offenbar aus den Achtzigerjahren.

Van Schouten deutete auf das rechte der beiden Fotos. »Roos Martens, eine der zwei Töchter der Koopmanns', und ihr Mann Jan Martens. Sie übernahmen das Hotel, nachdem sich Aad und Sjan zur Ruhe gesetzt hatten.«

»Sind Roos und Jan mit Marc Martens verwandt?«, fragte Griet.

»Ja, *precies.* Sie sind seine Eltern.« Er zeigte auf das andere Foto. »Anna Bakker, die zweite Tochter der Koopmanns', mit ihrem Mann Thijs. Sie sind die Eltern des verstorbenen Vincent Bakker, der das Hotel später von seiner Tante Roos Martens erworben hat.«

Griet bemerkte, dass Roos Martens ihrer Mutter wie aus dem Gesicht geschnitten glich, während zwischen Anna Bakker und ihren Eltern nicht die geringste Ähnlichkeit bestand. »Sagen Sie, waren die beiden die leiblichen Kinder der Koopmanns'?«

»Nur Roos Martens«, erwiderte van Schouten. »Anna Bakker war das Adoptivkind der Koopmanns'.«

»Ich nehme an, sie lebt noch?«

»Wenn man das so nennen will«, erwiderte van Schouten. »Anna Bakker verbringt ihren Lebensabend in einem Heim auf dem Festland … Ihr Verstand lässt sie seit geraumer Weile im Stich. Vielleicht ebenfalls ein Geschenk des Schicksals, so erlebt sie den Tod ihres Sohnes nicht mehr bei klarem Bewusstsein. Ihr Mann ist vor einigen Jahren gestorben, Roos und Jan Martens weilen ebenfalls nicht mehr unter uns.«

Griet nickte und dachte daran, wie viele Menschen sie in den vergangenen fünf Jahren verloren hatte – erst ihren Vater, dann Bas und beinahe auch ihre ungeborene Tochter, als sie mit der Schussverletzung ins Krankenhaus eingeliefert worden war.

»Der Tod ist die einzige Konstante in unser aller Leben«, sagte sie nachdenklich, während sie noch einmal das Porträt der Koopmanns' musterte.

»Dem ist wohl so«, erwiderte der Concierge, »und es ist überaus tragisch, dass er ausgerechnet jetzt den jungen *meneer* Bakker geholt hat.«

»Wie meinen Sie das?«

»Nun ja«, sagte van Schouten leise, als habe er sich dabei ertappt, etwas zu leichtfertig dahingesagt zu haben, »es ist wegen des neuen Hotels … Es ist umstritten, und *meneer* Bakker hat sich sehr für das Projekt eingesetzt und alle Parteien hinter sich versammelt. Darin war er äußerst geschickt.«

»Und was soll das für ein neues Hotel werden?«

»Es entsteht drüben in den Dünen, direkt am Strand. Wobei jetzt natürlich nicht sicher ist, wie es weitergehen wird …«

Er räusperte sich. »Wenn Sie mir nun bitte folgen wollen, *mevrouw* Bakker erwartet Sie bereits.«

***

Das Büro von Emma Bakker befand sich in der ersten Etage des Hauses und bot einen Blick über die Deichkrone hinweg auf das Wattenmeer, das inzwischen wieder vollständig aufgelaufen war und dessen Wellen sich im Wind kräuselten.

Emma Bakker beugte sich über den Schreibtisch, der am Fenster stand. Soweit Griet sehen konnte, studierte sie eine Reihe von Ausdrucken mit Zahlenkolonnen und Tabellen, daneben lagen zusammengefaltete Grundrisszeichnungen. Offenbar hatte sie den ersten Schock über den Tod ihres Mannes bereits überwunden. Sie schien vertieft in ihre Arbeit und blickte erst auf, als Guus van Schouten das Zimmer verließ und die Tür hinter sich schloss.

Griet stellte sich vor und reichte ihr die Hand. »Ich möchte Ihnen unser Beileid zum Tod Ihres Mannes aussprechen.«

»Vielen Dank«, erwiderte Emma Bakker, ergriff Griets dargebotene Hand und nickte Henk dann zu. »Und dir ebenfalls vielen Dank, dass du mich sofort verständigt hast.«

»Selbstverständlich«, meinte er. »Es tut mir sehr leid für euch.«

»*Mevrouw* Bakker, Sie sollten wissen …«, setzte Griet an, doch Emma Bakker hob die Hand.

»Warten Sie, ich habe Guus gebeten, unsere Tochter Neeltje zu holen«, sagte sie. »Setzen wir uns doch so lange. Möchten Sie etwas trinken?« Sie wies auf zwei dunkelbraune Ledersofas, die eine Ecke des Raums ausfüllten. Auf dem Tisch dazwischen standen eine Kanne und Tassen.

Während Emma Bakker ihnen *koffie* einschenkte, musterte Griet die Frau. Sie trug einen dunkelblauen Businessanzug, hatte die schwarzen Haare zu einem strengen Zopf zusammengebunden und ihr Gesicht sorgfältig geschminkt. In ihrem Mienenspiel – den leicht nach unten gezogenen Mundwinkeln, dem niedergeschlagenen Blick – lag Trauer. Diese wurde allerdings von den Augen der Frau widerlegt, denn es waren nicht die geröteten Augen von jemandem, der den Tod des Lebenspartners ausgiebig beweint hatte – zumal sie sich offenbar ohne Umschweife ins Tagesgeschäft gestürzt hatte. Allerdings hatte Griet gelernt, sich von solchen Beobachtungen nicht irreführen zu lassen, weder von offen dargestellten Emotionen noch von deren scheinbarer Abwesenheit. Für sie galt es, eine kritische Distanz einzunehmen: Und es war nicht unüblich, dass Angehörige sich nach einer solchen Schreckensmeldung in Geschäftigkeit stürzten, um Normalität zu wahren, und dass sich die Emotionen erst später Bahn brachen.

Die Tür öffnete sich, und der Concierge ließ eine junge Frau eintreten, fast noch ein Mädchen, schätzungsweise achtzehn oder neunzehn Jahre alt. Neeltje hatte blondes Haar und trug Dienstmädchenkleidung. Nachdem sie sich zu ihrer Mutter auf die Couch gesetzt hatte, den Blick verlegen zu Boden gerichtet, drückte Griet erneut ihr Beileid aus, und Neeltje bedankte sich schüchtern.

»Ich muss Ihnen leider mitteilen, dass Ihr Mann und Ihr Vater keines natürlichen Todes gestorben ist«, eröffnete Griet den beiden. »Nach unseren bisherigen Erkenntnissen können wir einen Unfall oder einen Suizid höchstwahrscheinlich ausschließen. Wir müssen davon ausgehen, dass er ermordet wurde.«

Emma Bakker schlug eine Hand vor den Mund und stöhnte auf, Neeltje hob den Blick und sah Griet mit einem Ausdruck auf dem Gesicht an, der zwischen Überraschung und etwas anderem lag, das Griet in dem Moment nicht ganz greifen konnte.

»Wir ermitteln in diesem Todesfall«, erklärte Griet, »und ich versichere Ihnen, dass wir herausfinden werden, was ihm zugestoßen ist.« Sie wartete einen Moment, bis Emma Bakker und ihre Tochter sich wieder gefasst hatten. »Ich werde Ihnen deshalb nun einige Fragen stellen, wenn Sie einverstanden sind.«

Emma Bakker nickte. »Natürlich, wir helfen Ihnen, wo wir nur können.«

»Wann haben Sie Ihren Mann zum letzten Mal lebend gesehen, *mevrouw* Bakker?«

Emma Bakker überlegte kurz. »Wir planen gerade den Neubau eines Hotels«, sagte sie dann. »Vincent war deshalb gestern den ganzen Tag mit einer Investorengruppe auf der Insel unterwegs. Er kam am frühen Abend kurz ins Hotel zurück, ging dann aber auch bald wieder.«

»Können Sie sich an die ungefähre Uhrzeit erinnern?«

»Er muss so gegen halb sechs gekommen und … kurz vor sechs wieder gegangen sein.«

Griet sah zu Neeltje hinüber. »Und wann haben Sie Ihren Vater zuletzt lebend gesehen?«

Die junge Frau verschränkte die Hände im Schoß und blickte zu Boden. »Das war vorgestern …« Ihre Stimme brach, sie begann zu weinen, und Emma Bakker legte den Arm um sie. »… vorgestern Abend.« Neeltje wischte sich über die Augen und sah auf. »Ich habe noch im Hotel gearbeitet, da … da kam er zu mir.« Sie schluchzte und lehnte sich an ihre Mutter.

Griet sah zu Henk hinüber, der instinktiv begriff, was sie

meinte, aufstand und zu der jungen Frau hinüberging. »Das ist alles sehr schwer. Gehen wir raus und besorgen dir etwas zu trinken.«

Henk führte Neeltje aus dem Zimmer hinaus und schloss die Tür hinter sich.

»Wissen Sie, wo Ihr Mann hinwollte, als er gestern Abend das Hotel verließ?«, fragte Griet und nahm den Gesprächsfaden wieder auf.

»Soviel ich weiß, wollte er zur Feier im *Oude Veermann*, das ist …«

»… eine beliebte Kneipe im Ort, ich weiß.« Griet lächelte. »Hat er gesagt, wie lange er dort bleiben wollte?«

»Nein.«

»Er war also nicht zu Hause, als Sie ins Bett gingen, und Sie haben ihn auch nicht nach Hause kommen hören?«

»Nein, ich habe einen festen Schlaf«, sagte Emma Bakker. »Erst heute Morgen habe ich festgestellt, dass er nicht da ist … und wenig später rief auch schon Henk an.«

»War Ihr Mann regelmäßig im *Oude Veermann?*«

»Nun, wie soll ich sagen, es war praktisch sein zweites Büro. Wissen Sie, auf einer Insel wie dieser sind die sozialen Kontakte sehr wichtig, und der *Veermann* ist ein beliebter Treffpunkt im Dorf.«

»Sind Sie auch oft dort?«

»Nein, ich mache mir nicht viel aus Kneipen.«

Griet hielt einen Moment inne. »Verzeihen Sie, aber ich muss das fragen: Trank Ihr Mann viel Alkohol, *mevrouw* Bakker?«

»Nicht mehr als alle anderen in einer Kneipe.«

»Glauben Sie, dass er den ganzen Abend im *Oude Veermann* war, oder könnte er danach noch woanders hingegangen sein?«

»Möglich ist es …« Emma Bakker schien einen Moment zu überlegen. »Ich meine, wir hatten gestern Freitag, da bastelt er eigentlich abends immer an seinem Segelschiff.«

»Was ist das für ein Schiff?«

»Ein altes Plattboot«, sagte Emma Bakker. »Er hat es vor Jahren gekauft und restauriert es … so eine Art Hobby.«

Griet hätte liebend gern jemanden gehabt, der das alte Boot ihres Vaters als Freizeitbeschäftigung in Schuss brachte. Sie schob den Gedanken beiseite und konzentrierte sich wieder auf die Befragung. »Wo liegt das Schiff?«

»Es steht an Land, in einer Lagerhalle des *Linnenexpress* unten am Hafen.«

»Haben Sie Zugang zu der Halle?«

»Nein, nur mein Mann hatte einen Schlüssel.«

»*Mevrouw* Bakker, wer könnte einen Grund gehabt haben, Ihren Mann zu töten? Hatte er Feinde oder in jüngster Zeit Streit mit jemandem?«

»Nun, wer Geschäfte macht, hat auch schon mal Streit. Aber nicht solchen, wegen dem man jemanden umbringt«, sagte Emma Bakker. »Vincent war sehr beliebt auf der Insel, alle schätzten ihn.«

***

Es war bereits dunkel, als sie ins Freie traten und sich auf den Rückweg zur Wache machten. Griet berichtete Henk von ihrem Gespräch mit Emma Bakker und von Vincents Boot in der Lagerhalle am Hafen.

»Der *Linnenexpress* versorgt die Ferienhäuser auf der ganzen Insel mit Bettzeug und Handtüchern«, erklärte Henk. »Die haben drüben am Hafen ein paar Hallen. Ich werde mir das mal ansehen.«

»Sollte etwas darauf hindeuten, dass Vincent Bakker sich tatsächlich gestern Abend dort aufgehalten hat, sperr die Halle ab, ich verständige dann die Kriminaltechnik«, sagte Griet.

Sie selbst würde heute Abend mit ihrem Team nach Leeuwarden zurückkehren. Noemi hatte die Anweisung, sich nach einer Unterkunft auf der Insel umzusehen, wo sie für die Dauer der Ermittlungen bleiben konnten.

»Und, wie geht es Neeltje Bakker?«, fragte Griet.

»Ich habe sie zum Concierge gebracht. Er hat sich rührend um sie gekümmert«, sagte Henk. »Sie heißt übrigens nicht Bakker mit Nachnamen, sondern de Jong.«

»Warum das?«

»Vincent Bakker war ihr Stiefvater. Ihr leiblicher Vater ist Luuk de Jong.«

»Lebt er ebenfalls hier auf der Insel?«

»Er betreibt den *Vliehorsexplorer*«, erklärte Henk. »Das ist ein Geländelastwagen, mit dem bringt er Touristen auf den *Vliehors*, die große Sandbank im Westen der Insel. Neeltje hat mit der Volljährigkeit wieder seinen Namen angenommen.«

»Weißt du, warum?«

»Keine Ahnung.« Henk zuckte die Schultern, blieb dann abrupt stehen. »Mir fällt gerade ein … Ich war gestern Abend kurz im *Oude Veermann* zur Jubiläumsfeier, die halbe Insel war dort. Ich stand an der Theke und unterhielt mich mit jemandem. Vincent Bakker war ebenfalls da – und er hatte einen recht heftigen Streit mit Luuk de Jong.«

»Hast du mitbekommen, weshalb?«

»Nein, es war kurz, aber heftig, der Wirt ist dazwischengegangen«, sagte Henk. »Ich konnte nicht so lange bleiben.«

»Interessant, vielleicht sollten wir uns einmal mit Luuk de Jong unterhalten«, meinte Griet und wünschte sich erneut, dass solch wichtige Informationen ihrem Inselkollegen nicht tropfenweise in den Sinn kämen. Dennoch fand sie immer mehr, dass es hilfreich war, wenn er ihr zur Seite stand. »Die Leute hier scheinen dich zu mögen«, stellte sie fest. »Wie lange bist du schon auf der Insel?«

»Länger als ich sollte.«

»Wie meinst du das?«

»Üblicherweise wechselt die Leitung der Wache alle zehn Jahre«, erklärte Henk, »damit der Kontakt zwischen Polizei und Einheimischen nicht zu freundschaftlich wird, wenn du verstehst, was ich meine.«

»Leuchtet mir ein.«

»Ich bin seit 2005 hier. Damals riss sich niemand um den Job auf der Insel, ich war der einzige Bewerber. Daran hat sich nicht viel geändert. Man hat sich also nach Ablauf der üblichen Dienstzeit entschieden, meinen Aufenthalt noch einmal um weitere fünf Jahre zu verlängern.«

Griet rechnete kurz nach. »Das bedeutet, dass du nicht mehr lange hier sein wirst.«

»So sieht es aus, in einem Monat ist dann wirklich Schluss«, sagte Henk. »Ich werde Vlieland vermissen, es ist wunderschön hier: die unberührte Natur, der ellenlange Strand, die Ruhe. Mit den Einheimischen ist das eine andere Sache …« Er lachte, was ihm etwas Jungenhaftes verlieh, und warf ihr einen Seitenblick zu. »Die sind wirklich eine verschworene Truppe. Ich habe sogar nach all den Jahren noch keinen wirklichen Einblick, was hier hinter den Kulissen genau vor sich geht.«

Griet lächelte höflich, nahm sich aber vor, die Zusammenarbeit mit Henk nicht zu vertraulich werden zu lassen. »Dann wird es Zeit, dass wir das herausfinden.«

***

Wenig später erreichte Griet den Fähranleger. Pieter war zum Ticketschalter gegangen, um Fahrkarten zu besorgen, Noemi stand an der Mole und telefonierte. Griet schlenderte ein Stück die Straße hinunter, bis sie an das mächtige Fluttor kam, das den Anfang der Dorpstraat bildete und den kleinen Ort vor Überschwemmungen schützte. Dünner Nebel war aufgezogen und kroch über den Deich ins Dorf hinein, umhüllte die gelben Laternen, die in einer langen Reihe die Straße säumten, und tauchte alles in ein diffuses Licht. Ruhe lag über dem Ort, außer den letzten Fährgästen war niemand mehr unterwegs. Auf dem bewaldeten Hügel über dem Ort thronte wie ein stiller Wächter der Leuchtturm und schickte seinen kreisenden Lichtstrahl in regelmäßigen Abständen über das dunkle Watt. Der Wind rauschte in den Bäumen, die Luft war kühl und feucht.

Griet blickte die kopfsteingepflasterte Dorpstraat hinunter und konnte an ihrem entfernten Ende das *Badhotel* sehen. Schwer vorstellbar, dass sein Besitzer in einer solchen Idylle gewaltsam ums Leben gekommen war. Dennoch verhielt es sich so. In merkwürdigem Widerspruch dazu stand, dass sein Tod den nächsten Angehörigen offenbar wenig zusetzte. Alle schienen schnell wieder zur Tagesordnung zurückgefunden zu haben.

Selbst wenn Vincent Bakker ein allseits beliebter und angesehener Mann gewesen war, wie alle behaupteten, hatte dennoch jemand einen Grund gehabt, ihn zu töten. Vielleicht hatte die Sache mit dem Neubau des Hotels zu tun, der, wie der Concierge gesagt hatte, die Gemüter erhitzte. Und warum hatte sich Vincent Bakker mit Luuk de Jong in der Kneipe gestritten? Gab es einen Grund, dass Marc Martens den Tod seines Cousins fast zu begrüßen schien? Wie stand es um die Ehe zwischen Vincent und Emma? Und warum hatte

Neeltje de Jong den Namen ihres Stiefvaters nicht länger tragen wollen? Warum musste Vincent Bakker sterben?

Griet war sich sicher, sein Mörder befand sich hier auf der Insel.

Und sie würde ihn finden.

ZWEITER TEIL

7
GEZEITENSTROM

Sie stand wieder vor der hellroten Tür, deren Lack an einigen Stellen abgeplatzt war, sodass das Holz darunter zum Vorschein kam. Es war das Apartment 12b im obersten Stockwerk eines Wohnkomplexes in der *Oranje-Nassaustraat* im Rotterdamer Stadtteil Delfshaven.

Auf ihr Klingeln hin wurde die Tür geöffnet. Sie sah sich einem jungen Mann gegenüber, dunkle Haut, schwarze, kurz geschorene Haare, gerade an der Grenze zum Erwachsensein. Er trug ein hellblaues T-Shirt mit dem Superman-Zeichen auf der Brust.

Die Angst stand ihm ins Gesicht geschrieben, als sie ihren Dienstausweis zeigte und den Grund ihres Besuchs erklärte. Sie war nicht seinetwegen hier. Es ging um seinen Bruder.

Aus dem Augenwinkel bemerkte sie, wie jemand die Treppe heraufkam. Sie wandte sich halb um und erkannte den Mann, den sie suchte. In der linken Hand trug er eine Einkaufstüte, in der rechten hielt er den Wohnungsschlüssel. Ohne Zögern ließ er die Einkäufe fallen und griff nach der Waffe, die unter seiner Jacke im Hosenbund steckte.

Sie hätte keine Chance gehabt, doch kaum dass er die Automatik auf sie gerichtet hatte, packte eine Hand den Lauf und riss ihn zur Seite. Ein wuchtiger Haken krachte ins Gesicht des Mannes und schickte ihn ins Land der Träume. Mit wenigen Handgriffen legte ihr Retter ihm Handschellen an, kam dann mit schnellen Schritten die Treppe zu ihr herauf und hielt ihr die Waffe hin, die eben noch auf sie gezielt hatte.

»Bas Dekker«, stellte er sich vor. »Ich bin von der Sitte. Mein Chef sagte mir, dass wir in der Sache zusammenarbeiten.«

Bas trug einen olivgrünen Parka, hatte eine kräftige Statur, blondes lockiges Haar, Dreitagebart und Gesichtszüge wie aus Stein gemeißelt. Aber es war sein spitzbübisches Lächeln, das sofort den Weg in ihr Herz fand und für immer dort bleiben würde.

Er deutete mit einem Nicken zu dem bewusstlosen Mann auf der Treppe. »Das erste Mal geht frei Haus. Wenn ich dir noch mal das Leben retten muss, ist ein pilsje fällig. Aber da wir ja nun zusammenarbeiten … vielleicht wartest du demnächst einfach auf mich, bevor du irgendwo reinrennst, wo es gefährlich werden könnte.«

Griet schlug die Augen auf und fuhr hoch.

Ihr Herz raste. Sie blieb einen Moment auf der Bettkante sitzen, bis sich ihr Puls beruhigt hatte.

In ihrer Koje war es stockdunkel. Durch das Bullauge konnte sie den sichelförmigen Mond am sternenklaren Nachthimmel sehen.

Ob diese Träume jemals aufhörten?

Das Apartment 12b in der *Oranje-Nassaustraat* war der Anfang von allem gewesen – nicht nur der ihrer gemeinsamen Ermittlungen. Sie waren noch am selben Abend in Bas' Wohnung im Bett gelandet.

Griet hatte noch nie auf One-Night-Stands gestanden, zudem war sie damals bereits verheiratet, und nichts lag ihr ferner, als ihren Mann zu hintergehen. Doch Bas und sie waren wie zwei Magneten gewesen, die sich unweigerlich anzogen. Er hatte es auch gespürt.

Die meisten Männer schliefen nach dem Sex sofort ein, und die wenigen, die es nicht taten, versuchten sich kurz in romantischem Geschwafel und schliefen dann ein. Bei Bas war es anders gewesen. Sie hatten danach bei einer Flasche Rotwein auf dem Balkon gesessen und über den Fall gesprochen. Dabei bemerkten sie schnell, wie gut sie zusammen funktionierten. Es fühlte sich an, als hätte man an ihr Gehirn ein zweites angeschlossen. Wenn Bas und sie ihre Gedanken vereinten, erschlossen sich häufig Zusammenhänge, die ihnen allein zuvor völlig undurchdringlich erschienen waren.

Griet griff nach der Flasche *Spa rood,* die neben dem Bett stand, und trank einen Schluck. Wenn sie auf den Rat gehört hätte, den Bas ihr damals gegeben hatte, und zwei Jahre später bei dem Einsatz im Rotterdamer Hafen auf ihn gewartet hätte, wäre er heute vermutlich noch am Leben.

Sie ließ sich wieder in die Kissen fallen. Eine Uhr oder das *mobieltje* legte sie schon lange nicht mehr neben ihr Bett. Welchen Sinn hatte es, die vielen wachen Stunden in den Nächten zu zählen. Sie schloss die Augen und lauschte den ungewohnten Geräuschen ihres neuen, schwimmenden Zuhauses – den knarzenden Spanten, dem Klappern der Leinen am Mast, dem Schmatzen des Wassers.

Das Wasser … Ihre Gedanken wanderten zu Vincent Bakker. Oder besser gesagt zu dem Weg, den seine sterblichen Überreste genommen hatten.

Es war sonderbar, dass seine Leiche auf der Sandbank angespült worden war, und zwar aus einem einfachen Grund: Alles deutete darauf hin, dass der Täter vorgehabt hatte, sein Opfer auf See verschwinden zu lassen – der in Plastik verschnürte Körper, die Steine zur Beschwerung. Und im Gegensatz zu einem Fluss, in dem immer die Chance bestand, dass ein derart versenkter Körper wegen starker Strömungen wieder auftauchte, war das Meer tief genug. Doch es war dem Mörder nicht gelungen, Vincent verschwinden zu lassen. Fragte sich, warum? War der Täter nicht ortskundig und wusste nicht, wo die See tief genug war? Hatte er keine Zeit gehabt, war er gestört worden – und wenn ja, wovon? Vordringlicher war es allerdings, herauszufinden, wo Bakker ermordet worden war. Und wie der Täter die Leiche vom Tatort weggeschafft hatte …

***

Ein lautes Klopfen weckte Griet. Sie schlug die Augen auf, kniff sie aber gleich wieder zusammen. Die Sonne fiel grell durch das Bullauge in die Koje herein. Griet rollte zur Seite und zog sich die Bettdecke über den Kopf. Sie musste irgendwann in den frühen Morgenstunden wieder eingeschlafen sein, ohne dass ihre Grübeleien zu einem Ergebnis geführt hatten.

Erneut erklang ein lautes Klopfen. Griet wusste, was das Geräusch bedeutete: Besuch. Ein Schiff hatte nun mal keine Türklingel, deshalb musste man auf sich aufmerksam machen, indem man beherzt gegen den Rumpf klopfte.

Sie schlug die Bettdecke zurück. Instinktiv schlang sie die Arme um den Körper, als ihre nackten Füße den Holzboden berührten. Die Bohlen waren kalt, die Luft feucht und eisig. Die alte Heizung, die sie die Nacht durchlaufen ließ, musste irgendwann in den frühen Morgenstunden wieder schlappgemacht haben. Die Aussicht, dass die Temperaturen nun bald wieder steigen würden, erfüllte sie mit Zuversicht, doch in Gedanken fügte Griet der ohnehin schon langen Liste von Dingen, die im Sommer auf dem Schiff repariert werden mussten, einen weiteren Punkt hinzu. Sosehr sie das Boot als Andenken an ihren Vater schätzte, reifte in ihr langsam die

Überzeugung, dass eine Wohnung auf lange Sicht die günstigere und bequemere Variante wäre.

Während sie in den Salon schlurfte, malte sie sich aus, wie das Leben zu früheren Zeiten für Seeleute gewesen sein mochte. Griets Schiff war eine *Lemsteraak,* und soviel sie aus den Erzählungen ihres Vaters wusste, waren die Leute mit Plattbooten dieser Art nach England, Frankreich oder sogar bis in die Ostsee gesegelt, um Handel zu treiben. Ihre Vorfahren mussten nicht nur sehr mutige und seefeste, sondern auch sehr kälteresistente Menschen gewesen sein.

»Ich komme ja!«, rief sie, als es wieder klopfte, diesmal nachdrücklicher.

Sie zog Schuhe an, streifte den Parka über, der auf der Sitzbank lag, und kletterte an Deck. Der Gesichtsausdruck, mit dem sie ans Tageslicht trat, musste so übellaunig sein, dass der Mann, der auf der Wiese vor dem Schiff stand, instinktiv einen Schritt zurückwich. Als Griet die Hand schützend vor die Augen hob, erkannte sie, dass es Pieter war.

»Goedemorgen«, sagte er und fasste sich an die Schiebermütze. »Schönes Schiff hast du da.«

»Bedankt.«

»Wir dachten, wir sehen mal nach dir.« Er deutete hinüber zu dem Polizeiwagen, der an der Gracht geparkt stand. Noemi lehnte an der Motorhaube.

»Wie spät ist es denn?«, brummte Griet.

»Kurz nach halb zehn.«

Verdomme, sie war ursprünglich vor anderthalb Stunden mit den beiden im *hoofdkantoor* verabredet gewesen.

»Wir müssen in einer halben Stunde in Harlingen sein«, brummte Pieter. »Ein Boot der KNRM wartet auf uns.«

»Gibt es einen Grund für die Eile?«

»Nun, ich dachte, wir haben bei unseren Ermittlungen keine Zeit zu verlieren …« Er hob eine Augenbraue, und Griet beschlich der Verdacht, dass er nachtragend war, weil sie ihn gestern zur Eile angehalten und ihm damit nicht nur sein Pfannkuchenessen vermasselt, sondern ihn auch zu dem ungemütlichen Helikopterflug genötigt hatte. Dann fuhr er fort: »Henk hat angerufen. Er hat die Halle mit Bakkers Boot gefunden. Sieht so aus, als wäre Bakker in der Mordnacht tatsächlich dort gewesen. Die Kriminaltechnik ist schon unterwegs.«

»Gib mir fünf Minuten.« Griet kletterte zurück ins Boot, um sich anzuziehen.

»Pack dir am besten noch ein paar Sachen ein«, rief Pieter ihr nach. »Noemi hat für uns eine Bleibe aufgetrieben. Ein Ferienhaus, das die Eltern von Karen den Bosch vermieten. Wir können dort für die Dauer der Ermittlungen wohnen.«

Griet hielt inne und wandte sich zu ihm um. »Ein Ferienhaus?«

Als sie Noemi gestern Abend aufgetragen hatte, nach einer Übernachtungsmöglichkeit zu suchen, hatte sie eher an drei separate Hotelzimmer gedacht.

»Man nimmt, was man kriegen kann. Und frag nicht, wie ich meiner Frau beigebracht habe, dass ich die nächsten Tage mit zwei Frauen unter einem Dach schlafe.«

Pieter war anzusehen, dass ihm die Situation tatsächlich unangenehm war. Griet fragte sich, ob seine Frau übermäßig eifersüchtig war oder ob Pieter in der Vergangenheit etwas angestellt hatte, das sie gleich das Schlimmste befürchten ließ, wenn ihr Mann ein paar Tage mit Kolleginnen allein war.

Andererseits hatte sie selbst wohl kaum ein Recht, sich über die Beziehungsprobleme anderer Leute Gedanken zu machen. Immerhin habe ich meine eigene Ehe in den Sand gesetzt, dachte sie seufzend, als sie unter Deck stieg, um ihre Reisetasche zu packen.

***

Wenig später klammerte sich Griet mit einer Hand an den Haltegriff neben ihrem Sitz, als das Schnellboot der KNRM – die eng mit der Küstenwache und der Polizei zusammenarbeitete – mit Kurs auf Vlieland durch die Wellen pflügte. Es war ein kleineres Boot der Arie-Visser-Klasse, das Äußere unverkennbar geprägt von einer umlaufenden Gummiwulst, die einerseits als Reling und Prellschutz diente, andererseits aber für Auftrieb sorgte, sodass das Schiff im Fall des Kenterns über Wasser blieb. Womit es praktisch unsinkbar war, wie der Steuermann Noemi beim Auslaufen erklärte. Das hatte allerdings nicht sonderlich zu ihrer Beruhigung beigetragen, denn obwohl sie sich alle Mühe gab, es zu verbergen, war ihr deutlich anzumerken, dass sie nicht seefest war.

Griet entging nicht, dass Pieter diesen Umstand mit einer gewissen Genugtuung zur Kenntnis nahm. Offenbar betrachtete er es als ausgleichende Gerechtigkeit für den Helikopterflug, zu dem er am Vortag gezwungen worden war.

Die Kabine des Schiffs bestand aus dem überdachten Steuerstand. Der Platz des Steuermanns war in der Mitte. Er saß vor einem Kontrollpaneel mit Steuerrad, das mit seinen vielen Schaltern und Displays die Dimension einer Schrankwand hatte. Zu beiden Seiten gab es jeweils zwei hintereinander angebrachte Sitzplätze. Griet und Pieter saßen links von dem Mann, Noemi rechts – mit kreidebleichem Gesicht.

Für einen sonnigen Tag war der Seegang beachtlich. Der Wind hatte zwar die Regenwolken vertrieben, an Intensität aber kaum nachgelassen und schob nun die Wellen der auflaufenden Flut vor sich her.

Griet konnte nachempfinden, wie sich Noemi fühlen musste, zu einschneidend war die Erinnerung an den Segeltörn mit ihrem Vater, der ihr bereits in frühester Kindheit die Seefahrt für den Rest des Lebens vermiest hatte. Wobei sie feststellte, dass ihr das ruppige Wetter, das das Boot immer wieder in tiefe Wellentäler abtauchen ließ, inzwischen kaum mehr etwas ausmachte. Irgendwo hatte sie mal gelesen, dass sich der Gleichgewichtssinn mit dem Alter veränderte – bei den meisten Menschen ohne Zweifel eher zum Schlechten, doch vielleicht meinte es das Älterwerden in diesem Fall gut mit ihr.

Pieter deutete durch das Seitenfenster, an dessen Rändern das Spritzwasser eine salzige Kruste gebildet hatte.

»Dort drüben liegt die Sandbank, auf der wir gestern den Toten gefunden haben.«

»Ich frage mich noch immer, was genau dazu geführt hat, dass die Leiche dort angespült worden ist«, sagte Griet über das Dröhnen des Schiffsmotors hinweg.

»Die Plane war offenbar nicht ausreichend beschwert, um den Körper dauerhaft unten zu halten. Außerdem war sie an einigen Stellen gerissen. Es könnten also Steine herausgefallen sein. Den Rest dürfte dann die Strömung erledigt haben.«

»Aber hätte die ihn nicht auf die offene Nordsee hinausziehen müssen?«

»Nicht zwangsläufig«, erwiderte Pieter. »Nur, wenn der Täter ihn im Wattenmeer versenkt hätte, und dann auch nur bei ablaufendem Wasser.«

Er wandte sich an den Steuermann und deutete auf das Navigationsdisplay. »Verlasst ihr euch heute komplett auf das Ding, oder habt ihr noch einen guten alten Gezeitenstromatlas an Bord?«

Der Steuermann setzte ein breites Grinsen auf und griff in ein Ablagefach unter dem Steuerpult. »Wir sind ja nicht völlig lebensmüde«, sagte er und reichte Pieter ein Buch mit der Aufschrift: *HP33. Waterstanden en stromen langs de Nederlandse kust en aangrenzend gebiet – Wasserstände und Strömungen entlang der niederländischen Küste und den angrenzenden Gebieten.*

Pieter blätterte darin, drehte dann seinen Sitz zu Griet herum und klappte das Buch in seinem Schoß auf. Darin war eine Karte der Küste und der Watteninseln zu sehen. Rund um die Inseln waren Pfeile in unterschiedlichen Richtungen eingezeichnet.

»Das ist eine Strömungskarte«, erklärte Pieter und deutete auf die Pfeile, die, von der Nordsee kommend, zwischen Vlieland und Terschelling verliefen. »Hier gibt es eine starke Strömung zwischen den Inseln, und die Sandbank De Richel, wo die Leiche angespült wurde, liegt genau in ihrer Mitte.«

»Das bedeutet«, schlussfolgerte Griet, »der Täter müsste aufs offene Meer rausgefahren sein und den toten Vincent Bakker genau in diesem Bereich über Bord geworfen haben, damit er überhaupt von der Strömung erfasst werden konnte.«

»Richtig, und ich gehe definitiv davon aus, dass es so war. Denn alles andere macht wenig Sinn. Direkt von der Insel aus konnte er die Leiche nicht entsorgen, die Brandung hätte sie zurückgespült. Und im Wattenmeer wäre die Chance viel zu groß, dass sie bei Ebbe irgendwo anlandet. Wenn ich so etwas tun müsste, würde ich mir ein Boot schnappen und damit raus auf die Nordsee fahren.«

Griet stutzte. Etwas an der Sache ergab noch keinen Sinn, und das führte sie zurück zu den Überlegungen, die sie in der vergangenen Nacht angestellt hatte.

Sie nahm den Gezeitenatlas in die Hand und betrachtete

ihn genauer. Nördlich der Inseln begann ein breites Gebiet, in dem die Strömung zunächst in westliche Richtung setzte und dann irgendwann ganz aufhörte – es befand sich lediglich wenige Seemeilen jenseits der Stelle, wo die Strömung zwischen den Inseln einsetzte.

»Hat hier eigentlich jeder so eine Karte auf seinem Boot?«, fragte Griet.

»Wie der Kollege eben schon sagte: Wenn du nicht lebensmüde bist, ja«, antwortete Pieter.

»Dann können wir davon ausgehen, dass auch unser Täter eine solche Karte hatte und sich mit den Strömungsverhältnissen zumindest ansatzweise auskannte?«

»Alles andere würde mich sehr wundern.«

»Warum ist er dann nicht weiter aufs Meer rausgefahren?«, fragte Griet, drehte die Karte zu Pieter um und deutete auf das Strömungsfeld in westlicher Richtung. »Ich meine, warum sollte er die Leiche ausgerechnet in der Nähe der Insel in die Strömung werfen? Wenn er sie weiter draußen über Bord geworfen hätte …«

»… hätte die Strömung sie nie erwischt, und Vincent Bakker wäre auf Nimmerwiedersehen verschwunden.«

»Und warum hat er das nicht getan?«

»Tja, gute Frage.«

»Vielleicht hat ihn etwas daran gehindert?«

»Das wäre eine Erklärung.«

Eine größere Welle traf das Schiff und schob es abrupt zur Seite.

Noemi stöhnte auf.

»Halte durch, wir sind gleich da«, tröstete der Steuermann sie.

Griet wandte sich wieder Pieter zu. »Du scheinst dich mit der Seefahrt auszukennen.«

»Bin früher oft mit dem Segelschiff hier draußen gewesen«, erklärte er und blickte wehmütig auf die See hinaus.

Im Windschatten der Insel wurde das Wasser ruhiger. Sie passierten die Hafeneinfahrt, in der ein verwittertes Holzschild sie willkommen hieß und ihnen schöne Ferien wünschte: *Vlieland heet u welkom. Prettige vakanties!*

Hinter dem Schild tauchte die Silhouette eines Mannes auf, den Griet durch das salzverkrustete Fenster erst auf den zweiten Blick erkannte. Es war Henk. In seinem Mundwinkel glomm eine Zigarette rot auf, während er die Einfahrt des Polizeiboots beobachtete und ihnen langsamen Schrittes folgte.

8

DAS GEBROCHENE SIEGEL

Henk trat die Zigarette aus, reichte Griet die Hand und half ihr an Land, nachdem das Boot festgemacht hatte. Der Jachthafen von Vlieland lag noch im Dornröschenschlaf. Wo sich in den Sommermonaten die Segler dicht an dicht drängten, dümpelten lediglich ein paar Jachten verlassen im Winterquartier. Das einzige bewohnte Schiff schien ein mittelgroßer Zweimaster auf der gegenüberliegenden Seite des Hafenbeckens zu sein, aus dessen Schornstein Rauch aufstieg.

Jenseits der Hafenmole war einen guten Kilometer entfernt Oost-Vlieland zu erkennen.

Hinter Griet stolperte Noemi unbeholfen an Land und setzte sich auf eine Bank. Sie brauchte wohl noch einen Moment, um sich von der Überfahrt zu erholen. Griet trug ihr auf, sich im Hafen umzusehen, sobald es ihr besser ging. Der Hafenmeister konnte ihr vielleicht eine Aufstellung geben, wer von den Einwohnern ein Boot besaß und ob in der Nacht, als Bakker ermordet worden war, Boote von Touristen im Hafen gelegen hatten.

Henk führte Griet und Pieter um das Hafengebäude herum, einen uniformen Kastenbau mit Supermarkt, Restaurant, sanitären Anlagen und dem Hafenbüro. Direkt dahinter erstreckte sich ein Gewerbegebiet mit Lagerhallen.

»Dem *Linnenexpress* gehören insgesamt drei Hallen«, erklärte Henk. »Eine davon hatte Vincent Bakker gemietet.«

»Wer betreibt den *Linnenexpress?*«, fragte Griet.

»Rinus Willemzon.«

»Er weiß Bescheid?«

»Ich hab ihm den Durchsuchungsbeschluss gezeigt. Er war aber ohnehin sofort einverstanden, dass wir uns umsehen. Emma Bakker ist ebenfalls informiert.«

Der *Linnenexpress* lag am Ende einer Reihe von baugleichen Lagerhallen. In der Halle auf der rechten Seite befanden sich die Wäscherei und das Lager für die Bettwäsche, wie Henk erklärte, auf der linken Seite das Büro der Firma und die Eckhalle von Bakker. Griet sah, dass Noor und die anderen Kriminaltechniker bereits an der Arbeit waren.

Aus dem Büro des *Linnenexpress* trat ein untersetzter Mann in weißem Kittel.

»*Hoi,* Henk«, begrüßte er den Inselpolizisten und schüttelte ihm die Hand.

»Rinus, das ist Griet Gerritsen von der *Districtsrecherche.*«

»Vielen Dank, dass wir uns bei Ihnen umsehen dürfen«, sagte Griet.

Rinus Willemzon fuhr sich mit der Hand über die Glatze. »Wirklich schlimme Sache, das mit Vincent.«

»Seit wann hatte er die Halle gemietet?«, fragte Griet.

»Seit über einem Jahr.«

»Nutzte er sie allein?«

»Überwiegend. Wir haben dort nur ein paar Sachen untergestellt, die wir nicht allzu oft brauchen.«

»Wissen Sie, ob *meneer* Bakker am Freitagabend in der Halle war?«

»Ja. Er war jeden Freitagabend hier«, antwortete Willemzon.

»Haben Sie ihn am letzten Freitag selbst gesehen?«

»Wir haben uns im Vorbeigehen gegrüßt.«

»Wann war das?«

»So gegen neunzehn dreißig. Ich drehe ab achtzehn Uhr immer meine letzte Runde über die Insel und bringe die bestellten Wäschepakete zu den Ferienhäusern. Ich kam gerade von der Tour zurück, als ich das Licht in der Halle sah.«

Das grenzte den Zeitpunkt der Tat weiter ein. Mei, die Rechtsmedizinerin, hatte geschätzt, dass Bakker zwischen siebzehn Uhr und Mitternacht gestorben war. Um neunzehn Uhr dreißig war er also noch am Leben gewesen, wenn der Wäschereibesitzer die Wahrheit sagte. Das ließ ein Zeitfenster von rund vier Stunden für den Mord.

»Wie lange sind Sie abends für gewöhnlich hier?«, fragte Griet.

»Selten länger als zwanzig Uhr. Letzten Freitag bin ich sofort nach Hause. Meine Frau und ich hatten mit Nachbarn eine Verabredung zum Skatspielen.«

Griet bedankte sich bei dem Mann und ging mit Pieter und Henk hinüber zu der Halle, die Bakker angemietet hatte. Während sie die Schutzkleidung anlegten, blickte sie sich um. Die Gebäude waren alle aneinandergebaut, kein Weg führte zwischen ihnen hindurch. In der Richtung, aus der sie gekommen waren, verlief die Straße bis zum Hafen, in der anderen endete sie an einem grasbewachsenen Erdwall.

»Eine Sackgasse«, sagte Pieter.

»Ja, keine gute Lage, wenn man eine Leiche am Hals hat.«

Griets Blick fiel auf einen Trailer, der rechts neben dem Eingangstor von Bakkers Halle geparkt stand. Es handelte sich um eine mobile *frituur,* eine Frittenbude, wie man sie im Sommer an den Stränden fand. Auf der Seite stand in roten Lettern auf weißem Untergrund geschrieben: *Verse kibbeling en lekkerbekkje.*

Hinter dem Trailer ragte der Rand eines kleinen Schilds hervor, das an der Halle angebracht war. Griet stutzte und ging um die *frituur* herum.

»Sieh an«, sagte sie.

Auf dem Schild war eine stilisierte Kamera abgebildet. Darunter der Hinweis: *Gebouw onder cameratoezicht – Dieser Bereich wird videoüberwacht.*

Sie drehte sich um und sah zum Dach des gegenüberliegenden Gebäudes hinauf. Dort war tatsächlich eine Kamera montiert, das Objektiv wies auf den Eingangsbereich der Halle.

»Seid ihr so weit?«, hörte sie hinter sich die Stimme von Noor. »Dann könnt ihr reinkommen.«

***

Der Geruch von Holz, Farbe und Lack drang Griet in die Nase, als sie in Schutzkleidung die Halle betraten. Der Raum war hoch, das Dach aus Wellblech. In der linken Hälfte der Halle stand das Plattboot, an dem Vincent Bakker gearbeitet hatte, aufgebockt auf ein Ständerwerk. Der Mast lag abmontiert auf dem Boden neben dem Schiffsrumpf, den man über eine Leiter betreten konnte. Das Holz des Schiffs war rundherum abgeschliffen und zur Hälfte bereits neu gestrichen, der Boden unter dem Schiff mit Plastikplanen abgedeckt.

Die rechte Seite der Halle wurde vom *Linnenexpress* in Beschlag genommen. Zwei Anhänger und ein ausgemusterter Pritschenwagen standen dort.

»Bisher keine Blutspuren, keine Hinweise auf einen Kampf, keine Patronenhülsen, keine Tatwaffe«, fasste Noor das Ergebnis ihrer Untersuchung zusammen. »Aber zwei interessante Sachen haben wir doch entdeckt.«

Sie führte Griet, Pieter und Henk zu den Abdeckplanen unter dem Schiff. Sie waren mit Farbklecksen und Holzspänen übersät.

»Die Spuren, die wir gestern an der Leiche festgestellt haben, sind zur weiteren Analyse beim NFI«, erklärte Noor. Das NFI war das *Nederlands Forensisch Instituut,* mit dem die Kriminaltechniker der Polizei häufig zusammenarbeiteten. »Ich hatte aber kurz Zeit, mir die Substanzen anzusehen, die wir auf der Plane und an der Kleidung des Opfers sichergestellt haben …« Sie unterbrach sich, um einen Blick auf den Ausdruck zu werfen, den sie in der Hand hielt. »Es handelte sich um Aluminiumlack und Phenol-Resorcin-Formaldehyd-Kleber. Beides wird im Schiffbau verwendet – zum Beispiel bei der Restauration alter Holzboote.«

Sie kniete sich hin und deutete auf die Flecken, die auf den Planen unter dem Boot zu sehen waren. »Reste von Lacken und Klebstoffen. Ich gehe jede Wette ein, dass sie übereinstimmen.«

»Das würde bedeuten, dass Bakker aller Wahrscheinlichkeit nach hier getötet wurde«, sagte Griet.

»Würde ich auch so sehen. Und da ist noch etwas. Kommt mit …« Noor erhob sich und ging um das Schiff herum zu einer Stelle, wo mehrere Farbeimer standen. Einer davon war umgefallen und ausgelaufen. In der dunkelbraunen Lache, die sich ausgebreitet hatte, war deutlich das Profil einer Schuhsohle zu erkennen.

»Wir haben einen Abdruck genommen«, sagte sie. »Aber versprecht euch nicht zu viel davon. Hier in der Halle läuft auch das Personal vom *Linnenexpress* herum. Es muss also nicht zwangsläufig der Schuhabdruck unseres Täters sein.«

Griet nickte und deutete dann auf die Leiter, die an das Boot gelehnt war. »Wart ihr schon oben?«

Noor legte den Kopf schief. »Nein. Du darfst dich gern umsehen, wenn du vorsichtig bist.«

Griet umrundete das Plattboot und stieg über die wackelige Metallleiter an Deck. Das Innere des Schiffs war genauso kahl wie sein Äußeres. Die Bodenplatten und die Wandverkleidungen waren herausgenommen worden. Überall sah man Elektro-, Gas- und Wasserleitungen, die an den Wänden oder zwischen den Spanten verliefen. Die Eingeweide des Schiffs glichen dem Innenleben eines menschlichen Körpers mit all seinen Knochen, Adern, Sehnen und Muskeln. Griet musste unwillkürlich an die Obduktionen denken, denen sie beigewohnt hatte, eine unangenehme Erfahrung, die sie vermied, wann immer das möglich war.

Sie ging langsam bis zum Bug vor und betrachtete von oben die Plastikplanen, die auf dem Boden verteilt lagen. Sie kniff die Augen zusammen und runzelte die Stirn.

»Das solltet ihr euch mal ansehen«, sagte sie nach einem Moment und wies auf die Stelle direkt unter dem Schiff.

»Da ist nichts.« Henk sah fragend zu ihr hinauf.

»Genau das ist es ja«, meinte Pieter.

Die Planen um das Schiff herum waren alle mit Farbklecksen und Holzspänen übersät. Lediglich die beiden direkt unter dem Schiffsbug sahen anders aus. Auch sie waren mit Holzschnitzeln bedeckt. Was aber völlig fehlte, waren die Farbkleckse. Jemand hatte an dieser Stelle offenbar die benutzten Planen durch neue ersetzt und ein paar Späne darauf verteilt.

Griet ging zurück zur Metallleiter, wobei sie den Blick durch die Halle schweifen ließ. »Wohin führt die Tür dahinten?«

»Scheint ein Notausgang zu sein«, antwortete Noor. »Dort waren wir noch nicht, also pass auf.«

Griet stieg die Leiter hinunter und ging raschen Schrittes an den Kriminaltechnikern vorbei zum anderen Ende der Halle.

Sie öffnete die Tür und trat ins Freie.

Ein schmaler gepflasterter Weg führte hinter der Halle über eine Wiese zum Hafenbecken, das in weniger als fünfzig Metern Entfernung lag.

Vor Griets innerem Auge fügten sich die einzelnen Teile des Puzzles zu einem ersten groben Ablauf zusammen:

Freitagabend. Vincent Bakker arbeitet an seinem Plattboot. Er ist vorher kurz auf der Feier im Oude Veermann *gewesen, wo er sich mit Luuk de Jong gestritten hat. Bakker trägt Arbeitskleidung, er ist am Rumpf des Schiffs beschäftigt.*

Der Täter kommt zu ihm.

Er weiß, dass Bakker um diese Zeit in der Halle ist. Und er kennt die Arbeitszeiten des Linnenexpress. *Er hat gewartet, bis Willemzon und seine Leute weg sind. Es wird zwischen zwanzig und einundzwanzig Uhr sein, nicht später, da der Täter damit rechnen muss, dass Bakker dann nicht mehr in der Halle arbeitet.*

Der Täter geht auf Bakker zu, lässt ihm keine Chance zur Gegenwehr und zieht sofort eine Pistole. Ein Schuss. Direkt ins Herz.

Bakker fällt zu Boden, ist auf der Stelle tot.

Der Täter schlägt die Leiche in die Plastikplane ein, auf der sie liegt. Er ersetzt die Plane durch eine neue, verstreut ein paar Holzspäne, damit niemand den Unterschied bemerkt, vergisst aber, etwas Farbe darauf zu verteilen.

Er schafft den leblosen Körper über den Weg hinter der Halle zu einem Boot im Hafen. Er wird die Leiche auf hoher See über Bord werfen. Vincent Bakker soll im Meer versinken, damit es so aussieht, als wäre er einfach spurlos verschwunden.

Griet wandte sich um, um wieder hineinzugehen, blieb dann aber stehen und stutzte. Ein Polizeisiegel klebte von außen auf Höhe der Klinke an der Tür. Es war zerrissen. Das Türschloss zeigte auf dieser Seite deutliche Spuren eines Einbruchs.

Henk und Pieter kamen aus der Halle.

»Henk, hast du das Siegel hier angebracht?«, fragte Griet und wies auf die Stelle an der Tür.

»Ja.« Er trat zu ihr.

»Wann?«

»Gleich gestern Abend«, sagte er. »Das eine hier, das andere am Vordereingang.«

»In der Mordnacht war es also noch nicht an der Tür«, überlegte Griet laut. »Euch ist klar, was das bedeutet?«

Pieter nickte. »Jemand ist gestern Nacht in diese Halle eingebrochen.«

***

»Nein, davon haben wir nichts bemerkt«, versicherte Rinus Willemzon. »Henk hat uns ja angewiesen, uns von der Halle fernzuhalten.«

Sie standen im Büro des *Linnenexpress* vor dem Schreibtisch von Willemzon, dem die Sache ohne Zweifel sehr unangenehm war. Schweißperlen waren auf seine Stirn getreten.

»Vielleicht hat es jemand von deinen Leuten nicht so genau genommen«, meinte Henk.

»Kann ich mir nicht vorstellen. Ich habe allen gesagt, die Halle ist tabu.«

Damit blieb nur noch die Möglichkeit, dass es sich tatsächlich um einen Einbruch in der vergangenen Nacht handelte, denn Noor hatte sich in der Zwischenzeit vergewissert, dass keiner ihrer Techniker aus Versehen das Siegel gebrochen hatte.

»Vielleicht geben uns die Aufzeichnungen der Überwachungskamera Aufschluss«, sagte Griet. »Ich hoffe, sie ist keine Attrappe.«

»Oh, sie ist natürlich echt«, antwortete Willemzon. »Die Aufzeichnungen werden für einen Monat gespeichert.«

»Wo?«

»Alles läuft auf ein … na, wie heißt das Ding noch gleich? Auf so einen Speicher. Er steht im Abstellraum der Halle.«

Griet starrte Willemzon ungläubig an. Das durfte doch wohl nicht wahr sein.

***

Als sie wenige Minuten später in dem Kabuff standen, das sich in einer Ecke der Halle hinter dem aufgebockten Pritschenwagen verbarg, war klar, welchem Ziel der Einbruch gegolten hatte.

Die Festplatte der Überwachungsanlage fehlte. Ein loses USB-Kabel ragte an der Stelle heraus, wo sie sich befunden hatte.

»*Godverdomme*«, raunte Henk.

»*Jij zegt het* – du sagst es«, stimmte Griet ihm zu.

Wer auch immer Vincent Bakker ermordet hatte, war sicher gewesen, dass ihn die Überwachungsanlage aufgezeichnet hatte. Vielleicht hatte er von der Kamera zunächst nichts gewusst oder sie in dem Moment der Tat vergessen. Dummerweise hatte er seinen Fehler später bemerkt und war in der darauffolgenden Nacht zurückgekehrt, um ihn zu beheben.

Griet wandte sich an Willemzon: »Gibt es noch mehr Kameras hier auf dem Gelände?«

»Nein, es ist die Einzige.«

»Wer wusste von der Kamera?«

»Nur Vincent und ich.«

»Warum hast du sie eigentlich installiert?«, wollte Henk wissen.

»Das war Vincents Idee.« Willemzon tupfte sich mit dem Stofftaschentuch die Stirn ab. »Erinnerst du dich noch an den Brand vor einem halben Jahr, Henk?«

»Natürlich.«

»Worum ging es da?«, hakte Griet nach.

Henk zündete sich eine Zigarette an und inhalierte tief. »Es gab einen kleineren Brand an der Halle«, sagte er. »Es ist nichts Schlimmes passiert, das Feuer wurde rechtzeitig bemerkt. Wir gingen davon aus, dass es ein Dummejungenstreich war. Im Gewerbegebiet gibt es im Sommer ein Open-Air-Kino. Und abends hängen dann hier schon mal die Jugendlichen herum.«

»Vincent dachte anders über die Sache«, sagte Willemzon. »Er war der festen Überzeugung, dass Brandstiftung vorlag. Deshalb hat er mir wochenlang wegen einer Überwachungskamera in den Ohren gelegen. Das alte Plattboot hier war ihm heilig. Ich sagte ihm, er kann tun und lassen, was er will, solange er die Kosten trägt.«

»Gab es jemanden, den Bakker damals wegen des Brands in Verdacht hatte?«, fragte Griet.

»Nun ja …« Willemzon zögerte. »Ich will niemanden in Schwierigkeiten bringen.«

»Es geht um Mord, *meneer* Willemzon, also bitte.«

Er presste die Lippen zusammen, sagte dann aber schließlich: »Er dachte, es wäre der Ex-Mann seiner Frau gewesen. Luuk de Jong.«

9

DE OUDE VEERMANN

Seine Schneidezähne zerteilten den Mantel aus brauner Panade, gruben sich in das Fleischpüree darunter, dann schlossen sich seine Lippen, und Pieter de Vries entfuhr ein Laut des Entzückens.

»Fantastisch! Genau, was ich brauchte.«

Griet beobachtete ihn amüsiert. Sie hatte selten jemanden mit derartigem Genuss *bitterballen* essen sehen.

»Greif zu.« Pieter schob den Teller mit den kleinen frittierten Bällchen aus Fleischpaste mit Panade in die Mitte des Tischs. Dazu gab es Weißbrot und Senf.

»Bedankt.« Griet zeigte mit der Gabel auf den Salat vor sich. »Aber ich esse kein Fleisch.« Selbst nach all den Jahren kam es ihr noch so vor, als müsse sie sich für ihre Essgewohnheiten ständig entschuldigen.

Pieter hielt im Kauen inne. »Pardon, das wusste ich nicht …« Er sagte das in jenem Tonfall, mit dem man jemandem sein Beileid ausdrückt, der einem gerade eröffnet hat, dass er an einer unheilbaren Krankheit leidet.

»Ist doch in Ordnung, bleibt mehr für dich …«, sagte Griet.

Noch vor ein paar Jahren hatte sie gegen ein ordentliches Steak oder eine *frikandel special* nichts einzuwenden gehabt. Ein kurzer Halt bei der *frituur* gehörte zum Polizeialltag dazu. Doch dann hatte eine Ermittlung sie in einen Schlachthof geführt, wo sich herausstellte, dass der Sturz eines Arbeiters in den Fleischwolf alles andere als ein Unfall gewesen war. Als sie die Zustände in dem Betrieb gesehen hatte, war ihr der Appetit auf Fleisch für alle Zeit vergangen.

Griet saß mit Pieter an einem Ecktisch im *Oude Veermann*, jener Kneipe, die Vincent Bakker am Abend seines Todes besucht hatte. Durch das Fenster blickte sie auf die von Bäumen gesäumte Dorpstraat hinaus. Das *Badhotel* befand sich nur wenige Häuser entfernt. Vermutlich war der *Oude Veermann* aber nicht nur deshalb Vincent Bakkers Lieblingslokal gewesen, sondern weil er eine so gemütliche Mischung aus Kneipe, Café und Restaurant war, ein Ort, an dem man den ganzen Tag verweilen konnte.

Die lange vergangene goldene Epoche der Niederlande wurde hier wieder sehr lebendig. Alles in dem Lokal erinnerte an die Seefahrt und die Zeit der VOC, der *Verenigde Ostindische Compagnie.* Tische und Stühle waren aus dunkelbraunem Eichenholz. Fischernetze hingen an der Decke, ein Steuerrad, Wanten und Tafeln mit Seemannsknoten an den Wänden. Die Bogenfenster mit Milchglas hinter der Theke erinnerten mit ihren weißen Holzsprossen an die Fenster im Heck eines alten Rahseglers. Statt Tischdecken lagen Teppiche als Unterlage auf den Tischen.

Auf dem Gemälde direkt hinter Griet und Pieter war eine Seeschlacht abgebildet. Ein kleines Schild neben dem Bild informierte darüber, dass es sich um eine Darstellung von *Holmes' Bonfire* handelte, einem Gefecht während des zweiten Englisch-Niederländischen Krieges, das sich 1666 vor Vlieland zugetragen hatte und bei dem die halbe niederländische Flotte von den Engländern aufgebracht worden und in Flammen aufgegangen war.

Griet war mit Pieter vom Hafen hierhergelaufen, eine viertelstündige Wanderung entlang des Watts.

Noemi holte noch Erkundigungen im Hafen ein, und Henk hielt sich bei Noor und den Kriminaltechnikern auf. Er zeigte verständlicherweise großes Interesse an der Spurensicherung, immerhin gehörte dieser Teil der Ermittlung nicht zu seiner täglichen Arbeit auf der Insel.

Griet und Pieter hatten Luuk de Jong in seinem Büro aufsuchen wollen, das direkt neben dem Gebäude der Touristeninfo des VVV gegenüber dem Fähranleger lag. Von einer jungen Aushilfe hatten sie erfahren, dass er sich gerade mit einer Gruppe Touristen auf dem *Vliehors* befand. In ungefähr einer Stunde würde er zurück sein und eine zweite Tour unternehmen. Startpunkt war der Strandpavillon *De Lutine*, den Marc Martens betrieb.

Griet würde mitfahren. Bis dahin hatten sie allerdings noch ein wenig Zeit, die sie, wie Pieter vorschlug, am besten damit verbringen konnten, ihren Hunger zu stillen – der bei ihm selbst wohl am größten war, zumindest hatte Griet seinen Magen mehrere Male vernehmlich knurren hören. Da der *Oude Veermann* direkt um die Ecke lag, konnten sie das Angenehme mit dem Nützlichen verbinden und sich nebenbei erkundigen, was es mit dem Streit zwischen Luuk de Jong und Vincent Bakker in der Mordnacht auf sich hatte.

Pieter schob sich einen weiteren *bitterball* in den Mund. »Siehst du deine Familie eigentlich noch oft?«

Seine Frage kam so unvermittelt, dass Griet sich beinahe verschluckte. »Wie ... kommst du jetzt darauf?«

»Entschuldige, wenn ich zu direkt bin.« Er deutete auf ihre rechte Hand, mit der sie die Gabel hielt. »An deinem Ringfinger ist ein weißer Abdruck, dort, wo man gewöhnlich den Ehering trägt. Es ist noch nicht lange her, dass du den Ring abgelegt hast.« Pieter tauchte den halb angebissenen *bitterball* in Senf und zeigte damit auf Griets *mobieltje.* »Und das blonde Mädchen auf deinem Sperrbildschirm ... könnte natürlich eine Nichte oder sonst wer sein ... aber bei der Ähnlichkeit tippe ich mal darauf, dass sie deine Tochter ist.«

Griet war sprachlos. Ihr neuer Kollege hatte wirklich eine gute Beobachtungsgabe.

»Sie heißt Fenja«, erwiderte sie nach einem Moment. »Sag mal ... was hat jemand mit deiner raschen Auffassungsgabe eigentlich bei den ungelösten Fällen zu suchen?«

Pieter behielt den *bitterball* ein paar Sekunden vor dem Mund in der Schwebe, bevor er hineinbiss. »Wir machen alle mal Fehler«, nuschelte er dann.

Es blieb ihnen keine Zeit, um die Vergangenheit des jeweils anderen zu erkunden.

Der Wirt trat zu ihnen an den Tisch.

»Alles nach Wunsch?«, brummte er.

Der Mann musste über eins neunzig groß sein und glich aus Griets sitzender Perspektive einem Riesen. Sein Gesicht war aufgedunsen, die breite Nase von Äderchen durchzogen und die halb langen Haare fettig und ungekämmt. Er stand breitbeinig und mit verschränkten Armen da.

»Alles bestens«, sagte Griet. Sie wies auf den freien Stuhl am Kopfende des Tischs und präsentierte ihren Dienstausweis. »Setzen Sie sich doch zu uns. Wir hätten ein paar Fragen zu Ihrer Feier vergangenen Freitag, *meneer* …«

»Evert van Basten.« Er machte keine Anstalten, Platz zu nehmen. »Was wollen Sie?«

»Wir ermitteln im Todesfall von Vincent Bakker.«

»Darüber weiß ich nichts.«

»Hier fand vorgestern Abend eine Jubiläumsfeier statt?«

»Korrekt.«

»Vincent Bakker war da«, stellte Griet fest.

»Er war hier, hat ein paar *pilsjes* getrunken, dann ist er gegangen. *Klaar is Kees* – mehr war nicht. Ich wünsche einen schönen Tag.«

»Vincent soll in einen Streit verwickelt gewesen sein …«

Van Basten hatte ihnen bereits den Rücken zugewandt, drehte sich nun aber noch mal um. »Hab ich nicht mitbekommen.«

»Jemand, der auf der Feier war, hat mir davon erzählt.«

»Die Leute reden viel.«

Griet rückte an die Kante der Sitzbank und sprach leise, sodass sich van Basten zu ihr hinunterbeugen musste. »Genauer gesagt, weiß ich es von Henk van der Waal. Sie kennen ihn bestimmt, er ist der Inselpolizist. Und ich sage Ihnen noch etwas …« Sie lächelte freundlich und wies auf die Gäste, die an einem langen Tisch vor der Theke saßen. »Ich wüsste zu gern, wie schnell es sich herumspricht, wenn ich Sie hier und jetzt offiziell zu einer Vernehmung vorlade, und zwar nicht auf die Polizeiwache nebenan, sondern ins *politiehoofdkantoor* nach Leeuwarden.«

Van Basten warf einen Blick über die Schulter zu dem Tisch.

»Ersparen Sie uns doch die Unannehmlichkeiten«, fuhr Griet fort. »Parken Sie Ihren Arsch auf dem Stuhl und bringen Sie Ihre Erinnerung in Gang.«

Van Basten folgte ihrer Anweisung, und plötzlich spielte ein Lächeln um seine Mundwinkel. Er zeigte mit dem Finger auf Griet. »Sie haben Haare auf den Zähnen. Das mag ich. Eine wie Sie könnt ich hier gut gebrauchen.« Mit einem Nicken deutete er zur Theke hinüber, wo eine Frau Gläser spülte.

»Danke für das Angebot«, erwiderte Griet. »Aber vielleicht suchen Sie sich lieber jemanden, der nicht schon einen Job hat, in dem er sehr gut ist.«

»Also, dann kommen wir mal zur Sache«, sagte Pieter. Er kaute und schluckte den letzten Bissen runter, wischte sich den Mund ab und legte die Stoffserviette auf den Teller. »Was war vorgestern hier los?«

»Vincent und Luuk waren hier«, sagte Evert van Basten. »Sie unterhielten sich an der Theke. Plötzlich packte Luuk Vincent. Ich ging dazwischen. Dann dampfte Vincent ab. Das war's.«

»Na, war doch gar nicht so schwer«, meinte Pieter in lobendem Tonfall. »Könnte ich vielleicht eine warme Chocomel haben? Obendrauf gern etwas *slagroom.*«

Van Basten verzog die Mundwinkel und rief die Bestellung quer durch den Raum der Frau hinter der Theke zu.

»Wie spät war es, als Vincent Bakker das Lokal verließ?«, fragte Griet.

»Könnte gegen neunzehn Uhr gewesen sein. War ja Freitag, da bastelt er immer an seinem Schiff.«

»Worum ging es in dem Streit der beiden?«

»Ich belausche meine Gäste eigentlich nicht … Zwischen Vincent und Luuk ging es aber oft so laut her, dass ich es nicht überhören konnte.«

»Moment, heißt das, die beiden hatten sich öfter in den Haaren?«

»Klar, ständig, ist ja auch kein Wunder.« Van Basten lachte. »Vincent war ein Teufelskerl, er hatte einen Stich bei den *meisjes.* Irgendwann ist er bei Luuks Frau Emma gelandet und hat sie ihm ausgespannt. Seitdem konnte Luuk ihn nicht mehr ausstehen.«

»Und nicht nur das.« Die Frau kam mit einem Tablett hinter der Theke hervor und stellte Pieter eine dampfende Chocomel auf den Tisch. Sie trug eine schwarze Schürze und hatte die Haare zu einem Dutt auf dem Hinterkopf festgesteckt.

»Halt dich da raus!«, brachte van Basten sie zum Schweigen.

Griet blickte der Frau nach, wie sie wieder hinter der Theke verschwand. Sie hätte gern gehört, was sie zu sagen hatte. Aber jetzt war nicht der passende Zeitpunkt.

»*Meneer* de Jong war also wegen der Sache mit seiner Frau nachtragend?«, fragte Pieter.

»Kann man so sagen. Allerdings hab ich ihn noch nie so ausrasten sehen wie Freitagabend. Aber, hey, wenn Vincent mir die Frau ausgespannt hätte, hätte ich ihm schon längst die Fresse poliert.« Van Basten stand auf. »Wenn's das jetzt war … Ich muss eine Lieferung von der Fähre abholen.«

»Ja, vielen Dank«, sagte Griet.

Van Basten zog die Lederjacke an, die an einem Haken neben der Tür hing, und verabschiedete sich von der Frau hinter der Theke, bei der es sich offenbar um seine Ehefrau oder zumindest seine Freundin handelte, was deutlich wurde, als er ihr einen schnellen Kuss gab. Dann verließ er das Lokal.

Hinter der Theke klirrten Gläser. Griet sah die Frau mit einer Kiste voller Biergläser um die Bar herumgehen. Sie verschwand durch die Seitentür in einem Hinterhof.

»Lass dir Zeit mit der Chocomel«, sagte Griet zu Pieter. »Ich muss mir mal die Beine vertreten.«

***

Griet ging zum Vordereingang hinaus und suchte einen Weg um das Gebäude herum. Eine schmale Gasse zwischen dem Lokal und dem Nachbarhaus führte an den Hinterhöfen vorbei zu einer Treppe auf den Wattendeich. Sie lief an der hüfthohen Steinmauer vorbei, die das Grundstück hinter dem *Oude Veermann* begrenzte. Dahinter lag eine zur Hälfte asphaltierte Fläche, vollgestellt mit Bierfässern, Gasflaschen und diversen anderen Utensilien, die für den Betrieb einer Kneipe erforderlich waren. Der andere Teil des Hofs war mit Gras eingesät. Auf einer Wäschespinne flatterten bunte Hosen, Hemden und Socken im Wind.

Griet war einigermaßen verdutzt, als hinter der Mauer plötzlich der Kopf eines Pferds zum Vorschein kam.

Es war ein braunes Shetlandpony mit weißer Mähne. In dem Hof befanden sich die Tränke und der Futtertrog für das Tier. Das Pferd senkte den Kopf und versuchte, die Nase in der Tasche von Griets Parka zu vergraben.

»Tut mir leid, mein Kleiner«, sagte sie und streichelte seinen Kopf. »Ich hab leider nichts für dich.«

»Lass das!« Van Bastens Frau kam heran und drückte den Kopf des Pferds zur Seite. Dann machte sie mit dem Zeigefinger eine kreisende Bewegung an der Schläfe. »Weißt du, mein Alter will eine Pferdezucht anfangen.«

»Hier im Hinterhof?«

Sie winkte ab. »Nein, die Nachbarn würden ihm was pfeifen. Er hatte den Gaul oben auf der Wiese hinter den Dünen stehen. Aber da soll jetzt das Hotel gebaut werden. Deshalb muss er sich einen anderen Platz für das Vieh suchen. Es ist hier nur zwischengeparkt.« Sie streckte Griet die Hand entgegen. »Jolanda.«

Griet ergriff die Hand und stellte sich ebenfalls vor. »Sprichst du von dem Hotel, das Vincent Bakker bauen wollte?«

»*Kloppt* – stimmt.«

»Scheint so, als würde er mit dem Vorhaben hier einigen Leuten auf die Füße treten.«

»Kommt ganz drauf an«, meinte Jolanda. »Für die Insel wär das Hotel vermutlich ein Segen. Mehr zahlende Gäste, verstehst du.«

»Ich hatte nicht den Eindruck, dass hier Mangel an Touristen herrscht …«

»Tja, die Ferienhäuser werden nach und nach von reichen Schnöseln aus den Großstädten kauft. Die vermieten aber nicht. Und sie selbst kommen nur ab und zu hierher. Und geizig sind sie obendrein.« Jolanda begann damit, die Wäsche abzuhängen, während sie sprach. »Evert und ich haben noch Glück. Wir verdienen an den Einheimischen genug. Aber wer auf das Geschäft mit den Touristen angewiesen ist, muss sehen, wo er bleibt.«

»So wie Luuk de Jong mit dem *Vliehorsexplorer?*«

»Zum Beispiel. Der mault schon lange, dass jedes Jahr weniger Leute mit ihm fahren.«

»Dann hätte er sich über das neue Hotel von Vincent Bakker doch eigentlich freuen müssen.«

»Der und sich über etwas von Vincent freuen?« Jolanda zog die Augenbrauen hoch. »Vergiss es, da friert eher die Hölle zu.«

»Du hast vorhin angedeutet, dass die beiden sich nicht nur wegen einer Frau in den Haaren lagen.«

Jolanda stellte den Wäschekorb auf der Mauer ab. »Man munkelt so manches … zum Beispiel, dass Luuk Schulden hat.«

»Bei wem? Vincent?«

»Vermutlich bei seiner Ex-Frau Emma.« Jolanda griff in die Hosentasche und holte eine Rolle Pfefferminz hervor, von denen sie sich eins in den Mund schob. »Ist schon was länger her, aber als sein Geländewagen vor vielen Jahren den Geist aufgab, hat er sich Geld bei ihr geliehen.«

»War er zu dem Zeitpunkt noch mit ihr verheiratet?«

»Nein. Sie war schon mit Vincent zusammen. Aber sie fühlte sich Luuk verpflichtet – vielleicht, weil sie ihn hat sitzen lassen oder weil sie eine gemeinsame Tochter haben. Jedenfalls meinen manche, das Geld, das sie ihm geliehen hat, stamme aus ihrem eigenen Vermögen. Andere meinen aber, sie hätte sich bei ihrem neuen Ehemann bedient. Wie auch immer, Vincent ließ es sich nicht nehmen, Luuk regelmäßig an seine Schulden zu erinnern … und zwar so, dass es alle mitbekamen.«

Griet fuhr dem Pony mit den Fingern durch die Mähne. Über ihren Köpfen schrie eine Möwe, die scheinbar schwerelos im Wind segelte.

Offenbar hatte es gleich mehrere Gründe gegeben, weshalb Luuk de Jong nicht gut auf Vincent Bakker zu sprechen gewesen war. Und in ihrer Laufbahn war Griet schon Menschen begegnet, die aus weniger guten Gründen einem anderen nach dem Leben getrachtet hatten.

Griet sah auf die Uhr. Zeit, sich auf der Fahrt mit seinem *Vliehorsexplorer* mit Luuk eingehend zu unterhalten.

10
IN DER WÜSTE DES NORDENS

Hinter der Windschutzscheibe erstreckte sich der Sand bis zum Horizont. Links von ihnen die mit Strandhafer bewachsene Dünenreihe, rechts die anbrandende Nordsee. Ansonsten nichts als kilometerlanger Strand, der von den tief hängenden Wolken und der Gischt, die in der Luft lag, in ein diffuses Licht getaucht wurde. Lediglich ein paar vereinzelte Strandgänger und Reiter waren ihnen bislang entgegengekommen. Es war eine Einsamkeit, wie Griet sie in ihrer dicht besiedelten Heimat noch nie erlebt hatte, und sie hätte den Moment gern genossen. Stattdessen wurde sie in der Fahrerkabine neben Luuk de Jong, der seinen *Vliehorsexplorer* mit einem halsbrecherischen Tempo über den welligen Strand steuerte, unangenehm durchgerüttelt.

Der *Vliehorsexplorer*, ein allradgetriebener Klein-Lkw mit mannshohen Reifen, auf dessen Ladefläche eine Passagierkabine thronte, war in einem quietschgelben Farbton lackiert. Griet hatte schon von Weitem gesehen, wie sich das Fahrzeug über den Strand näherte, als sie am Ende des Badwegs, dem Startpunkt der Exkursion, gewartet hatte.

Sie war mit dem Fahrrad dorthin gelangt, das sie sich im Dorf für die Dauer des Inselaufenthalts gemietet hatte. Pieter hatte die Idee aufgebracht. Da die Polizeiwache der Insel lediglich über einen einzigen Wagen verfügte, waren sie auf diese Weise etwas mobiler. Pieter hatte ein weiteres Rad gemietet und war nun auf dem Weg zur Wache, wo er die neusten Erkenntnisse in die Fallakte eintragen würde – oder genauer gesagt: in das Falldokument, denn wie so vieles andere wurde der Ermittlungsfortschritt natürlich digital festgehalten. Ein

Fakt, der Griet immer wieder vor Augen führte, wie lange sie schon bei der Truppe war, hatten in ihren Anfangsjahren doch noch umfangreiche Aktenordner zum Alltag gehört.

Griet musste sich mit der Hand am Griff über dem Beifahrerfenster festhalten, als Luuk de Jong sein Gefährt um einen Wellenbrecher zirkelte, ohne dabei auch nur ansatzweise die Geschwindigkeit zu verringern. Der Laune seiner Fahrgäste war das waghalsige Manöver nicht abträglich. In der Passagierkabine, die durch ein milchiges Sichtfenster von der Fahrerkabine abgetrennt war, stimmte jemand »My Bonnie is over the ocean« an, und alle sangen mit.

»Wie oft machen Sie die Tour auf den *Vliehors?*«, fragte Griet.

»Im Sommer drei Mal in der Woche. Im Winter nach Bedarf.« Er hielt ihr eine Tüte mit Schokoladenkeksen hin, die sie aber dankend ablehnte.

Griet blickte Luuk de Jong von der Seite an, während er sich einen Keks in den Mund schob und mit einer Hand lenkte. Er hatte ein hageres Gesicht und trug eine Fliegersonnenbrille mit silbernem Gestell. Die blonden gelockten Haare hatte er mit Gel nach hinten gekämmt, was seine Geheimratsecken hervorhob.

Sie hatte ihm bereits erklärt, in welcher Angelegenheit sie ihn sprechen wollte. »Mich würde interessieren …«, setzte sie an.

»Wussten Sie, dass wir den *Vliehors* auch ›die Sahara des Nordens‹ nennen?«, fragte de Jong. »Sie werden sehen, die Sandbank ist wirklich riesig …«

Er erzählte ihr, dass bis ins frühe Mittelalter zwischen Texel und Vlieland eine Landverbindung bestanden hatte. Sie war bei einer Sturmflut zerstört worden, wodurch Vlieland erst zu einer eigenständigen Insel geworden war. Am Westende hatte es lange Zeit den Ort West-Vlieland gegeben, ein wichtiger Hafen und Warenumschlagplatz in der goldenen Epoche. Irgendwann war das Dorf mit Mann und Maus in den Fluten der Nordsee versunken. In den darauffolgenden Jahrzehnten und Jahrhunderten hatte man Deiche, Dünen und Polder angelegt, die im Zusammenspiel mit der Meeresströmung dafür gesorgt hatten, dass im Westen der Insel eine gigantische Sandbank entstanden war.

Griet hörte den Ausführungen mit halbem Ohr zu. Es war offensichtlich, dass de Jong vom eigentlichen Thema ablenken wollte. Sollte er, sie hatte Zeit.

Als wenig später in der Passagierkabine der Gesang verstummte und de Jong eine kurze Atempause machte, fragte sie: »Welches Verhältnis hatten Sie zu Vincent Bakker?«

»Der Mann hat meine Familie zerstört«, antwortete er nach einem Moment, ohne den Blick von der Strecke abzuwenden. »Ich hoffe, Sie verstehen … dass ich nicht allzu traurig über seinen Tod bin.«

Jede andere Gefühlsregung wäre auch überraschend gewesen, dachte Griet. Sie hatte allerdings nicht erwartet, dass er dies so unumwunden zugeben würde.

Durch das Seitenfenster blickte sie auf die gekräuselte Oberfläche der See hinaus, wo sie in gar nicht allzu weiter Entfernung zum Strand ein größeres Frachtschiff entdeckte.

De Jong schien ihren Blick zu bemerken.

»Der Pott liegt seit zwei Tagen auf Grund«, erklärte er. »Hat Öl geladen, das sie erst mal abpumpen müssen. Ich hoffe, die versauen uns nicht den ganzen Strand.«

Nach weiteren zehn Minuten Fahrt, in denen de Jong darüber referierte, wie wichtig der Tourismus nach dem Zweiten Weltkrieg für die Insel geworden war, weitete sich der Strand. Zu ihrer Linken bot sich ein etwas surreales Bild:

Knapp hinter dem Ende der Dünen ragte auf der Sandfläche ein rotschwarz gestrichener Turm in die Höhe, der dem Tower eines Flughafens glich.

»Es ist Zeit für meine kleine Ansprache«, sagte de Jong und griff nach dem Sprechgerät am Armaturenbrett.

Er erklärte seinen Gästen, dass der *Vliehors* als größte unbesiedelte Fläche in Westeuropa von der *Koniglijke Luchtmacht* und ihren NATO-Verbündeten als Übungsgelände genutzt wurde. Kampfjets und Bomber absolvierten hier regelmäßig Schieß- und Zieltraining.

»Ich habe eben den Tower angefunkt«, sprach er in das Mikrofon und zwinkerte Griet verschwörerisch zu. »Die Luftwaffe wird für zwanzig Minuten die Angriffe aussetzen. An dieses Zeitfenster müssen wir uns halten und den *Vliehors* pünktlich wieder verlassen. Heute wird mit scharfer Munition geschossen.«

Er schaltete das Sprechgerät ab, trat aufs Gaspedal und setzte die Fahrt fort. »Super Geschichte, oder? In Wahrheit sitzen die gerade im Tower und trinken *koffie*. Die nächste Übung ist erst heute Abend. Aber die Touris machen sich jedes Mal in die Hose.«

De Jong schlug lachend auf das Lenkrad.

Griet fragte sich, ob er dachte, dass sie ebenso naiv war und auf seine Geschichten hereinfallen würde.

***

Das Gefühl war berauschend. In Rotterdam hatte sich Griet an die Großstadt gewöhnt, an viel zu viele Menschen, die sich in viel zu engen Gassen drängten. Autoverkehr, Hektik, Lärm. Wenn sie in den vergangenen Jahren ans Meer gefahren war, dann meist zwischen Scheveningen und Zandvoort, wo sich ebenso viele Menschen an den Stränden drängten wie in der Stadt und genauso viel Trubel verursachten. Die vollständige Abwesenheit von alldem, die Ruhe, Weite und Einsamkeit auf dem *Vliehors,* war eine beinahe existenzielle Erfahrung.

Griets Stiefel sanken einige Zentimeter in den weichen Sand ein. Hier draußen, abseits der Dünen und kilometerweit von jedem Windschutz entfernt, blies der Wind so kräftig wie auf hoher See. Sie zog den Reißverschluss bis zum Kragen hoch, um sich vor der Kälte zu schützen.

Ihr Blick wanderte über ihre Umgebung. Um sie herum nichts als Sand. Der einzige Hinweis auf Zivilisation war der Leuchtturm von Texel, der in einiger Entfernung auf der Landspitze der Nachbarinsel zu sehen war.

Wie in der Wüste. Zumindest stellte Griet es sich so vor, sie war noch nie in einer gewesen. Vermutlich unterschied der *Vliehors* sich nur in zwei Sachen von einer echten Sandwüste: Hier roch es nach dem Salz des Meeres, und es war um einiges kälter.

Für einen Moment stellte sich Griet vor, wie es wäre, wenn der Geländewagen von de Jong nicht wieder ansprang und die Flut kam. Natürlich würden sie um ihr Leben rennen. Doch in dem weichen Sand würden ihre Kräfte schnell schwinden. Sie würden es unter keinen Umständen zurück zur Insel schaffen, aufgeben und vom Meer verschluckt werden. Ihre einzige Chance wäre das kleine Holzhaus, das, auf Stelzen gebaut, mutterseelenallein auf dem *Vliehors* stand.

»Was ist, kommen Sie mit?«

Die Stimme von Luuk de Jong holte Griet in die Gegenwart zurück. Er hatte sich eine gefütterte Jacke mit Fellkragen angezogen und begleitete die Gruppe Touristen zu der Hütte.

Griet folgte ihnen.

Eine steile Holztreppe führte zum Eingang hinauf. Oben angekommen, betrat Griet als Letzte die Hütte. Die Gruppe aus zwanzig Personen – bis auf ein Paar mit zwei Töchtern überwiegend ältere Leute – fand gerade eben Platz in dem Raum. Mit einem Nicken bedeutete de Jong Griet, die Tür hinter sich zu schließen.

Für einen Moment umfing sie absolute Dunkelheit. Die Gespräche verstummten. Griet hörte das Rauschen der Wellen, der Wind jammerte leise an den Wänden und brachte die Holzbalken zum Knarzen. Gerüche der unterschiedlichsten Art vermischten sich in ihrer Nase. Da waren Meersalz und leichter Moder, darunter der Duft von Gewürzen, Tabak, Holz und Erde.

De Jong betätigte einen Schalter, woraufhin eine matte Glühbirne aufglomm, die in einer Fassung von der Decke hing.

»*Welkom in het* Drenkelingenhuisje«, sagte er.

Griet blickte sich um. Das Innere des Häuschens glich einem Vorratskeller. An den Wänden umlaufende Regale, übersät mit Einmachgläsern, Konservendosen, Zigarettenstangen, Flaschen und allerhand anderem Tand.

»Das *Drenkelingenhuisje* wurde einst gebaut, um Schiffbrüchigen, die hier strandeten, eine Zuflucht zu bieten«, erzählte de Jong, und seine Zuhörer hingen ihm an den Lippen. Er griff in das Regal hinter sich und zauberte ein Handy hervor. »Die Küstenwache sorgt dafür, dass es immer hier liegt, voll aufgeladen und einsatzbereit, falls jemand Hilfe braucht. Auch heute ist der *Vliehors* noch ein gefährlicher Ort. Bei Flut kann das Wasser hier bis zu anderthalb Meter hoch auflaufen.« Luuk de Jong senkte die Stimme. »Zuletzt ist hier in den Achtzigerjahren eine junge Frau ertrunken. In einer Vollmondnacht, bei Sturmflut. Ihr Name war Lisbeth – und nur der Teufel weiß, was sie bei dem Wetter hier draußen verloren hatte. Man fand ihre Leiche tags darauf am Strand. Bis heute ist nicht geklärt, ob es ein Unglück oder Selbstmord war. Aber eines ist gewiss …« De Jong flüsterte nun, während das Holz unter der Kraft des Windes ächzte. »Die Seele der jungen Frau ist sicher noch irgendwo hier draußen. Das Meer hält sie auf dieser Insel fest. Manchmal sieht man bei Vollmond Lisbeths Geist in den Dünen umherwandern. Und wehe dem, der ihr begegnet …«

Die beiden Mädchen stießen einen erschrockenen Laut aus und drängten sich an ihre Eltern. Luuk de Jong lachte und hob die Hand zu einer beschwichtigenden Geste.

»Seemannsgarn, habt keine Angst.«

Er drängte sich zwischen den Touristen hindurch zu dem Platz, an dem Griet saß, und nahm einige Gegenstände aus dem Regal.

»Das *Drenkelingenhuisje* ist auch ein *juttersmuseum*, ein Museum für Strandgut«, erklärte er. »In den Sommermonaten stellen wir die Sammlung draußen aus. Neben Zigarettenstangen, Flaschen und allerhand Plastikzeug werden hier immer wieder besondere Dinge angespült. Meine Lieblingsfundstücke sind hier drin …« De Jong hielt ein Einmachglas in die Höhe. »Gebisse. Einige von euch haben es vielleicht auf der Herfahrt erlebt – auf der Fähre kann es manchmal übel schaukeln. Und wenn man dann gerade an Deck steht und nach der Insel Ausschau hält … tja, manchen alten Leutchen fliegt dann das Gebiss weg, landet im Meer und wird später hier angespült. Also auf der Rückfahrt nicht zu weit rauslehnen!« Seine Zuhörer begannen zu lachen, doch er hielt mahnend die Hand hoch. »Das war ernst gemeint. Vor vielen Jahren geschah ein schlimmes Unglück, und ein Mann ging bei der

Anfahrt auf Vlieland über Bord … Man fand seinen toten Körper am nächsten Tag auf der Sandbank De Richel, dort, wo man auch …«

De Jong hielt abrupt inne, und Griet vollendete seinen Satz in Gedanken: … wo man auch die Leiche von Vincent Bakker gefunden hatte.

»Okay, Leute, wir müssen los, unsere Zeit ist gleich um«, beendete de Jong seine Ausführungen.

Sie verließen das *Drenkelingenhuisje* und stiegen in den *Vliehorsexplorer*. Zehn Minuten später passierten sie wieder den Tower der Luftwaffe.

»Sagen Sie«, fragte Griet unvermittelt, »was war eigentlich neulich auf der Feier im *Oude Veermann* zwischen Ihnen und Vincent Bakker?«

Der Geländewagen raste mit einem Rad über einen steinernen Wellenbrecher, und sie wurden in die Höhe geschleudert. De Jong riss am Steuer und brachte das Fahrzeug wieder unter Kontrolle.

»*Excuses* … ich … weiß nicht, was für einen Streit Sie meinen.«

»Henk van der Waal und Evert van Basten haben mir davon erzählt. Sparen Sie sich also die Mühe.«

»Okay … schon gut. Ja, wir haben gestritten. Mehr aber auch nicht. Ich habe ihm kein Haar gekrümmt.«

»Worum ging es bei dem Streit?«

De Jong seufzte und zuckte die Schultern. »Sagte ich vorhin doch schon … Der Kerl hat mir die Frau ausgespannt. Und manchmal kocht das eben wieder hoch.«

»Wie lange waren Sie an dem Abend im *Oude Veermann?*«

»Puh … ist ziemlich spät geworden, ich glaub, es war schon früher Morgen.«

»Und es gibt jemanden, der das bestätigen kann?«

»Klar, alle, die dort waren.« Er hatte sich gefangen und lehnte sich im Sitz zurück.

Soll er sich ruhig in Sicherheit wiegen, dachte Griet.

Die Dämmerung hatte bereits eingesetzt, als sie wieder am Ausgangsort der Exkursion ankamen. De Jong hielt den Wagen an, die Gäste stiegen aus. Er verteilte Flyer an die Leute, nahm Trinkgeld entgegen und verabschiedete sich mit Handschlag von jedem.

Als sie schließlich allein waren, sagte Griet: »Kommen Sie doch bitte morgen früh um acht Uhr auf die Wache und geben Ihre Aussage zu Protokoll.«

»Was? Sie … laden mich zum Verhör?«

»Korrekt. *Een prettige avond* – noch einen schönen Abend.«

Sie ging und ließ Luuk de Jong mit verdattertem Gesichtsausdruck stehen. Der Mann war ein talentierter Geschichtenerzähler, das hatte sie im *Drenkelingenhuisje b*emerkt. Bei jemandem wie ihm überprüfte man am besten jedes Wort dreimal. Sie hatte das sichere Gefühl, dass er ihr die eine oder andere Wahrheit vorenthielt.

11
ALTE WUNDEN

Das letzte Licht des Tages schwand, und am Himmel schienen die ersten Sterne auf. Der Pflasterweg führte vom Strand aus an Ferienbungalows vorbei in ein Waldstück. Griet nahm das Rauschen der Baumkronen wahr, als sie auf dem Fahrrad in den Wiegetritt wechselte, um eine Anhöhe hinaufzugelangen. Das Dünengebiet hier im Norden der Insel war sehr wellig, und sie stellte fest, dass ihre Kondition noch immer nicht wieder die alte war, nachdem sie bei dem Einsatz mit Bas angeschossen worden war. Als der Wald sich lichtete, hielt sie an. Vor ihr lag ein gutes Dutzend Ferienhäuser verstreut im Dünengebiet, fast alles einfache Holzbauten in verschiedenen Farben, deren Dächer mit Reet gedeckt waren. Hier und dort brannte Licht, doch der überwiegende Teil der Siedlung lag verlassen da.

Das Haus, das sie mit Noemi und Pieter bewohnen würde, war leicht auszumachen. Henks wuchtiger Geländewagen mit der Aufschrift *Politie* stand vor dem Eingang. Ihre Unterkunft befand sich am Ende des Wegs auf einer Dünenkuppe und duckte sich hinter einen niedrigen, mit Strandhafer bewachsenen Hügel. Seine Holzfassade war blau gestrichen, die Fenster zierten weiße Schlagläden.

Henk räumte gerade das Gepäck aus dem Kofferraum, als Griet das Fahrrad unter dem Vordach abstellte – sie hatten ihm ihre Sachen am Morgen im Hafen überantwortet.

»Der Inselaufenthalt scheint dir gut zu bekommen.« Henk warf ihr einen anerkennenden Blick zu, während er Noemis blauen Seesack aus dem Wagen wuchtete.

Griet spürte, wie ihre Wangen vom kalten Fahrtwind glühten.

»Ja, ich glaube … es gefällt mir ganz gut hier«, sagte sie, noch immer außer Atem.

»Du wärst nicht die Erste, die sich in Vlieland verliebt.«

Er wandte sich ab, um Pieters Koffer vors Haus zu tragen, und Griet fragte sich, ob es nicht tatsächlich genau das war, was gerade mit ihr geschah. Für einen Moment hielt sie den Atem an, lauschte dem Rauschen der Brandung hinter den Dünen und dem Wind in den Bäumen. Kein anderes Geräusch drang an ihre Ohren. Kein von Autos oder Flugzeugen oder von Menschen verursachter Lärm.

Den überwiegenden Teil ihres Lebens hatte sie in der Stadt verbracht. War sie überhaupt schon einmal an einem Ort wie diesem gewesen? Die Ruhe, die sie durchdrang, war vollkommen, und sie empfand etwas, wonach sie sich immer gesehnt, was sie aber nie gefunden hatte: einen tiefen inneren Frieden.

Vielleicht war sie wirklich dabei, sich in diese Insel zu verlieben. Doch bevor sie spontan zum Landei mutierte, riss sie sich von dem Gedanken los und griff nach ihrer Sporttasche, die noch im Kofferraum stand. Als sie die Tasche hochhob, spürte sie einen altbekannten, stechenden Schmerz in ihrer linken Seite. Sie fuhr zusammen und ließ die Tasche fallen. Sofort legte sich Henks kräftige Hand stützend an ihre Schulter.

»Alles in Ordnung?«

»Ja … geht schon.«

»Was ist los?«

»Nichts … eine alte Verletzung.«

Griet hängte sich die Tasche über die Schulter und ging ins Haus. Dabei presste sie eine Hand auf die Stelle am Rippenbogen, wo die Kugel eingedrungen war und nicht nur einen Teil ihrer Innereien zerfetzt, sondern auch noch einigen anderen Schaden in ihrem Leben angerichtet hatte.

***

Nachdem sie das Abendessen beendet hatten, breitete Noemi einen Bauplan auf dem Tisch aus. Sie hatte das Jackett abgelegt, trug aber immer noch Anzughose und Hemd. Es hatte *geroerbakte tahoe* gegeben, ein Gericht aus Surinam, der Heimat von Noemis Eltern, wie die junge Kollegin ihnen erklärt hatte. Noemi hatte das Einkaufen und Kochen übernommen, und Griet fand die Kombination aus Tofu, einer Tüte *roerbak groente,* Zwiebeln, Ingwer, einem Schuss Sojasoße sowie Curry und Kardamom durchaus schmackhaft. Pieter hingegen hatte etwas von »Kaninchenfutter« gemurmelt, war an den Kühlschrank gegangen und kurz darauf mit einem *puntje,* einem weichen Brötchen, zurückgekommen, das er mit *filet americain* bestrich, einer feinen, mettartigen Paste. Gleich nach dem ersten Bissen hatte sich seine Miene aufgehellt.

Noemi faltete den Plan auf. »Ich habe mich als Erstes im Hafen umgesehen«, sagte sie dann. »Die meisten Schiffe dort befinden sich im Winterlager. Eines aber ist bewohnt, die *Dutch Flyer.* Sie gehört einem Ruud Seedorf. Er war nicht da, aber wir sollten es noch mal probieren. Vielleicht hat er in der Mordnacht etwas im Hafen beobachtet.«

»Ruud bietet im Sommer Ausflugsfahrten mit seinem Schiff an«, erklärte Henk. »Im Winter ist er oft drüben auf dem Festland. Das wäre also ein großer Zufall, wenn er etwas gesehen hätte.«

»Wir versuchen unser Glück«, meinte Griet. »Hast du denn mit dem Hafenmeister sprechen können?«

»Ja, er sagte mir, dass in der Mordnacht keine Besucherschiffe im Hafen lagen. Im Frühjahr verirren sich nur wenige hierher.« Noemi trank einen Schluck Wasser; sie war die Einzige, die nicht ein Glas von dem Rotwein vor sich stehen hatte, den Pieter aus der *slijterij,* dem Spirituosenladen im Dorf, mitgebracht hatte. »Ansonsten scheint hier so ziemlich jeder ein Boot zu haben«, fuhr Noemi fort. »Es gibt ein Rettungsboot der KNRM, das Polizeiboot, das Schnellboot von Marc Martens und noch eine ganze Reihe von kleineren Schiffen …«

»Wir sind auf einer Insel«, sagte Henk. »Da lebt man buchstäblich auf dem Wasser. Die meisten dieser Boote sind übrigens nicht abgeschlossen oder anderweitig gesichert. Die Leute hier haben wenig Grund, sich vor Dieben zu fürchten.«

Pieter goss sich Wein nach. »Das heißt, so ziemlich jeder hätte sich ein Boot im Hafen schnappen und damit raus aufs Meer fahren können«, stellte er fest.

Henk nickte. »Korrekt.«

Noemi deutete auf den Bauplan, der auf dem Tisch lag. »Ich habe aber etwas anderes Interessantes entdeckt, das uns vielleicht weiterhilft.« Sie erklärte, dass die Zeichnung den neuen Hotelbau zeigte, den Vincent Bakker vorangetrieben hatte. Offenbar sollte er im Norden der Insel in den Dünen entstehen, mit direktem Zugang zum Strand. Der Komplex bestand aus einem Haupthaus und einem Nebengebäude.

»Kennst du den Plan?«, fragte Griet, an Henk gewandt.

»Nein, ist mir auch neu. Bislang gab es keinen Grund, sich damit zu befassen.«

»Seht ihr das hier?« Noemi deutete mit einem Stift auf ein kleineres Gebäude, das links vis à vis des Haupthauses eingezeichnet war.

Griet betrachtete die Zeichnung genauer. »Sieht aus wie … ein Strandpavillon oder so was.«

Henk drückte die Zigarette aus und stieß einen leisen Pfiff aus. »Könnte tatsächlich sein. Allerdings … an der Stelle steht doch längst der Pavillon von Marc Martens.«

»Den hätte Bakker wohl abreißen müssen, wenn er den Plan in der vorliegenden Form umsetzen wollte«, sagte Noemi.

»Wäre das denn so einfach möglich?«, fragte Pieter.

»Ich kenne mich mit den Eigentumsverhältnissen nicht genau aus. Bisher dachte ich immer, die Strandbude gehört

Marc Martens. Dann könnte er das natürlich nicht so einfach. Andererseits …« Henk schürzte die Lippen. »Soviel ich weiß, hat Martens' Vater den Strandpavillon aufgebaut. Später hat er dann das *Badhotel* übernommen. Nach seinem Tod verkaufte seine Witwe das Hotel an Vincent Bakker. Es wäre denkbar, dass auch der Strandpavillon dazugehörte …«

Griet war Marc Martens' erste Reaktion auf den Tod seines Cousins noch gut in Erinnerung. Er war nicht allzu betrübt gewesen. Sollte Bakker tatsächlich vorgehabt haben, Martens' Geschäft in irgendeiner Weise zu schaden, konnte das eine Erklärung sein.

Vielleicht lohnte es sich, etwas intensiver in die Geschichte des *Badhotels* einzusteigen.

»Wie auch immer«, meinte Pieter. »Woher hast du diesen Bauplan eigentlich?«

Noemi zuckte die Schultern. Dann berichtete sie in einem Tonfall, als wäre es selbstverständlich, dass sie ins Gemeindebüro gegangen und einfach danach gefragt hatte. »Die junge Dame war ziemlich beeindruckt von meiner Marke und hat keine weiteren Fragen gestellt«, erklärte sie. »Ich hab mir gedacht, das Hotelprojekt spielte offenbar eine große Rolle für die Insel. Der Bauherr wurde ermordet. Also könnte das doch miteinander zu tun haben …«

Gegen diese Schlussfolgerung war nichts einzuwenden. Und in einer Mordsache hatten sie durchaus die Befugnis, Einsicht in die Angelegenheiten des Opfers zu nehmen. Nur wäre eine formellere Vorgehensweise angebracht, abgesehen davon, dass Griet als leitende Ermittlerin diesen Schritt nicht angeordnet hatte und es für Noemi in ihrer Position angemessen gewesen wäre, sich mit ihrer Vorgesetzten abzusprechen.

Griet entnahm Pieters Blick, dass er Ähnliches dachte und wohl der Ansicht war, dass die junge Kollegin für ihren Übereifer einen Tadel verdient hatte.

Griet überlegte. Es war nicht unbedingt wünschenswert, dass einer aus dem Team Teile der Ermittlung ohne Absprachen an sich riss. Andererseits konnte jemand, der voranpreschte, wo andere zögerten, einen Fall entscheidend weiterbringen.

Sie nickte Noemi zu. »Gute Arbeit.«

Dann stand sie auf und entschuldigte sich. Sie wollte noch einen Spaziergang machen und über das nachdenken, was sie bislang herausgefunden hatten.

Noemi erinnerte Griet mit ihrer forschen Herangehensweise an sich selbst. Auch sie hatte sich in ihren Anfangsjahren einige Freiheiten herausgenommen, und solange sie erfolgreich gewesen war, war ihr die Rückendeckung ihrer Vorgesetzten sicher gewesen. Deshalb war sie willens, es bei der jungen Frau genauso zu halten. Rückblickend hätte sie sich selbst damals allerdings ungern als Kollegin gehabt, dachte Griet.

***

Sie trat in die sternenklare Nacht hinaus und sog die kalte, frische Luft tief in die Lungen.

Henk war ihr gefolgt.

»Was dagegen, wenn ich mitkomme?«, fragte er.

Griet lächelte. »Ganz und gar nicht.«

Hinter dem Haus führte ein kleiner Trampelpfad über eine Wiese in Richtung der Dünen. Sie folgten ihm.

»Welchen Eindruck hast du eigentlich von Luuk de Jong?«, fragte Griet und erzählte Henk von ihrer Begegnung mit ihm.

»Schwer zu sagen«, erwiderte Henk, während sie über einen Sandweg auf eine der Dünen stiegen. »Er ist sicher nicht auf den Mund gefallen. Vincent Bakker war das auch nicht. Bei der Vorgeschichte der beiden kaum verwunderlich, dass sie aneinandergeraten sind. Könnte er ihn umgebracht haben? Möglicherweise. Du weißt genauso gut wie ich, dass Menschen im Zorn zu vielen Dingen fähig sind, die man ihnen unter normalen Umständen nicht zutraut.«

»Luuk sagte mir, er wäre bis Mitternacht im *Oude Veermann* gewesen. Kann das stimmen? Du warst doch auch dort …«

»Aber nicht sehr lange. Ich bin kurz nach dem Streit der beiden gegangen.«

Sie wanderten über den Dünenkamm zum Strand hinunter. Jetzt im Dunkeln, da nur noch das Tosen des nachtschwarzen Meers zu hören war, kam Griet die weite Sandfläche noch einsamer vor.

»Warum bist du eigentlich überhaupt auf die Insel gekommen?«, wollte Griet wissen. »Ich meine, bist du nicht noch zu jung für eine solche Stelle … Ist doch alles recht betulich hier.«

Henk schob die Hände in die Taschen und blickte nachdenklich auf seine Schuhe, die tiefe Spuren im feuchten Sand hinterließen. »Sagen wir mal so … auch ich habe eine alte Verletzung. Und ich dachte, sie würde hier auf der Insel heilen.«

»Und?«

»Hm … manche Wunden heilen nie vollständig, ganz egal, was man tut.«

Sie hatten den Saum des Meeres erreicht. Die weißen Schaumkronen der Brandung schimmerten auf den schwarzen Wellen. Draußen auf dem Meer schienen die Positionslichter von Schiffen wie Glühwürmchen im Dunkeln.

»Sag mal«, fragte sie unvermittelt, »habt ihr eigentlich einen Bericht über das Frachterunglück vor der Insel bekommen?«

»Nein, aber es sollte kein Problem sein, den anzufordern.«

»Dann tu das bitte«, sagte sie. »Ich möchte wissen, was da draußen vorgefallen ist.«

12
FAMILIENSACHE

Der rot-weiße Leuchtturm von Vlieland schickte seinen Strahl in die Dämmerung über dem Wattenmeer hinaus. Einundfünfzig Treppenstufen, Griet hatte mitgezählt, waren es bis hinauf zur Spitze der *Vuurboetsduin* am östlichen Ende des Dorfes, wo das vollautomatische Leuchtfeuer seinen Dienst tat. Der Blick von hier oben war atemberaubend. Im Osten stieg die Morgensonne am Horizont über den Watteninseln empor, die wie an einer Perlenschnur aufgereiht im Meer lagen, und der Himmel färbte sich in unterschiedlichen Schattierungen von Bordeauxrot bis Orange. Im Süden war dort, wo sich Himmel und Wasser berührten, als schwarzer Strich das Festland zu erahnen. Griet atmete tief ein und spürte die Kraft des Windes, der ihre Haare in alle Richtungen verwirbelte.

Direkt unter ihr, am Fuß der Düne, lag Oost-Vlieland. Die Häuschen standen dicht an dicht, mit der Dorpstraat als breitester der schmalen Gassen. Gut möglich, dass das *Badhotel* bereits bei seiner Erbauung das höchste Gebäude gewesen war, auf jeden Fall überragte es die umstehenden Häuser um mindestens ein Geschoss.

Sein Besitzer, Vincent Bakker, war einer der ersten Bürger des Ortes gewesen, beliebt und erfolgreich, einer, der sich um die Geschicke der Insel verdient gemacht hatte. So lautete zumindest die offizielle Version, an der Griet mittlerweile jedoch ihre Zweifel hegte. Was für ein Mensch war Vincent Bakker wirklich gewesen? Griet wusste, wer ihr mehr über Bakker und seine Familie würde erzählen können. Dazu musste sie dem *Badhotel* erneut einen Besuch abstatten.

Sie ließ den Blick über den Ort schweifen, während sie die Treppe langsam wieder hinabstieg. Als einzige Siedlung der Insel wirkte das Dorf beinahe verloren in der Unendlichkeit der See, die es umgab. Griet stellte sich vor, wie die Bewohner in früheren Zeiten gegen Sturmfluten und Stürme gekämpft, Kriege, Hungersnöte und andere Plagen überstanden hatten. Eine verschworene Gemeinschaft mussten sie gewesen sein – und waren es vermutlich auch heute noch. Jeder kannte jeden, jeder beobachtete jeden. Sosehr sie die raue Natur der Insel mochte, sie würde in einer solchen Enge nicht leben wollen. Doch für ihre Untersuchungen konnte sie diese nutzen: Dinge sprachen sich schnell herum. Der Mord und die Anwesenheit des Ermittlerteams sorgten sicherlich für Gesprächsstoff im Dorf. Wie auch in anderen Fällen würde das jene, die etwas zu verbergen hatten, nervös machen. Und nervöse Menschen begingen Fehler.

Griet hoffte, dass das auch bei Luuk de Jong der Fall sein würde, dessen Aussage Noemi mit der Hilfe von Karen den Bosch auf der Wache protokollieren würde. Üblich war das nicht. Eine unterschriebene Aussage oder gar eine offizielle Vernehmung waren eigentlich erst dann angebracht, wenn der Betreffende ein wichtiger Zeuge, ein Tatverdächtiger oder jemand war, gegen den etwas Konkretes vorlag. So weit waren sie mit Luuk de Jong noch lange nicht, doch sie wollte den gehörnten Ehemann spüren lassen, dass sie ihn beobachteten.

Dazu gehörte auch die Überprüfung seines Alibis.

Direkt gegenüber der *Vuurboetsduin* stand ein einzelnes Haus mit gepflegtem Garten und weißem Zaun. Es gehörte Evert van Basten. Griet hatte nicht warten wollen, bis er im Laufe des Vormittags sein Lokal öffnete, und hatte daher beschlossen, ihn zu Hause aufzusuchen. Es brannte Licht, und als sie klingelte, öffnete Evert auch gleich die Tür.

Er hielt eine Tasse Kaffee in der Hand. »So früh schon unterwegs?«

»Ich war gerade in der Nähe«, sagte Griet, »und hätte noch eine Frage.«

»Und die wäre?«

»Wann war Ihre Feier am Freitagabend vorbei?«

»Sie stellen Fragen … Soweit ich mich erinnern kann, hat sich der harte Kern irgendwann in den frühen Morgenstunden verabschiedet.«

»Gehörte Luuk de Jong dazu?«

»Möglich, weiß ich nicht mehr so genau.«

»Kann sich vielleicht Ihre Frau erinnern?«

»Hören Sie, wir haben im Lokal keine Stechuhr …«

»Es wäre nett, wenn Sie sie fragen könnten«, unterbrach Griet ihn.

Van Basten sah sie einen Moment mürrisch an, dann rief er über die Schulter: »Jolanda!«

Seine Frau erschien im Morgenrock hinter ihm.

»Hallo, Griet«, sagte Jolanda.

»Weißt du noch, wie lange Luuk auf der Feier war?«, fragte van Basten sie.

»Natürlich«, antwortete Jolanda ohne Umschweife. »Er ist als einer der Letzten gegangen. Er hatte doch diesen Kerl dabei … der den ganzen Abend über keinen Tropfen Alkohol getrunken hat. Ich hab mich gefragt, wie er es trotzdem so lange in einer Kneipe aushält.«

»Wer war der Mann?«, fragte Griet.

Jolanda zuckte die Schultern. »Wohl ein Freund von Luuk. Verstanden sich ziemlich gut, die beiden. Er ist ihm nicht von der Seite gewichen.«

»Das heißt, Sie kannten den Mann nicht?«

»Nein.« Jolanda blickte ihren Mann an.

Van Basten schüttelte den Kopf. »Sie hat recht, da war dieser Typ … aber er war nicht von der Insel.«

»Haben die beiden das Lokal zwischendurch mal verlassen?«

»Wie gesagt«, meinte van Basten und zuckte die Schultern, »keine Stechuhr, die Leute kommen und gehen, wann sie wollen.«

Das bedeutete, Luuk de Jong konnte die Feier verlassen haben und später zurückgekommen sein, ohne dass jemand davon Notiz genommen hatte. Vielleicht hatte er aber auch die Wahrheit gesagt und war bis in die frühen Morgenstunden in der Kneipe gewesen. Aber warum hatte er dann Griet gegenüber den Fremden nicht erwähnt, der ihm ein perfektes Alibi geben könnte? Vielleicht würde er sich in der Befragung durch Noemi daran erinnern.

Griet verabschiedete sich, stieg auf das Fahrrad, das sie am Fuß der *Vuurboetsduin* abgestellt hatte, und fuhr ins Dorf.

Der Weg führte auf einer kleinen Anhöhe an einer mittelalterlichen Kreuzkirche vorbei, an die ein von hohen Platanen gesäumter Friedhof angrenzte. Die meisten der Grabsteine waren schon stark verwittert. An der Ecke, wo die Molenstraat hinunter zur Dorpstraat abbog, hielt Griet vor einem Kreuz mit einer Jesusfigur an. Ihre Aufmerksamkeit galt allerdings nicht dem Heiland, sondern vielmehr dem Mann, der sich auf dem Friedhof einem der Gräber näherte, das noch nicht so verfallen war, also jüngeren Datums zu sein schien. Er legte Blumen auf das Grab, zündete eine Kerze an. Dann blieb er noch einen Moment stehen, bevor er sich abwandte und zum Ausgang des Friedhofs ging. Als er sich umdrehte, um das schmiedeeiserne Tor hinter sich zuzuziehen, erkannte Griet sein Gesicht. Es war Marc Martens. Sie fragte sich, wessen Grab er da gerade so früh besucht hatte.

***

Das *Badhotel* war besser besucht, als Griet es zu dieser Jahreszeit erwartet hatte. Im Frühstücksraum, der mit einer gläsernen Flügeltür direkt an das Foyer angrenzte, waren alle Tische bis auf einen einzigen, der von einer Bedienung gerade abgeräumt wurde, voll besetzt. Das Gemurmel gedämpfter Unterhaltungen erfüllte den Raum, das Klappern von Geschirr, hier und da das Rascheln einer Zeitung, der Duft von Kaffee. Griet erblickte Neeltje de Jong, die das Frühstücksbüfett inspizierte und eine weitere Bedienung anwies, es aufzufüllen, bevor sie sich einem Gast zuwandte und sich nach seinen Wünschen erkundigte. Griet entging nicht, dass einige der männlichen Gäste Neeltje verstohlene Blicke zuwarfen. Obwohl sie ihre Sache gut machte, schien sie nicht glücklich zu sein. Dunkle Schatten lagen unter ihren Augen, und sie war leicht nach vorn gebeugt wie jemand, der eine schwere Last auf den Schultern trug. Vielleicht lag es tatsächlich daran, dass so viel Verantwortung auf ihr lastete. Guus van Schouten, der alte Concierge, schien sich jedenfalls eher in einer überwachenden Funktion zu sehen. Er stand, in einen makellosen Anzug gekleidet, neben der Glastür und überblickte das

Geschehen. Sein Kopf bewegte sich ruckartig hin und her wie der eines Raubvogels auf der Suche nach Beute, bereit, sich sofort auf sie zu stürzen, sobald er sie erspähte. Wobei Guus' Beute vermutlich das Personal war, das Fehler beging, die es zu ahnden galt.

Griet ging zu dem Concierge hinüber.

»Mevrouw Commissaris«, sagte er, »es ist mir eine Freude, Sie wieder bei uns begrüßen zu dürfen. Wie kann ich Ihnen zu Diensten sein?«

»Da wären einige Dinge, über die ich gern mehr erfahren würde.«

»Sehr wohl. Ich werde *mevrouw* Bakker umgehend Bescheid geben. Sie führt allerdings gerade ein wichtiges Telefongespräch – es gibt derzeit viel zu regeln, wie Sie sich sicherlich vorstellen können. Ich hoffe, es macht Ihnen nichts aus, einen Moment zu warten …« Er hielt die Hände hinter dem Rücken verschränkt und beugte den Oberkörper beim Reden leicht nach vorn. Obwohl Griet mit ihren einen Meter achtzig nicht gerade klein war, überragte der alte Mann sie.

Van Schouten wies auf den freien Tisch: *»Misschien een kopje koffie, mevrouw* – vielleicht eine Tasse Kaffee? Sie dürfen sich gern setzen.«

»Graag, Guus«, antwortete Griet.

Einen *koffie* lehnte sie selten ab, besonders an diesem Morgen nicht. Sie war kurz nach Mitternacht hochgeschreckt, aufgeweckt vom Heulen des Windes, der die dünnen Wände des Ferienhauses zum Knarzen brachte. Und dann war da ein für die Uhrzeit eher ungewöhnliches Geräusch gewesen: das Geklapper einer Tastatur. Griet war in den Flur hinausgetreten und hatte die Quelle der nächtlichen Ruhestörung im Nebenzimmer ausgemacht. Noemi saß mit dem Laptop auf dem Bett. Sie fasste die bisherigen Erkenntnisse für die Ermittlungsakte zusammen. Der Ehrgeiz der jungen Kollegin kannte offenbar keine Grenzen. Griet hatte sich für den selbstlosen Einsatz bedankt, allerdings darauf hingewiesen, dass ausreichend Schlaf die Grundlage für erfolgreiche Ermittlungen war. Trotzdem hatte sie sich das Geräusch der Tasten noch eine ganze Stunde lang anhören müssen. Gegen sechs Uhr hatte es dann an ihrer Tür geklopft, und Pieter, dessen innere Uhr wohl auf Familienzeit lief, hatte sich erkundigt, ob sie ebenfalls *verse brootjes* haben wollte, er würde kurz ins Dorf fahren. Griet würde an diesem Tag wohl noch mehrere *kopjes koffie* brauchen, damit ihr innerer Motor nicht ins Stottern geriet.

Guus van Schouten winkte eine Bedienung herbei, wobei sein Gesicht die Freude nicht verbergen konnte, dass er endlich etwas zu tun hatte. Als der Concierge Griet zum Tisch geleiten wollte, hielt sie ihn zurück.

»Um ehrlich zu sein, Guus, ich möchte nicht mit *mevrouw* Bakker sprechen. Ich bin Ihretwegen hier.«

Van Schouten hob die Augenbrauen. »Oh … das ehrt mich. Allerdings … habe ich gerade alle Hände voll zu tun. Und ich bin mir nicht sicher, ob ich Ihnen eine Hilfe sein kann.«

»Ich würde gern einiges über die Geschichte des Hotels erfahren, und niemand kennt den Betrieb so gut wie Sie«, sagte Griet. »Ihr Wissen könnte für meine Ermittlungen sehr wichtig sein.«

Van Schouten straffte sich. »Nun, sehr gern … aber ich weiß nicht, ob ich die jungen Herrschaften mit dem Frühstück hier allein lassen kann.«

»Guus«, fragte Griet, »waren Sie schon mal bei einem klassischen Konzert?«

Der alte Mann stutzte, schmunzelte dann aber versonnen. »Ein einziges Mal. Ich war noch sehr jung. Es war in Amsterdam. Die Herrschaften hatten mir freigegeben. Ein herrlicher Abend. Ich wünschte …«

»Sehr gut, Guus, dann wissen Sie ja, dass es in jedem Konzert diesen Moment gibt, wo der Dirigent das Orchester verlässt, um zu demonstrieren, dass die Musiker auch ohne ihn spielen können.« Griet deutete auf Neeltje. »Ich habe den Eindruck, Ihr Ensemble wäre dem ebenfalls gewachsen. Die junge Dame scheint ihr Handwerk zu verstehen.«

Der Concierge betrachtete Neeltje mit einem Lächeln.

»Das hat sie von mir gelernt. Ich habe ihr von klein auf alles beigebracht. Und es würde mich stolz machen, wenn sie das Hotel eines Tages übernimmt und die Familientradition fortsetzt.«

»Sehen Sie … und genau über diese Tradition möchte ich mit Ihnen reden, Maestro«, sagte Griet und hakte sich bei van Schouten ein. »Es gibt hier doch bestimmt einen ruhigen Ort, an dem wir uns über Vincent Bakker und seine Familie unterhalten können …«

***

Guus van Schouten führte Griet hinaus auf die Terrasse des *Badhotels.* Das Gebäude befand sich auf der gleichen Straßenseite wie der *Oude Veermann,* mit dem Unterschied, dass der Hinterhof, wo der Kneipier das Pferd neben den Bierfässern eingepfercht hatte, einen kleinen Garten mit einer Wiese, Blumenbeeten und einer Schaukel aufwies. Die Terrasse lag etwas erhöht, sodass man über die Deichkrone auf das Wattenmeer blickte, wo ein Fischerboot seine Bahnen zog. Möwen umschwärmten die Netze, die seitlich ausgebracht waren.

Sie nahmen auf zwei Korbstühlen Platz; ein Heizstrahler spendete ihnen Wärme. Griet nippte an ihrem *koffie.*

»Sagen Sie, Guus, ich habe gehört, dass das Strandlokal von Marc Martens eigentlich Vincent Bakker gehörte. Stimmt das?«

»Das ist korrekt«, antwortete der Concierge. »Er hat es damals zusammen mit dem Hotel von Roos Martens, der Mutter von Marc, erworben.«

Griet blätterte in ihrem Notizbuch. Sie hatte in der Nacht versucht, den Stammbaum von Vincent Bakkers Familie aufzuzeichnen, so wie sie ihn aus dem ersten Gespräch mit dem Concierge noch in Erinnerung hatte.

»Wenn ich es recht verstanden habe, dann hat Marc Martens' Vater den Strandpavillon aufgebaut?«

»Auch das stimmt. Jan Martens erschuf ihn buchstäblich aus dem Nichts.«

»Was ich dann nicht verstehe: Warum verkaufte Roos Martens den Strandpavillon überhaupt? Sie hätte ihn doch ihrem Sohn Marc überlassen können?«

Guus beugte sich ein wenig vor und sprach leiser. »Weil sie keine andere Wahl hatte.«

»Ich kann Ihnen nicht ganz folgen …«

Guus presste die Lippen zusammen und blickte kurz auf das Meer hinaus, bevor er sich wieder Griet zuwandte. »Ich möchte ehrlich sein … *mevrouw* Bakker hat mir aufgetragen, Sie bei Ihren Ermittlungen zu unterstützen. Sie meinte, wir hätten nichts zu verbergen. Außerdem möchte sie ebenfalls wissen, wer ihrem Mann das angetan hat. Allerdings bin ich mir nicht sicher, inwieweit ich Ihnen Details der Familiengeschichte preisgeben darf …«

»Betrachten Sie es als eine Art Beichtgeheimnis. Solange das, was Sie mir erzählen, niemanden direkt des Mordes überführt, ist dies eine freundschaftliche Unterhaltung zwischen Ihnen und mir«, erklärte Griet. »Ich möchte lediglich verstehen, welchen Hintergrund der Verstorbene hatte, und ihn so etwas besser kennenlernen.«

»Sehr wohl.«

»Wie meinten Sie das also, dass Roos Martens keine andere Wahl hatte?«

»Ihre Schwester Anna …«

»… die Adoptivtochter von Roos' Eltern?«

»Ja … Anna setzte Roos sozusagen die Pistole auf die Brust. Natürlich nur im übertragenen Sinn …«

Griet blickte erneut in ihr Notizbuch. »Anna ist doch die Mutter von Vincent. Was hat sie mit der ganzen Sache zu tun?«

»Nun, sie hat das Hotel gekauft.«

»Guus, Sie verwirren mich. Ich dachte, Vincent Bakker hat es erworben …«

»Pardon, das hat er natürlich auch, ich drücke mich missverständlich aus … Seine Mutter hat vielmehr in seinem Sinn die Vorverhandlungen mit ihrer Schwester geführt.«

Griet stellte die leere Kaffeetasse auf dem Beistelltisch ab.

»*Guus, het spijt me* – es tut mir leid. Aber ich komme nicht mit …«

»Wie soll ich sagen … Anna und Roos verband leider keine einfache Geschichte. Sie arbeiteten schon als Mädchen gemeinsam im Hotel. Dabei war allerdings abzusehen, dass der Betrieb auf lange Sicht nur eine Familie würde ernähren können, was bedeutete, dass sich Aad und Sjan Koopmanns bei der Nachfolge zwischen ihren beiden Töchtern entscheiden mussten.«

»Hätten sie ihnen das Hotel denn nicht zu gleichen Teilen vermachen können?«

»Schon, allerdings hatte *meneer* Koopmanns bestimmte Vorstellungen. Für ihn war immer ausgemacht, dass Roos seine Nachfolgerin sein würde.«

»Weil sie seine leibliche Tochter war.«

»*Precies.* Was Anna betraf, hatte er gewisse Vorbehalte. Was sie wiederum besonders angespornt hat. Mein Eindruck war, dass Anna ihm beweisen wollte, dass sie die bessere Geschäftsfrau war.«

»Und, war sie das auch?«

»Nun ... Roos war sicher ein fleißiges, zuvorkommendes Mädchen, allerdings galt ihre Liebe eher der Literatur und der Musik. Sie konnte in ihrem Dachzimmer viele Stunden mit Üben verbringen oder sich bis tief in die Nacht in ein Buch versenken, aber sich über die Zahlen zu beugen, das schien ihr immer eine gewisse Pein zu bereiten. Anna hingegen stand mit beiden Füßen auf dem Boden. Sie war ehrgeizig und clever. Roos hätte einem hungrigen Gast das Abendessen vor lauter Mitleid gratis überlassen, Anna hätte ihm in seiner Not den doppelten Preis abverlangt.«

»Klingt nach einer guten Geschäftsfrau ...« Griet winkte die Bedienung heran und bestellte noch einen *koffie.*

»Das war sie in der Tat, wie sich bald herausstellte. Anna heiratete Thijs Bakker. Thijs gehörte ein kleiner Fahrradverleih im Ort, und Anna half ihm dabei, das Geschäft zu vergrößern. Außerdem wandelte sie das Haus seiner verstorbenen Eltern in ein Ferienhaus um, was sich zu einem recht einträglichen Betrieb entwickelte. Ihre große Hoffnung galt jedoch weiterhin dem Hotel ... Roos heiratete zwischenzeitlich Jan Martens. Und Jan war ein Mann nach dem Geschmack ihres Vaters. Er hatte sich mit dem Strandpavillon eine eigene Existenz aufgebaut. Dann brachte Roos im Abstand von ein paar Jahren zwei Söhne zur Welt, Coen und Marc. Damit war sie der ganze Stolz ihres Vaters.«

Griet verzog die Mundwinkel. »Langsam begreife ich, warum es zwischen den Schwestern nicht zum Besten stand.«

»Es dauerte dann in der Tat auch nicht mehr lange, und *meneer* Koopmanns übertrug Roos das *Badhotel.* Es war natürlich ihr Mann Jan, der das Geschäft führte, während die eigentliche Besitzerin sich den Künsten widmete. Jan trieb das Hotel zu neuer Blüte. Mit behutsamen Renovierungen bewahrte er den alten Charme des Hauses, schaffte aber Platz für zusätzliche Zimmer, und Mitte der Siebziger besuchten bald mehr Gäste das Haus als je zuvor.«

»Und Anna Bakker? Das muss ihr doch alles ziemlich gegen den Strich gegangen sein.«

»Sicherlich. Sie kümmerte sich um den Laden ihres Mannes. Zudem spezialisierte sie sich darauf, älteren Herrschaften ihre Grundstücke für wenig Geld abzukaufen und Ferienhäuser darauf zu bauen.«

»Ihre Geschäftstüchtigkeit scheint sie jedenfalls ihrem Sohn Vincent vererbt zu haben, wenn ich das richtig sehe.«

»Durchaus …« Der alte Concierge lachte in sich hinein. »Das galt aber auch für seinen Cousin Coen, Marc Martens' älteren Bruder. Trotz der Feindschaft ihrer Mütter waren Vincent und er als Jungen ein unzertrennliches Gespann, und jeder bewies sein geschäftliches Talent auf seine Weise. Sie besserten sich ihr Taschengeld damit auf, dass sie im Sommer mit einem Bauchladen über den Strand zogen und den Touristen Eis und Souvenirs verkauften. Coen kümmerte sich um die günstige Beschaffung der Waren und führte genau Buch. Vincent hatte hingegen das seltene, aber sehr nützliche Talent, den Menschen mit vielen Worten Dinge anzudrehen, die sie eigentlich gar nicht brauchten. Die Besuche am Strand waren für ihn zudem eine wunderbare Gelegenheit, sich den *meisjes* zu nähern – er hatte vor allem eine Schwäche für Besucherinnen aus Deutschland. Was das eine oder andere Mal zu Streit zwischen ihm und Coen führte. Wissen Sie, Vincent hatte die Angewohnheit, gegenüber seinem Cousin mit seinen neuesten weiblichen … Eroberungen zu prahlen. Ich weiß noch, wie ich die beiden bei einer Kabbelei trennen musste. Sie hatten sich in den Haaren wegen einer blonden Schönheit mit blauen Augen und üppigem …« Er räusperte sich schmunzelnd. Doch dann schlich sich ein Ausdruck von Wehmut in seinen Blick, und er sah für einen Moment still auf das Meer hinaus. »Es war alles auf einem so guten Weg mit dem Hotel«, sagte er und seufzte. »Schwer zu begreifen, dass es sie nun beide nicht mehr gibt.«

Griet wartete einen Moment. »Was ist aus Coen Martens geworden?«

Der Concierge faltete die Hände und blickte zu Boden. »Tja … als Coen und Vincent die Ausbildung im Hotel begannen, war schnell abzusehen, dass sie die Geschäfte bald von Jan Martens übernehmen könnten. Oder ihm zumindest viel abnehmen würden. Das wäre dringend nötig gewesen, weil der arme *meneer* Martens, der ohnehin ein schwaches Herz hatte, völlig überarbeitet war.«

»Aber?«

»Es gab einen Unfall auf der Fähre. Coen starb.« Van Schouten schüttelte nachdenklich den Kopf, als könne er diesen Umstand bis heute nicht begreifen.

Griet hätte gern gewusst, was Coen Martens genau zugestoßen war, allerdings sagte ihr ihr Instinkt, dass jetzt vielleicht nicht der richtige Moment war. Sie fürchtete, dass es mit der Redseligkeit des alten Mannes vorüber sein könnte, wenn sie allzu sehr nachbohrte.

»Ein schwerer Schlag«, fuhr er fort. »Seine Mutter verzweifelte darüber. Und Jan Martens, er …« Nun brach der alte Concierge tatsächlich in Tränen aus, die er rasch mit einem Stofftaschentuch abtupfte, das er aus der Tasche seines Jacketts zog. »*Excuses* … es tut mir leid, *mevrouw* …«

»Das braucht es nicht«, entgegnete Griet mit sanfter Stimme. Sie erinnerte sich an den Schmerz in ihrer Brust, als sie vor gar nicht allzu langer Zeit vom Tod ihres Vaters erfahren hatte. Sie war mit Bas beim Abendessen gesessen, als der Anruf kam. Der Hafenmeister hatte ihren Vater tot auf seinem Schiff gefunden. Griet hatte vorgehabt, ihn in wenigen Tagen zu besuchen. Dass sie nun nie wieder ein Wort mit dem Mann wechseln würde, der ihr Leben wie ein Fixstern begleitet hatte, ihn nie wieder in den Arm nehmen, ihm nie wieder einen Kuss auf die Wange drücken würde, kam ihr noch immer unwirklich vor, und sie war sich sicher, dass ein Teil des Schmerzes über seinen Tod niemals verschwinden würde. Sie konnte sich ausmalen, was Guus van Schouten empfand – das *Badhotel,* die Martens, die Bakkers, das war so etwas wie seine Familie, seine Heimat.

»Guus«, sagte sie nach einer Weile, »Sie deuteten an, dass Anna Bakker ihre Schwester mehr oder weniger zum Verkauf des Hotels genötigt hat. Hatte das mit dem Unfall zu tun?«

»Letztendlich schon. Nach dem Tod seines Sohns stürzte sich Jan Martens noch mehr in die Arbeit. Und eines Abends fand Roos ihn leblos an seinem Schreibtisch. Ein Herzinfarkt.« Guus seufzte. »Roos war es klar, dass sie das Hotel nicht würde allein führen können.«

»Da erkannte Anna Bakker ihre Chance.«

»Genau. Sie überredete Roos, den Betrieb an Vincent zu übertragen. Das war auch sinnvoll, schließlich war er eingearbeitet, und das Hotel würde in der Familie bleiben – Marc Martens war damals noch viel zu jung. Anna schlug vor, Roos eine Ablösesumme zu zahlen, mit der Roos bis an ihr Lebensende ausgesorgt hatte. Allerdings musste sie den gesamten geschäftlichen Besitz an Vincent übertragen.«

»Wozu auch der Strandpavillon gehörte?«

»Richtig. Roos willigte ein, und Vincent übernahm die Geschäfte.«

Griet lehnte sich zurück. Vlieland war ein wahres Idyll, aber auch hier kämpften die Menschen ganz offensichtlich mit harten Bandagen. Reichtum und Erbfolgen hatten schon so manche Familie zerrüttet. Und sie wusste, was es mit Menschen machte, wenn sie wie Anna Bakker zeit ihres Lebens von den Eltern zurückgesetzt wurden und nie Anerkennung erfuhren. Dennoch gehörte ein ordentliches Maß an Verschlagenheit dazu, das Schicksal eines Menschen derart auszunutzen.

»Eine letzte Frage, Guus«, sagte sie. »Nun, da Vincent Bakker tot ist, wird das neue Hotel noch gebaut werden?«

Er hob ratlos die Hände. »Tja … schwer zu sagen. *Mevrouw* Bakker setzt gerade alle Hebel in Bewegung, damit das geschieht. Die Sache ist die: *Meneer* Bakker konnte mit seiner Tatkraft sehr überzeugend sein, und es ist ihm zu verdanken, dass sich Investoren für das Projekt interessiert haben. Ob sie nach seinem Tod an Bord bleiben, steht in den Sternen.«

Griet erhob sich und legte dem alten Mann die Hand auf die Schulter. »Sie haben mir wirklich sehr weitergeholfen, Guus.«

Sie verabschiedete sich und ging die Treppe der Terrasse hinunter in den Garten. Ein kleines Tor führte hinaus auf einen schmalen Schotterweg zum Deich.

Griet stieg den Deich hinauf und blickte auf das Meer. Links konnte sie den Fähranleger sehen. Etwas weiter lag der Jachthafen. Davor die Sandbank, auf der die Leiche von Vincent Bakker angespült worden war.

Sie fragte sich, wie es Marc Martens ergangen war. Hatte er

irgendwann erkannt, welches Erbe er verloren hatte, als seine Mutter ihren Besitz an Vincent Bakker verkauft hatte?

13

ASCOPHYLLUM NODOSUM

Noemi Bogaard: Meneer de Jong, wie lange waren Sie am Freitagabend auf der Feier im Oude Veermann?

Luuk de Jong: So ganz genau weiß ich es nicht mehr. Es wurde ziemlich spät, bis in die Morgenstunden.

Bogaard: Kann jemand Ihre Anwesenheit dort bezeugen?

De Jong: Alle, die da waren, nehme ich an. Fragen Sie doch Evert van Basten.

Bogaard: Haben Sie die Feier zu irgendeinem Zeitpunkt verlassen?

De Jong: Na ja, als ich nach Hause gegangen bin – oder wie meinen Sie das jetzt?

Bogaard: Ich präzisiere die Frage. Haben Sie die Feier zwischendurch verlassen, vielleicht, um etwas zu erledigen, und sind später zurückgekommen?

De Jong: Ich … also, ich bin zwischendrin mal raus, um eine zu rauchen. *(lacht)*

Bogaard: Meneer de Jong, waren Sie allein oder in Begleitung einer anderen Person auf der Feier?

De Jong: … *(schweigt)*

Bogaard: Meneer de Jong?

De Jong: Warum … fragen Sie das? Da waren sehr viele Menschen auf der Feier, sagte ich doch schon.

Bogaard: Es hätte ja sein können, dass Sie mit einem Freund im Veermann waren.

De Jong: Nein … wie kommen Sie darauf? Ich war allein dort.

Noemi stoppte die Aufnahme von Luuk de Jongs Aussage, die sie von ihrem *mobieltje* auf den Laptop gezogen hatte, und blickte Griet mit zusammengekniffenen Augen an.

»Er lügt.«

»Das werden wir ihm zwar erst noch nachweisen müssen, aber nachdrücklicher hättest du seinem Gedächtnis nicht auf die Sprünge helfen können. Er verschweigt seinen Freund bewusst.«

Nach ihrer neuerlichen Unterhaltung mit Evert van Basten hatte Griet Noemi angerufen und sie angewiesen, Luuk de Jong explizit nach seinem Begleiter zu fragen.

Es war kalt im *politiebureau.* Die Heizung lief noch immer nicht, und der elektrische Heizlüfter schien mit dem großen Raum überfordert. Die Morgensonne stand inzwischen zwar schon hoch am Himmel, allerdings lag die Polizeiwache im Schatten der umstehenden Häuser.

Griet wandte sich Henk zu, der soeben hereingekommen war. Nachdem de Jong seine Aussage gemacht hatte, war Henk in den *Oude Veermann* gegangen, um mit Evert van Basten zu sprechen.

»Und, hast du was Neues?«

»Es war etwas mühsam«, antwortete Henk, »aber ich habe mit Evert eine Gästeliste zusammengestellt. Vielleicht ist jemand dabei, der sich an Luuks Begleiter erinnern kann oder sogar mit ihm gesprochen hat. Jolanda hat mir sein Aussehen beschrieben, allerdings viel zu unpräzise, als dass uns das weiterhilft. Aber Everts Schwager ist unser Dorffotograf, er hat auf der Feier Bilder gemacht. Ich rede mit ihm. Vielleicht ist dieser fremde Kerl zufällig auf einem der Fotos.«

»Mach das.« Griet massierte sich nachdenklich die Schläfen.

Letztendlich konnte es viele Gründe für de Jongs Verhalten geben. Möglicherweise verheimlichte er ihnen seinen Freund aus einem triftigen Grund – vielleicht, weil dieser ihm geholfen hatte, Vincent umzubringen. Die beiden Männer hätten durchaus die Gelegenheit dazu gehabt. Bei einer Feier mit so vielen Menschen wäre es ein Leichtes gewesen, sich zu entfernen und später zurückzukommen, ohne dass jemand Notiz davon nahm.

Griet sah hinüber zu Pieter. Er saß an Henks Schreibtisch und hatte sich am Computer in eine Recherche vertieft. Wie er zuvor verkündet hatte, versuchte er, mehr über die Vergangenheit von Luuk de Jong herauszufinden.

Ihr *mobieltje* klingelte und riss Griet aus ihren Gedanken. Es war Noor, die Kriminaltechnikerin. Griet legte das Gerät auf den Schreibtisch und aktivierte den Lautsprecher, sodass alle mithören konnten.

»Ich habe euch eben die Ergebnisse der Tatortuntersuchung gemailt«, dröhnte ihre Stimme etwas blechern aus dem Gerät. »Ich dachte aber, dass ihr vielleicht gern die Kurzfassung hören wollt.«

»Wir sind ganz Ohr«, antwortete Griet.

Noor erklärte, dass sich ihr Verdacht bestätigt hatte. Die Lack- und Kleberreste an der Kleidung des Opfers und der Plane, in die es eingewickelt worden war, waren identisch mit den Spuren auf den Plastikplanen in der Lagerhalle. Damit stand fest, dass Bakker in der Halle bei der Arbeit an seinem Plattboot ermordet worden war.

»Da ist noch etwas«, sagte Noor. *»Ascophyllum nodosum.«*

Pieter schürzte die Lippen. »Was meint sie damit? Klingt wie ein Zauberspruch von Harry Potter … lese ich unserer Jüngsten grade vor.«

Griet musste sich ein Grinsen verbeißen. Das lateinische Kauderwelsch, mit dem sich die Kriminaltechniker und Rechtsmediziner gern schmückten, war für sie oft ebenso unverständlich.

»Seetang«, erklärte Henk, der mit dem Bürostuhl zu ihnen herübergerollt war. »Einfach gesagt, handelt es sich um eine Art der Braunalge, wie sie hier in der Gezeitenzone vorkommt. Sie wächst an geschützten Stellen wie Felsen oder Mauern.«

Griets Verwunderung über sein Wissen war ihr offensichtlich anzusehen, denn Henk fügte hinzu: »Wenn du den ganzen Tag von Wasser umgeben bist, dann kennst du dich irgendwann ein bisschen aus. Geht mir zumindest so.«

»Ich habe das Zeug auf Steinen im Jachthafen, direkt hinter der Lagerhalle gefunden«, meldete sich Noor wieder zu Wort. »Und in der Plastikplane, in die das Opfer eingewickelt war, lagen ebenfalls einige Steine zur Beschwerung. Sie sind identisch mit denen aus dem Hafen, auch sie waren bewachsen mit *Ascophyllum nodosum.*«

»Dann ist es also so wie gedacht«, fasste Griet zusammen. »Der Täter erschießt Bakker in der Halle, packt ihn in die Plane, schleppt die Leiche in den Hafen zu einem Boot und nimmt sich ein paar Steine aus dem Hafenbecken zur Beschwerung mit.«

Aus dem Lautsprecher von Griets *mobieltje* drang ein Räuspern. »Eine Sache wäre da noch, wenn auch vermutlich nicht besonders aufschlussreich. Wir hatten ja die Schuhabdrücke in der Farblache gefunden. Wir sind zu dem Schluss gekommen, dass sie von Surf- oder Wasserschuhen stammen könnten, und zwar solchen, die ein starkes Profil haben und auch oft als Straßenschuhe getragen werden.«

Pieter seufzte und warf den Bleistift, den er in der Hand

hielt, auf den Schreibtisch. »Das schränkt die Suche ja nicht gerade ein.«

»Was ist mit dem geknackten Schloss am Hintereingang?«, fragte Griet.

»Ebenfalls Fehlanzeige. Wer es aufgebrochen hat, muss Handschuhe getragen haben.«

Sie bedankten sich, und Griet beendete das Gespräch.

Im Grunde waren sie nicht viel weiter als zuvor, abgesehen davon, dass sich die Tat mit hoher Wahrscheinlichkeit so abgespielt hatte, wie sie es vermutet hatten. Und das, wurde Griet noch einmal bewusst, bedeutete, dass der Täter nicht im Affekt gehandelt hatte, sondern alles geplant haben musste.

»Entschuldigt.« Karen den Bosch kam zu ihnen herüber und hielt einen Ausdruck in der Hand. »Von der Küstenwache ist gerade der Bericht über das Frachterunglück reingekommen. Ich glaube, ihr solltet euch das mal ansehen …«

Griet nahm das Dokument entgegen und begann zu lesen. Schon nach wenigen Absätzen wurde deutlich, dass in der Mordnacht auf dem Meer vor Vlieland der Teufel los gewesen war – und das beantwortete auch die Frage, was den Täter gestört hatte. Denn genau in der Zeitspanne, als er sich mit der Leiche von Vincent Bakker auf dem Meer befunden haben musste, war der chinesische Tanker *Honam* direkt vor der Insel mit einem unbeleuchteten Fischerboot kollidiert. Und bei dem Boot hatte es sich nicht um ein gewöhnliches Fischerboot gehandelt …

14

DE LUTINE

Griet hielt auf der Kuppe der Düne an, während Noemi mit dem Fahrrad bereits hinunter zum Strandpavillon von Marc Martens rollte. Sie blickte sich um. Im Westen schmiegten sich die Häuser von Oost-Vlieland an die bewaldete *Vuurboetsduin* mit dem Leuchtturm. Im Osten war Terschelling zu sehen. Die Durchfahrt zwischen den Inseln wirkte nicht, als wäre es besonders weit, allein der rot-weiß gestreifte Leuchtturm der Nachbarinsel, der wie eine dünne Nadel aus dem flachen Land herausstach, ließ die wahre Entfernung erahnen.

In Gedanken versetzte sich Griet zurück in die Mordnacht und stellte sich vor, wie der Täter mit einem Boot den Jachthafen von Vlieland verließ, in der Absicht, die Leiche von Vincent Bakker in aller Seelenruhe im Meer verschwinden zu lassen.

Er musste sein blaues Wunder erlebt haben.

Wie sie dem Bericht der Küstenwache entnommen hatte, kollidierte der Tanker *Honam* kurz vor einundzwanzig Uhr mit dem Fischkutter *Mego,* was wohl eine Abkürzung für *Met God,* mit Gott, war. Der Kapitän der *Honam* gab an, das Fischerboot übersehen zu haben, da es ohne Positionslichter unterwegs gewesen war – ein Vorwurf, den der Kapitän der *Mego* vehement von sich wies. Die Antriebsschraube des Tankers wurde bei dem Zusammenprall beschädigt, woraufhin das tonnenschwere Schiff manövrierunfähig auf eine Sandbank auflief. Der Fischkutter kam weniger glimpflich davon. Die *Mego* sank. Von der fünfköpfigen Besatzung schafften es drei Mann auf die Rettungsinsel, zwei gingen über Bord. Dank der Rettungskräfte, die binnen kurzer Zeit mit mehreren Booten vor Ort waren, konnte einer der Männer lebend geborgen werden. Der andere wurde nicht gefunden, und es galt als unwahrscheinlich, dass er überlebt hatte.

Vincent Bakker war laut der Aussage von Rinus Willemzon, dem Betreiber des *Linnenexpress*, um neunzehn Uhr dreißig noch am Leben gewesen. Wenn man davon ausging, dass der Täter gewartet hatte, bis Willemzon sein Geschäft an dem Abend schloss, war Bakker vermutlich irgendwann nach zwanzig Uhr getötet worden. Dazu kam dann noch die Zeit, die der Mörder gebraucht hatte, um seine Spuren am Tatort zu beseitigen und die Leiche auf das Boot zu schaffen.

Es passte zeitlich, dachte Griet: Er musste sich auf See befunden haben, als die Rettungsaktion der Besatzungsmitglieder in vollem Gange war.

Der Mörder hatte die Rettungsschiffe entweder gesehen oder zumindest über Funk von der Situation erfahren. Die Ausgangslage für das Gelingen seines Unterfangens hatte sich damit drastisch verschlechtert. Er musste die Leiche so schnell wie möglich loswerden, wenn er nicht gesehen werden wollte, und warf sie über Bord, noch bevor er die Strömungszone rund um Vlieland hätte verlassen können.

Obwohl es für ihren Fall vermutlich nicht von Belang war, war Griet in dem Bericht noch auf ein weiteres interessantes Detail gestoßen.

Während sich in den folgenden Tagen die Bergung der *Honam* schwierig gestaltete, konnte der Fischkutter problemlos geborgen werden. Im Laderaum des Schiffs hatte die Küstenwache eine faustdicke Überraschung erwartet: in Form von mehreren Kilo Kokain.

Die Fischer, die aus Urk stammten, befanden sich inzwischen in Untersuchungshaft und verweigerten die Aussage.

Schon seit Längerem hatten die Seemänner aus Urk, einer kleinen Stadt am Ijsselmeer, die einst eine Insel gewesen war, den Ruf, den Rückgang der Fangquote mit weißem Pulver auszugleichen. Leider gingen sie so geschickt vor, dass man ihnen selten etwas nachweisen konnte.

Wohin die Fischer mit dem Stoff wollten, war bislang unklar, ebenso, warum sie sich ohne Positionslichter vor der Insel aufgehalten hatten.

Die Kollegen der Küstenwache schlossen nicht aus, dass ein Rendezvous mit einem anderen Boot zwecks Warenübergabe stattgefunden hatte.

Griet war den Drogenschmugglern in gewisser Weise dankbar. Ohne ihr Zutun wäre die Leiche von Vincent Bakker vermutlich niemals aufgetaucht.

Sie blickte hinab zu Noemi, die am Fuß der Düne bereits den Strandpavillon von Marc Martens erreicht hatte. Noemi winkte ihr zu, damit Griet ihr endlich folgte, und so setzte sie sich wieder aufs Fahrrad und rollte langsam den Weg hinunter zu ihrer Kollegin.

***

Der Strandpavillon, ein größeres Holzhaus, stand in einiger Entfernung zum Wasser auf Stelzen am Rand der Dünen, wo ihm die Flut nur bei schweren Winterstürmen etwas anhaben konnte. Die Farbe war an vielen Stellen abgeplatzt und das Holz spröde von Sonne, Wind und Salzluft. Eine Treppe mit gebrochener erster Stufe führte hinauf zum Eingang. Daneben verriet ein Schild, dass es hier vor allem schnelle Kost gab, sprich, alles, was die *frituur* hergab, von *pataatje oorlog* über *frikandel special* bis *bamikrokett.* Griet war froh, dass sie nicht hier essen würden.

An der Eingangstür stand ein junger Mann auf einer Leiter und montierte ein Holzschild, auf dem *De Lutine – Vlielands No. 1 Eetcafé* geschrieben stand. Als er ihre Schritte hörte, drehte er sich um und blickte zu ihnen hinab. Der Wind wehte ihm die blonden Locken ins braun gebrannte Gesicht. Griet schätzte ihn auf Anfang zwanzig.

»*Hé, Marc*«, rief er, »*de smerissen zijn er* – die Bullen sind da!«

Die Eingangstür flog auf, traf beinahe die Leiter, und Marc Martens stürmte mit zornigem Blick heraus und blaffte den Jungen an: »*Kop dicht, stomme lul* – halt den Mund, du Idiot! Du hattest schon genug Ärger mit den Bullen, willst du …«

Er hielt inne, als er Griet und Noemi bemerkte. Ein Lächeln erschien auf seinem Gesicht. »*Excuses.* Er ist manchmal ein wenig …« Er machte mit der Hand den Scheibenwischer vor seinem Gesicht. »Beachten Sie ihn nicht. Kommen Sie rein.«

Martens trug ein kariertes Hemd, eine Cargohose und einen Werkzeuggürtel mit Hammer, Zollstock und Schraubenziehern.

Sie folgten ihm ins Innere des Lokals.

»Hat der Name *De Lutine* eine bestimmte Bedeutung?«, fragte Griet, damit seine Wut verflog.

»Ist jetzt nicht Ihr Ernst, oder?« Martens drehte sich im Gehen halb zu ihr um. »Sie haben noch nie von der Lutine gehört?«

»Sollte ich?«

»Die Lutine stand im achtzehnten Jahrhundert im Dienst der Royal Navy. War unter anderem an der Blockade von Amsterdam beteiligt. Sie ist 1799 hier vor Vlieland mit Mann und Maus abgesoffen.«

»Da war sie wohl nicht das einzige Schiff …« Griet erinnerte sich an den Vortrag von Professor Verhoeven, der Vincents Leiche gefunden hatte.

»Stimmt, allerdings hatten die anderen kein Gold und Silber im Wert von über einer Million Pfund Sterling geladen.«

Griet stieß einen Pfiff aus. Allmählich verstand sie, was an alten Schiffswracks so interessant war.

»Und, hat man die Lutine je geborgen?«, fragte Noemi.

»Nein. Sie ist in einem starken Nordwestern auf eine äußere Sandbank in der Durchfahrt zwischen Vlieland und Terschelling gelaufen. Die auflaufende Flut machte eine Bergung unmöglich, und danach begann das Wrack schnell zu versanden. Rund um die Inseln und zwischen ihnen gibt es starke Strömungen, die den Meeresboden ständig verändern. Man sucht bis heute nach der Lutine …«

»Sie kennen sich mit den Verhältnissen auf See rund um die Insel offenbar gut aus«, bemerkte Griet.

»Wenn du hier mit dem Boot unterwegs bist und dich nicht umbringen willst, solltest du das auch. Außerdem …« Ein verschmitztes Grinsen trat auf Martens' Gesicht. »Zu meiner Zeit gab es kaum einen Jungen, der nicht davon geträumt hat, das Wrack der Lutine zu finden. Ich bin früher im Sommer mit Kumpels bei Ebbe raus auf die Sandbänke, und dann haben wir gegraben. Einmal haben wir sogar was gefunden. Ich bin sicher, die hier stammt von der Lutine …«

Martens deutete auf eine Goldmünze, die an einem Holzbalken über der Bar funkelte – und damit auch das Einzige war, was diesem Raum einen gewissen Glanz verlieh, ansonsten war der Schankraum, in dem sie standen, eine Baustelle.

Die Vertäfelung der Wände war an einigen Stellen abmontiert worden, das Ständerwerk des Holzhauses lag frei. Die

Theke war der letzte Einrichtungsgegenstand, der an eine Gastronomie erinnerte; ansonsten war der Raum leer. Teile des Fußbodens wurden ebenfalls erneuert. Lange Holzbretter, die vor der Fensterfront gestapelt lagen, warteten darauf, die Löcher zu stopfen, die im Fußboden klafften. In einer Ecke stand ein ratternder Heizlüfter, der vergeblich versuchte, die feuchte, muffige Luft zu vertreiben.

»Sie renovieren?«, fragte Griet.

Martens schob die Hände in die Hosentaschen. »Die letzte große Renovierung hat noch mein Vater vorgenommen. Irgendwann musste es also mal sein.«

»Wann haben Sie damit begonnen?«

»Das … ehm, ist schon ein bisschen her.«

Griet trat ans Fenster und blickte auf den Strand hinaus, wo der Wind den Sand in Wellen vor sich hertrieb. Zwei Spaziergänger hatten die Kapuzen über die Köpfe gezogen. Ihr Hund jagte den Möwen nach, wobei er immer wieder erschrocken vor der Brandung zurückwich, wenn er ihr zu nahe kam.

Warum renovierte Martens das Restaurant ausgerechnet jetzt, obwohl sein Cousin es hatte abreißen wollen?

Sie drehte sich wieder zu ihm um. »*Meneer* Martens, Ihr Cousin wurde in der Nacht von Freitag auf Samstag ermordet. Was haben Sie am Freitagabend zwischen neunzehn Uhr und Mitternacht gemacht?«

Sein Blick wanderte zwischen Griet und Noemi hin und her.

»Also … ist das nicht meine Privatsache?«

»Wir ermitteln in einem Mord. Das ist eine Routinefrage. Und wenn Sie nicht auf der Liste der Verdächtigen landen wollen, beantworten Sie sie am besten einfach.«

»Ich war den ganzen Abend bei … bei einer Freundin.«

»Name?«

»Willma. Ich war bei Willma.«

»Willma Feuerstein?« Griet verlor allmählich die Geduld. »Die Dame hat sicherlich einen Nachnamen?«

»Visser, Willma Visser. Wir waren den ganzen Abend zusammen.«

»Ich nehme an, *mevrouw* Visser kann uns das bestätigen?«

»*Zeker* – natürlich.«

Während Noemi sich Namen, Adresse und Telefonnummer notierte, warf Griet einen Blick in den Nebenraum, wo Tische und Stühle gestapelt waren. Allzu weit war Martens mit seinen Renovierungsarbeiten noch nicht gekommen. Der Schankraum war nicht groß, und Griet schätzte, dass zwei Männer allenfalls ein oder zwei Tage brauchten, um die bislang ausgeführten Arbeiten zu verrichten.

Griet ging wieder in den Hauptraum zurück. »Wann hatten Sie noch gleich mit der Renovierung begonnen?«

»Wie ich sagte, das ist schon etwas länger …«

»Lassen wir das doch, *meneer* Martens.« Griet brachte ihn mit einer Geste zum Schweigen. »Wir wissen, dass Ihr Cousin Ihr Restaurant im Zuge des Hotelneubaus abreißen und durch einen eigenen Strandpavillon ersetzen wollte. Dann wird er ermordet. Und wenige Tage später treffe ich Sie hier bei Renovierungsarbeiten an, mit denen Sie augenscheinlich gerade erst begonnen haben. Verstehen Sie, dass das einen etwas seltsamen Eindruck auf mich macht?«

Marc Martens schwieg. Doch die Wangenknochen, die unter dem Druck seines Kiefers hervortraten, verrieten, dass es in ihm arbeitete. Mit einem tiefen Atemzug sagte er schließlich: »Okay, okay. Sie haben recht.«

»Und, wollen Sie es mir erklären?«

»Vincent wollte die Lutine abreißen. Er hat mir vorgeschlagen, weiterhin als sein Angestellter in dem neuen Strandpavillon zu arbeiten. Er hätte mein Gehalt sogar erhöht.«

»Klingt nach einem großzügigen Angebot.«

»Kommt drauf an …« Marc Martens ging zur Theke und fuhr mit der Hand darüber. »Mein Vater hat das hier aufgebaut. Und ich will, dass dieser Teil von ihm erhalten bleibt. Deshalb hatte ich Vincent angeboten, ihm das Restaurant abzukaufen. Die Bank hätte mir sogar einen Kredit gegeben.«

»Er hatte aber andere Pläne.«

»Ja, das habe ich dann auch herausgefunden. Und letztendlich konnte ich nichts dagegen tun.«

Er zog einen Barhocker heran und setzte sich.

Griet ging zu ihm hinüber. »Das Glück hat sich anscheinend gewendet … Ohne die Überzeugungskraft und den Tatendrang Ihres Cousins wird das neue Hotel vielleicht gar nicht gebaut. Ich vermute, das sehen Sie ähnlich, sonst hätten Sie nicht so schnell mit der Renovierung begonnen.«

»Wollen Sie damit behaupten …«

»Wo denken Sie hin. Sie haben doch ein Alibi, *meneer* Martens …«

Griet nickte noch einmal und wandte sich zum Gehen. Noemi folgte ihr.

Sie stiegen die Stufen zum Strand hinunter und gingen ein paar Schritte, bis sie außer Hörweite waren.

»Überprüf sein Alibi«, sagte Griet.

Aus dem Augenwinkel sah sie zu ihrer Rechten den gelben *Vliehorsexplorer* auf den Strand hinausfahren. Luuk de Jong hatte eine neue Gruppe Touristen geladen. Griets Blick folgte dem Gefährt, bis er an einem kleinen Verschlag hinter dem Strandpavillon hängen blieb. Es war nicht mehr als eine windschiefe Bretterbude. Die Tür stand offen.

»Außerdem«, sagte sie zu Noemi, »erkundigst du dich bitte, wer hier surft. Und falls der Schuppen Marc Martens gehört, besorgen wir uns einen Durchsuchungsbeschluss.«

Noemi sah sie fragend an. Griet deutete auf den Schuppen. Neben der offenen Tür standen ein Surfbrett und mehrere Paar Surfschuhe.

15

EIN NASSES GRAB

Ein breites Wolkenband hatte den Himmel verdunkelt, und die tief stehende Nachmittagssonne war nur noch wie durch eine Milchglasscheibe zu sehen. Der Wind rauschte in den kahlen Kronen der Platanen, als Griet ihr Fahrrad am schmiedeeisernen Tor des Friedhofs abstellte. Aus der mittelalterlichen Kreuzkirche direkt daneben drangen unmelodische Töne, als würde jemand gerade die Orgel stimmen. Griet drückte die Klinke nach unten, und mit einem Quietschen schwang das Tor auf.

Die Grabsteine standen in langen, parallelen Reihen. Die vorderen waren bereits so verwittert, dass die Inschriften nur noch bruchstückhaft zu entziffern waren. Der Kies knirschte unter Griets Schuhsohlen, als sie zu den hinteren Reihen ging, wo sie Marc Martens am Morgen beobachtet hatte.

In der Mitte des Friedhofs kam sie an einer Gruppe von weißen Grabsteinen vorbei, zu denen ein Kriegerdenkmal für die Gefallenen des Zweiten Weltkriegs gehörte. Es war die letzte Ruhestätte einiger Dutzend Niederländer, Amerikaner, Briten und Deutscher, die meisten von ihnen kaum älter als Anfang zwanzig, als sie gestorben waren.

Bei den neueren Grabsteinen bog Griet in die Reihe ein, wo sie Martens gesehen hatte. Sie schritt vorbei an Gräbern mit den Namen Jaap Smit, Trinneke den Drijer, Lisbeth Mol, bis sie vor einem Grab stehen blieb, auf dem frische Blumen lagen. Es war das gepflegteste in der Reihe, und auf dem Grabstein war die Inschrift eingraviert:

Coen Martens
1971–1989

Es war das Grab von Marc Martens' älterem Bruder. Ein gerahmtes Bild, eingelassen in den Stein, zeigte das Gesicht eines jungen Mannes, der gerade an der Schwelle zum Erwachsensein stand. Die Ähnlichkeit mit Marc Martens war unverkennbar, das Gesicht ein wenig schmaler, das Kinn kantiger.

Griet bemerkte aus dem Augenwinkel, wie jemand zwischen den Grabsteinen auf sie zukam. Der Mann war in Schwarz gekleidet, und das Kollarhemd, das sich unter der Jacke über einem stattlichen Bauch spannte, wies ihn als Geistlichen aus.

»Coen gehört zu jenen Unglücklichen, die uns viel zu früh verlassen mussten«, sagte der Pfarrer, als er neben Griet an das Grab trat.

»Ich hatte gerade das Vergnügen mit seinem Bruder Marc«, entgegnete Griet.

»Ich sehe Marc fast jeden Morgen hier. Gehe ich recht in der Annahme, dass Sie die Polizistin vom Festland sind?«

»Neuigkeiten verbreiten sich hier rasch.«

»Allerdings«, sagte der Pfarrer und reichte ihr die Hand. »Mein Name ist Arjan.«

Griet ging in die Hocke und stellte das Windlicht wieder

auf, das umgefallen war. Sie mochte Geistliche nicht, so wie sie generell jede Form von Frömmigkeit seit ihrer Kindheit verabscheute.

Ihre Mutter war Polizistin gewesen. Als sie bei einem Einsatz ums Leben gekommen war, waren Griet und ihr Vater nach Thorn zu den Großeltern gezogen, beides Calvinisten. Die sonntäglichen Kirchgänge, sterbenslangweilige Predigten, Bibelstunden, Tischgebete und die cholerischen Anfälle ihres strenggläubigen Großvaters – Griet erinnerte sich mit Schaudern daran. Einmal hatte der Großvater sie beim Knutschen mit ihrem ersten Freund erwischt und wollte ihr die Unzucht mit dem Gürtel austreiben. Das war der Tag gewesen, als ihr Vater beschlossen hatte, für sie beide ein eigenes Zuhause zu suchen.

Griet war der Meinung, jeder sollte frei und unabhängig leben und sich nicht von anderen Menschen, die meinten, im Namen eines imaginären Gottes zu sprechen, vorschreiben lassen, was er zu tun oder zu denken hatte.

Einen Glaubenssatz des Calvinismus hatte Griet allerdings verinnerlicht: den der absoluten Verderbtheit des Menschen.

Daraus war etwas erwachsen, das sie ihre *realistische Vorsicht* nannte. Sie glaubte fest daran: Jeder hatte eine dunkle Seite.

Ihrem Vater und manchen Freunden war dieser Wesenszug an ihr immer suspekt gewesen, sie hielten Griet für eine misstrauische Misanthropin, die niemandem über den Weg traute. Vor allem ihr Beziehungsleben hatte darunter gelitten. Für ihren Beruf brachte diese Haltung hingegen auch Vorteile mit sich. Ihr Misstrauen hatte sie mehr als ein Mal zu einer verborgenen Wahrheit geführt.

Und dies galt auch für jene, die vorgaben, Heilige, Engel oder Wohltäter zu sein. In ihrem Beruf hatte Griet oft genug die Erfahrung gemacht, dass es auch bei Gläubigen und Geistlichen mit der Mitmenschlichkeit, die sie predigten, manchmal nicht weit her war.

Dass sie nun dem Dorfpfarrer in die Arme gelaufen war, konnte allerdings eine glückliche Fügung sein. Wenn man wissen wollte, was die Menschen einer Gemeinde bewegte, waren ihre Seelsorger neben Gastwirten, Friseuren und Postboten die besten Anlaufstellen.

»Wissen Sie, wie Coen Martens ums Leben kam?«

»Diesen Tag werde ich wohl nie vergessen«, sagte Pfarrer Arjan. »Ich hatte die Gemeinde damals gerade übernommen und war neu auf der Insel.«

»Es soll ein Unglück auf der Fähre gegeben haben.«

Der Pfarrer kniete sich neben sie.

»Das stimmt. Es war an einem Abend im Sommer 1989. Ein Sturm war aufgezogen. Ich erwartete einen Freund, der mit der letzten Fähre kommen wollte, und stand daher mit den anderen Leuten am Fähranleger. Doch das Boot tauchte nicht auf. Zu der Zeit gab es weder Internet noch Mobiltelefone. Niemand wusste, was los war.«

Der Pfarrer stand auf und schlug den Kragen hoch, um sich vor dem kalten Wind zu schützen. »Die Fähre, die damals verkehrte, war nicht mit den heutigen zu vergleichen. Das Boot war klein, anfällig für Seegang, und die Anfahrt auf Vlieland kann sehr ruppig sein.«

Griet musste an ihre eigene Überfahrt hierher denken und mochte sich nicht vorstellen, die Passage bei einem ausgewachsenen Sturm machen zu müssen.

»Irgendwann kam die Fähre dann doch, und wir erfuhren, was geschehen war«, sagte Arjan. »Ein Mann hatte sich während der Überfahrt auf dem Oberdeck aufgehalten. Als hohe Wellen das Schiff auf die Seite warfen, ging er über Bord. Die

Rettungskräfte suchten die ganze Nacht. Sie fanden den Unglücklichen erst in den frühen Morgenstunden; seine Leiche war auf einer Sandbank angespült worden. Die Nordsee hatte Coen Martens in ein nasses Grab gezogen.«

Leichter Nieselregen setzte ein, und Griet zog die Kapuze über den Kopf. »Was hatte Coen bei so einem Wetter überhaupt an Deck zu suchen?«

»Ich weiß es nicht. Für solche Fragen sollten Sie lieber mit Ruud Seedorf sprechen.«

Griet erinnerte sich an den Namen, Noemi hatte den Mann nach ihrem Besuch im Hafen erwähnt. »Gehört Seedorf das große Plattboot im Hafen?«

»Ja, Ruud war damals Erster Offizier auf der Fähre.«

Der Pfarrer betrachtete das Grab von Coen Martens und sah dann zu den Nachbargräbern. Er kaute auf seiner Unterlippe: Griet hatte den Eindruck, dass ihm etwas auf der Zunge lag. Doch mehr als einen Seufzer brachte er schließlich nicht heraus.

»Sagen Sie, wie halten es die Leute hier auf Vlieland eigentlich mit dem Kirchenbesuch?«, fragte Griet.

»Oh, die Dinge sind hier noch ein wenig anders als auf dem Festland«, erklärte Pfarrer Arjan. »Was wohl daran liegt, dass wir hier vom Meer umgeben sind. Da befindet man sich bekanntlich in Gottes Hand. Im Sommer zeigt die Insel ihr liebliches Gesicht. Im Winter, wenn die Stürme kommen, werden die Menschen gottesfürchtig.«

Er schmunzelte.

»Dann kennen Sie Ihre Schäfchen vermutlich recht gut«, meinte Griet.

»Die meisten. Wir sind eine überschaubare Gemeinde. Ich schätze, Sie interessieren sich für jemanden Bestimmtes?«

»Vincent Bakker. Ich versuche, mir einen Eindruck davon

zu verschaffen, was er für ein Mensch war … und wer einen Grund gehabt haben könnte, ihn zu töten.«

»Vincent war ein ehrbarer Mann, zweifellos wichtig für unsere Gemeinde und die Insel. Er war sehr geschäftstüchtig und, soviel ich weiß, auch ein fürsorglicher Familienvater …«

Griet konnte sich bei den salbungsvollen Worten ein Grinsen nicht verkneifen. »Ich bin zwar erst ein paar Tage auf der Insel, aber dass Vincent Bakker kein Engel war, habe ich schon herausbekommen.«

»Wie meinen Sie das?«

»Er hat einem anderen Mann die Ehefrau ausgespannt, und als Geschäftsmann war er sogar bei Verwandten bereit, über Leichen zu gehen … Wenn ich mich recht erinnere, alles Dinge, die im christlichen Regelbuch nicht mit Bonuspunkten belohnt werden.«

Pfarrer Arjan fuhr sich mit der Hand über die Halbglatze und blickte sich verstohlen um, als wäre es ihm nicht recht, wenn man ihn mit der Polizistin reden sah. Dann deutete er auf die Kirche. »Wie wäre es, wenn wir uns drinnen weiter unterhalten?«

***

Es war kühl in der Kirche. Griet rieb die Hände aneinander, während sie sich umsah. Pfarrer Arjan hatte ihr im Gehen erzählt, dass die *Nicolaaskerk* nicht ohne Grund als *historische zeemannskerk* bezeichnet wurde. Ihre Einrichtung bestand überwiegend aus Einzelteilen und Fundstücken alter Schiffe. Die Kanzel war aus dem Holz eines gesunkenen Schiffs gefertigt, die Stützpfeiler der Kirche aus alten Masten und einige der Bänke aus Treibholz, das an den Stränden der Insel angespült worden war. Die Kirche war im frühen Mittelalter erbaut worden. Oost-Vlieland war damals lediglich eine Ansammlung von wenigen Häusern gewesen. Der Mittelpunkt des Lebens und Anlaufplatz für die Schifffahrt war damals West-Vlieland am entgegengesetzten Ende der Insel.

»Erst als jenes Dorf in den Fluten versank, entwickelte sich Oost-Vlieland und mit ihm die Nicolaaskerk, die in ihrer jetzigen Form als Kreuzkirche schon seit 1647 Bestand hat und inzwischen ein rijksmonument ist«, erklärte der Pfarrer.

Er wies sie auf die Orgel hin, die im Jahr 1780 gebaut und Ende des neunzehnten Jahrhunderts auf die Insel gebracht worden war. Eine junge Frau saß daran und übte. Als sie den Pfarrer und Griet erblickte, hörte sie auf. Pfarrer Arjan ging zu ihr hinüber und sagte etwas im Flüsterton. Die Frau stand sogleich auf und meinte leise: »*Zeker, uwe genade* – natürlich, Hochwürden.« Dann verließ sie die Kirche, und der Pfarrer und Griet waren allein.

Griet verdrehte innerlich die Augen, dass sich jemand im 21. Jahrhundert noch mit *uwe genade* – Hochwürden – anreden ließ.

Der Pfarrer bedeutete Griet, sich neben ihn auf eine der Kirchenbänke zu setzen.

»Für Sie mag eine solche Unterhaltung reine Routine sein«, sagte er dann. »Für mich ist sie das nicht. Die Menschen hier vertrauen mir. Ich weiß nicht, ob ich mit Ihnen so offen reden sollte …«

»Sie brauchen mir keine Beichtgeheimnisse anzuvertrauen …«

»… wir sind eine protestantische Gemeinde.«

»Wie auch immer. Das hier ist keine Vernehmung. Ich werde alles, was Sie mir sagen, diskret und vertraulich behandeln. Wir sind ganz unter uns« – Griet deutete zur Kirchendecke hinauf – ‚»mal abgesehen von ihm da oben.«

Pfarrer Arjan lächelte, und genau das hatte Griet mit ihrer Bemerkung bezweckt. Amüsante Spitzfindigkeiten, die etwas mit Gott zu tun hatten, versetzten Gläubige meist in gute Laune.

»Wenn Sie es so sagen …« Er überlegte einen Moment, entschied sich dann aber offenbar, ihr zu vertrauen: »Ich kannte Vincent schon als jungen Mann. Ich war noch keine drei Tage im Amt, als er mit dem Vorschlag auf mich zukam, Kirchenführungen für die Gäste des *Badhotels* zu veranstalten. Ich antwortete ihm, dass Gottes Haus ohnehin allen Menschen offen stünde. Er hatte natürlich etwas anderes im Sinn, wollte den Leuten Geld aus der Tasche ziehen.« Arjan lachte.

»Arbeitete Vincent zu der Zeit mit Coen Martens im *Badhotel*?«

»Ja, die beiden waren in der Ausbildung. Und ein schnelles Geschäft war ihnen in der freien Zeit immer willkommen. Manchmal waren ihre Ideen … verwegen. Ich weiß noch, dass Coen einmal den Vorschlag machte, im Sommer ein Musikfestival auf der Insel zu veranstalten, um auch junge Besucher nach Vlieland zu locken. Die Alteingesessenen verwarfen den Gedanken zunächst, aus Angst, damit vielleicht ›zwielichtiges Gesindel‹ anzulocken. Doch Vincent antichambrierte wochenlang, und schließlich gab es doch ein Festival. Und es war sogar sehr erfolgreich.« Pfarrer Arjan schürzte die Lippen. »Wie Sie vielleicht wissen, haben wir heute jedes Jahr ein großes Musikfestival hier auf der Insel, *Into the Great Wide Open.* Alle profitieren davon, niemand fühlt sich von so etwas noch gestört. Coen und Vincents Idee war also wegweisend. Bemerkenswert, wenn man bedenkt, was für grundverschiedene Charaktere die beiden waren.«

»Wie meinen Sie das?«

»Coen war ein bodenständiger Mensch. Man sah ihn auch spätabends noch am Schreibtisch über den Zahlen sitzen. Vincent war … anders. Er war immer zur Stelle, wenn irgendwo angepackt werden musste. Doch er war auch der Ansicht: Wer tüchtig arbeitet, muss tüchtig feiern. Wenn es ein *feestje* oder ein *lekker pilsje* gab, war Vincent nie weit. Das machte ihn bei den Leuten beliebt.«

»Hm, einem *lekker meisje* war er auch nie abgeneigt, wie ich gehört habe.« Allmählich fand Griet es doch ein wenig ermüdend, dass alle Vincent Bakker als den Heiligen darstellten, der er ganz offensichtlich nicht gewesen war.

Pfarrer Arjan errötete und rutschte hin und her, als wäre ihm seine Kirchenbank plötzlich zu hart. »Nun ja … er war dem anderen Geschlecht durchaus … zugeneigt.« Er verzog die Lippen zu einem schmalen Strich. »Ich weiß nicht. Ich möchte Ihnen gern bei Ihren Nachforschungen helfen, doch ich fühle mich wirklich nicht wohl dabei, in dieser Form über einen Verstorbenen zu sprechen.«

Das sieht man dir an, dachte Griet, und ich möchte zu gern wissen, was der Grund für dieses Unwohlsein ist.

»*Uwe genade,* das ist doch nur allzu verständlich«, sagte sie. »Allerdings ist ein Mensch ermordet worden, und der Täter befindet sich auf dieser Insel. Ein Wolf, vor dem Sie Ihre Herde schützen sollten. Dabei wäre ich Ihnen gern behilflich. Allerdings geht das nur, wenn ich auch die Schwächen des Verstorbenen kenne.«

»Natürlich, Sie haben ganz recht. Wir … haben alle unsere Schwächen. Wobei Vincent im Herzen ein guter Mensch war.«

Pfarrer Arjan räusperte sich. »Ihren Fragen entnehme ich, Sie haben die Gerüchte gehört?«

»Ich habe allerhand gehört. Was genau meinen Sie?«

»Nun … schon damals munkelten die Leute, dass Vincent sehr umtriebig war, was … was das Körperliche anging.«

»Ja, so weit waren wir schon.«

»Angeblich übertrieb er es bei den weiblichen Hotelgästen und dem Personal manchmal mit der Freundlichkeit – wenn Sie verstehen, was ich meine. Aber wie gesagt, alles nur Gerüchte.«

»Verstehe«, sagte Griet.

Mit anderen Worten war Vincent Bakker schon als junger Mann ein Schürzenjäger gewesen, der alles begrapscht hatte, was bei drei nicht auf dem Baum war. Sogar im Hotel hatte er die Finger nicht bei sich behalten können.

»Gehe ich recht in der Annahme, dass sich seine Angewohnheiten nicht wesentlich zum Besseren verändert haben?«

»Ich vermute, mit dieser Einschätzung könnten Sie richtigliegen.«

»Wissen Sie, was seine Frau darüber dachte?«

»Das entzieht sich nun wirklich meiner Kenntnis.« Pfarrer Arjan erhob sich. »Ich glaube … ich habe Ihnen genug erzählt.«

»Sie haben mir sehr geholfen«, sagte Griet, reichte dem Pfarrer die Hand. »Und wie Sie eben sagten, Gottes Haus steht jedem offen. Ich werde bei Gelegenheit mal wieder vorbeischauen.«

Als sie durch das Mittelschiff zur Kirchentür ging, spürte Griet den Blick des Geistlichen in ihrem Nacken.

Ihre *realistische Vorsicht* sagte ihr, dass Pfarrer Arjan ihr etwas verschwieg. Ihrem ersten Kirchenbesuch seit vierzig Jahren würde bald ein zweiter folgen.

16

DIE FRAU IM SCHATTEN

Mit dem Fahrrad verließ Griet das Dorf und steuerte auf den Wattendeich zu. Sie hatte sich spontan dazu entschlossen, dem *Badhotel* einen weiteren Besuch abzustatten und herauszufinden, was Emma Bakker über die sexuellen Umtriebe ihres Mannes gewusst hatte. Das Vorgehen des Täters sprach zwar nicht unbedingt für eine Frau, denn diese griffen eher zu subtileren Methoden, doch Emma Bakker wäre nicht die erste Frau, die ihren geliebten Mann wegen solcher Eskapaden ins Jenseits befördert hatte.

Hinter dem Ortsausgang führte der Weg vorbei an einem halben Dutzend Schrebergärten mit Blick auf das Meer. In einer Linkskurve bog Griet auf den Wattendeich ab. Von dort sah sie auf die Rückseite der Häuser in der Dorpstraat. Kleine Obst- und Gemüsegärten, hier und da Wäsche, die im Wind wehte, Schaukeln und Sandkästen, ein aufgebocktes Ruderboot. Auf dem Meer boten Sonne und abziehende Regenwolken ein vollendetes Licht- und Schattenspiel. An manchen Stellen brachen Sonnenstrahlen durch die Wolkenlücken und trafen die kräuselnden Wellen, auf denen sich weiße und dunkelrote Segel in den strammen Wind legten.

Griet hielt am Garten des *Badhotels,* lehnte ihr Fahrrad gegen den Holzzaun, öffnete das kleine Tor und ging über die Wiese zur Terrassentür. Der Speiseraum war leer. Griet durchmaß ihn mit wenigen Schritten und spähte dann um die Ecke ins Foyer. Sie wollte Guus van Schouten nach Möglichkeit umgehen, damit er sie nicht abwimmelte. Er stand mit einer Karte in der Hand an der Rezeption und erklärte einem Gast den Weg. Griet huschte hinüber in den mit den Porträts der Koopmanns', Bakkers und Martens' geschmückten Gang, durch den der Concierge sie bei ihrem ersten Besuch geführt hatte. Über eine knarzende Holztreppe mit Teppichbelag gelangte sie in das Dachgeschoss, wo sich die Büroräume befanden. Zu ihrer Linken sprotzelte in einer Kitchenette die Kaffeemaschine vor sich hin. Über den schmalen Korridor hörte sie die Stimme von Emma Bakker.

Nach ein paar Schritten blieb Griet abrupt stehen. Am Abend ihres ersten Besuchs hatte sie nicht darauf geachtet, stellte nun aber fest, dass es zwei Zimmer auf diesem Flur gab. Emma Bakker telefonierte im hinteren mit jemandem, jenem Zimmer, in dem Griet mit ihr gesprochen hatte und in dem alles einen geschäftlichen Eindruck gemacht hatte.

Neben der Tür des vorderen Raums, vor der Griet stehen geblieben war, hing ein Namensschild mit der Aufschrift *Vincent Bakker.*

Griet drückte die Klinke hinunter. Die Tür war nicht abgeschlossen. Sie betrat den Raum. Die Einrichtung war karg. Es gab einen Schreibtisch aus Eichenholz, dahinter ein Regal mit Ordnern und gegenüber einen kleinen Besprechungstisch. Unter dem Fenster der Dachgaube ließ eine Palme die Blätter hängen.

Griet schloss die Tür und ging an den Schreibtisch, auf dem lediglich ein Telefon und ein Laptop standen. Die Schubladen und Fächer waren bis auf einige Stifte, einen Tacker und ein paar Notizblöcke leer. Sie wandte sich um, nahm der Reihe nach einige der Ordner aus dem Schrank hinter sich und blätterte sie durch, während sie den Geräuschen aus dem Nebenraum lauschte, wo Emma Bakker immer noch telefonierte. Die Ordner enthielten Gehaltsabrechnungen, Belege über Handwerkerarbeiten und Wareneinkäufe. Nichts, was nicht zu einem Hotelbetrieb passte. Bis auf den Umstand, dass die Ordner ausschließlich aus den frühen Nullerjahren stammten und keine aktuelleren Unterlagen beinhalteten.

Griet inspizierte den Laptop auf dem Schreibtisch genauer. Es handelte sich um ein MacBook, der Dicke des silbernen Gehäuses nach zu urteilen, eines der ersten oder zweiten Generation. Trotzdem sah das Gerät nagelneu aus, auf der Tastatur war nicht eine abgenutzte Taste zu entdecken. Normalerweise gehörte es bei einer Mordermittlung heutzutage zum Standardprozedere, die digitale Infrastruktur des Opfers zu überprüfen. Griet schätzte aber, dass sie sich in diesem Fall die Arbeit sparen konnten. Diesen Computer hatte lange niemand mehr benutzt.

Das Büro war reine Fassade. Sie wäre jede Wette eingegangen, dass Vincent Bakker in diesen vier Wänden keinen einzigen Tag ernsthaft gearbeitet, geschweige denn sich um irgendwelche buchhalterischen oder betriebswirtschaftlichen Angelegenheiten seines Hotels gekümmert hatte.

Sie stand auf und verließ den Raum leise, schloss die Tür des Zimmers wieder hinter sich und ging weiter bis zum Ende des Flurs. Emma Bakker stand mit dem Telefon in der Hand am Fenster.

»*Ik denk, dat het niet zo simpel is* – ich denke, dass es nicht so einfach ist«, sprach sie in das kabellose Telefon. »Aber ich werde mein Bestes tun.«

Griet machte sich mit einem Räuspern bemerkbar.

Emma Bakker wandte sich um. »Oh, ich glaube, ich muss jetzt Schluss machen. Ich habe Besuch … *de politie.*«

Der Schreibtisch quoll über vor Unterlagen, neben einer Kaffeetasse qualmte eine Zigarette im Aschenbecher, der Laptop war eingeschaltet, auf dem Besprechungstisch lagen einige Baupläne übereinander. In einer Ecke des Zimmers stand eine Sporttasche, aus der zwei Tennisschläger herausragten. Daneben ein schmales Regal mit Pokalen.

Emma Bakker bedeutete Griet, sich auf den Stuhl vor ihrem Schreibtisch zu setzen. »Ja, das richte ich *Comissaris* Gerritsen gern aus. *Daag, mevrouw de burgermeester.*«

Sie stellte das Telefon auf die Basis zurück und setzte sich auf ihren Stuhl, der einige Zentimeter höher eingestellt war als der, auf dem Griet Platz genommen hatte.

»Unangekündigten Besuch kann ich nicht ausstehen, ich bin sehr beschäftigt«, meinte Emma Bakker knapp. »Im Übrigen soll ich Sie von der Bürgermeisterin grüßen. Sie hofft, dass Sie den Täter bald fassen können.«

Griet lehnte sich zurück und taxierte die Frau. Sie hatte sich vielleicht in ihr getäuscht. Bei ihrem letzten Gespräch hatte Griet geglaubt, Emma Bakker sei unbeeindruckt vom Tod ihres Mannes zur Tagesordnung übergegangen. Doch das war offenbar nicht der Fall gewesen. Sein Tod hatte durchaus Wirkung gezeigt, dergestalt, dass Emma sich bei dem ersten Gespräch als kooperativ erwiesen hatte. Doch diese Zugänglichkeit war wohl dem schwachen Moment geschuldet gewesen. Jetzt war sie wieder zu ganzer Form aufgelaufen. Und die war kühl und abweisend.

»Wer unschuldig ist und wer nicht, werde ich noch herausfinden müssen«, erwiderte Griet. »Und wo wir schon beim Thema sind: Wie haben Sie den Abend verbracht, an dem Ihr Mann ermordet wurde, *mevrouw* Bakker?«

»Ich habe mit meiner Tochter einen Film im Fernsehen angesehen. Und falls es von Relevanz ist, ich habe auch den ganzen Tag mit ihr verbracht, sie war nämlich krank.«

»Welcher Film war das?«

»*De hel van 63* – eine Dokumentation über den damaligen Elfstedentocht, den großen Eislaufmarathon.«

Griet würde Noemi bitten, nachzuprüfen, ob der Film tatsächlich an jenem Abend im Fernsehen gelaufen war.

Emma Bakker zündete sich mit ruhigen Händen eine Zigarette an und ließ den Rauch langsam durch die Nase entweichen. »Ich habe meinen Mann nicht getötet. Ich nehme an, Sie zweifeln an meiner Unschuld, weil ich hier nicht wie ein Trauerkloß herumsitze und mir die Augen aus dem Kopf heule.«

»Dieser Gedanke war mir tatsächlich gekommen.«

»Für meine Trauerarbeit wäre es sehr förderlich, wenn Sie mir die Leiche meines Mannes überstellen würden. Dann könnte ich ihn wenigstens beerdigen. Ich weine Ihnen am Grab dann auch gern etwas vor.«

»Wir müssen zunächst die rechtsmedizinische Untersuchung abwarten. Erst dann …«

»Sparen Sie sich den Atem, schon klar.« Emma Bakker inhalierte tief und deutete mit der Zigarette auf den Besprechungstisch. »Sehen Sie, ich habe nicht nur ein Hotel zu leiten, ich habe auch ein neues zu bauen. Und ohne meinen Mann droht mir das ganze Projekt bald um die Ohren zu fliegen. Ich verspreche Ihnen, dass ich ausgiebig trauern werde, wenn alles über die Bühne ist.«

Griet deutete auf die Stapel von Unterlagen, die auf dem Schreibtisch lagen. »Mir scheint aber, Sie haben die Sache gut im Griff. Ich habe mich gerade in das Büro Ihres Mannes verirrt. Es macht nicht den Eindruck, als wäre wegen seines Todes ein integraler Bestandteil des Geschäfts weggebrochen …«

»Dieser Eindruck täuscht. Denn mir drohen gerade die Investoren, abzuspringen.« Emma Bakker stand auf und trat ans Fenster. »Vincent war kein Zahlenmensch, er hielt sich nicht gern im Büro auf. Das war immer meine Aufgabe. Im Gegenzug hatte er ein Talent, das ich nicht besitze. Ich bin kein Gesellschaftsmensch. Ich hasse Small Talk, bei dem man nur belangloses Zeug daherredet. Bei Vincent war das anders. Er konnte die Leute mit Worten um den Finger wickeln. Wenn er zum Beispiel den Geldgebern von dem neuen Hotel erzählte, erschuf er es mit Worten vor ihren Augen. Er hatte die Gabe, Menschen für sich und seine Ideen einzunehmen.«

»Wie ich gehört habe, hatte er auch auf das andere Geschlecht eine einnehmende Wirkung …«

»Ach so. Darauf wollen Sie hinaus …« Emma Bakker lachte und drückte die Zigarette im Aschenbecher, der auf dem Schreibtisch stand, aus, bevor sie sich wieder setzte.

»Eifersucht kann eine ziemlich mächtige Emotion sein.«

»*Mevrouw* Gerritsen, wenn es Sie beruhigt, kann ich Ihnen gern alle Frauen mit Vor- und Nachnamen aufzählen, die mein Mann in den vergangenen zehn Jahren gevögelt hat. Vincent hatte schon immer eine ausgeprägte Libido. Mir war von Anfang an bewusst, dass ich ihn mit anderen würde teilen müssen.«

»Und Sie haben ihn dennoch geheiratet?«, fragte Griet.

»Unsere Ehe war auch ein geschäftliches Arrangement. Vincent wäre mit den betriebswirtschaftlichen Anforderungen niemals klargekommen. Als er das Hotel von seiner Tante kaufte, kümmerte sich zunächst seine Mutter im Hintergrund um alles. Sie würde ihm allerdings nicht für immer den Rücken frei halten können. Also brachte sie uns zusammen und machte mir klar, welche Möglichkeiten sich mir hier boten.«

»Sie waren damals mit Luuk de Jong verheiratet und hatten eine Tochter mit ihm. Bedeutete Ihnen diese Ehe denn nichts?«

»Luuk war der Fehltritt eines jungen Mädchens, das den Kopf voller Träume hatte. Eine dumme Schwärmerei, die sich nach ein paar Jahren erledigt hatte«, sagte Emma Bakker.

»Glauben Sie ernsthaft, ich hätte den Rest meines Lebens mit dem *Vliehorsexplorer* über eine öde Sandbank juckeln wollen?«

»Dennoch ... jeder im Dorf wusste von den Seitensprüngen Ihres Mannes. Es gab Gerede. Fühlten Sie sich dadurch gedemütigt?«

»Die Leute reden immer. Natürlich war es für niemanden zu übersehen, dass Vincent seine Finger nicht bei sich behalten konnte. Bei den meisten hat mir meine Haltung allerdings Respekt verschafft.«

»Das müssen Sie mir erklären.«

»Es ist leicht, in einer solchen Situation wegzulaufen – aber bleiben, das gelingt nur den wenigsten.« Emma Bakker stützte die Ellbogen auf und blickte entschlossen über den Schreibtisch zu Griet. »Das *Badhotel,* unsere Ferienhäuser, unser soziales Engagement, die Werbung, die wir für den Tourismus auf der Insel finanzieren – all das ist wichtig für die Einheimischen. Wir holen Touristen nach Vlieland, und die lassen ihr Geld hier. Ich habe das alles immer zusammengehalten, indem ich über die Verfehlungen meines Mannes hinweggesehen habe. Das hat mir den Respekt der Leute eingebracht. Vor allem den der Frauen, die wissen, wie es ist.«

Griet hielt dem Blick von Emma stand.

Auf die Hotelchefin traf ein altes Sprichwort zu: Hinter jedem starken Mann steht eine noch stärkere Frau. Emma Bakker war eine Geschäftsfrau, die Berufliches und Privates kühl kalkulierte. Emotionen spielten für solche Charaktere selten eine Rolle. So gesehen hatte die Verbindung mit Vincent Bakker ihr tatsächlich viele Vorteile gebracht. Und es war keine Seltenheit, dass Frauen ihres Typs die Eskapaden ihrer Männer tolerierten, solange sie selbst die Fäden in der Hand hielten.

Emma Bakker erhob sich. »Ich hoffe, ich konnte Ihre Bedenken, was meine Person betrifft, ausräumen.«

»Wir werden sehen«, sagte Griet. »Wir müssten übrigens noch mit Ihrer Tochter sprechen, wegen des Alibis. Reine Routine, Sie verstehen das.«

Kurz sah Griet etwas in den Augen von Emma Bakker aufblitzen. Sie konnte nicht genau benennen, was es war. Der Ausdruck war so schnell verschwunden, wie er gekommen war.

Griet ergriff Emma Bakkers ausgestreckte Hand und hielt sie fest. »Eine letzte Frage hätte ich noch. Hat Ihr Ex-Mann den Kredit, den Sie ihm gewährten, eigentlich zurückgezahlt?«

Emma Bakker lächelte. »Sehen Sie, das war wiederum eine von Vincents Schwächen. In seiner Redelust plauderte er manchmal etwas zu viel, vor allem, wenn er in der Kneipe saß.«

»Das heißt?«

»Bevor Ihnen noch mehr Getratsche über die Sache zu Ohren kommt, sage ich Ihnen lieber gleich, wie es wirklich war.« Emma Bakker machte eine wegwerfende Handbewegung. »Luuk brauchte Geld, ich gab ihm welches. Er zahlte die Raten, kam dabei aber kaum über die Runden. Ich hätte ihm die Restschuld erlassen. Vincent war jedoch dagegen. War wohl so ein Männerding, ich hab's nie richtig verstanden. Auf jeden Fall wollte er das Geld von Luuk bis auf den letzten Cent zurückbekommen.«

»Sehr aufschlussreich. Vielen Dank, *mevrouw* Bakker.«

Griet verließ das *Badhotel* auf dem Weg, den sie gekommen war. Als sie das Fahrrad zwischen den Häusern hindurch Richtung Dorpstraat schob, vibrierte ihr *mobieltje*. Es war Noemi.

»Ich bin auf dem Weg zur Wache. Komm auch dorthin«, sagte die junge Frau atemlos. »Ich weiß jetzt, wem die Surfschuhe gehören. Und das Profil passt zu den Abdrücken vom Tatort.«

17
ASSEPOESTER

»Und das soll Polizeiarbeit sein!?« Pieter starrte Griet an, das Gesicht vor Wut gerötet. »Wir sind doch hier nicht im Märchen … *Assepoester* – Aschenputtel – oder so, wo wir einfach ausprobieren, wem der Schuh passt. Es gibt Regeln, die wir beachten müssen!«

Neben ihm am Tisch saß Noemi, das Gesicht ebenfalls hochrot. »Interessant, dass gerade du dich auf die Vorschriften berufst!«

»Das tut hier jetzt nichts zur Sache.«

»Oh, vielleicht interessiert sich …«

Griet wusste weder, worauf Noemi anspielte, noch, worauf die Diskussion hinauslief, und es war ihr im Moment auch egal. Sie brachte die beiden mit einer Geste zum Verstummen.

Noemi und Pieter saßen ihr am Schreibtisch gegenüber. Griet blickte über die Schulter kurz zu Henks Assistentin Karen hinüber, die mit einem Rentner beschäftigt war, der sich über die laute Musik seiner Nachbarn beklagte, und den Streit nicht bemerkt hatte.

Griet beugte sich vor und sagte ruhig: »Ein Vorschlag. Ich hole mir einen *koffie.* Ihr beiden beruhigt euch in der Zwischenzeit.«

Sie nahm ihre Kaffeetasse und machte sich auf den Weg in die Küche. Die Wache auf Vlieland mochte derzeit keine Heizung haben, eines hatte sie aber: Im Gegensatz zu den meisten anderen Dienststellen gab es hier statt einem Kaffeevollautomaten eine italienische Siebträgermaschine, die hervorragenden *koffie* erzeugte. Während das Gerät seinen Dienst tat, genoss Griet die kurze Auszeit. Noemi und Pieter hatten sich bereits in den Haaren gehabt, als sie in die Wache gekommen war. Es ging um den Surfschuppen hinter Marc Martens' Strandpavillon. Noemi hatte ihn unter die Lupe genommen. Und Pieter hatte sich über ihr eigenmächtiges Vorgehen aufgeregt.

Nach dem Gespräch mit Marc Martens war Noemi zu diesem Schuppen hinter dem Strandpavillon gegangen. Darin befanden sich Surf- und Kiteboards, Segel für das Windsurfen, Surfschuhe und andere Utensilien, die man für den Sport brauchte. Noemi hatte einen Ausdruck des Schuhabdrucks vom Tatort dabeigehabt. In dem Schuppen hatte sie ein halbes Dutzend Schuhe vorgefunden, die meisten davon Halbschuhe oder Neoprenstiefel. Lediglich ein Paar hatte sich von allen anderen unterschieden. Noemi hatte es in einer Ecke neben einem verpackten Kitesegel entdeckt. Es waren Wasserschuhe einer bekannten Marke, mit einem Muster aus schwarz-neongelben Zacken und mit einer konturierten Sohle. Sie hatte das Profil der Schuhe mit dem Profil aus dem Labor verglichen. Auf den ersten Blick schienen sie identisch. Zudem befanden sich an den Sohlen der Schuhe Farbreste.

Mit einer Tasse frisch gebrauten *koffie* setzte sich Griet wieder an den Schreibtisch.

Pieter lehnte sich zurück und verschränkte die Arme vor der Brust. »Nur mal angenommen, es wären tatsächlich die Schuhe, die wir suchen. Dir ist schon klar, dass wir einen

Durchsuchungsbeschluss brauchen, wenn wir sie als Beweis verwerten wollen?«

Griet, die noch immer nicht nachvollziehen konnte, warum Pieter sich derart aufregte, unterbrach ihn: »Noemi hat sich den Schuppen auf meine Anweisung hin angesehen.«

Pieter hob eine Augenbraue und erwiderte mit ironischem Unterton: »Ach so. Dann …«

»Also« – Griet ignorierte ihn und nickte Noemi zu –, »was hast du noch in Erfahrung gebracht?«

Noemi berichtete, dass sie sich am Strand mit einer Gruppe von Wind- und Kitesurfern unterhalten hatte. Sie hatten erklärt, dass in dem Schuppen das Surfequipment von Tim Janssen lagere, dem Gehilfen von Marc Martens, den sie bei ihrem Besuch im *De Lutine* getroffen hatten. Er betätigte sich in seiner freien Zeit als Surflehrer.

»Und das bedeutet«, schloss Noemi, »dass die Wasserschuhe im Schuppen Tim gehören. Die Farbreste passen zu denen vom Tatort. Jede Wette, dass die kriminaltechnische Analyse das bestätigt. Wir haben unseren Täter!«

Griet hob die Tasse an die Lippen, genoss den Duft frischen Kaffees und trank einen Schluck.

Pieter verdrehte die Augen. »Wenn Tim Surflehrer ist, könnten die Schuhe auch jemandem gehören, den er unterrichtet. Das beweist gar nichts. Außerdem wissen wir nicht, ob der Junge ein Motiv hatte. Also immer schön der Reihe nach …«

Während Pieter der jungen Kollegin in wenigen Sätzen die Grundzüge der Ermittlungsarbeit erklärte, nahm Griet einen Kugelschreiber vom Schreibtisch und drehte ihn zwischen den Fingern hin und her. Als Pieter seine Predigt beendet hatte, meinte sie: »Trotzdem sollten wir uns den Jungen mal genauer ansehen. Finden wir heraus, was er in der Mordnacht getrieben hat und ob er etwas mit Vincent Bakker zu schaffen hatte.«

»Da wäre noch etwas …«, sagte Noemi. »Als ich vom Strand zurückging, kam ich wieder an Martens' Strandpavillon vorbei. Und in dem Moment rannte Tim Janssen zum Hinterausgang hinaus. Er schien es ziemlich eilig zu haben. Ich bin um das Haus herum, und vor dem Eingang sah ich dann den Jeep von Henk stehen.«

Pieter rückte seine Schiebermütze zurecht. »Was soll das jetzt wieder heißen? Dass Tim Janssen vor Henk getürmt ist?«

»Vielleicht …«

»Ich frage Henk«, sagte Griet. Sie hatte ohnehin versprochen, ihn später über den Stand der Ermittlungen zu informieren.

»Okay, wenn sonst nichts mehr ist, werde ich jetzt mal das Alibi von Marc Martens checken«, sagte Noemi.

Sie stand auf, ging vorbei an Karen den Bosch, die den aufgebrachten Rentner inzwischen mit einem *koffie* zur Räson gebracht hatte, und verließ die Wache.

»Prima.« Pieter seufzte resigniert, als Griet schließlich mit ihm allein war. »Jetzt kann ich endlich das Mittagessen nachholen. Kommst du mit? Dann erzähle ich dir, was ich über Luuk de Jong herausgefunden habe. Der Mann hat definitiv eine Leiche im Keller.«

***

Schräg gegenüber der Polizeiwache befand sich in einem Häuschen aus weißen Backsteinen eine *frituur.* Am frühen Nachmittag waren sie die einzigen Gäste und saßen an einem Tisch am Fenster. Es roch nach Frittenfett. Der Besitzer des

Ladens blätterte im Nebenzimmer in der neuesten Ausgabe des *Algemeen Dagblad.*

»Schmeckt es?«, fragte Griet, während sie Pieter dabei zusah, wie er eine *frikandel special* mit Curryketchup und Zwiebeln verschlang, als hätte er die vergangenen drei Wochen im Kerker bei Brackwasser und Schimmelbrot verbracht.

»Vorzüglich«, antwortete er mit vollem Mund, tupfte sich mit der Papierserviette über die Lippen und machte sich dann mit unverminderter Inbrunst auch noch über das *patatje joppie* her, Pommes frites mit Currymayonnaise und Zwiebeln. Kauend deutete er mit der gelben Plastikgabel in Griets Richtung: »Tut mir übrigens leid … hab gar nicht dran gedacht, dass du hier nicht viel findest, was du essen kannst. Is' trotzdem gut?«

»Ganz prima.« Griet spießte ein paar Pommes auf und tunkte sie in die Soße. Überraschenderweise servierte man in der Vlieländer Frittenbude vegane Satésoße, die hervorragend schmeckte.

»Sag mal«, fragte sie, »was ist eigentlich zwischen dir und Noemi los?«

Er fuhr sich über den grau melierten Bart. »Ich schätze mal, du und ich sind ungefähr im selben Alter. Weißt du noch, wie es war, als wir angefangen haben?«

Ihr erster Arbeitstag bei der Polizei lag schon eine ganze Weile zurück, und die Zeit war schneller vergangen, als Griet es sich jemals hatte vorstellen können. Die Anfangsjahre waren ihr dennoch im Gedächtnis geblieben, die Wochen und Monate am Fuß der Leiter, die Scheißjobs, die niemand machen wollte.

»Wir mussten uns erst beweisen«, fuhr Pieter fort. »Heute wird es den jungen Leuten zu leicht gemacht, weil alle froh sind, wenn sich überhaupt jemand für den Polizeidienst bewirbt.«

»Wie lange ist Noemi schon dabei?«

»Jedenfalls nicht lange genug, um bereits bei der Districtsrecherche zu arbeiten. Sie hat zweifellos Talent, keine Frage. Und faul ist sie auch nicht, im Gegenteil. Ich finde nur, sie ist … übereifrig, verrennt sich schnell in Ideen. Ein oder zwei weitere Jahre auf der Straße hätten ihr gutgetan, um die nötige Erfahrung zu sammeln.«

Griet hatte schon öfter erlebt, dass ein junger Kollege auf einen Posten befördert wurde, der noch eine Nummer zu groß für ihn war. »Du meinst, Noemi kennt jemanden, der jemanden kennt?«

»Man munkelt so manches.« Pieter wiegte den Kopf hin und her. »Weißt du, was sie mal zu einer Kollegin gesagt hat? Ich hab's zufällig mitbekommen: Sie meinte, in spätestens zehn Jahren will sie die Abteilung leiten und in zwanzig Polizeichefin sein.«

»Klingt zumindest, als hätte sie einen Plan.«

»Ich will dem Mädchen ja nichts Böses. Manchmal muss man aber Klartext reden. Wir sollten ihr helfen, den rechten Weg zu finden: immer schön nach den Regeln spielen, Ruhe und Überblick bewahren, nicht gleich mit dem Kopf durch die Wand gehen.«

»Verstehe.« Zumindest war er bereit, der jungen Kollegin eine Chance zu geben. Allerdings beruhte die Abneigung wohl auf Gegenseitigkeit. Noemi schien ihrerseits einen bestimmten Grund für die Aversion gegen Pieter zu haben. Und Griet hätte ihn zu gern erfahren.

»Luuk de Jong …« Pieter knüllte die Papierserviette zusammen, legte sie in die leere Pommesschale und schob das Tablett zur Seite. »Ich habe mir das Melderegister angesehen und ein paar interessante Details über die Vergangenheit unseres Freundes herausgefunden.«

»Und die wären?«

»De Jong hat in Baarle Nassau gewohnt, bis er 1992 sehr spontan umzog.«

Griet kannte Baarle Nassau. Der Ort Baarle lag geografisch zwar vollständig auf niederländischem Gebiet in der Nähe zur belgischen Grenze, dennoch bestand er aus dem niederländischen Teil Baarle Nassau und dem belgischen Teil Baarle Hertog. Der Grenzverlauf war innerhalb des Ortes ziemlich unübersichtlich, ging stellenweise mitten durch die Häuser, sodass die Küche in den Niederlanden, das Wohnzimmer aber schon in Belgien liegen konnte. Was den Ort für ihre Arbeit so interessant machte: Unter Polizisten gab es das ungeschriebene Gesetz, dass man in Belgien alles bekommen konnte, was man für kriminelle Machenschaften im Allgemeinen brauchte. Wenn man bei der *politie* arbeitete, hatte man daher immer mal wieder in einem der beiden Baarles zu tun.

Pieter schob sich einen Kaugummi in den Mund. »Ich habe de Jongs damaligen Vermieter ausfindig gemacht, und er erzählte mir eine interessante Geschichte. Er erhielt eines Tages einen Anruf von de Jongs Nachbarn. Sie hörten seit Tagen einen Hund in der Wohnung jaulen. Der Vermieter versuchte, de Jong zu erreichen. Ohne Erfolg. Also ließ er die Kollegen von der Streife kommen, brachte den Hund ins Tierheim. Von de Jong keine Spur. Er kündigte die Wohnung zwei Monate später auf postalischem Weg. Und seinen Hund hat er nie abgeholt.«

Griet aß die letzten Pommes. Die Satésoße war wirklich gut. Die Geschichte von Luuk de Jong war in der Tat ungewöhnlich. Wenn Leute überstürzt das Weite suchten und alles hinter sich ließen, hatte dies in der Regel einen triftigen Grund.

»Mich machten zwei Dinge an der Sache stutzig«, fuhr Pieter fort. »Da ist einmal der Hund. Der Vermieter erzählte mir, dass de Jong das Tier schon bei seinem Einzug mitbrachte, und er hat acht Jahre in der Wohnung gelebt. Eine lange Zeit, und wenn man kein Unmensch ist, entwickelt man eine enge Bindung zu so einem Tier. Wir haben selbst einen Hund, ich weiß also, wovon ich spreche. Ich würde meinen vierbeinigen Freund niemals so einfach im Stich lassen, wenn ich nicht einen sehr dringenden Grund dafür hätte.«

»Und zweitens?«

»De Jong war mit der Miete im Rückstand.«

»Aha, wie viel?«

»Sechs Monatsmieten. Und plötzlich hatte er das Geld, um die ausstehende Miete auf einen Schlag bezahlen zu können. Es war dem Umschlag mit der postalischen Kündigung beigefügt. In bar.«

Griet runzelte die Stirn. Menschen schuldeten ihren Vermietern manchmal Geld, nicht schön, aber auch nichts Besonderes. Wenn der ausstehende Betrag dann aber plötzlich in einem Briefumschlag steckte, war das zumindest bemerkenswert. 1992 hatte es zwar noch keine Onlineüberweisungen gegeben, aber de Jong hätte seine Schulden mit einer gewöhnlichen Banküberweisung begleichen können, was zweifelsohne der sicherere Weg gewesen wäre. Es sei denn … er hatte das Geld, über das er plötzlich verfügte, nicht so ohne Weiteres zur Bank bringen können.

Pieter berichtete weiter: »Im Juli jenes Jahres tauchte de Jong hier auf der Insel auf. Er kaufte sich ein kleines Häuschen, das schon lange leer stand, und renovierte es. Karen konnte mir einiges erzählen. Ihrem Vater Jeroen hat nämlich damals der *Vliehorsexplorer* gehört. Er war achtundsechzig Jahre alt und überaus erfreut, als de Jong ihm das Angebot machte, das Geschäft zu übernehmen. Und noch erfreuter war er, als der Fremde die komplette Summe in bar über den Tisch schob. Stolze einhunderttausend Gulden.«

Griet hob die Augenbrauen. Das ließ die Sache wirklich dubios erscheinen. Einhunderttausend Gulden waren auch damals eine Menge Geld gewesen, vor allem für jemanden, der eben noch seine Miete nicht hatte zahlen können. Und wenn man einen solchen Betrag in bar auf den Tisch legte …

»Es kommt noch besser«, meinte Pieter. »Ich habe mit einem Kollegen gesprochen, den ich von früher kenne und der auf der Dienststelle in Baarle Nassau arbeitet. Ich bat ihn, mal im Archiv zu kramen, ob es in den Tagen und Wochen vor de Jongs Umzug in einem der beiden Baarles ungewöhnliche Vorfälle gegeben hat. Und dann hat er mir das hier geschickt.«

Pieter schob ihr den Ausdruck eines Zeitungsartikels über den Tisch. Der Bericht stammte von Ende Juni 1992. Griet überflog den Text.

In Baarle Hertog, dem belgischen Teil von Baarle, hatte es einen Bankraub gegeben. Eine Filiale war von zwei maskierten Männern überfallen worden. Die Sache verlief zunächst glimpflich, bis die Diebe die Bank verließen. Es gab einen Wachmann, der eine Waffe versteckt am Körper trug. Er eröffnete das Feuer, als die beiden zum Fluchtwagen rannten, und traf einen der Männer ins Bein. Dennoch gelang ihnen die Flucht. Über die genaue Höhe der erbeuteten Summe machten in dem Artikel weder die Bank noch die Polizei Angaben.

Griet ließ das Blatt sinken. »Wusste dein Kollege zufällig, um wie viel sie die Bank erleichtert haben?«

Pieter nickte und lächelte. »Eine Dreiviertelmillion Gulden. In nicht nummerierten oder anderweitig gekennzeichneten Scheinen. Von dem Geld und den Dieben fehlt bis heute jede Spur.«

***

Sie waren bis an das Ende der Welt gefahren, oder zumindest kam es Griet so vor. Das *Posthuys,* wo sie mit Henk bei einem *koffie* saß, befand sich am westlichen Ende von Vlieland. Sie hatten Oost-Vlieland mit dem Jeep verlassen, und damit war auch die Zivilisation hinter ihnen zurückgeblieben. Über den Postweg waren sie eine Weile direkt am Wattenmeer entlanggefahren, vorbei an einer ausgedehnten Heide- und Marschlandschaft, und dann in das *Boomenland* eingetaucht, ein kleines, dichtes Wäldchen. Als sie es wieder verließen, war das *Posthuys* aufgetaucht, ein modernisiertes Bauernhaus, dessen großes orangerotes Dach beinahe bis auf den Boden reichte. Das Haus stand einsam mitten im Nirgendwo, zwischen Wattenmeer und Heide. Direkt dahinter erstreckten sich die *Kroon's Polders,* ein weites Vogelschutzgebiet, das im *Vliehors,* der großen Sandbank, mündete.

Griet wollte ihren Teil der Abmachung, die sie mit Henk getroffen hatte, einhalten und ihm berichten, was sie in der Mordsache Vincent Bakker bislang herausgefunden hatten. Henk hatte vorgeschlagen, dass sie sich dazu an einen ruhigen Ort zurückzogen, wo sie ungestört reden konnten. Vermutlich hätten sie das auch in der Wache oder einem Café im Dorf tun können, und so hatte Griet das vage Gefühl, dass Henk vor allem hierhergekommen war, weil er ein wenig Zeit mit ihr allein verbringen wollte. Er war ein attraktiver Mann, und sie mochte seine klare, zupackende Art. Und allein wegen der

Sightseeingtour über die Insel hatte es sich schon gelohnt, seiner Einladung zu folgen.

Henk kannte den Wirt des *Posthuys.* Als dieser ihnen die Getränke brachte, ließ der Mann es sich nicht nehmen, Griet ein wenig über die Historie des Hauses zu erzählen.

Schon im Goldenen Zeitalter der Niederlande war das *Posthuys* die Schaltzentrale der Postroute Amsterdam–Vlieland gewesen. Kriegs- und Handelsschiffe, auf dem Weg in die unterschiedlichsten Ecken der Welt, lagen vor Vlieland auf Reede und warteten auf Order von ihren Eignern – die in der Regel nur auf postalischem Weg überbracht werden konnte. Von Amsterdam aus ritt ein Postillion nach Den Helder, von wo aus ein Postschiff die Briefe nach Texel brachte. Dort wartete bereits ein Reiter, der sich sodann auf den Weg ans östliche Ende der Insel machte, wo er die Post an einen Schiffer übergab, der von Texel aus den *Vliehors* ansteuerte. Vom Posthuys aus machte sich derweil der Vlieländer Postillion auf den Weg, um den Schiffer zu treffen. Bei Wind und Wetter musste der Postillion mit Pferd und Wagen die acht Kilometer weite Strecke bis an den äußersten Zipfel des *Vliehors* fahren, wo er den Postschiffer aus Texel traf. Die Post aus Amsterdam trat dann den letzten Teil ihrer Reise an. Der Postillion brachte sie nach Oost-Vlieland, von wo aus sie auf kleinen Schaluppen zu den wartenden Schiffen gelangte.

»Die Verbindung zwischen Texel und Vlieland gibt es übrigens noch heute«, beschloss der Wirt seine Ausführungen. »Von Frühjahr bis Herbst fährt ein Mal am Tag ein kleines Boot zwischen Texel und dem *Vliehors* hin und her. Ist eine schöne Tour, falls Sie mal Zeit haben …«

Er wies sie noch auf die breite Auswahl an Kuchen hin, dann überließ er die beiden Gäste wieder sich selbst.

Henk gab einen Löffel Kandiszucker in seinen Earl-Grey-Tee und rührte um. »Und, seid ihr weitergekommen?«

Griet erzählte ihm, was sie inzwischen über Luuk de Jong, Marc Martens und Tim Janssen wussten.

»Tim?« Henk fuhr sich mit der Hand durch das lockige Haar. »Ich war tatsächlich vorhin beim Strandpavillon und wollte mit ihm reden.«

»Dann hatte Noemi recht, er ist vor dir weggelaufen?«

»Könnte man so sagen.«

»Worum ging es?«, fragte Griet.

»Es … wäre ganz gut, wenn das unter uns bleibt.«

Griet nickte.

»Wir haben hier im Sommer ein großes Open-Air-Festival, *Into the Great Wide Open*. Es wimmelt dann auf der Insel vor hormongestörten Teens, die sich tagelang abschießen. Vergangenes Jahr habe ich Tim dabei erwischt, wie er Koks vertickt hat. Ich habe ihm zwar ordentlich den Marsch geblasen, ihn wegen der Sache aber nicht hopsgenommen. Der Junge ist nicht besonders helle, weißt du, einer, der immer wieder aus der Reihe tanzt. Er tut das, um gegen seine Eltern aufzubegehren. Ihnen gehört der Supermarkt in der Dorpstraat, zwei bodenständige Spießer, wie sie im Buche stehen. Der Junge ist leider zu blöd, um über den Tag hinauszudenken. Er sieht das schnelle Geld, versteht aber nicht, dass er sich mit so einer Nummer den Rest des Lebens versaut. Ich wollte ihm heute auf die Füße treten, ihn daran erinnern, dass ich ihn dieses Jahr nicht wieder erwischen will. Außerdem … hoffe ich, dass er mich über kurz oder lang zu demjenigen führt, der ihm das Zeug verkauft hat.«

»Glaubst du, Tim könnte etwas mit unserem Fall zu tun haben?«, fragte Griet.

Henk überlegte einen Moment. »Er ist ein kräftiger Bursche und ein Hitzkopf obendrein. Wenn bei ihm genug Druck auf dem Kessel ist … möglicherweise. Ich wüsste allerdings nicht, warum er das getan haben sollte.«

»Das werden wir wohl herausfinden müssen. Bei Marc Martens und Luuk de Jong sind wir da schon weiter. Den beiden kommt Vincent Bakkers Tod durchaus gelegen.«

»Die Sache mit Luuk ist in der Tat seltsam. Die Älteren auf der Insel erzählen sich noch heute, wie er in den Neunzigern hier auftauchte und mit Geld um sich warf. Und niemand weiß so recht, was er vorher getrieben hat.«

»Wir werden dranbleiben …«, sagte Griet. »Vielleicht helfen uns die Bilder von der Feier im *Oude Veermann* weiter.«

»Ja, der Fotograf hat mir versprochen, dass er mir alle Aufnahmen raussucht, auf denen Luuk zu sehen ist. Mit etwas Glück ist sein ominöser Freund ebenfalls drauf.« Henk räusperte sich. »Was ist mit Marc Martens?«

»Scheint ein Alibi zu haben. Noemi prüft das. Er sagt, er hätte den Abend bei einer Willma Visser verbracht.«

»Willma?«

»Du kennst sie?«

»Sagen wir so … viele Männer auf Vlieland kennen Willma.«

»Ach so, verstehe. Warten wir mal ab, was sie sagt.« Griet trank einen Schluck *koffie.* »Mittlerweile glaube ich jedenfalls, dass es mit Vincent Bakker kein Unschuldslamm erwischt hat.«

»Wie meinst du das?«

Griet erzählte ihm von ihrem Gespräch mit Emma Bakker und dem, was sie über das freizügige Liebesleben des Verstorbenen in Erfahrung gebracht hatte.

»Tja, in der Beziehung gehörte Vincent sicherlich eher zu dem Typ Mann, den ich nicht mag«, erklärte Henk. »Er war einer von denen, die glauben, dass alle Frauen es toll finden, wenn sie von ihm in den Arm genommen oder ungefragt geküsst werden. Ich vermute mal, du weißt, was ich meine.«

»Schon.« Griet schmunzelte. »So einem habe ich mal die Nase gebrochen, als ich seinen Kussversuch mit einem Kopfstoß erwidert habe.«

»Das ist Vincent vermutlich nie widerfahren. Er machte es immer auf eine charmante Art, deshalb war ihm selten eine Frau böse, wenn er sie in den Arm nahm und dabei zufällig ihre nackte Schulter oder ihren Hintern berührte. Auffällig war es trotzdem, das habe ich gleich bei meiner Ankunft bemerkt, als ich bei ihm zu Gast war. Er schäkerte immer mit einem Zimmermädchen oder den weiblichen Gästen.«

»Du hast mal bei ihm im Hotel übernachtet?«

»Ja, ich hatte dort für zwei Wochen ein Zimmer, als ich neu auf der Insel war und mir eine Bleibe suchen musste.« Henk nippte an seinem Tee.

»Wo warst du eingesetzt, bevor du auf die Insel kamst?«

»Amsterdam. Bei der Sitte.«

»Da hattest du dir aber ein heißes Pflaster ausgesucht.« Griet hatte in ihrer Ausbildungszeit ebenfalls dort Dienst getan und erinnerte sich noch lebhaft an die Arbeit im Rotlichtmilieu.

»*De Wallen* kannte ich später besser als mein Wohnzimmer. Auf Dauer mochte ich allerdings nicht dort bleiben.«

Griet fragte nicht weiter nach, warum er weggegangen war. Sie konnte nachvollziehen, wenn jemand den Job nicht bis an sein Lebensende ertrug. Auch Bas hatte sich von der Sitte wegversetzen lassen wollen, an einen anderen Ort, wo sie gemeinsam ein neues Leben hätten beginnen können.

Henk erinnerte sie in gewisser Weise an Bas. Das kantige Kinn, der bestimmte, aber doch auch verständnisvolle Blick, seine ausgeglichene Art. Sie schätzte, dass er ein oder zwei Jahre jünger war als sie, doch die kleinen Furchen und Falten in seinem Gesicht erzählten von seiner Lebenserfahrung.

»Und du, bist du schon lange bei der Districtsrecherche?«, fragte Henk.

»Nein, tatsächlich habe ich gerade erst angefangen. Ich war zuvor in Rotterdam«, sagte Griet. »Ich bin mir noch nicht ganz sicher, ob ich das Stadtleben und die Arbeit dort vermisse. Fehlt dir der Stadttrubel nicht?«

»Nein, ich mag es hier«, sagte er und lächelte. »Und warum hat es dich ausgerechnet in den entlegensten Winkel unseres Landes verschlagen?«

»Ist 'ne längere Geschichte …«, erwiderte sie ausweichend und hoffte, er würde verstehen, dass sie im Moment nicht darüber sprechen wollte.

Henk schien seine Worte abzuwägen, als er schließlich sagte: »Hättest du vielleicht Lust, mir bei Gelegenheit bei einem Abendessen davon zu erzählen?«

18

DAS MEDAILLON

Griet genoss die frühe Morgensonne, die hell und warm durch das Plexiglas des Windschutzes auf ihr Gesicht fiel. Sie saß auf der Terrasse des reetgedeckten Ferienhauses, eine Bangkirai-Konstruktion, an die eine Wiese grenzte. Dahinter begann der Wald. Auf der anderen Seite erstreckten sich die langen, geschwungenen Dünen. Aus der Ferne war das Rauschen der Wellen zu hören. Nur vereinzelt standen Schäfchenwolken hoch am Himmel, dennoch wehte der Wind kräftig und verteilte die Brotkrumen, die Griet ausgestreut hatte. Einige Hühner und ein Fasan stolzierten um das Haus, offenbar daran gewöhnt, dass vom Tisch der Urlaubsgäste etwas für sie abfiel.

Griet schloss die Augen. Auf einer ähnlichen Terrasse eines ähnlichen Ferienhauses hatte ihre Karriere einmal begonnen. Sie sah sich wieder an jenem nasskalten Wintertag vor zwanzig Jahren neben den abmontierten Dielen einer Holzterrasse stehen, den Blick erschrocken in das Loch gerichtet, das die Kriminaltechniker darunter ausgehoben hatten. Dort lagen die Überreste eines fünfjährigen Mädchens. Suske Melis. Den Namen würde Griet nie vergessen.

Die Eltern hatten das Kind vermisst gemeldet. Griet war das jüngste Mitglied des *Team Grootschalige Opspooring*, das in der Sache ermittelte.

Angeblich war die Mutter mit der Kleinen auf dem Spielplatz gewesen. Sie achtete einen Moment nicht auf das Mädchen, und als sie wieder hinsah, war es verschwunden. Die unmittelbar eingeleitete Suche blieb erfolglos.

Dass etwas an der Sache nicht stimmte, war von Beginn an klar gewesen. Erstens verschwanden Kinder nicht einfach so. Entgegen den üblichen, von Filmen, Fernsehserien und Büchern geprägten Vorstellungen kamen Kindesentführungen in einem Land wie den Niederlanden äußerst selten vor, einfach deshalb, weil sie für Verbrecher unattraktiv waren. Die Chance, mit der Sache aufzufliegen, war zu groß. Wer es dennoch versuchte, schnappte sich in den wenigen Fällen, die es gab, die Kinder vermögender Eltern, ein Kriterium, das auf die Familie Melis nicht zutraf.

Vermisste Kinder tauchten gewöhnlich schnell wieder auf, hatten sich verlaufen oder waren von zu Hause ausgerissen. War dies nicht der Fall, konnte man ein Verbrechen nicht ausschließen, wobei der Täter dann oft aus dem familiären Umfeld kam.

Und so richteten sich ihre Ermittlungen bald gegen die Eltern von Suske Melis. Denn obwohl der Spielplatz, auf dem das Mädchen angeblich verschwunden war, in einem belebten Viertel lag und gut besucht wurde, ließen sich keine Zeugen finden, die Suske und ihre Mutter zur betreffenden Zeit dort gesehen hatten.

Es war Griet, die schließlich den entscheidenden Hinweis entdeckte. Die Eltern vermieteten ein Ferienhaus in Ouddorp auf der Insel Goeree-Overflakkee. Und offenbar hatten sie, kurz bevor sie ihre Tochter vermisst meldeten, die Gartenterrasse neu verlegt …

Am Hals der Kinderleiche, die sie ausgruben, fanden sie Würgemale. Die Mutter gestand schließlich. Ihr waren die Sicherungen durchgebrannt, als Suske in einem Trotzanfall nicht mit dem Weinen aufgehört hatte.

Ere wie ere toekomt, hatte Griets Teamleiter gesagt, Ehre, wem Ehre gebührt, woraufhin ihr Gesicht in den darauffolgenden Tagen landesweit die Nachrichten schmückte.

Und so hatte sie schließlich Fleming, ihren Ex-Mann, kennengelernt.

Fleming war damals noch Journalist gewesen und hatte für das Wochenmagazin *Elsevier* gearbeitet. Er wollte sich einen Jugendtraum erfüllen und einen Kriminalroman schreiben. Für seine Recherchen suchte er einen Kontakt bei der Polizei, und die junge, gut aussehende Ermittlerin, die gerade das Verschwinden von Suske Melis aufgeklärt hatte, schien ihm eine vielversprechende Quelle zu sein.

Sie trafen sich regelmäßig, und ihre Gespräche verließen bald die rein sachliche Ebene. Mit sportlicher Statur, krausen schwarzen Haaren und Vollbart war Fleming nicht der Typ, den man von der Bettkante stieß. Doch es war nicht sein Äußeres gewesen, sondern die braunen Augen hinter der runden Stahlgestell-Brille, die sie neugierig musterten und nie losließen, wenn sie von sich und ihrem Beruf erzählte. Fleming gehörte zu den wenigen Männern, die sich auf die Kunst des Zuhörens verstanden.

Sie waren das perfekte Team, zumindest fühlte es sich eine ganze Weile so an. Griet erzählte Fleming von ihren Erlebnissen, die er in seinen Büchern verarbeiten konnte, die allesamt Bestseller wurden. Im Gegenzug brachten Griet seine analytischen Überlegungen, wenn sie ihm von einem Fall berichtete, manchmal auf eine neue Fährte.

Sie warteten nicht lange mit der Hochzeit, doch als Fleming sich schließlich Kinder wünschte, vertröstete Griet ihn. Mit jedem Tag, der aus Leidenschaft eine Gewohnheit machte, realisierte sie, dass etwas mit ihrer Beziehung nicht stimmte. Fleming war ein charmanter Mann, der sie auf Händen trug und der sich für ihr Leben interessierte. Doch sein Interesse kratzte immer nur an der Oberfläche. Er verstand nie wirklich, was das, was Griet in ihrem Beruf erlebte, mit ihr machte. Und das konnte sie ihm nicht einmal übel nehmen. Fleming wusste schließlich nicht, wie es war, vor den verwesenden Überresten eines Menschen zu stehen, der einem Gewaltverbrechen zum Opfer gefallen war. Er hatte noch nie die Aussage einer Frau aufnehmen müssen, die kurz zuvor vergewaltigt worden war. Er musste sich nicht an Orte begeben, von denen man nicht wusste, ob man sie lebend wieder verlassen würde. Und er konnte nicht nachempfinden, wie es war, eine entsicherte Waffe auf einen Menschen zu richten, bereit, auf ihn zu schießen, wenn es sein musste.

Griet hatte sich schon damit abgefunden, dass sie solche Probleme mit sich selbst ausmachen musste.

Und dann hatte sie Bas getroffen.

Bas, der wusste, wie es war.

Bis dahin hatte Griet es immer für esoterisches Geschwätz gehalten, doch als Bas sie an jenem Abend nach dem Erlebnis im Apartment 12b in der *Oranje-Nassaustraat* in seinem Bett in den Arm nahm, hatte sie zum ersten Mal in ihrem Leben das Gefühl gehabt, ihren Seelenverwandten gefunden zu haben.

Sie hatten Pläne geschmiedet für ein gemeinsames Leben, ein freieres Leben. Griet war sogar bereit gewesen, Fleming zu verlassen. Doch dann hatte sie die Träume zusammen mit Bas beerdigen müssen.

***

Griet schlug die Augen auf und blinzelte gegen die Sonne. Sie richtete sich auf und trank einen Schluck *koffie*, der inzwischen kalt geworden war. Dann versuchte sie, ihre Gedanken wieder auf das Hier und Jetzt zu richten.

In der Hand hielt Griet ein Papier mit Noemis Zusammenfassung ihres Gesprächs mit Willma Visser am gestrigen Nachmittag. Visser bewohnte ein Haus am Ende der Dorpstraat und hatte Noemi erst nach mehrmaligem Klingeln geöffnet. Auf die Frage, ob Marc Martens am Freitagabend bei ihr gewesen war, hatte sie zunächst gezögert, es dann aber bestätigt.

Wesentlich weiter brachte die Angabe der Frau sie nicht. Dass Willma, wie Henk gesagt hatte, eine Prostituierte war, war eine gute Erklärung dafür, warum Martens so zögerlich mit der Sprache herausgerückt war. Welcher Mann gab schon gern zu, dass er für Sex bezahlen musste. Dennoch war fraglich, wie viel ein solches Alibi wert war. Jemand, der sich für Sex bezahlen ließ, verkaufte eventuell auch Alibis.

Griet legte das Papier zur Seite. Ihre Gedanken kreisten in Wahrheit um etwas anderes. Sie wunderte sich noch immer, was tags zuvor in sie gefahren war: Sie hatte Henks Einladung zum Abendessen angenommen. Trotz ihrer guten Vorsätze und nur, weil sie sich von ihm angezogen fühlte. Andererseits war es lediglich ein gemeinsames Essen, und mehr musste gar nicht daraus werden. Sie würden sich heute Abend bei ihm zu Hause treffen.

Die Sonne hatte zwar schon Kraft, doch der böige Wind fand immer wieder einen Weg um die Plexiglasscheibe herum. Griet holte eine graue Wollmütze aus der Jackentasche und zog sie über den Kopf.

Ihr *mobieltje* vibrierte. Es war Mei, die Rechtsmedizinerin.

»*Goedemorgen,* Griet. Ich hoffe, du sitzt nicht gerade beim Frühstück.«

»Kein Problem …«

»Die Obduktion hat im Großen und Ganzen meine Annahmen bestätigt. Die Details erspare ich dir, steht dann im Bericht. Kein Wasser in der Lunge, keine Lungenballonierung, kein Schaumpilz – er ist definitiv nicht ertrunken. Auch war die Waschhaut erst mäßig ausgeprägt und die Leiche, abgesehen von den Treibverletzungen, in einem guten Zustand, sodass er tatsächlich nicht lange im Wasser gelegen haben kann …«

»Mei«, unterbrach Griet die Rechtsmedizinerin, »machen wir es kurz. Erzähl mir, was ich noch nicht weiß.«

»Da wären zwei interessante Dinge. Zum einen gibt es eine Verletzung im Gesicht: Die Oberlippe ist an der rechten Seite aufgeplatzt, ein Schneidezahn ist locker. Es handelt sich eindeutig nicht um Treibverletzungen, und wir können davon ausgehen, dass sie dem Opfer ante mortem zugefügt wurden.«

»Du meinst, sie könnten von einem Schlag stammen?«

»Das musst du herausfinden. Ich habe am Hinterkopf eine größere Läsion entdeckt. Sieht so aus, als ob er nach dem tödlichen Schuss nach hinten gekippt und auf den Kopf geknallt ist. Wäre er mit dem Gesicht aufgeschlagen, wären die Verletzungen wohl erheblicher. Die kaputte Lippe und der lockere Zahn müssten demnach eine andere Ursache haben.«

Griet dachte an den Streit von Vincent Bakker mit Luuk de Jong im *Oude Veermann*, allerdings hatte bislang niemand davon gesprochen, dass die beiden sich einen Schlagabtausch geliefert hatten.

»Und zum anderen wäre da noch das tödliche Geschoss«, fuhr Mei fort. »Es steckte im Herz des Opfers – oder dem, was davon noch übrig war – und dürfte umgehend eine tödliche Wirkung entfaltet haben. Es handelt sich um ein Teilmantelgeschoss.«

Griet wiederholte überrascht: »Ein Teilmantelgeschoss?«

Das erklärte unter anderem, warum sie kein Blut am Tatort gefunden hatten. Ein solches Geschoss durchschlug im Gegensatz zu einem Vollmantelgeschoss üblicherweise nicht den Körper des Opfers, sondern pilzte auf, wenn es in das Gewebe eindrang. Auf diese Weise verursachte es erhebliche innere Verletzungen, die fast zwangsläufig zum Tod führten. Wollte man jemanden erschießen und auf Nummer sicher gehen, war ein solches Deformationsgeschoss eine gute Wahl. Wobei es auf legalem Weg schwer zu beschaffen war. Allerdings gab es einen ganz speziellen Abnehmerkreis.

»Mei«, fragte Griet, »um was für eine Patrone handelt es sich genau?«

»Es ist eine 9x19NP.«

»Godverdomme!«

Die eigentliche Bezeichnung dieser Patrone lautete *Action 4*, und sie stammte vom Schweizer Hersteller RUAG. Sie hatte einen Geschosskopf in der Farbe *oranje*, und das Kürzel NP stand für *Nederlandse Politie*. Es war die Einsatzmunition der Polizei.

Griet zog sich die Wollmütze vom Kopf und schleuderte sie frustriert auf den gegenüberstehenden Stuhl. Der Fall war gerade um einiges komplizierter geworden. Wenn legitimierte Waffenbesitzer die Action-4-Munition nicht im nächsten Waffenladen bekamen – und sogar im Darknet solche Spezialgeschosse eine Seltenheit waren –, wie sollten Luuk de Jong, Tim Janssen oder Marc Martens sie sich beschafft haben?

Hundegebell riss Griet aus ihren Überlegungen.

Ein schwarz-braun gescheckter Beagle kam von der Wiese auf die Terrasse gelaufen, wedelte mit dem Schwanz und blickte Griet neugierig an. Sie wandte sich um, aber weder auf der Wiese noch auf dem Weg vor dem Haus war jemand zu sehen.

Griet beugte sich vor, um den Hund zu streicheln, doch er wich zurück, schnappte sich ihre graue Wollmütze, die neben dem Stuhl am Boden lag, und lief damit auf die Wiese.

»Potverdikkie!«, zischte Griet und sprang auf. »Na warte.«

Der Hund jagte über die Wiese und verschwand, die Mütze im Maul, zwischen den Bäumen.

Griet rannte ihm in den Wald nach.

***

Obwohl der Frühling die ersten zarten Knospen trieb und zwischen den kahlen Laubbäumen nur wenige Nadelhölzer standen, wurde das Tageslicht schwächer, je weiter Griet in den Wald vordrang. Der Hund blieb immer wieder stehen und blickte sich um, ob Griet ihm noch folgte. Sobald sie auf ein paar Schritte heran war, lief er weiter. Er schien große Freude an diesem Spiel zu haben. Griet konnte nur mühsam mithalten. Früher hatten kilometerlange Joggingläufe zu ihrem Trainingsprogramm gehört. Doch nach dem Krankenhausaufenthalt und der Babypause waren andere Dinge in den Vordergrund gerückt. Sie nahm sich vor, wieder regelmäßig zu trainieren, wobei sie insgeheim bereits ahnte, dass es bei dem Vorsatz bleiben würde.

Der Beagle rannte einen moosbewachsenen Hügel hinauf. Keuchend erklomm Griet die kleine Anhöhe, doch sobald sie oben war, rannte der Hund schon wieder hinab. Unten angekommen, folgte er einem schmalen Trampelpfad.

Griet blieb stehen, stemmte eine Hand in die Seite und versuchte, zu Atem zu kommen. In den Baumwipfeln über ihr hörte sie den Seewind rauschen. Sie blickte dem Hund nach. Der Wanderweg schien zu einer Lichtung zu führen. Nach einer kurzen Verschnaufpause setzte sie sich wieder in Bewegung.

Auf der Lichtung stand ein kleines Haus. Dahinter endete der Wald; ein Schotterweg führte zwischen den letzten Baumreihen hinaus in eine weite Heidelandschaft.

Der Beagle lief durch das offene Tor des Lattenzauns und auf das Haus zu. Tatsächlich handelte es sich eher um eine schmale Holzhütte, insgesamt kaum drei Meter breit und sechs Meter lang. Sie war umgeben von einer Ansammlung unterschiedlichster Dinge: Bänke, Stühle, Tische, kleine Windräder, ein Ruderboot und eine bunte Lok für Kinder. Alles war aus Holz gefertigt. Die dafür nötigen Balken und Bretter lagerten in allen Formen und Größen in einem Schuppen neben dem

Haus. Auf der gegenüberliegenden Seite befanden sich ein Gemüsegarten und einige Obstbäume. Eine Veranda führte vor den Eingang der Hütte, an deren Dachbalken mehrere Windspiele hingen, deren Lied im Wind erklang.

Der Hund ließ Griets Mütze vor der Tür fallen und widmete sich einer Schüssel mit Wasser, die neben dem Eingang stand. Mit schweren Schritten folgte Griet ihm und hob die Mütze auf. Mit ernstem Blick sah sie zu dem Beagle hinüber. »Ich ... verhafte Sie wegen Diebstahl«, sagte sie keuchend. »Sie haben ... das Recht, das Bellen zu verweigern ... und Ihr Herrchen zu konsultieren.«

Vom Besitzer des Hundes war allerdings weit und breit keine Spur zu sehen.

Die Eingangstür stand einen Spalt weit offen. Griet gab ihr einen Stoß. Die Hütte war spartanisch eingerichtet. Direkt zur Rechten war eine kleine Kitchenette eingebaut, an die sich eine Schrankwand mit ausklappbarem Esstisch anschloss. Einen Fernseher gab es nicht, dafür standen auf den Regalen Bücher und ein Plattenspieler mit Radio. Eine halb offene Schublade enthielt Geschirr und Besteck. Auf der gegenüberliegenden Seite des Raums befand sich ein Ecksofa. Und links neben dem Eingang vermutete Griet hinter einer verschlossenen Tür ein kleines Bad. Über allem war bis zur Hälfte des Raums eine Galerie eingezogen, zu der eine Leiter hinaufführte. Zwei übereinandergestapelte Matratzen waren dort oben zu erkennen.

Wer auch immer hier lebte, musste ein äußerst bescheidener Mensch sein.

Ein Medaillon fiel ihr ins Auge, das an einer Kette neben der Tür hing. Es war silbern, in seiner Mitte war ein Stein eingearbeitet, der von einer wabenförmigen Struktur umgeben war.

Von draußen hörte sie eine Stimme.

»Hej, Puppie«, sagte die Frau, die sich neben den Hund gekniet hatte und ihn streichelte. Sie trug einen langen grauen Regenmantel, Jeans und Gummistiefel. Hinter ihr war ein rostiges Damenrad abgestellt, an dessen Rahmen zwei Holzlatten festgebunden waren. Die Frau strich sich die grauen Haare aus dem von Falten durchzogenen Gesicht, als sie aufstand und zu Griet kam.

»Du scheinst einen Besucher mitgebracht zu haben, *Puppie.*«

»Tut mir leid, dass ich einfach reingegangen bin«, sagte Griet und reichte ihr die Hand. »Ich dachte, dass vielleicht jemand …«

»Ist schon gut.« Die Frau erwiderte den Händedruck und winkte ab. »Hier gibt es nicht viel Wertvolles, das zu stehlen sich lohnt. Ich bin Tinneke, schön, dich kennenzulernen. Machst du Urlaub hier?«

»Kann man nicht unbedingt sagen. Ich … recherchiere.«

»Ah, du arbeitest für eine Zeitung.«

Griet verzichtete darauf, diese Vermutung richtigzustellen. Es gab keinen zwingenden Grund, dieser Frau zu sagen, dass sie von der Polizei war, denn oft waren die Menschen zugänglicher, wenn sie es nicht wussten.

Mit einigen Schritten trat Griet von der Veranda hinab auf die Wiese und blickte sich um. »Lebst du allein hier draußen?«

»Inzwischen schon. Mein Mann ist vor zwei Jahren gestorben.«

»Das tut mir leid.«

»Braucht es nicht. Er war zehn Jahre älter als ich, und mit fünfundsiebzig hat man sein Leben gelebt.«

Griet strich mit der Hand über eine der Bänke. Sie bestand

aus unterschiedlichen Hölzern, die aber perfekt geschliffen und ineinandergepasst waren.

»Ist selbst gemacht«, erklärte Tinneke. »Wir … ich bin *Jutter.*«

»Jutter?«

»Ein Strandräuber, wenn man so will.« Tinneke lächelte. »Ich sammele alte Dinge, die am Strand angespült oder von den Leuten weggeworfen werden. Daraus baue ich neue Dinge.« Sie drehte sich im Kreis und machte eine weit ausholende Geste. »Das alles hier haben mein Mann und ich gebaut – aus Balken, Planken und allem anderen, was man am Strand so findet. Hin und wieder verkaufe ich etwas – die Bank da geht nächste Woche nach Haarlem. Ich muss noch die letzte Lackschicht auftragen.«

»Und davon kannst du leben?«

Lachfältchen bildeten sich um Tinnekes Augen. »Wenn du damit meinst, ob ich mir teure Kleider kaufen kann und ein dickes Auto fahre, ob ich immer das neueste Handy habe und drei Mal im Jahr in Urlaub fliegen kann, dann: nein. Wenn du mich fragst, ob ich mit dem, was ich habe, zufrieden bin, dann lautet die Antwort: ja.«

Wenig später verabschiedete sich Griet. Sie dachte noch über die Worte der Frau nach, als sie über den Kiesweg in den Wald ging. Genügsamkeit war eine Tugend, die sie selbst nie besessen hatte. Hätte sie sich beschieden, wäre vielleicht alles anders gekommen. Sie hätte sich mit dem Schreibtischjob begnügt, den man ihr nach der Babypause und der Sache mit Bas zugewiesen hatte. Sie hätte halbe Tage fleißig Akten sortiert, in Computerdatenbanken an der richtigen Stelle ein Häkchen in ein eckiges Kästchen gesetzt und an Besprechungen teilgenommen, in denen es immer frischen Kaffee und Plätzchen gab. Danach hätte sie sich um ihre Familie gekümmert, Babybrei gekocht, Windeln gewechselt und Grimassen geschnitten, um ihre Tochter zum Lachen zu bringen. Kurz, sie wäre eine gute Mutter gewesen, so wie es Fleming gefallen hätte.

Doch das war nicht ihre Welt gewesen.

Sie hatte wieder auf die Straße gewollt. Auf die Jagd.

Griet blieb stehen und blickte zu dem Häuschen auf der Lichtung zurück. Sie sog die frische Seeluft tief in die Lungen. Der Geruch von Harz. Das Rauschen des Windes in den Bäumen. Der Schrei der Möwen. Das ferne Tosen des Meeres. Ruhe. Frieden. Hatte sie ihr Leben lang versucht, das falsche Ziel zu erreichen? War sie überhaupt eine so gute Ermittlerin, wie sie immer gedacht hatte?

Vielleicht war es Zeit, kürzerzutreten, jemand anderen die Welt retten und gegen die bösen Jungs zu Felde ziehen zu lassen.

Vielleicht aber auch nicht.

Etwas nagte in ihrem Hinterkopf, während sie langsam über den weichen Waldboden zurück zum Ferienhaus ging.

Dann fiel es ihr ein.

Das Medaillon in Tinnekes Haus.

Griet war sich sicher, es schon einmal gesehen zu haben.

19

DER FREMDE FREUND

»Ich habe keinen Zweifel«, sagte Pieter, als Griet die Polizeiwache in der *Dorpstraat* betrat.

Durch das vordere Fenster fielen Sonnenstrahlen, und man konnte die Staubpartikel in der Luft tanzen sehen. Pieter und Henk saßen bei einem *koffie* im hinteren Teil des Raums über

Fotos gebeugt, die auf dem Schreibtisch vor ihnen ausgebreitet lagen. Karen widmete sich an dem Tisch, der gegenüber dem Eingang stand, ihrem Frühstücksbrötchen und blätterte in der Zeitung.

»Könnte tatsächlich sein«, antwortete Henk. »Es wäre schließlich nicht das erste Mal, dass ein Verbrecher hier auf der Insel Zuflucht sucht.«

»Wie meinst du das?«

»Schon im Mittelalter war das so. Wer sich auf dem Festland etwas zuschulden hatte kommen lassen – Diebe, Betrüger, Mörder –, flüchtete häufig auf ein *Waddeneiland,* um der Strafe zu entgehen. Damals konnte man schließlich nicht einfach mit der Fähre übersetzen, die Anreise war beschwerlich. Und Vlieland war in dieser Beziehung sozusagen ein Hotspot. Das Inselvolk hier galt als besonders eigensinnig. Man verweigerte der Obrigkeit schon mal die Steuerschuld und widersetzte sich auch sonst gern den Anweisungen vom vaste wal, also vom Festland.«

»Ich wusste gar nicht, dass du auch Historiker bist«, bemerkte Griet und trat neben Henk.

Er blickte zu ihr auf und lächelte verschmitzt. »Ich weiß gern, worauf ich mich einlasse. Also hab ich mich ein wenig schlaugemacht, über die Insel und ihre Einwohner, bevor ich den Dienst antrat.«

Griet deutete mit einem Nicken auf die Fotos. »Gibt's was Neues?«

»Ein paar Leute haben sich das Erinnerungsvermögen auf der Feier im *Oude Veermann* nicht restlos weggesoffen«, erklärte Henk. »Drei Gäste bezeugen unabhängig voneinander, dass sie Luuk de Jong mit dem Fremden gesehen haben.«

»Zwar konnte keiner von ihnen sagen, wie lange die beiden auf der Feier waren«, fügte Pieter hinzu. »Aber sie konnten das Aussehen des Mannes beschreiben ... und ihre Angaben stimmen mit dem Bild überein, das der Fotograf für Henk rausgesucht hat.«

Er reichte Griet ein Foto, auf dem Luuk de Jong mit einem anderen Mann zu sehen war. Sie standen in einer Ecke an der Theke und prosteten sich zu. De Jong hielt ein *pilsje* in der Hand, der Fremde ein Glas mit einer klaren Flüssigkeit. Obwohl der Mann halb im Schatten stand, konnte man ihn einigermaßen gut erkennen. Er war hager, fast einen Kopf größer als de Jong, hatte eine Glatze, und sein Gesicht war von tiefen Falten durchzogen.

»Keiner unserer Zeugen kennt den Mann«, sagte Henk, »und ich habe ihn auch noch nie auf der Insel gesehen. Daher würde ich davon ausgehen, dass Luuk ihn zu der Feier eingeladen hat.«

»Und das bedeutet, wenn de Jong nicht an Gedächtnisschwund leidet, hat er uns seinen Freund tatsächlich wissentlich vorenthalten.« Griet runzelte die Stirn. »Fragt sich, warum.«

»Vielleicht habe ich eine Erklärung«, sagte Pieter und zog unter den Fotos einen Ausdruck hervor. »Der Kollege in Baarle ist ins Archiv hinabgestiegen und hat sich die alte Akte von dem Banküberfall angesehen. Das hier hat er mir heute Morgen gemailt.«

Griet nahm das Blatt in die Hand. Es war eine Phantomzeichnung.

»Es gab wohl damals eine Zeugin«, erklärte Pieter. »Sie führte ihren Hund spazieren. Die Männer kamen aus der Bank gerannt, stürmten zum Auto, einer von ihnen wurde von dem Wachmann ins Bein geschossen. Sie retteten sich in den Wagen und fuhren los. Kurz bevor sie mit der Frau auf gleicher Höhe waren, riss sich der Kerl auf dem Beifahrersitz, bei dem es sich sehr wahrscheinlich um den Verletzten handelte, allerdings die Skimaske vom Kopf.«

Griet betrachtete die Zeichnung. Phantombilder waren grundsätzlich mit Vorsicht zu behandeln, da sie auf den Beschreibungen und Beobachtungen von Zeugen basierten. Die menschliche Wahrnehmung konnte erstaunlich präzise sein, manchmal neigte das Gedächtnis aber auch dazu, Ungenauigkeiten und Lücken in der Erinnerung mit Fantasie zu füllen. Es war immer fraglich, wie genau ein Zeuge die Person, die er beschrieb, tatsächlich gesehen hatte. Und so war es auch in diesem Fall ein kleines Wunder, dass die Frau überhaupt etwas hatte erkennen können. Der Schreck über einen Schusswechsel, der sich in ihrer unmittelbaren Nähe zugetragen hatte, ein vorbeirasender Fluchtwagen, mögliche Spiegelungen auf den Scheiben des Autos ... Es gab viele Faktoren, die ihre Wahrnehmung verzerren konnten. Und wie so oft konnten sie nach so langer Zeit, und ohne die Zeugin persönlich zu kennen, auch nicht wissen, ob es sich bei ihr um jemanden handelte, der sich wichtigmachen wollte.

Im Gegensatz zu dem Mann auf dem Foto, das von dem Abend im *Veermann* stammte, hatte der Mann auf der Phantomzeichnung kurze Haare, und an den Schläfen zeigten sich deutliche Geheimratsecken. Das Gesicht war füllig, wenngleich nicht dick. Das Kinn und die Wangen waren glatt rasiert. Die Augenpartien mit den balkenförmigen Brauen ähnelten einander, wenngleich sich die leblosen Augen auf dem Phantombild leider nicht mit dem ausdrucksstarken Blick des Mannes auf dem Foto vergleichen ließen.

»Hm«, machte Griet und sah auf das Foto von der Feier im *Oude Veermann,* »sieht aus wie Bruce Willis in jungen Jahren.«

Sie legte das Foto neben die Zeichnung. Es bedurfte einiger Fantasie, den Bankräuber vor ihrem inneren Auge altern zu lassen: Haarausfall, deutlicher Gewichtsverlust, ein hartes Leben, das seine Spuren im Gesicht hinterließ. Was sich nicht geändert hatte, waren die markanten Augenbrauen.

Doch, es war möglich. Der Mann auf dem Phantombild konnte de Jongs unbekannter Freund sein.

»Da ist noch ein Detail, das uns überzeugt hat, dass wir es mit demselben Mann zu tun haben«, sagte Henk. »Zwei unserer Zeugen aus dem *Oude Veermann* konnten sich daran erinnern, dass der Mann hinkte.«

»Das könnte zwar alle möglichen Ursachen haben«, fügte Pieter hinzu, »es wäre aber durchaus möglich, dass es sich um Spätfolgen der Schussverletzung bei dem Banküberfall handelt.«

Mit den beiden Bildern in der Hand schritt Griet nachdenklich zum Fenster, das zum Hinterhof hinausführte. Auf dem Deich kämpften zwei Radfahrer gegen den Wind an. In Gedanken reihte sie die Informationen aneinander. Wenn der Bankräuber und der Fremde im *Oude Veermann* ein und dieselbe Person waren, dann hatte Luuk de Jong möglicherweise mit ihm vor mehr als zwei Jahrzehnten eine Bank überfallen. Dabei war etwas schiefgelaufen; nach den beiden wurde gefahndet. De Jong hatte Hals über Kopf die Koffer gepackt und sich auf Vlieland versteckt. Da die Scheine des erbeuteten Geldes nicht gekennzeichnet waren, hatte er sich damit auf der Insel ein neues Leben aufbauen können. Und dass die Inselbewohner nicht nachfragten, wenn ihnen jemand einen Batzen Bargeld in die Hand drückte, war nicht weiter verwunderlich. Von da an lief es gut für Luuk de Jong. Er fand eine nette Frau, bekam eine Tochter mit ihr und baute sich mit dem *Vliehorsexplorer* ein Geschäft auf.

Und dann kam ihm Vincent Bakker in die Quere.

Griet drehte sich um. Pieter und Henk blickten sie erwartungsvoll an.

»Nehmen wir mal an, das stimmt. Und nehmen wir außerdem an, dass de Jong Vincent Bakker aus den bekannten Gründen tatsächlich hätte umbringen wollen«, sagte sie, wobei sie sich noch immer nicht sicher war, ob sie Luuk eine solche Tat überhaupt zutraute, »dann wäre es möglich, dass ihm sein alter Freund zu Hilfe gekommen ist. Entweder haben die beiden ihm gemeinsam das Licht ausgedreht, oder de Jong hat seinen Freund das erledigen lassen …«

Pieter nickte. »Korrekt.«

»Eines solltet ihr noch wissen …« Griet berichtete von den Ergebnissen der Obduktion und dass der Täter einen speziellen Munitionstypus gewählt hatte. Die Frage war, ob de Jong in der Lage gewesen wäre, sich eine Waffe und die betreffende Munition zu besorgen.

»Überlegt mal«, meinte Henk. »Die beiden haben bewaffnet eine Bank ausgeraubt, das heißt, sie wissen, wie man sich eine Waffe beschafft.«

Pieter stand auf. »Wir werden keine Gewissheit haben, bis wir de Jong in die Mangel genommen haben. Laden wir ihn vor!«

Griet zweifelte, ob dies der richtige Schritt war. Letztendlich hatten sie nichts Konkretes gegen den Mann in der Hand. Die ganze Sache mit dem Bankraub war lediglich eine Vermutung. Und es gab auch keinen direkten Hinweis, dass de Jong den Mord begangen hatte. Andererseits hatte er ein Motiv und belog sie hinsichtlich seines Freundes. Sie hatten nicht viele Spuren in diesem Fall, daher mussten sie dieser umso sorgfältiger nachgehen. Wobei Griet dies lieber in einem informellen Gespräch tun wollte. Bei einer offiziellen Vorladung bestand die Chance, dass de Jong einen Anwalt mitbrachte und dann die Aussage verweigerte.

»Wir reden mit ihm«, beschloss Griet, »aber nicht hier. Wissen wir, wo er gerade ist?«

»Ich habe vorhin vorsorglich in seinem Büro vorbeigeschaut«, sagte Henk. »Er ist draußen beim *Drenkelingenhuisje* und kümmert sich um die Strandgutsammlung.«

Griet schlüpfte in ihren Parka. »Dann lasst uns einen Ausflug machen.«

***

»Das habe ich Ihnen doch schon erzählt«, sagte Luuk de Jong. »Ich war den ganzen Abend auf der Feier im *Oude Veermann.*«

Sie standen an der umlaufenden Balustrade des *Drenkelingenhuisjes,* Griet zur linken Seite von de Jong, Pieter zu seiner Rechten. Henk wartete beim Jeep.

Bislang war de Jong bei seiner Geschichte geblieben. Nun kamen sie zum interessanten Teil des Gesprächs. Griet wollte ihm eine letzte Chance geben.

»Was ich meinte, ist«, nahm Griet den Faden wieder auf, »ob es nicht vielleicht doch jemanden gibt, der mit Ihnen auf der Feier war und eventuell bezeugen kann, wie lange Sie dort waren.«

De Jong zuckte die Schultern. »Wie gesagt … fragen Sie ein paar von den Gästen.«

»Das haben wir getan, *meneer* de Jong«, sagte Pieter und stieß sich von der Brüstung ab. Er zog das Foto von der Feier aus der Innentasche seiner Jacke. »Und die Leute konnten sich erinnern, dass Sie mit diesem Mann hier auf der Feier waren.«

De Jong hatte in dem Moment verloren, als er das Foto in die Hand nahm und es betrachtete. Griet hatte diese Art von Gesichtsausdruck schon zu oft gesehen, eine Mischung aus Erstaunen und der plötzlichen Erkenntnis, der Lüge überführt worden zu sein.

»Wer ist der Mann?«, fragte Griet.

»Ich … also … ich habe ihn erst an dem Abend kennengelernt.«

»Er hat Ihnen aber doch bestimmt seinen Namen verraten?«

»Na ja … daran kann ich mich nicht mehr erinnern.«

»Erzählen Sie keine Geschichten«, fuhr Pieter ihn an. »Die Gäste haben ausgesagt, dass Sie beide sich den ganzen Abend unterhalten haben, außerdem kennt niemand anderes den Mann. Sie haben ihn also mit zu der Feier gebracht.«

Er tat einen Schritt auf de Jong zu. »Ich möchte Ihnen eine kleine Geschichte über den Mann erzählen. Er hat 1992 eine Bank in Baarle Hertog ausgeraubt. Mit einem Komplizen. Dabei wurde er angeschossen, weshalb er noch heute hinkt. Das Ganze ereignete sich übrigens nur wenige Tage vor Ihrem übereilten Umzug von Baarle Nassau nach Vlieland, wo Sie sich mit hohen Summen Bargeld ein neues Leben aufgebaut haben …«

»Also, hören Sie mal …« De Jong war sichtlich bemüht, einen empörten Gesichtsausdruck zu zeigen. »Wollen Sie damit etwa sagen, dass ich … Das ist doch wohl die Höhe!«

»*Meneer* de Jong.« Griet legte ihm beruhigend die Hand auf die Schulter und führte ihn ein paar Schritte von Pieter weg. »Versetzen Sie sich in unsere Lage. Wir wissen, dass Ihnen der Tod von Vincent Bakker nicht ungelegen kam – Sie mochten ihn aus nachvollziehbaren Gründen nicht besonders. Sie waren an dem Abend, als er getötet wurde, auf der Feier. Gut, aber die hätten Sie auch jederzeit verlassen und später wieder zurückkommen können. Und dann ist da dieser Mann, den Sie uns aber verschwiegen haben und der noch dazu vor Jahren eine Bank überfallen hat … Sie verstehen, dass das alles sehr verdächtig auf uns wirkt.«

Sie blieben stehen. De Jong schüttelte langsam den Kopf. In seinen Augen lag Verzweiflung, und seine Stimme war schwach, als er sagte: »Nein, bitte … ich habe nichts mit dem Überfall zu tun.«

Griet stutzte. Sie hatte soeben angedeutet, dass sie ihn des Mordes an Vincent Bakker verdächtigte, doch seine größte Sorge schien dem Bankraub zu gelten.

»*Meneer* de Jong. Ich bin hier, um einen Mord aufzuklären. Sie sind auf dem besten Weg, unser Hauptverdächtiger zu werden. Sollten Sie allerdings nichts mit der Sache zu tun haben, kann ich Ihnen eines versichern: Ich interessiere mich nicht für einen Banküberfall, schon gar nicht für einen, der mehr als zwanzig Jahre zurückliegt.«

»Und der inzwischen übrigens verjährt ist, so leid mir das auch tut«, ergänzte Pieter, der ihnen nachgegangen war.

Luuk de Jong stützte sich mit beiden Armen auf dem Geländer ab und senkte den Kopf, sodass ihm die blonden Locken in die Stirn fielen.

»Ja, ist ja gut«, seufzte er schließlich, »ich kenne den Mann.«

»Mal so unter uns …«, sagte Pieter. »Das hätten Sie uns besser gleich erzählt. Wenn Sie kein so großes Geheimnis darum gemacht hätten, hätten wir gar nicht weiter nachgeforscht.«

»Genau davor hatte ich ja Angst! Ich wollte nicht, dass Sie in meiner Vergangenheit herumstochern.«

»Darf ich das so interpretieren, dass Sie bei dem Bankraub dabei waren?«

De Jong presste die Lippen aufeinander. »Ja.«

»War Ihnen denn nicht klar, dass die Sache längst verjährt ist und wir Ihnen deshalb nichts anhaben können?«

»Darum ging es doch nicht. Ich hatte Angst, dass Sie die alte Sache ans Licht zerren und alle hier Wind davon bekommen. Wissen Sie, wie das auf einer Insel ist? Wenn so was bekannt würde … Mein Ruf wäre ruiniert. Und mein Geschäft gleich mit.«

»Wie gesagt, der Mord. Uns interessiert lediglich der Mord. Von allem anderen muss niemand erfahren«, erklärte Griet.

»Legen Sie die Karten auf den Tisch«, forderte Pieter ihn auf. »Warum war Ihr Komplize von dem Bankraub in der Mordnacht bei Ihnen?«

»Ich hatte ihn lange nicht gesehen. Wir hatten seit dem Überfall keinen Kontakt mehr. Irgendwie hat er mich trotzdem gefunden, ich schätze, übers Internet bekommt man heute alles raus. Er stand jedenfalls plötzlich vor meiner Tür. Offenbar hatte er über die Jahre die ganze Beute aus dem Bankraub mit Alkohol durchgebracht. Jetzt wollte er neu anfangen, hatte einen Entzug hinter sich. Und er brauchte Geld. Deshalb war er da.«

»Wie ist sein Name?«, fragte Griet.

»Vlam Hendriks.«

»Und, haben Sie ihm Geld gegeben?«

»Nein, ich habe Schulden, und die gedenke ich zurückzuzahlen. Das habe ich gestern Abend auch Emma gesagt. Sie wollte mir den Rest erlassen, nun, da Vincent … aber das will ich nicht.« Er machte eine Pause. »Ich habe Vlam auf der Feier meine Lage lang und breit erklärt. Er hat verstanden, dass es mir nicht viel besser geht als ihm.«

»Und er hat Ihnen nicht zufällig angeboten, Vincent Bakker gegen Bezahlung aus dem Weg zu räumen?«

»Nein, das müssen Sie mir jetzt echt glauben.« Er sah abwechselnd zu Griet und Pieter. »Ich hab Sie angelogen, okay, tut mir leid. Aber nur, weil ich nicht wollte, dass die alte Sache rauskommt. Vlam und ich waren die ganze Zeit im *Oude Veermann.* In den frühen Morgenstunden sind wir dann zu mir nach Hause. Vlam ist auf dem Sofa eingepennt, ich hab's noch ins Schlafzimmer geschafft. Am nächsten Mittag hatten wir beide einen fetten Kater, und er ist mit der Nachmittagsfähre wieder aufs Festland zurück. Mit Vincents Tod haben wir beide nichts zu tun!«

»Ich möchte Ihnen gern glauben«, sagte Griet. »Fürs Erste zumindest. Ich hoffe, dass wir nicht noch auf weitere Ungereimtheiten stoßen.«

»Ehrlich, ich hab Ihnen jetzt alles gesagt.« Er hob die Hände. »Und wenn man dem Gerede im Dorf glaubt …«

»Was redet man denn so?«, fragte Pieter.

»Na ja … man redet über Marc Martens.«

»Nämlich?«

»Man hat Sie bereits ein paarmal mit ihm sprechen sehen, und er war wohl auch schon zur Aussage auf der Wache. Man munkelt, dass er endlich getan hat, was er nach Meinung vieler schon längst hätte tun sollen.«

»Und das wäre?«

»Sich für den Tod seines älteren Bruders rächen.«

»Sie meinen Coen Martens?«

»Ja. Manche sind der Ansicht, Vincent Bakker wäre daran schuld.«

»Wer ist *manche?*«, fragte Griet.

»Na, zum Beispiel Ruud Seedorf. Er war damals Erster Offizier auf der Fähre.«

»*Meneer* de Jong, jetzt haben Sie uns vielleicht doch noch geholfen.«

Griet nickte Pieter zu, und sie setzten sich in Bewegung. Ruud Seedorf, der auf einem Boot im Hafen wohnte und den Noemi bei ihrem ersten Besuch nicht angetroffen hatte, stand ohnehin auf der Liste der Leute, die sie noch befragen mussten.

Sie stiegen die Treppe hinunter und gingen in Richtung des Jeeps. Griet musste sich gegen den Wind stemmen, der so stramm von vorn wehte, als hätte er die Absicht, sie in die entgegengesetzte Richtung zu schieben. Mit jedem Schritt sanken ihre Stiefel in den weichen Sand ein. Sie mochte sich nicht vorstellen, wie es früher für die Schiffbrüchigen gewesen war, die bei Nacht und Sturm hier draußen hatten Schutz suchen müssen, weil sie auf dem *Vliehors* gestrandet waren.

Pieter hatte einen Anruf entgegengenommen und telefonierte einige Schritte hinter ihr, als sie beim Jeep ankamen. Henk lehnte an der Kühlerhaube und rauchte.

»Na, du siehst ja entspannt aus«, sagte Griet und folgte seinem Blick. Die weite Sandbank verschmolz am Horizont mit dem Meer, wo die tief stehende Nachmittagssonne Wolkentürme in Gelb- und Orangetönen anstrahlte.

»Weißt du«, erwiderte Henk, »etwas zieht mich immer wieder hier auf den *Vliehors.* Vielleicht ist es das Nichts. Ich meine, hier ist einfach *nichts.* Wenn irgendwo auf der Welt ein Ort existiert, an dem die Unendlichkeit greifbar ist, dann hier.«

Er schwieg einen Moment und hing seinen Gedanken nach. Dann fragte er: »Und … müssen wir Luuk jetzt festnehmen?«

»Nein«, sagte Griet, »er war es nicht.«

Henk nickte. Dann setzte er ein Lächeln auf und blickte Griet an. »Wir sehen uns nachher?«

Sie erwiderte das Lächeln. »Sicher. Und du kochst?«

»Wie versprochen.«

Pieter kam mit hochrotem Kopf angetrabt und hielt das Handy ausgestreckt in der Hand. »Das war Noemi! Sie ist auf der Fähre … Sie ist jetzt völlig durchgedreht.«

»Was macht sie auf der Fähre?«

»Sie will ins Labor … zur Kriminaltechnik.« Er keuchte und schüttelte den Kopf. »Sie hat die Surfschuhe aus Tim Janssens Schuppen geklaut.«

»Godverdomme!«, fluchte Griet.

20

DIE NACHT, IN DER COEN MARTENS STARB

Offiziell war der Tod von Coen Martens ein Unglück gewesen, so stand es in der Fallakte und den Zeitungsberichten, die Henk und Pieter auf der Wache herausgesucht hatten. Der Hergang entsprach im Wesentlichen dem, was Griet bereits von Pfarrer Arjan erfahren hatte. Die Fähre war in schweres Wetter geraten, Coen Martens hatte sich leichtsinnigerweise auf dem Oberdeck aufgehalten und ging bei starkem Seegang über Bord. Trotz der sofort eingeleiteten Suche konnte er nicht mehr gerettet werden. Man fand seine Leiche am nächsten Tag im Morgengrauen auf der Sandbank *De Richel.*

Ruud Seedorf, damals Erster Offizier der Fähre, wusste vielleicht mehr darüber, was sich in jener Nacht ereignet hatte und welche Verbindung Vincent Bakker zu den Geschehnissen hatte.

Es gab aber noch etwas, oder besser, jemanden, der Griet Kopfzerbrechen bereitete, als sie sich über die feuchten Planken des Stegs dem großen Plattboot von Seedorf näherte: Noemi. Das eigenmächtige Vorgehen der jungen Kollegin entwickelte sich langsam zu einem Problem. Wie Pieter erzählt hatte, war Noemi auf der Suche nach Tim Janssen, dem Mitarbeiter von Marc Martens, gewesen, um mit ihm zu sprechen. Jedoch hatte sie ihn weder auf dem Campingplatz angetroffen, wo er einen Trailer bewohnte, noch im Strandpavillon. Kurz entschlossen war sie zu Tims Surfschuppen gegangen und hatte die betreffenden Schuhe entwendet, um sie auf schnellstem Weg ins Labor zur Untersuchung zu bringen.

Da Noemi das alles ohne Durchsuchungsbeschluss getan hatte, konnten sie die Schuhe nun nicht mehr vor Gericht als Beweismittel verwenden, selbst wenn die Spuren mit jenen vom Tatort übereinstimmten. Überdies ging Griet nicht davon aus, dass Noemi so schnell eine Laboranalyse bekäme, wenn überhaupt. Die Kriminaltechniker mochten es nicht, wenn man einfach bei ihnen aufkreuzte und Beweise auf den Tisch knallte, die möglichst schnell außer der Reihe untersucht werden sollten – vor allem, wenn der betreffende Ermittler sich diese unter zweifelhaften Umständen angeeignet hatte. Griet war sich daher sicher, dass Noemi bei Noor, der Leiterin der KTU, auf Granit beißen würde. Was ihr selbst allerdings eine Chance gab, die Angelegenheit wieder unter Kontrolle zu bekommen, bevor ihr Chef, Wim Wouters, Wind davon bekam. Und das war wichtig, denn er würde es Griet mit Sicherheit anlasten, wenn die Ermittlungen, aus welchem Grund auch immer, nicht den Regeln folgten.

Griet blieb vor dem mächtigen Plattboot stehen, das an einem eigenen Anlegesteg festgemacht war; das einzige Schiff im Hafen, in dem Licht brannte. *Dutch Flyer* stand in weißen Lettern auf dunklem Holz am Heck. Es war ein alter Segelklipper, etwa dreißig Meter lang, mit zwei Masten und einem Bugspriet. Allein die mächtigen Seitenschwerter kamen Griet so groß vor wie ihr eigenes Schiff. Aus einem kleinen Schornsteinrohr an Deck quoll Rauch, offenbar der Auslass der Kombüse, denn durch das erleuchtete Bullauge darunter konnte Griet jemanden erkennen, der offenbar mit Kochen beschäftigt war. Von der anderen Seite des Hafens drang das Klappern aus den Masten der kleineren Segelboote zu ihr herüber, die verlassen in ihrem Winterquartier lagen. Außer Griet und dem Mann auf dem Plattboot war keine Menschenseele zu sehen. Sie fragte sich, ob es eine gute Idee gewesen war, ihrer alten Gewohnheit folgend, allein hierherzukommen. Würde sie sich an das übliche Prozedere halten, wären sie wenigstens zu zweit hier. Doch daran ließ sich nichts mehr ändern, und sie war zu neugierig darauf, was Ruud Seedorf wusste. Griet klopfte ein paarmal auf die Deckplanken. Es dauerte einen Moment, bis die Luke des Niedergangs zur Seite geschoben wurde und ein Mann den Kopf herausstreckte. Er hatte einen weißen Bart, trug einen blauen Troyer und eine gleichfarbige Strickmütze.

»*Goedenavond meisje*«, sagte er. »Ich hoffe, du kommst nicht wegen eines Ausflugs. Es geht erst in einem Monat wieder los.« Er deutete mit dem Küchenmesser, das er in der rechten Hand hielt, auf ein Hinweisschild auf dem Steg, auf dem zu lesen stand, welche Fahrten man mit der *Dutch Flyer* in den Frühlings- und Sommermonaten unternehmen konnte.

»Ich bin eher an einem Ausflug in die Vergangenheit interessiert«, antwortete Griet.

»Verstehe.« Der Mann zuckte die Schultern. »Dann solltest

du besser mit Suske den Drijer sprechen, die hält regelmäßig Vorträge über die Inselgeschichte. Du findest sie …«

»Ich interessiere mich für einen ganz bestimmten Tag.«

»Aha.«

»Die Nacht im Sommer 1989, als Coen Martens starb.«

Der Mann musterte Griet und drehte dabei das Küchenmesser zwischen den Fingern. »*Meisje* … ich glaube nicht, dass ich darüber reden will.«

»Sie waren damals Erster Offizier auf der Fähre.«

»Schon, ja«, brummte er. »Aber inzwischen bin ich alt, und das alles liegt lange zurück. Ich kann mich nicht mehr gut erinnern – und ich will es auch gar nicht. Ich wünsch dir noch einen schönen Abend, *meisje.* Und pass auf, dass du nicht auf dem Steg ausrutschst.«

Ruud Seedorf zog den Kopf ein und schickte sich an, das Luk hinter sich zu schließen.

»Wenn man den Gerüchten im Dorf glaubt, ist Ihre Erinnerung aber noch sehr lebendig«, rief Griet ihm nach.

Er blieb stehen. »Die Leute reden viel, wenn der Tag lang ist.«

Griet seufzte und zog den Dienstausweis hervor. »Ich bin von der *Recherche.* Sollte es stimmen, was ich gehört habe, könnte das aus aktuellem Anlass sehr wichtig sein. Ich muss Ihnen vermutlich nicht erklären, worum es geht.«

»Nein, das musst du nicht … hätte ich damals doch bloß die Klappe gehalten.« Er schien mit sich selbst zu ringen, verzog die Mundwinkel zu einem schiefen Lächeln. »Na, dann komm mal rein, *meisje,* du holst dir da draußen in der Kälte ja noch den Tod.«

Griet folgte ihm in das Innere des Schiffs. Aus zwei Kesseln quoll Rauch, der sich aus der Kombüse, die direkt links am Fuß des Niedergangs lag, in den Salon ausbreitete und unter der niedrigen Decke waberte. Ruud hob die Deckel an und rührte hastig um. »Verdammt, angebrannt. Du kannst übrigens Ruud zu mir sagen, *meisje.*«

»Griet.« Solange er redselig blieb, sollte er sie ruhig *meisje* nennen. Sie befand sich mittlerweile in dem Alter, wo man sich über eine solche Anrede entweder freute oder sie einem schlicht egal war.

»Willst du auch was essen?«, fragte er. »Es gibt *stamppot* mit *boerenkool* und *rookworst.*«

Griet trat neben ihn und warf einen Blick in die Töpfe. In dem linken Topf schmorte eine Mischung aus Grünkohl und Kartoffeln, in dem anderen schwamm eine geräucherte Bockwurst in siedendem Wasser.

»Nett gemeint, aber ich habe gleich noch eine Verabredung zum Abendessen.« Henk erwartete sie in einer Stunde.

Ruud nahm einen Teller mit zu dem Tisch im Salon, einer schweren Holzplatte, umgeben von einer Eckbank und drei Stühlen, die am Boden festgeschraubt waren. Griet setzte sich über Eck neben ihn und sah zu, wie er den Grünkohlstampf aß.

Das einzige Licht im Raum verbreitete eine Hängelampe, die mittig über dem Tisch hing und deren Lichtkegel mit den sanften Bewegungen des Schiffs hin- und herschwang, sodass das Gesicht von Ruud immer wieder halb im Dunkeln verschwand.

»Also, was willst du wissen?«, fragte er.

»Ich habe gehört, dass die Sache mit Coen damals kein Unglück war. Vincent Bakker soll in irgendeiner Form damit zu tun gehabt haben.«

»Vincent …« Ruud wischte den Rest *stamppot* mit einem Stück Brot aus dem Teller. Dann zog er die blaue Wollmütze vom Kopf, die er während des Essens anbehalten hatte, und fuhr sich mit der Hand über die wenigen Haare, die ihm geblieben waren. »Sag mal, *meisje*, magst du Whisky? Ich brauch jetzt einen.«

Er stand auf und öffnete ein Fach über dem Esstisch. Ungefähr zwei Dutzend Whiskyflaschen standen darin, von denen er nach sorgfältigem Überlegen eine auswählte.

»Bunnahabhain«, erklärte er, während er ihnen beiden ein Glas einschenkte. »In Sherry- und Bourbonfässern nachgereift. Ganz ordentlich für den Preis.«

Ruud trank das Glas in einem Schluck aus, schenkte sich nach und nahm dann wieder neben Griet auf der Eckbank Platz.

Sie schwenkte das Glas mit der bernsteinfarbenen Flüssigkeit, die einen betörenden Geruch nach Torf, Malz und Früchten verströmte. »Hast du an dem Abend Dienst gehabt, als es passierte?«

»Ja.« Er trank und füllte sein Glas erneut. »Ist schon viele Jahre her, dass ich über diese Geschichte gesprochen habe. Ein einziges Mal konnte ich nicht die Klappe halten. Ich war betrunken, weißt du. Eigentlich wollte ich nie darüber sprechen. Und nach jenem Abend habe ich es auch nicht mehr getan. Aber wie das so ist, sind die Gerüchte einmal in der Welt …«

»Magst du mir erzählen, was damals geschehen ist?«

»Tja …« Er betrachtete das leere Glas in seiner Hand. »Es war ein Tag im Spätsommer. Der erste Herbststurm war da. Und gleich was für einer. Ich hatte mit dem Kapitän vor dem Auslaufen in Haarlingen noch gestritten, ob wir überhaupt fahren sollten. Aber der Alte war ein harter Knochen. Hatte seine Ausbildung bei der Marine gemacht, war auf Rahseglern unterwegs gewesen. *Wie zeilen kan, vart bij elke wind* – wer segeln kann, fährt bei jedem Wind, sagte er immer. An jenem

Abend wären wir definitiv besser im Hafen geblieben. Die Wellen waren schon in der *Waddenzee* an die drei Meter hoch. Ich ließ das Oberdeck sperren, damit sich niemand im Freien aufhielt. Wir wurden ganz schön durchgeschüttelt. Das war damals noch ein kleines Boot, nicht zu vergleichen mit den schwimmenden Hochhäusern, die heute den Fährdienst erledigen. Bei der Anfahrt auf Vlieland mussten wir um die Sandbank rum. Das Schiff lief eine Zeit lang quer zur Welle, die ungebremst aus der offenen Nordsee herangerauscht kam. Da standen sicherlich vier Meter Welle an dem Abend. Schaukelte ganz ordentlich. Und dann gucke ich nach achtern auf das Oberdeck und sehe zwei Männer. Es war stockfinster, die Scheibe voller Wasser. Ich konnte es nicht ganz genau erkennen, aber … die beiden werden kaum Walzer getanzt haben, daher gehe ich bis heute davon aus, dass sie miteinander gerungen haben.«

»Moment«, unterbrach Griet ihn, »du sagst, die beiden haben draußen an Deck miteinander gekämpft?«

»Ja.«

»Hast du sie erkannt?«

»Na ja, zumindest den einen. Ich musste mich für einen kurzen Moment abwenden, um eine Kurskorrektur durchzuführen. Als ich dann wieder hingesehen habe, war einer der beiden verschwunden. Der andere stand völlig bewegungslos und pudelnass da und starrte zu mir herüber.«

»Wer war es?«

»Vincent Bakker.«

»Und der andere Mann, also der, der über Bord ging, das war Coen Martens?«

»Das habe ich mir dann zusammengereimt. Ich meine, ich habe ihn ja nicht erkannt und auch nicht gesehen, wie er fiel. Offenbar haben Passagiere auf dem Unterdeck den Sturz bemerkt und sofort Alarm geschlagen. Dass es sich bei dem Mann um Coen handelte, wussten wir eigentlich erst mit Sicherheit, als sie am nächsten Tag seine Leiche gefunden haben.«

»Was hat Vincent in dem Moment getan? Hast du mit ihm sprechen können?«

Ruud lachte. »Wir haben sofort das Mann-über-Bord-Manöver eingeleitet und die Küstenwache verständigt. Auf der Brücke war der Teufel los, und der Kapitän hat wie ein Wilder Anweisungen gegeben. Als ich noch mal über die Schulter gesehen habe, war Vincent weg.«

Griet stützte die Ellbogen auf den Tisch.

In dem Unfall- und Ermittlungsbericht war nicht von einem Kampf an Deck die Rede gewesen, und auch der Name Vincent Bakker war nirgendwo aufgetaucht. Da man von einem Unglück ausging, hatte eine eingehende Befragung der Fährgäste nicht stattgefunden.

Griet schnupperte noch einmal an ihrem Whisky und trank dann einen Schluck, der eine Geschmacksexplosion in ihrem Mund auslöste, wie sie es noch nicht erlebt hatte. Mit dem billigen Fusel, der in den einschlägigen Polizeikneipen ausgeschenkt wurde, die sie in Rotterdam frequentierte, war das nicht zu vergleichen.

»Gut, was?« Ruud schmunzelte.

»Verdammt … gut.« Griet hustete, als sich der Whisky ihre Kehle hinunterbrannte, und schob ihm das Glas rüber. »Ich nehm noch einen.«

Ruud schenkte ihr nach. »Ich hab noch 'ne Flasche. Kannst du nachher mitnehmen. Whisky hilft in allen Lebenslagen.«

»*Bedankt.* Sag mal, Ruud, warum hast du damals mit niemandem über deine Beobachtung geredet, als der Unfall untersucht wurde?«

»Das hätte mich vielleicht in Schwierigkeiten gebracht … Ich hatte die beiden ja an Deck gesehen. Und da das gesperrt war, wäre es meine Pflicht gewesen, sie von dort wegzuschaffen. Das habe ich nicht getan. Hinterher hatte ich Angst, dass man mir das zur Last legen würde. Es hätte mich den Job kosten können, und ich wollte nicht für immer mit dem Tod des Mannes in Verbindung gebracht werden.«

»Ich glaube nicht, dass man dir unter den Umständen irgendein fahrlässiges Verhalten hätte vorwerfen können.«

»Vielleicht, vielleicht aber doch. Man weiß vorher nie, wie solche Sachen ausgehen«, wiegelte Ruud ab. »Ich hatte Frau und Kinder. Vermutlich würde ich heute wieder so entscheiden. Den armen Coen konnte ich so oder so nicht wieder lebendig machen.«

… aber man hätte denjenigen zur Rechenschaft ziehen können, der dafür verantwortlich war, dachte Griet. Und dabei schien es sich um Vincent Bakker zu handeln, sofern sich alles wirklich so zugetragen hatte, wie Ruud erzählte.

»Ist dir in all den Jahren mal zu Ohren gekommen, warum die beiden sich gestritten hatten?«, fragte Griet. Trotz allem, was sie bislang über die Geschichte des *Badhotels* und die der Familien Bakker und Martens gehört hatte, waren Vincent und Coen wie Pech und Schwefel gewesen.

Ruud schüttelte den Kopf. »Nein. Ich kannte die beiden nicht. Damals lebte ich mit meiner Familie auf dem Festland. Ich bin erst viel später auf die Insel gekommen.«

»Wann?«

»Ist inzwischen auch schon wieder zehn Jahre her. Es war nach dem Tod meiner Frau …«

»Verstehe.«

»Weißt du, *meisje,* diese Insel hat mich nicht mehr losgelassen seit jener Nacht. Es war meine Wache, während der Coen gestorben ist. So was vergisst man nicht. Ich kam danach immer mal wieder auf die Insel, auch um zu erfahren, was für ein Mensch er war …«

»Du weißt, was mit Vincent Bakker geschehen ist. Kannst du dir vorstellen, dass diese alte Sache etwas damit zu tun hat?«

»Ich … versteh nicht ganz, was du meinst.«

»Immerhin hatte Vincent Bakker womöglich Marc Martens' Bruder auf dem Gewissen.«

Ruud hob die Augenbrauen. Dann ließ er sich mit einem Seufzen gegen die Lehne der Sitzbank fallen. »Ich sagte dir ja, dass ich bislang nur ein einziges Mal über die Sache gesprochen habe.«

»Und mit wem?«

»Ich erwähnte den Vorfall gegenüber Marc Martens. Ich … ich war betrunken. Niemals hätte ich mit ihm darüber reden dürfen.«

Griet überlegte. Wenn Marc Martens von der Geschichte wusste, dann musste er angenommen haben, dass Vincent Bakker am Tod seines Bruders eine gewisse Schuld trug.

»Glaubst du, Marc hat mit Vincent Bakker abgerechnet?«

»So etwas würde ich niemandem unterstellen …«

Griet beugte sich über den Tisch zu ihm hinüber. »Ruud, solltest du noch irgendetwas wissen, das mit dem Mord an Vincent Bakker zu tun haben könnte, schweig bitte nicht noch einmal dreißig Jahre.«

Ruud schenkte sich einen weiteren Whisky ein und trank ihn in einem Schluck. »Hm … ihr geht davon aus, dass der Mörder Vincents Leiche auf See verschwinden lassen wollte, richtig?«

»*Dat klopt*, stimmt.«

»Und es ist vorigen Freitagabend passiert?«

»Precies.«

»Nun, es ist so …« Er neigte den Kopf zur Seite und rieb sich mit der Hand über die Glatze. »Ich habe an jenem Abend gesehen, wie ein kleines Schnellboot den Hafen verließ.«

»Wann war das?«

»Muss so gegen einundzwanzig Uhr gewesen sein.«

»Und wer steuerte das Boot?«

»Marc Martens.«

***

Henk bewohnte eine Dachgeschosswohnung im *Boslaan*, einer schmalen, von Bäumen gesäumten Straße oberhalb des Dorfs. Nach dem Essen hatten sie sich auf den Balkon gesetzt, wo ein Heizstrahler Wärme spendete. Griet probierte von dem Rotwein, den Henk ihnen eingeschenkt hatte, und genoss die Aussicht. Der Blick ging zwischen den Bäumen hindurch über die Dächer von Oost-Vlieland auf das Meer hinaus, in der Ferne war das Festland als eine dünne Lichterschnur am Horizont zu erkennen.

»Ausgezeichnet«, sagte Griet und trank noch einen Schluck.

Henk stellte die Flasche auf den Tisch und setzte sich neben Griet auf die Bank. »Spätburgunder aus der Pfalz. Meine Eltern sind dort an einem Weingut beteiligt. Ich bekomme jedes Jahr ein paar Kisten von ihnen.«

»Oh … ein Sohn reicher Eltern, der sich dem niederen Polizeidienst verpflichtet?«

Henk lächelte. »Sie sind meine Adoptiveltern … und so reich sind sie dann auch wieder nicht.«

»Warum wolltest du zur Polizei?«

»Weiß nicht … schätze, ich hatte schon immer einen ausgeprägten Gerechtigkeitssinn.«

»Deine Kochkünste sind jedenfalls genauso ausgeprägt. Es hat sehr gut geschmeckt.«

»Freut mich.« Henk griff nach seinem Weinglas. »Glaubst du, es stimmt, was Ruud Seedorf dir erzählt hat?«

»Meinst du die Geschichte mit Coen oder dass er Marc Martens in der Mordnacht mit seinem Boot gesehen hat?«

»Beides.«

»Er klang sehr aufrichtig. In beiden Fällen könnte ihm natürlich die Dunkelheit einen Streich gespielt haben …«

»Andererseits würde es manches erklären«, sagte Henk.

»Wie meinst du das – denkst du, Marc Martens könnte es getan haben?«

»Wenn er wirklich Ruuds Geschichte über seinen Bruder gekannt hat, dazu noch die Sache mit dem entgangenen Erbe und seinem Restaurant … irgendwann reißt jedem mal die Hutschnur.«

»Was ist mit den Wasserschuhen, die Noemi in dem Verschlag von Tim Janssen gefunden hat? Die passen nicht so ganz ins Bild.«

»Warum, die könnte auch Marc getragen haben, er hat doch bestimmt ebenfalls Zugang zu dem Schuppen …« Henk zuckte die Schultern. »Klar ist jedenfalls, dass er uns angelogen hat. Wenn Ruud gesehen hat, wie er mit dem Boot den Hafen verließ, kann er nicht die ganze Nacht über bei Willma Visser gewesen sein.«

»Dann sollten wir uns wohl morgen noch mal mit ihm unterhalten. Ich hätte dich gern dabei, schließlich kennst du ihn.«

»Geht klar.« Henk schwieg kurz, bevor er sagte: »Weißt du eigentlich, dass du einen verdammt guten Job machst?«

»Tatsächlich?« Das Kompliment war ihr unangenehm, da sie sich nicht sicher war, ob sie es verdiente.

»Du hast in der kurzen Zeit so manches herausgefunden, von dem selbst ich all die Jahre nichts mitbekommen habe. Jemanden wie dich hätte ich früher gern als Partner gehabt.«

»Sag das nicht«, erwiderte Griet und griff instinktiv nach dem Anhänger, den sie um den Hals trug.

»Eine schöne Kette«, meinte Henk und beugte sich vor. »Was ist das für ein Stein?«

»Ein Diamant.«

»Ein echter?«

»Er …« Griet schluckte. »Er ist aus Asche gepresst.«

»Aus Asche?« Henk betrachtete sie mit fragendem Blick. »Ist er Teil der langen Geschichte?«

»Ja … ist er.«

Henk blickte zu Boden. »Verstehe … ich wollte nicht …«

»Nein, ist schon in Ordnung.«

Und dann erzählte sie ihm, was geschehen war. Von der Nacht im Rotterdamer Hafen. Der Kugel, die sie getroffen hatte. Dem Tod von Bas. Dass sie sich ein Andenken aus seinen sterblichen Überresten hatte anfertigen lassen.

»Er hatte keine Angehörigen, die sein Grab besucht hätten, und so … ist er nun immer bei mir.«

»Das tut mir sehr leid«, sagte Henk.

Er lehnte sich zurück und blickte in die Ferne. »Ich weiß, wie sich das anfühlt. Ich habe vor langer Zeit auch jemanden verloren, der … mir sehr nahestand. Dieser Schmerz … der begleitet dich für den Rest des Lebens.«

»Es ist mehr als das. Durch meinen Fehler wären an jenem Abend beinahe zwei Menschen gestorben«, sagte Griet. »Nicht nur Bas, sondern … auch meine ungeborene Tochter.«

Es waren die Bilder wie Blitzlichter, die sie immer wieder in den Albträumen heimsuchten. Das Knattern der Hubschrauberrotoren, als man sie ins Krankenhaus flog. Die

Gesichter der Ärzte, sie sich über sie beugten. Die Dunkelheit, die sie umgab. Dann der Mann im weißen Kittel an ihrem Bett, der ihr erklärte, dass das Projektil eine Rippe zersplittert und ihre Milz zerrissen hatte – und dass man bei der OP noch etwas anderes entdeckt habe.

Griet hatte von der Schwangerschaft bis zu dem Tag nichts bemerkt; es waren erst ein paar Wochen gewesen.

Der Gedanke daran, dass sie das Baby beinahe verloren hätte, ließ sie bis heute nicht los. Sie hätte es sich nie verzeihen können. Sollte es also doch irgendwo einen Gott geben, dankte sie ihm dafür, dass sie eine gesunde Tochter zur Welt gebracht hatte.

Sie saßen eine Weile schweigend nebeneinander. Griet trank das Glas Wein leer. Dann drehte sich Henk ihr zu und blickte ihr in die Augen.

»Das muss schlimm für dich gewesen sein«, sagte er. »Und dennoch hast du richtig gehandelt. Du hast in jener Nacht auch viele Leben *gerettet.* Und das ist doch der eigentliche Grund, warum wir uns für diesen Job entschieden haben: um Menschen zu beschützen. Ich hätte an deiner Stelle dasselbe getan.«

Griet wusste nicht, was sie auf Henks Worte erwidern sollte. In ihnen lag etwas, das sie während der vergangenen Jahre, da sie ihr Verhalten unzählige Male hatte rechtfertigen müssen, immer vergeblich gesucht hatte: Verständnis und Vergebung.

21
DAS MÄDCHEN

Am nächsten Morgen hatte der Wind nachgelassen, und Nebelschwaden zogen über die Insel. Die Luft war kühl und feucht. Griet hörte Pieter auf dem Fahrrad neben sich keuchen, als sie eine weitere Anhöhe in Angriff nahmen. Sie waren vom Ferienhaus aus dem *Kantonnierspad* gefolgt, einem Schotterweg, der direkt hinter den Dünen verlief und immer wieder leicht anstieg, bevor es in schneller Fahrt bergab ging.

Griet hatte sich kurz vor Mitternacht zurück ins Ferienhaus geschlichen, und bislang hatten Noemi und Pieter davon abgesehen, Fragen zu stellen.

Sie gelangten an eine Gabelung und hielten an. Der Weg ging entweder geradeaus oder links weiter, allerdings betrug die Sicht keine fünfzig Meter, sodass man nicht ausmachen konnte, wohin er führte. Pieter kramte die Karte aus der Jacke.

»Wir sind ungefähr hier«, erklärte er und tippte mit dem Finger auf eine bestimmte Stelle. Um sich zu vergewissern, blickte er sich noch einmal um, stutzte, deutete dann auf eine andere Stelle und meinte: »Wir … könnten aber auch hier sein.«

»Gib her«, sagte Griet und zog ihm die Karte aus der Hand. »Siehst du die roten Sträucher da drüben?« Sie deutete auf ein Feld in der weiten Heidelandschaft links von ihnen.

»Was ist damit?«

»Das sind Cranberrys. Also ist das die Cranberryvlakte. Wir folgen jetzt links dem Pad van Dertig, und dann kommen wir beim Campingplatz raus.«

Griet steckte die Karte ein und trat in die Pedale.

»Das nächste Mal nehmen wir wieder das Auto«, hörte sie Pieter hinter sich schimpfen.

Henk war mit dem Polizeijeep auf dem Weg zu Marc Martens, um ihn auf die Wache zu bringen. Bevor sie sich mit ihm unterhielt, wollte sich Griet noch um jemand anderen kümmern: Tim Janssen. Trotz mehrmaliger Versuche war es ihr nicht gelungen, Noemi zu erreichen. Sie landete immer auf der Mailbox. Das Gleiche bei Noor. Griet wusste daher nicht, was aus Noemis Vorhaben geworden war, die Surfschuhe von Tim Janssen in der Forensik untersuchen zu lassen. Davon unabhängig, wollte sie zunächst das Naheliegendste tun, nämlich sich mit dem Jungen unterhalten und klären, ob er ein Alibi für die Mordnacht hatte.

Nach einem knappen Kilometer erreichten sie eine Baumgruppe. Aus dem Nebel schälte sich ein kleines Haus aus braunen Backsteinen mit weißen Fensterläden, daneben ein Schild mit der Aufschrift: *Kampeerterrein Bontekoe.*

Sie stellten die Fahrräder ab und klingelten an der Haustür. Eine kräftige Frau in Cargohose, Gummistiefeln und Wollpullover öffnete ihnen.

»Goedemorgen«, sagte sie.

»Sie betreiben den Campingplatz?«, fragte Griet.

Sie und Pieter zeigten ihre Dienstausweise.

»Ja. Habe ich etwas verbrochen?«

»Nein, wir würden uns nur gern mit Tim Janssen unterhalten. Er soll hier bei Ihnen wohnen.«

»Dat klopt – das stimmt.« Die Frau trat einen Schritt aus der Tür heraus. »Sein Trailer ist gleich dort drüben. Der bunte.«

Sie wies über die Wiese hinter dem Haus, die im Sommer offenbar als Zeltplatz genutzt wurde, zu einer Reihe von

Campinganhängern, die am Waldrand geparkt standen. Die meisten von ihnen waren wie üblich weiß, beigefarben oder grau, lediglich einer war von bunten Blumen und Symbolen übersät.

»Sind die anderen auch bewohnt?«, fragte Pieter.

»Nein. Ich vermiete eigentlich nur in den Sommermonaten. Für Tim mache ich eine Ausnahme.«

»Warum wohnt der Junge hier und nicht bei seinen Eltern?«

»Er ist achtzehn, also kann er wohnen, wo er will.«

Griet schenkte der Frau einen Blick, der klarmachte, dass sie sich mit dieser Antwort nicht zufriedengeben würde.

»Hey, ich interessiere mich nicht für das Privatleben meiner Gäste«, verteidigte sich die Frau genervt. »Soviel ich weiß, hatte er Stress zu Hause. Ich lass ihn in Ruhe.«

»Sie wissen nicht zufällig, ob er vergangenen Freitagabend hier war?«, fragte Pieter.

»Keine Ahnung, abends brennt eigentlich immer das Licht in seinem Wohnwagen. Wird auch da so gewesen sein …« Die Frau hielt kurz inne und fuhr dann fort: »Ja … doch, klar war er hier. Das müsste doch der Abend gewesen sein, wo er sich mit seiner Freundin gestritten hat.«

»Er hat eine Freundin?«, fragte Griet.

»Na ja, das Mädchen besucht ihn jedenfalls seit ein paar Wochen hin und wieder.«

»Wissen Sie, wer sie ist?«

»Nein, interessiert mich auch nicht.«

»Sie werden aber ihr Gesicht mal gesehen haben«, sagte Griet.

»Nein, sie trägt immer eine Jacke mit einer großen Kapuze, die sie tief ins Gesicht zieht – wie das beim Jungvolk heute eben so üblich ist.«

»Und die beiden haben sich vergangenen Freitag also gestritten?«

»Ich hab im Fernsehen *Boer zoekt vrouw* geguckt und bin in die Küche, um mir noch ein *pilsje* zu holen. Der Kühlschrank steht neben dem Fenster. Da habe ich es mitbekommen.«

»Was haben Sie mitbekommen?« Griet wurde langsam ungeduldig.

»Die Tür vom Campingwagen flog auf … Tim rannte raus. Das Mädchen rief ihm irgendwas hinterher.«

»Um welche Uhrzeit war das?«

»Keine Ahnung, nach zwanzig Uhr jedenfalls.«

»Wo ist er hin?«

»Er ist mit dem Rad in Richtung Dorf.«

»Und das Mädchen?«

Die Frau zuckte die Schultern. »Die ist hinter ihm her.«

»Haben Sie gesehen, wann Tim zurückgekommen ist?«

»Keine Ahnung, hat mich nicht interessiert. Ich bin früh ins Bett, so um zehn. Da brannte jedenfalls kein Licht in seinem Wohnwagen.«

Griet bedankte sich und ging über die Wiese auf den Wohnwagen zu. Schon von Weitem war laute Rockmusik zu hören.

»Ich hasse die Red Hot Chili Peppers«, knurrte Pieter.

»War mal eine meiner Lieblingsbands«, entgegnete Griet.

»Denkst du dasselbe wie ich?«

»Ich weiß nicht, woran denkst du denn – Essen?«

»Nein, ich habe doch gerade erst gefrühstückt«, sagte Pieter. »Ich meine, das Küken könnte am Ende doch auf eine interessante Spur gestoßen sein.«

»Hängt davon ab, was die Untersuchung der Schuhe ergibt und was der Junge gemacht hat, nachdem er an dem Abend hier abgehauen ist. Dass man sich mit seiner Freundin streitet und anschließend ins Dorf fährt, ist an sich ja nicht strafbar.«

Griet klopfte an die Tür des Wohnwagens. Als sich niemand rührte, versuchte sie es mit der Faust. Die Musik wurde leiser gedreht, und Tim Janssen streckte den Kopf mit den zerzausten blonden Haaren zur Tür heraus. Sein Oberkörper war nackt, sodass seine Tattoos zu sehen waren, die fast die gesamte Haut bis zum Hals bedeckten. Aus dem Wohnwagen roch es nach Gras.

»*Smerissen* – Bullen!«, sagte er. »Habt ihr euch verlaufen?«

»Pass auf, was du sagst, *Jochie*«, zischte Pieter. »Sonst buchten wir dich wegen Beleidigung ein.«

»Wir haben nur ein paar Fragen«, erklärte Griet. »Und wenn du ehrlich antwortest, bist du uns schnell wieder los.«

»Wo warst du vergangenen Freitagabend?«, fragte Pieter.

»Ich … ich denke, ich war hier.«

»So, das denkst du also«, meinte Pieter. »Den ganzen Abend?«

»Schon, ja.«

»Warst du allein?«

»Kann sein. Warum ist das wichtig?«

»Falls du Besuch hattest, könnte der deine Aussage bestätigen«, machte Griet ihm klar. Der Junge schien etwas störrisch.

»Bevor du deine Fantasie zu sehr anstrengst«, sagte Pieter, »deine Vermieterin behauptet, dass ein Mädchen bei dir war. Ihr hättet euch gestritten, und du seist abgehauen. Stimmt das?«

Tim fuhr sich mit der Hand durch die Haare und blickte zu dem Haus der Campingplatzbesitzerin hinüber. Dabei trat er nervös von einem Fuß auf den anderen. »Ja … ja, könnte so gewesen sein.«

»Was ist passiert?«, fragte Griet.

Tim grinste. »Wie genau willst du es wissen?«

»Den Teil, wo ihr gebumst habt, kannst du weglassen«, sagte Pieter. »Wo bist du nach dem Streit hin?«

»Ich … ich bin mit dem Fahrrad durch die Gegend gefahren, um wieder runterzukommen.«

»Du bist nicht zufällig am Hafen gelandet?«, fragte Griet.

»Nee … wie kommt ihr denn darauf?«

Griet ging nicht auf seine Frage ein. »Deine Freundin ist dir angeblich hinterher.«

»Ja.«

»Und was dann? Lass dir nicht jedes Wort einzeln aus der Nase ziehen, *Jochie!*« Pieter bekam ein rotes Gesicht.

»Wir sind zu den Schrebergärten unten am Deich … und dann haben wir uns versöhnt, wenn ihr wisst, was ich meine.« Tim grinste.

»Wie heißt deine Freundin?«

»Hä … das spielt doch echt keine Rolle, Leute.«

»Natürlich tut es das.« Ohne Vorwarnung packte Griet den Jungen mit der rechten Hand am Kragen seines Sweatshirts und zog ihn zu sich heran. »Wir ermitteln hier in einem Mordfall. Wenn deine Kleine also deine Geschichte bestätigen kann, solltest du uns ihren Namen nennen. Und« – Griet schnupperte – »du möchtest sicher nicht, dass ich am Ende noch auf die Idee komme, deine Kifferbude zu filzen!«

Tim hob beide Hände und stolperte rückwärts die Stufen des Wohnwagens hinauf, als Griet ihn losließ. »Hey, hey, bleibt mal cool, Leute. Ich sag's euch ja!«

»Also, wie heißt deine Kleine?«

»Ihr Name ist … Neeltje.«

22

NACHT ÜBER DEM WASSER

»… aber von nun an spielst du nach den Regeln. Noch so ein Alleingang, und ich sorge dafür, dass deine Karriere in irgendeiner Provinzwache endet!« Griet wartete nicht auf eine Antwort, sondern tippte auf das Display ihres *mobieltjes* und beendete das Gespräch.

Ihr Blick wanderte zum Fenster hinaus. Vom Watt her kroch eine neue Nebelbank heran, schwappte über den Deich, streckte die bleichen Finger zwischen den Häusern von Oost-Vlieland hindurch und hüllte das Dorf in einen undurchdringlichen weißen Dunst. Griet saß an einem Tisch im *Oude Veermann* und sah auf die Dorpstraat hinaus, wo die Passanten und Radfahrer nur noch wie Gespenster kurz aus den vorbeiwabernden Schwaden auftauchten, bevor sie wieder verschwanden. Alles zerfloss, milchig, undefinierbar, nichts hatte klare Konturen.

Ihre Gedanken sahen nicht viel anders aus. Nichts in diesem Fall ergab Sinn.

Griet ließ das *mobieltje* sinken.

Der Anruf war von Noemi gekommen.

Sie hatte ihren Beweis.

Es war Griet unerklärlich, wie die junge Frau es geschafft hatte, in so kurzer Zeit eine Laboranalyse zu erhalten. Jedenfalls hatte sie den richtigen Riecher gehabt. Das Profil der Schuhe passte zu dem Abdruck vom Tatort, und die Farbreste, die an den Sohlen hafteten, waren mit der Farbe identisch, die sie in der Halle gefunden hatten. Das bedeutete, Tim Janssen war mit einiger Wahrscheinlichkeit in der Halle gewesen. Wenn Neeltje de Jong sein Alibi bestätigte, war die

Frage, wie er das angestellt haben konnte – und vor allem: warum er überhaupt dort gewesen war?

Griet trank den letzten Schluck *koffie.* Dann ließ sie den Kopf in die Hände sinken. Das alles passte nicht zusammen. Warum sollte der Junge den Stiefvater seiner Freundin umgebracht haben? Hatten sie sich gestritten? Welche Rolle spielte Neeltje in dem Ganzen – war sie eventuell in die Sache verwickelt? Stimmte Tims Geschichte, dann hatte auch Emma Bakker gelogen. Sie hatte dann nämlich in der Mordnacht nicht mit ihrer Tochter vor dem Fernseher gesessen. Warum hatte sie nicht die Wahrheit gesagt? Und wie passte Marc Martens ins Bild, der in jener Nacht mit seinem Schiff aufs Meer hinausgefahren war? An Motiven für die Tat hatte es zumindest ihm nicht gemangelt. Vielleicht würde eine erneute Befragung von Martens sie in ihren Ermittlungen weiterbringen.

Griet bezahlte den *koffie* bei Evert, zog den Parka an und ging zur Wache hinüber.

***

»Was soll das hier werden?« Marc Martens schüttelte den Kopf. »Henk meinte, ihr wollt nur reden, aber das hätten wir doch auch bei mir tun können. Ist das jetzt ein Verhör?«

Martens saß Griet gegenüber am Tisch des Abstellraums, der in der Wache für Befragungen genutzt wurde. Henk lehnte mit verschränkten Armen in einer Ecke. Griet hatte ihn zur Befragung hinzugezogen, weil er den Mann kannte.

»Wir haben einige Dinge erfahren, die wir klären möchten«, sagte Griet. »Ich dachte, wir tun das lieber unter vier Augen.«

»Und wir zeichnen das Gespräch nicht auf«, fügte Henk an.

Martens hatte die Hände wie zum Gebet zwischen den Knien gefaltet. »Okay, was wollt ihr wissen?«

Griet erzählte ihm, was sie über den Unfall von Coen Martens erfahren hatten. »Ist Ihnen diese Geschichte bekannt?«

Martens blickte Hilfe suchend zu Henk, der sich aber zu keiner Regung hinreißen ließ.

»Ja, ich kenne die Geschichte«, erwiderte Martens schließlich. »Ruud hat sie mir auch erzählt.«

»Und, haben Sie ihm geglaubt?«

Er zuckte die Schultern. »Wär möglich, dass es so war. Vincent konnte schon etwas streitlustig sein …«

»Haben Sie eine Vorstellung, weshalb Vincent Bakker in jener Nacht mit Ihrem Bruder gestritten haben könnte?«

»Nein. Damals war ich ja noch ein Kind. Ich dachte immer, die beiden hätten sich gut verstanden, bis … Ruud mir von dieser Sache erzählte.«

Henk trat ein paar Schritte vor. »Marc, hast du jemals mit Vincent über den Tod deines Bruders gesprochen?«

»Ist schon etwas länger her, aber … ja, ich hab ihn mal drauf angesprochen und ihm erzählt, was ich gehört hatte.«

»Wie hat er reagiert?«, fragte Griet.

»Er … er meinte, es wäre so eine Art Mutprobe gewesen. Er und Coen wären im Sturm an Deck gegangen. Dann wär das Schiff von einer Welle dermaßen auf die Seite geworfen worden, dass sie beide den Halt verloren. Mein … mein Bruder stürzte über die Reling, Vincent konnte sich gerade noch irgendwo festklammern …«

»Hast du ihm geglaubt?«, fragte Henk.

»Er hat … er hat geschworen, dass er Coen geliebt hat wie einen Bruder … Aber er konnte ihn nicht retten.«

»Mag sein, dennoch hat er vom Tod Ihres Bruders profitiert«, sagte Griet. »Sonst wäre er vermutlich nie in den Besitz des *Badhotels* gelangt … und es würde heute Coen und Ihnen gehören. Ich frage mich, wie sich das anfühlt. An Ihrer Stelle wäre ich ziemlich sauer auf Vincent Bakker gewesen.«

Martens schüttelte vehement den Kopf. »Hört zu, ich habe ihn nicht umgebracht. Natürlich hab ich auch mal drüber nachgedacht, wie … wie das wäre, wenn es alles meins wäre. Aber ganz ehrlich: Ich glaub, das wär 'ne Nummer zu groß für mich. De Lutine genügt mir voll und ganz.«

»Damit wäre es aber wegen Vincents neuem Hotel bald vorbei gewesen …«, erinnerte Griet ihn.

»Ja, vermutlich … und deshalb war ich auch sauer. Aber das ist ja kein Grund, ihn gleich umzubringen.«

Griet taxierte Martens.

»Marc, wir möchten dir das gern glauben«, sagte Henk und stellte sich neben Martens. »Da ist aber noch eine andere Sache, die wir uns nicht erklären können …«

Griet blätterte durch ihren Notizblock. »Sie sagten mir, dass Sie in der Nacht, als der Mord geschah, bei Willma Visser waren. Das habe ich mir richtig notiert?«

»Ja, das ist korrekt«, antwortete Martens.

»Dann haben wir ein Problem, *meneer* Martens.« Griet klappte das Buch zu und legte es auf den Tisch. »Wir haben einen Zeugen, der gesehen hat, wie Sie in der Mordnacht den Hafen mit Ihrem Boot verließen. Und zwar gegen einundzwanzig Uhr.«

Henk stützte sich mit beiden Händen auf den Tisch.

»Wir haben auch mit Willma Visser gesprochen. Es ist kein Geheimnis, dass sie gewisse Dienstleistungen anbietet«, sagte Henk. »Du kannst dir also vorstellen, wie glaubhaft deine Aussage ist. Also, Marc, wir wüssten gern, warum du an dem Abend mit dem Boot rausgefahren bist.«

Martens' Gesicht wurde aschfahl. Sein Mund klappte ein Stück weit auf. »Ich … sage jetzt lieber nichts mehr«, erwiderte er heiser. »Kann ich einen Anwalt sprechen?«

***

Pieter stellte eine viereckige Schachtel mitten auf den Schreibtisch, an dem Griet und Henk saßen. Der Duft von warmem Gebäck stieg ihnen in die Nase, als er den Deckel öffnete. Offenbar hatten er und Noemi auf dem Rückweg vom Hafen einen kleinen Zwischenstopp beim *bakker* eingelegt.

Griet hatte die beiden angewiesen, mit den Mitarbeitern des Hafenbüros zu sprechen. Nach dem Gespräch am Morgen war nicht auszuschließen, dass Tim Janssen auf die Idee kam, die Insel überstürzt zu verlassen. Falls er es mit der Fähre versuchte, würden sie davon erfahren.

»Voilà«, sagte Pieter, »*verse appelflappen,* und für dich, Griet, ein veganer *appeltaart.*«

Noemi schnappte sich als Erste einen *appelflappen,* biss hinein und fragte kauend: »Und, wie lange lasst ihr Martens jetzt schon auf sein Telefonat mit dem Anwalt warten?«

»Seit einer Viertelstunde«, sagte Griet.

»Und auf die Idee, dass er einfach gehen kann, weil es keine offizielle Vernehmung ist, ist er noch nicht gekommen?«

Griet grinste. »Zum Glück noch nicht.«

Pieter hielt sich eine Serviette unter den Mund, krümelte aber dennoch den halben Schreibtisch voll, als er in seinen *appelflappen* biss.

»Glaubt ihr ihm?«, fragte er.

»Schwer zu sagen«, erwiderte Griet. »Er behauptet steif und fest, Vincent nicht getötet zu haben. Und es klingt so, als meine er, was er sagt. Andererseits … er hat ein Motiv und streitet auch gar nicht ab, dass er von der Sache auf der Fähre wusste oder dass das neue Hotel ein Problem für ihn war. Die Gelegenheit zur Tat hatte er ebenfalls, sein Alibi ist geplatzt, und Ruud hat gesehen, wie er mit dem Boot aus dem Hafen hinausfuhr.«

»Hm«, machte Pieter und trank einen Schluck *koffie.* »Ich frage mich, was mit der Tatwaffe beziehungsweise mit der Munition ist. Hätte Martens sich die beschaffen können?«

»Da ist eine Sache, von der ich Griet schon erzählt habe«, sagte Henk. »Ich habe Tim Janssen letzten Sommer beim Drogendealen erwischt. Ich weiß es nicht mit Sicherheit, aber ich habe einen Verdacht, woher er das Zeug hatte … nämlich von Marc Martens.«

Pieter runzelte die Stirn. »Und was hat das mit der Waffe und der Munition zu tun?«

»Ist ja wohl klar«, sagte Noemi. »Martens muss den Stoff doch auch irgendwo herhaben. Und wir wissen alle, dass man bei Leuten, die Stoff verticken, auch noch andere Sachen besorgen kann.«

»Ich weiß nicht …« Pieter blickte zweifelnd zwischen Noemi und Henk hin und her. »Klingt ein bisschen weit hergeholt.«

Griet hörte ihm nur mit halbem Ohr zu, ihr war gerade etwas eingefallen. »Martens fährt mit seinem Boot in der Nacht raus … In derselben Nacht ereignet sich das Tankerunglück direkt vor der Insel … Und erinnert ihr euch noch an den Bericht der Küstenwache?«

Pieters Augen weiteten sich. *»Potverjanhinnekont!«*

***

Sie musste bluffen, anders ging es nicht. Und wenn Martens nicht darauf einstieg, würde sie ihn laufen lassen müssen, da sie außer einem fragwürdigen Alibi nichts Konkretes gegen ihn in der Hand hatten. Daher hatte Griet auch keine Bedenken, die Regeln für eine Vernehmung zu ihren eigenen Gunsten auszulegen.

Sie betrat mit Henk, der in ihren Plan eingeweiht war, den Raum.

Marc Martens trommelte mit den Fingern auf die Tischplatte.

Griet nahm ihr *mobieltje,* entriegelte es, aktivierte die Anruffunktion und schob es Martens über den Tisch zu.

»Sie können gern Ihren Anwalt verständigen, *meneer* Martens.«

Er nahm das Gerät in die Hand und ließ den Daumen über dem Display schweben.

»Was soll ich ihm …«, begann er, doch Griet unterbrach ihn mit erhobener Hand.

»Bevor Sie anrufen, möchte ich Ihnen aber noch eine Geschichte erzählen«, sagte sie. »Darf ich?«

Er blickte sie skeptisch an, nickte dann aber.

»Gut.« Griet rückte auf dem Stuhl etwas vor und stützte sich mit den Ellbogen auf den Tisch. »Vorigen Freitagabend ist vor Vlieland der Tanker Honam mit dem Fischkutter Mego kollidiert. Sie haben bestimmt davon gehört. Das Unglück wurde dadurch ausgelöst, dass der Fischkutter unbeleuchtet war. Die überlebenden Fischer wurden inzwischen festgenommen und sitzen in Untersuchungshaft. An Bord ihres Schiffs hat man mehrere Kilo Kokain gefunden. Der zuständige Kollege von der Küstenwache sagte mir, dass sich die Fischer höchstwahrscheinlich mit einem anderen Boot auf dem Meer getroffen haben, um die Drogen oder zumindest einen Teil davon zu übergeben ... Und ganz zufällig waren Sie in jener Nacht mit Ihrem Boot auf See, *meneer* Martens. Aus meiner Sicht ergeben sich dadurch mindestens drei Möglichkeiten. Erstens: Sie haben eine kleine Spazierfahrt gemacht. Unwahrscheinlich. Zweitens: Sie haben Vincent Bakker ermordet und wollten seine Leiche loswerden. Möglich. Drittens: Sie waren dort draußen und haben sich mit den Fischern getroffen. Ebenfalls möglich.«

Marc Martens sprang auf. »Das ist eine Lüge! Sie ...«

Henk war mit zwei schnellen Schritten um den Tisch herum und packte ihn am Arm.

»Marc«, sagte er in beruhigendem Tonfall, »setz dich hin und hör zu, was sie zu sagen hat.«

Als Martens wieder auf dem Stuhl saß, fuhr Griet fort: »*Meneer* Martens, sollten Sie uns bezüglich Ihres Alibis aus diesem Grund angelogen haben, wäre das nicht besonders erfreulich. Sollte sich des Weiteren Möglichkeit zwei als wahr herausstellen, müsste ich Sie wegen des Mordes an Vincent Bakker verhaften. Falls aber Möglichkeit drei zutrifft – darüber ließe sich reden.«

Martens sah sie verständnislos an. »Ich begreife nicht ganz. Soll das heißen ...?«

Henk, der neben Griet stand, stieß ein entnervtes Grunzen aus. Er beugte sich vor und sagte zu Martens: »Das heißt, wenn es um Drogen ging, werden wir die Sache nicht weiter verfolgen. Du müsstest nur endlich die verdammte Wahrheit sagen!«

»Ja, o-okay ...«, stotterte Marc Martens. »Ich hab's ja verstanden.« Er brauchte einen Moment, um sich zu sammeln. Schließlich sagte er: »Ich war in der Nacht draußen und ... hab mich mit den Fischern getroffen.«

»Ach ja, und dann hast du ihnen ein frisches Fischbrötchen

abgekauft?«, fragte Henk. »Lass dir nicht schon wieder jedes Wort einzeln aus der Nase ziehen! Also, was ist da gelaufen?«

»Na, wie ihr schon gesagt habt … Ich habe ihnen was von ihrem Zeug abgekauft.«

»Kokain.« Griet blickte ihn ernst an.

»Ja.«

»Wie lange geht das schon so?«

»Seit … etwas über einem Jahr.«

»Und du verkaufst das Zeug hier auf der Insel?«, fragte Henk.

»Ja.«

»Tim Janssen hilft dir?«, fragte Henk.

»Was, woher wisst ihr …?«

»Marc«, mahnte Henk, »noch kannst du den Kopf aus der Schlinge ziehen.«

»Okay, okay. Ja, Tim hilft mir. Im Sommer beim Open-Air-Festival, in der Surferszene, am Strand …«

»Das bedeutet also, Sie haben den vergangenen Freitagabend nicht bei Willma Visser verbracht«, stellte Griet fest. »Sie sind mit Ihrem Boot zu den Fischern gefahren, um Drogen von ihnen in Empfang zu nehmen.«

Martens nickte.

»Was ist da draußen auf See geschehen?«, fragte Griet.

»Unser Treffpunkt … lag etwas außerhalb des Fahrwassers«, begann Martens zu berichten. »Ich war längsseits zu dem Fischerboot gegangen, und wir hatten die Positionslichter gelöscht. Wir begannen mit der Übergabe, als plötzlich dieser Tanker auftauchte. Keine Ahnung, ob wir abgetrieben sind oder ob er von seinem Kurs abgekommen war. So etwas hätte normalerweise jedenfalls nicht passieren dürfen. Wir sahen seine Fahrtlichter. Ich machte die Leinen los, startete den Motor und machte mich aus dem Staub. Mein Schiff ist schnell. Die Fischer kamen nicht mehr rechtzeitig vom Fleck …«

»Wann warst du wieder im Hafen?«, fragte Henk.

»Ich … weiß nicht genau.« Martens dachte nach. »Irgendwann zwischen dreiundzwanzig Uhr und Mitternacht, schätze ich.«

Griet ging den Ablauf in Gedanken noch einmal durch. Laut Seedorfs Aussage hatte Martens den Hafen gegen einundzwanzig Uhr verlassen. Er hätte also durchaus die Gelegenheit gehabt, die Tat zuvor zu begehen. Allerdings hätte es einiger Kaltblütigkeit bedurft, Vincent Bakker zu erschießen, die Spuren in der Halle zu beseitigen, die Leiche auf das Boot zu verfrachten und dann noch einen Drogendeal durchzuziehen.

Ihr Gefühl sagte Griet, dass Martens nicht der Typ dafür war.

»Darf ich fragen, um welche Summe es ging?«, erkundigte sich Henk.

»Es …« Martens schluckte. »Es ging um Ware im Wert von einhunderttausend Euro.«

Henk stieß einen Pfiff aus.

Martens schürzte die Lippen. »Ich war fast so weit, um Vincent den Strandpavillon abkaufen zu können. Ich hatte so viel Eigenkapital zusammen, dass die Bank mir einen Kredit gegeben hätte. Seht ihr … ich wollte das Geschäft, das mein Vater aufgebaut hatte, zurückkaufen. Nur darum ging es mir.«

Griet seufzte. »Hätte ja auch fast geklappt. Abgesehen davon, dass Bakker nicht verkaufen wollte. Daher ein letztes Mal: Haben Sie Vincent Bakker ermordet?«

Martens schloss die Augen, blickte dann einen Moment zu Boden, sah wieder auf und sagte: »Nein, ich habe meinen Cousin nicht getötet.«

»*Bedankt, meneer* Martens.« Griet stand auf, nahm Martens das *mobieltje* aus der Hand und tippte mit dem Daumen ein paarmal auf das Display.

Martens erhob sich. »Darf ich gehen?«

Henk hatte bereits die Tür erreicht und wollte Martens hinausbegleiten, doch Griet hielt ihn zurück.

»Geben Sie Ihre Aussage dann bitte noch meiner Kollegin zu Protokoll, *meneer* Martens.«

»Was soll das bedeuten …?«

Griet hob das *mobieltje* in die Höhe. »Die Aufnahmefunktion war aktiviert. Ich habe leider zu viele Menschen an dem Dreckszeug krepieren sehen, das Sie da unter die Leute gebracht haben. Sie werden Ihre Aussage meiner Kollegin gegenüber noch einmal wortwörtlich wiederholen. Und dazu schaffen wir Ihnen dann auch gern einen Anwalt heran. In meinem Bericht werde ich später vermerken, dass Sie überaus kooperativ waren. Die Strafe dürfte milde ausfallen.«

Martens bekam einen roten Kopf. »Sie … Sie haben mich …«

»Richtig«, sagte Griet mit einem Lächeln. »Ich habe Sie reingelegt.«

23
EIN SCHUSS IM NEBEL

Kaum hatte Griet den Verhörraum verlassen, eilte Noemi ihr entgegen, das Telefon in der Hand.

»Das Fährbüro! Tim Janssen hat sich gerade ein Ticket für die nächste Fähre gekauft!«

»*Verdomme*«, fluchte Griet.

»Sie fragen, ob sie ihn festhalten sollen.«

»Nein, wir haben ja noch nicht mal einen Haftbefehl. Die sollen gar nichts tun. Sag ihnen, wir sind unterwegs. Karen, kümmer dich um Marc Martens!«, rief Griet quer durch den Raum, während Henk seine Jacke überstreifte und mit Pieter und Noemi zur Tür eilte.

»Ich versteh nicht ... was ist denn los?«, fragte Karen verwirrt.

»Pass einfach auf, dass Martens nicht abhaut«, sagte Griet, schon halb zur Tür raus. »Gib ihm reichlich koffie und gebak!«

Henk und Noemi rannten voraus die Dorpstraat hinunter. Griet folgte im Laufschritt mit Pieter, der allerdings so schwerfällig von einem Fuß auf den anderen tapste, als habe er einen Rucksack mit Steinen auf dem Rücken.

»Der Junge ... hält uns wohl ... für dämlich«, keuchte er.

»Entweder das, oder er hat eine Heidenangst vor uns, weil wir ihm zu sehr auf die Pelle gerückt sind«, erwiderte Griet. »Könnte natürlich auch sein, dass er uns nicht die ganze Wahrheit erzählt hat.«

Der Nebel hing im Dorf fest, sodass Griet die Leute nur schwer überblicken konnte, die sich am Fähranleger versammelt hatten. Im Fährbüro hatte sich vor dem Ticketschalter eine Schlange gebildet, schätzungsweise vierzig bis fünfzig Personen befanden sich im Warteraum. Vor dem Gebäude stand eine weitere Menschenmenge. Ein Trenngitter separierte sie in Fußgänger und Radfahrer. Gerade hielt der Elektrobus, der auf der Insel verkehrte, an und spuckte weitere Reisende aus, die – mit Koffern, Taschen und Rucksäcken beladen – herübergelaufen kamen. Es würde nicht leicht werden, Tim Janssen bei diesen vielen Leuten auszumachen.

Griet hielt neben Noemi an und wartete, bis ihr Atem sich beruhigt hatte.

»Wann kommt die Fähre?«, fragte sie, noch immer kurzatmig.

Noemi hob ihr *mobieltje* ans Ohr und gab die Frage ans Fährbüro weiter, sie hatte die Verbindung offenbar die ganze Zeit gehalten.

»Sie sagen, die Fähre hat wegen des Nebels Verspätung, müsste aber bald einlaufen.«

»Okay. Frag, wo Tim ist und was er anhat.«

Nach einem kurzen Moment sagte Noemi: »Er hat sich eine Karte gekauft und ist nach draußen gegangen. Er trägt eine hellblaue Windjacke.«

»Wir teilen uns auf«, sagte Griet. »Noemi, Henk, rechts lang. Pieter links. Ich nehm die Mitte.«

Kurz darauf bahnte sich jeder von ihnen einen Weg durch die Menge. Manche Leute unterhielten sich, andere lachten, einige regten sich über Trolleys auf, die im Weg standen. Es roch nach *friet*, der ein oder andere hatte sich für die Überfahrt in der nahen *frituur* mit Proviant versorgt. Griet blickte über die Köpfe hinweg. In Gedanken rief sie sich das Gesicht des Jungen in Erinnerung: hager, braun gebrannt, zerzauste blonde Haare, Ohrringe in beiden Ohren.

Es war aber die hellblaue Jacke, die ihr als Erstes ins Auge fiel.

Tim stand in vorderster Reihe an dem Gitter, das gleich den Weg auf die Fähre freigeben würde. Neben ihm war die Abtrennung zum Radfahrerbereich, wo deutlich weniger Passagiere warteten. Der Junge blickte sich immer wieder nervös um. Auf dem Wasser tauchte aus den Nebelschwaden der riesige Bug der Fähre auf.

Griet suchte Blickkontakt zu Noemi und Henk. Sie standen rechts von Tim bei der Eingangstür des Fährbüros. Mit einem Nicken machte Griet sie auf Tim aufmerksam. Zu ihrer Linken stand Pieter etwas abseits der Menge. Falls Tim sie bemerkte, konnte er nur in Pieters Richtung fliehen.

Griet schob sich zwischen den Menschen hindurch. Sie war keine fünf Meter mehr von Tim entfernt. Henk war noch näher dran. Er hob den Arm, um den Jungen an der Schulter zu fassen, doch in diesem Moment drehte Tim sich um. Als Griet die Panik in seinen Augen sah, begriff sie, dass die Situation außer Kontrolle geriet.

Just als Tim den Tritt in Henks Magen landete und ihn damit zu Boden schickte, ertönte das durchdringende Dröhnen des Schiffshorns. Eine schnelle Drehung, und Tim war über das Trenngitter zur Fahrradbahn gesprungen, hatte jetzt freie Bahn.

Der Junge sprintete los.

Griet steckte in der Menge fest. Sie blickte zu Noemi, der es nicht anders ging.

Sie riss den Kopf herum, suchte Pieter.

Er stand mittig in Tims Fluchtweg. Links von ihm versperrte ein Gatter zur Autorampe den Weg, rechts die Menschenmenge. Der Junge musste an ihm vorbei.

Wenige Sekunden später sah Griet den Schmerz in Pieters Gesicht explodieren. Ihr Kollege war einen Kopf kleiner als der Junge. Tim erwischte ihn in vollem Lauf mit der Schulter am Kinn. Pieter ging rückwärts zu Boden. Tim drehte sich noch einmal kurz um, hetzte dann in Richtung Ortsausgang und verschwand im Nebel.

»Godverdomme!« Griet fuhr herum. Henk war wieder auf den Beinen, Noemi direkt hinter ihm. Griet gab ihnen mit der Hand ein Zeichen. »Da lang! Hinterher!«

Die beiden liefen los, während Griet sich zu Pieter durchkämpfte. Er lag benommen auf dem Boden. Sie half ihm auf und stützte ihn. »Wird's denn gehen?«

Er stöhnte. »Oh, es gibt Dinge, die habe ich am Schreibtisch echt nicht vermisst … Ich komm klar. Beeil dich!«

Griet ließ ihn zurück und rannte hinter Henk und Noemi her in den dichten Nebel hinein.

***

Die Sicht betrug keine fünfzig Meter. Vor sich sah Griet Noemi in ihrer schwarzen Combat-Jacke als dunklen Schemen. Tim hatte bereits einen beachtlichen Vorsprung, Griet hoffte aber, dass zumindest Henk ihm auf den Fersen war.

Hinter dem Ortsausgang bog ein Trampelpfad links von der Straße ab und führte bergauf in den Wald.

Die kühle Luft brannte Griet mit jedem Atemzug in der Lunge. Zwischen den Rippen breitete sich auf ihrer linken Seite ein Stechen aus. Es dauerte nicht lange, und sie hatte Noemi aus dem Blick verloren.

Griet verlangsamte ihre Schritte, stützte sich an einem Baum ab und lauschte.

Aus der Entfernung hörte sie Henks Stimme.

»*Staan blijven* – Stehen bleiben!«

Dann schnelle Schritte auf metallenem Untergrund.

Griet stieß sich von dem Baum ab und lief los. Aus dem Schotterweg wurde ein mit Moos bewachsener Trampelpfad, der ein paar Meter noch steiler bergan führte, bevor er ebener wurde. Von hier oben konnte man in einiger Entfernung die Masten der Segeljachten im Hafen aus dem Nebel emporragen sehen.

Wieder Henks Stimme. »Tim, nicht!«

Daraufhin Noemi: »Fallen lassen!«

Und dann das Krachen eines Schusses.

Griet ignorierte die Schmerzen in ihrer Seite und lief weiter. Der Weg verbreiterte sich und endete schließlich an einer Treppe, die hinauf zu einer Aussichtsplattform führte. Sie rannte die Stufen hoch. Bei dem Anblick, der sich ihr bot, stockte ihr der Atem.

Zu ihrer Rechten stand Henk mit dem Rücken zum Handlauf der Plattform, die Augen vor Schreck geweitet. Selbst unter der dicken Daunenjacke war zu erkennen, wie sich seine Brust unter dem stoßartigen Atem hob und senkte. Er presste sich eine Hand auf den Bauch. Blut floss zwischen seinen Fingern hindurch.

Noemi befand sich nur wenige Schritte entfernt von Griet am Ende der Treppe. Sie hielt ihre Waffe noch immer in beiden Händen, die Arme ausgestreckt, ihr Atem ging stoßweise, sie gab einen Laut von sich, irgendwo zwischen einem Keuchen und einem Schluchzen. Ihr Blick war auf den Boden zwischen ihr und Henk gerichtet. Tim Janssen lag dort. In seiner hellblauen Jacke war ein Einschussloch zu erkennen; der Stoff färbte sich an der Stelle blutrot. In der rechten Hand hielt er ein Springmesser.

Griet sah, wie Henk sich aus der Starre löste. Er hockte sich neben Tim Janssen und legte zwei Finger auf dessen Halsschlagader. Nach einem kurzen Augenblick sah er zu Griet auf und schüttelte den Kopf.

»Er ist tot.«

24
ARTEMIS

LEEUWARDEN, ZWEI WOCHEN SPÄTER

Noemi Bogaard: … Sie müssen mir glauben, es war wirklich nicht meine Absicht, ihn zu töten.

Lieke Dijkstra (Dezernat Interne Ermittlungen): Bitte beruhigen Sie sich. Der Zweck unseres Gesprächs ist es, zu klären, wie es zu der Situation kommen konnte, in der Sie von der Schusswaffe Gebrauch gemacht haben. Ich schlage vor, wir gehen noch mal einen Schritt zurück … Also – warum waren Sie und Ihre Kollegen an jenem Tag am Fähranleger, um Tim Janssen festzuhalten?

Bogaard: Es gab einen hinreichenden Tatverdacht. Wir hatten Tim Janssen gebeten, sich zu unserer Verfügung zu halten. Und dann kaufte er sich ein Ticket für die nächste Fähre.

Dijkstra: Das führte Sie zu der Annahme, dass er sich absetzen wollte?

Bogaard: Richtig. Ich meine, er widersetzte sich unserer Anweisung. Das kam doch einem Schuldeingeständnis gleich …

Dijkstra: Hm, dazu kommen wir gleich. Beschreiben Sie mir bitte, was dann geschah.

Bogaard: Tim Janssen flüchtete, wir folgten ihm. Henk van der Waal war am dichtesten dran. Ich war ein Stück weiter hinten. Griet Gerritsen und Pieter de Vries konnten uns nur mit Abstand folgen. Der Junge war schnell. Er lief in den Wald. Wegen des dichten Nebels konnte ich nicht viel sehen. Ich hörte aber die Stimme von Henk van der Waal. Dann kam ich zu einer Aussichtsplattform. Ich rannte die Treppe hoch … und dann … *(schluchzt)*

Dijkstra: Lassen Sie sich Zeit, mevrouw Bogaard. So etwas ist für keinen von uns leicht.

Bogaard: Ich … ich sah die beiden auf der Plattform stehen. Tim Janssen hatte ein Messer gezogen. Es war so ein Springmesser. Er hatte Henk damit am Bauch erwischt, Henk blutete. Tim hielt das Messer vor sich ausgestreckt und wollte erneut auf Henk losgehen.

Dijkstra: Wie weit war er von dem Kollegen entfernt?

Bogaard: Ich weiß nicht genau … schätzungsweise zwei Meter, würde ich sagen.

Dijkstra: Und Sie konnten erkennen, dass Tim Janssen die klare Absicht hatte, den Kollegen erneut mit dem Messer zu verletzen?

Bogaard: Es … ging alles so schnell. Aber doch, er blickte kurz zu mir herüber, und da war dieser Ausdruck auf seinem Gesicht. Es war ihm ernst. Und was dann geschah … lief irgendwie automatisch ab. Ich zog meine Waffe und schoss.

(Stille)

Dijkstra: Mevrouw Bogaard, Sie sagten, es hätte hinreichende Beweise für eine Tatbeteiligung von Tim Janssen gegeben. Worum handelte es sich dabei genau?

Bogaard: Da war zunächst sein Alibi. Es bedurfte noch der genauen Prüfung, aber er hatte am Abend der Tat einen Streit mit der Stieftochter des Opfers. Er hielt sich danach im Dorf auf, hätte also vermutlich die Möglichkeit gehabt, die Tat zu begehen …

Dijkstra: Hm, hatten Sie sein Alibi überprüft?

Bogaard: Nein, das stand noch aus.

Dijkstra: Verstehe. Da war doch etwas, lassen Sie mich sehen … hier: Sie hatten ein Paar Schuhe sichergestellt, die zu Spuren vom Tatort passen. Ist das korrekt?

Bogaard: Ja … das stimmt.

Dijkstra: Und Sie haben die Schuhe in einem Verschlag gefunden, den Tim Janssen nutzte?

Bogaard: Ja.

Dijkstra: Hatten Sie einen Durchsuchungsbeschluss?

Bogaard: Ich hatte die Schuhe eher durch Zufall entdeckt, und die Spuren waren eindeutig …

Dijkstra: Hatten Sie einen Durchsuchungsbeschluss?

Bogaard: … nein.

Dijkstra: Mhm. War Ihre Vorgesetzte, Commissaris Gerritsen, mit Ihrem Vorgehen einverstanden?

Bogaard: Nein … das war sie nicht. Aber verstehen Sie doch, die Schuhe, das fragwürdige Alibi, seine Flucht …

Dijkstra: Mevrouw Bogaard, ich bitte Sie um eine ehrliche Einschätzung. Haben Ihre Kollegen die Beweislage – wenn wir denn von einer solchen sprechen wollen – ebenfalls dahin gehend gedeutet, dass Tim Janssen an der Tat beteiligt war und dass man ihn mit allen Mitteln festhalten musste?

Bogaard: Nun ja, davon bin ich ausgegangen.

Dijkstra: Das heißt, es wäre vielleicht auch möglich, dass es sich um eine, sagen wir, sehr persönliche Auslegung der Sachlage Ihrerseits handelt, was schließlich zu einer Überreaktion Ihrerseits führte, was Tim Janssen betrifft?

(Stille)

Dijkstra: Mevrouw Bogaard?

Bogaard: Ich … ich weiß es nicht … kann sein.

Griet hörte das Klicken der Maus, mit dem Wim Wouters, ihr Chef, die Wiedergabe des Verhörs, das die Interne Ermittlerin mit Noemi geführt hatte, auf seinem Computer beendete. Sie stand mit dem Rücken zu ihm am bodentiefen Fenster seines Büros in Leeuwarden und blickte nach draußen. Der Regen klatschte gegen das Glas und lief in kleinen Bächen daran herab. Auf den Straßen waren nur wenige Menschen zu sehen, hier und dort ein Radfahrer, dick eingepackt in wasserfeste Kleidung. Autos und Lastwagen rauschten durch große Pfützen, die sich auf dem Asphalt gesammelt hatten.

»Ich brauche dir vermutlich nicht zu sagen, in welchen Schlamassel du dich und dein Team da hineinmanövriert hast.« Wouters' Stimmlage machte klar, dass es keiner Antwort bedurfte.

In den vergangenen Wochen hatte Griet alles ein zweites Mal durchlebt. Alles war wie damals gewesen. Die Internen Ermittler, die Fragen, der Druck, der Argwohn … und es war noch nicht vorüber.

Wouters erhob sich und trat zu ihr ans Fenster. Er sah starr nach draußen. »Eine äußerst fragwürdige Beweissicherung«, sagte er, »eine Interpretation der Sachlage, die an Fantasterei grenzt, ein toter Verdächtiger, eine junge Kollegin, die ein Fall für den Therapeuten ist …«

»Mir ist durchaus bewusst …«, hob Griet an, doch Wouters wandte sich ihr zu und unterbrach sie mit erhobenem Zeigefinger.

»Nein«, sagte er, »dir ist gar nichts bewusst. Das hier war deine Ermittlung, dein Team, deine Verantwortung, und du hast es verbockt.«

Griet erwiderte nichts. Sie blickte zu Boden.

Wouters hatte vermutlich recht. Als leitende Ermittlerin hätte sie Noemi enger an die Leine nehmen müssen. Sie dachte an das Gespräch, das sie mit Pieter geführt hatte: *Wir sollten ihr helfen, den rechten Weg zu finden,* hatte er gesagt. Das wäre ihre Aufgabe gewesen. Schon die Sache mit den Schuhen hätte sie ihr nicht durchgehen lassen dürfen. Doch die junge Frau erinnerte sie zu sehr an sich selbst. Sie hatte ihr dieselbe

Rückendeckung zuteilwerden lassen wollen, die sie früher selbst von ihrem Chef erfahren hatte.

War sie deshalb Noemis These über Tim Janssen zu leichtfertig gefolgt? Was, wenn er nichts von den Schuhen in seinem Schuppen gewusst hatte und sie ihm untergeschoben worden waren? Was, wenn Neeltje das Alibi des jungen Mannes bestätigte? Was, wenn er gar nicht hatte fliehen wollen, sondern aus einem anderen Grund aufs Festland fahren musste? Der Junge war etwas schwer von Begriff gewesen, denkbar also, dass er die Konsequenzen nicht vor Augen gehabt hatte, als er sich ihren Anweisungen widersetzte. Und war es wirklich notwendig gewesen, gleich in voller Teamstärke am Fähranleger aufzutreten und ihn damit in Panik zu versetzen?

Andererseits gab es etwas, das Griet daran glauben ließ, dass Noemi doch auf der richtigen Fährte gewesen und Tim zumindest auf die ein oder andere Weise in die Tat verstrickt gewesen war: Er hatte sehr heftig auf ihre Verdächtigungen reagiert und nicht versucht, sich aus der Sache herauszureden, sondern war gleich aufs Ganze gegangen. Und dann das Messer. Damit einen Polizisten zu attackieren, das kam einem letzten verzweifelten Akt gleich. Jemand mit einem reinen Gewissen handelte nicht so.

Wie auch immer, die Sache hatte eine unerwünschte Entwicklung genommen. Und Wouters hatte recht, wenn er ihr die Schuld gab, weil sie das Team geleitet hatte.

»Ich werde mit dem Polizeichef reden«, sagte Wouters, zog seinen Anzug glatt und setzte sich hinter den Schreibtisch. »Wir werden sehen, wie wir in diesem Fall weiter verfahren, die Ermittlungen ruhen vorerst – um Disziplinarmaßnahmen kommen wir nicht herum. Du bist bis auf Weiteres vom Dienst suspendiert. Wenn ich bitten darf …«

Er hob die rechte Hand und öffnete sie.

Griet übergab ihm ihre Dienstmarke und Waffe. Dann verließ sie ohne ein weiteres Wort das Büro. Als sie den Gang hinunterlief, sah sie vor ihrem inneren Auge noch einmal den Gesichtsausdruck von Wouters. Es war die Miene eines Mannes, der sein Ziel erreicht hatte.

***

Sie ließ die bernsteinfarbene Flüssigkeit in dem Glas kreisen, trank einen Schluck und spürte, wie ein wohliges Brennen durch ihre Kehle bis in den Magen lief. Griet entkorkte die Whiskyflasche, die Ruud Seedorf ihr geschenkt hatte, und goss sich ein weiteres Glas ein.

Sie saß auf der zerschlissenen Eckbank im Salon ihres Plattboots. Der Regen, der seit Tagen unaufhörlich niederging, prasselte in dicken Tropfen auf das Deck. Die betagte Heizung kam kaum gegen die klamme Feuchtigkeit an, die sich auf alles gelegt hatte. Die Bullaugen waren von innen beschlagen, die Beleuchtung so spärlich, dass es auch nachmittags um drei Uhr so düster war wie in den frühen Abendstunden. Sie hatte das Gefühl, sich in einer Höhle zu befinden.

Vor Griet auf dem Tisch lagen neben der Whiskyflasche ein Blatt Papier und ein geöffneter Briefumschlag. Die Post stammte von ihrem Ex-Mann Fleming. Er war der einzige Mensch, den Griet kannte, der noch handgeschriebene Briefe verschickte, einer der Spleens, die er als Schriftsteller kultiviert hatte. Griet nahm den Brief abermals in die Hand und überflog die Zeilen.

... und so hoffe ich, dass du in deinem neuen Leben gut angekommen bist. Hier geht derweil alles seinen Gang. Die

Arbeit am neuen Buch ruht, ich nehme mir viel Zeit für Fenja. Sie kommt in der Schule gut zurecht. Ich schmiere ihr morgens das Pausenbrot, übe nach der Schule immer noch ein wenig mit ihr, und abends kochen wir zusammen. Wir sind ein gutes Team. Unsere Trennung scheint sie überwunden zu haben. Natürlich fragt sie oft nach dir, und ich habe ihr versprochen, dass sie dich besuchen kann, sobald du dich dort oben in Friesland eingerichtet hast.
Ich denke, dass wir die richtige Entscheidung getroffen haben. Es ist immer besser, ehrlich miteinander zu sein. Wir haben beide bemerkt, dass es so nicht weitergeht.
Es ist schade, dass du nicht dieselbe Freude am Elternsein gefunden hast wie ich. Aber wer wäre ich, dir deshalb böse zu sein? Auf gewisse Weise kann ich es nachempfinden – die Kommissare in meinen Büchern haben ja schließlich auch immer familiäre Probleme, und nicht selten ist eine alte Familiengeschichte am Ende der Grund für den Mord. Also alles nicht so einfach mit dem Familienleben.
Ich hoffe, dass du dort oben im Norden findest, was du suchst.
Über eines solltest du dich jeden Tag freuen:
Wir beide haben eine wunderbare Tochter – die dich über alles liebt.

Griet ließ das Blatt sinken. Sie hatte gehofft, dass sich hier oben alles zum Guten entwickeln würde, dass sie sich ein neues Leben aufbauen konnte und Fenja sie bald besuchen würde. Wie es aussah, würde sie auf das Wiedersehen aber noch etwas länger warten müssen. Auch wenn sie keine gute Mutter war, wollte sie den Kontakt zu ihrer Tochter nicht völlig verlieren. Sie wollte sehen, wie sie heranwuchs – obwohl sie sich natürlich davor fürchtete, dass eines Tages der

Moment kam, an dem sie Fenja die ganze Wahrheit über ihre Herkunft würde offenbaren müssen.

Griet griff nach dem Whiskyglas und wollte einen weiteren Schluck trinken, da klopfte jemand gegen den Rumpf des Schiffs.

Sie kletterte den Niedergang hoch, schob das Luk zur Seite und spähte hinaus. Auf der Wiese vor dem Schiff stand ein Mann mit Regenschirm. Er trug eine hellbraune Umhängetasche und hatte den Kragen seines Trenchcoats hochgeschlagen. Erst als er seine Schiebermütze ein Stück zurückschob und zu ihr hochblickte, erkannte Griet sein Gesicht. Es war Pieter.

»*Goedendag*«, sagte er. »Erlaubnis, an Bord zu kommen?«

»Erteilt.«

Er klappte den Regenschirm zusammen und folgte ihr ins Innere des Schiffs. Kurz darauf saßen sie bei einen *koffie* am Tisch des Salons.

»Ein ganz entzückendes Schiff«, bemerkte Pieter.

»Das war es jedenfalls mal. Im Moment bin ich eher froh, wenn ich morgens aufwache und der Kahn über Nacht nicht mit mir abgesoffen ist.«

Pieter blickte sich um. »Das ein oder andere ist sicher zu tun, aber das ist bei einem Schiff immer so. Ich kenne ein paar Leute, die dir helfen könnten. Und ganz ungeschickt bin ich selbst auch nicht – oder zumindest war ich das früher nicht …«

»Tja, sieht leider gerade nicht so aus, als würde ich noch lange hierbleiben.«

»Ja …« Pieter war, anders als Noemi und Griet, im Dienst geblieben, da er an dem Geschehen, das zu Tims Tod geführt hatte, nicht direkt beteiligt gewesen war.

»Hast du was von Noemi gehört? Als ich sie zuletzt gesprochen habe, ging es ihr nicht gut.«

»Hat sich nicht geändert. Sie hat tägliche Therapiesitzungen. Sie macht sich große Vorwürfe. Nach den Befragungen durch die Interne glaubt sie inzwischen, doch einen Unschuldigen in den Tod getrieben zu haben.«

»Und du, glaubst du das auch?«

»Sagen wir so: Dass er mit dem Messer auf Henk los ist, spricht nicht gerade für ihn.«

Von Henk wussten sie inzwischen, dass die Verletzung, die Tim Janssen ihm zugefügt hatte, schnell und problemlos verheilt war. Griets Gedanken kreisten daher ganz um den Jungen.

»Was ich mir bis heute nicht erklären kann, ist, welchen Grund er gehabt haben sollte, Vincent Bakker zu töten.«

»Hm«, machte Pieter, goss sich *koffie* nach und griff nach der Milchtüte, die er argwöhnisch betrachtete. »Sojamilch? Hab ich ehrlich gesagt noch nie getrunken. Schmeckt die?«

Griet nickte. »Schon.«

Pieter goss sich ein wenig davon in die Tasse und probierte. »Um Himmels willen …« Er verzog das Gesicht. »Schlimmer als ausgekochte Sportsocken!«

Griet lachte. »Man muss sich dran gewöhnen. Warte, ich geb dir eine neue Tasse …«

Während sie zu dem Schapp ging, in dem das Geschirr stand, sinnierte Pieter: »Tim hatte etwas mit Neeltje. Was ist, wenn sie der Grund für den Mord an Vincent war? Ich meine, rein hypothetisch, vielleicht hatte er Streit mit ihrem Stiefvater. Soll ja vorkommen. Er ist zum Hafen, ein Wort gab das andere, und dann … bumm.«

Griet stellte ihm eine neue Tasse hin. »Glaube ich kaum. In dem Fall hätte er impulsiv und aus spontaner Wut gehandelt. Und außerdem hätte er eine Waffe dabeihaben müssen.

Nein, derjenige, der Bakker ermordet hat, ist geplant vorgegangen. Und das bringe ich noch nicht mit Tim Janssen zusammen.«

»Dennoch könnte sich an dem Abend etwas zwischen Bakker und Tim abgespielt haben …«

»Moment mal«, sagte Griet, die von Pieters Sinneswandel überrascht war, »warst du nicht derjenige, der Noemi vorgeworfen hat, Tim Janssen voreilig der Tat zu verdächtigen?«

»Nun ja, es wäre schade, wenn ihre Karriere auf diese Weise enden würde. Außerdem …«

Pieter griff nach der Umhängetasche, die neben ihm auf der Bank lag, und zog ein Kuvert heraus, das er öffnete und ihr über den Tisch zuschob. »Sieh dir das mal an.«

Es war eine Kopie des Obduktionsberichts von Tim Janssen.

»Wie bist du denn da rangekommen?«

»Man kennt sich …«

Griet überflog das Dokument. Der zuständige Rechtsmediziner hatte wie zu erwarten festgestellt, dass Tim Janssen durch einen Schuss in den Brustkorb gestorben war. Ansonsten keine Besonderheiten … bis auf eine Stelle, an die Pieter einen gelben Markierungsstreifen geklebt hatte. Dort wurden die Hände des Toten beschrieben. Die rechte Hand war unauffällig, die linke wies jedoch an den Knöcheln Abschürfungen und aufgeplatzte Haut auf.

Griet blickte von der Akte auf. »Und was, glaubst du, hat das zu bedeuten?«

»Das Gespräch mit dem zuständigen Rechtsmediziner hat mich zwei Karten für das nächste Heimspiel von Heerenveen gekostet«, sagte Pieter. »Er erklärte mir, dass die offenen Stellen an der linken Hand schon einigermaßen abgeheilt waren.

Er schätzt, dass sie ungefähr eine Woche alt sind – und er meinte, es seien Verletzungen, wie sie üblicherweise bei einem Schlag entstehen.«

Griet erhob sich und ging zum Navigationstisch in der Ecke. Dort lag neben einem Stapel Zeitungen und Ordnern ihr Notizbuch. Sie blätterte darin, bis sie gefunden hatte, wonach sie suchte.

»Mei sagte mir damals, dass sie bei der Obduktion von Vincent Bakker neben der tödlichen Schusswunde eine Verletzung im Gesicht entdeckt hat«, rekapitulierte Griet. »Seine Oberlippe war rechts aufgeplatzt, ein Schneidezahn locker. Sie schloss nicht aus, dass die Verletzung von einem Schlag stammte.«

Pieter warf einen kurzen Blick in die Akte, stand dann auf und stellte sich vor Griet. Mit dem linken Arm vollführte er in der Luft langsam einen Haken. Seine Faust stoppte wenige Zentimeter vor Griets rechter Gesichtshälfte.

»Passt«, meinte er. »Tim Janssen war Linkshänder.«

»Noch dazu haben wir den Schuhabdruck, der beweist, dass er am Tatort war«, sagte Griet.

»Was hat das zu bedeuten? Tim geht also an jenem Abend in die Lagerhalle, wo Vincent Bakker an seinem Boot arbeitet, und schlägt ihn ins Gesicht.«

»Und dann zieht er eine Waffe und erschießt ihn?«

»Wie du schon sagtest, eher unwahrscheinlich …« Pieter schüttelte den Kopf. »Außerdem, warum sollte er sich auf eine Schlägerei einlassen, wenn er eine Waffe dabeigehabt hätte?«

Griet schritt im Salon auf und ab, wobei sie darauf achtete, nicht gegen einen der niedrigen Deckenbalken zu stoßen. »Nehmen wir an, es ist so, wie du sagst. Tim schlägt Vincent. Aus welchem Grund, das wissen wir noch nicht, vielleicht hat es etwas mit Neeltje zu tun. Dann verlässt er die Halle wieder. Bakker ist noch am Leben …«

»… und dann kommt erst der eigentliche Täter.«

Griet blieb stehen und blickte Pieter an. »Ja … so könnte es gewesen sein.«

»In dem Fall wäre der Mörder noch auf freiem Fuß.«

Griet setzte sich auf die Eckbank und ließ die Szene noch einmal vor ihrem inneren Auge ablaufen, während sie die Whiskyflasche in der Hand rollte. Ein Plan formte sich in ihrem Kopf. Sie wandte sich Pieter zu.

»Hör zu«, sagte sie. »Du bist unbeschadet aus der Sache rausgekommen. Außerdem hast du Familie. Ich würde also verstehen, wenn du meinem Vorschlag nicht folgst … Aber ich will diesen Fall aufklären. Nur geht das natürlich nicht auf dem offiziellen Weg …«

Pieter hob eine Hand. »Schon gut. Die Arbeit an den ungelösten Fällen war in den vergangenen Jahren nicht gerade spannend, und es ist ziemlich lange her, dass ich mal einen Fall aufgeklärt habe. Vermutlich würde ich das ohnehin nicht bis zur Rente durchstehen.«

»Es ist riskant, Pieter.«

»Du kannst auf mich zählen.«

»Und auf mich ebenfalls.« Die Stimme kam vom Niedergang. Es war Noemi. Sie hatte das Luk zur Seite geschoben und schaute zu ihnen hinab.

»Wie lange stehst du schon da?«, fragte Pieter.

»Und woher weißt du, wo ich wohne?«, schob Griet nach.

»Erstens: War nicht schwer, dich zu finden. Die Kollegin, die auf einem Plattboot wohnt und gleich bei ihrem ersten Fall suspendiert wurde, ist im Dezernat bekannt wie ein bunter Hund. Zweitens: Ich stehe hier lange genug, um zu wissen, was ihr vorhabt. Und ich würde den Typen von der Internen gern beweisen, dass ich nicht durchgedreht bin. Ich hab noch zu viele Jahre vor mir, um sie in der Asservatenkammer zu verbringen.«

»Du bist dir aber im Klaren, was das bedeutet«, sagte Griet. »Wenn wir auffliegen, ist es endgültig vorbei.«

»Wir werden nicht auffliegen.«

Und das sagt mir die Frau, die vor Kurzem einen Verdächtigen erschossen hat, in einer Ermittlung, die ihr und mir völlig aus dem Ruder gelaufen ist, dachte Griet. Ich muss verrückt sein, diese Nummer durchzuziehen. Andererseits hatte sie nichts zu verlieren. In ihr altes Leben konnte sie nicht zurück, und ihr neues löste sich gerade in Luft auf.

»Also gut«, sagte Griet. »Stellt sich nur die Frage, wie wir auf die Insel gelangen, ohne für allzu großes Aufsehen zu sorgen.«

Natürlich hatte die Presse über die Geschehnisse berichtet, und Griets Gesicht war in den Zeitungen gewesen. Wenn sie sich jetzt in einem Ferienhaus oder einem Hotel einquartierten, würde bald die ganze Insel davon wissen.

»Na ja …«, meinte Pieter und blickte sich um. »Wie ich schon mal sagte, lange her, dass ich einen Segeltörn gemacht habe. Und da wir sowieso beurlaubt sind … also, ich hätte Lust.«

Noemi, die inzwischen zu ihnen heruntergestiegen war, sah ihn mit großen Augen an. »Du willst mit diesem Boot auf die Insel? Die Mühle ist doch nur noch Schrott.«

»Vertraut mir. Ich bin schon mit Schlimmerem gesegelt. Sie wird das aushalten«, beschwichtigte Pieter sie. »Außerdem werden wir im Jachthafen unsere Ruhe haben. Da ist um diese Zeit nichts los. Übrigens, wie heißt dein Schiff eigentlich?«

»Artemis«, sagte Griet.

»Das fasse ich als gutes Omen auf.«

»Warum?«

Pieter schmunzelte. »In der griechischen Mythologie ist Artemis die Göttin der Jagd.«

DRITTER TEIL

25
VERBOTENE LIEBE

Zwei Tage später stand Griet vor dem *Badhotel,* dessen weiße Fassade im Schein der Sonne strahlte, die immer wieder zwischen den schnell ziehenden Wolken hindurchschien. In dem schmalen Blumenbeet vor dem Haus streckten die ersten Schneeglöckchen die Köpfe aus der Erde. Das Foyer des Hotels war von Gästen bevölkert. Einige checkten an der Rezeption ein, ein Pärchen ließ sich von Guus van Schouten, dem Concierge, auf einer Karte etwas erklären, andere saßen bei einem *kopje koffie of thee* im Wintergarten. Die Saison hatte unwiderruflich begonnen. Griet mischte sich mit einem Basecap auf dem Kopf unter die Gäste und hielt Ausschau nach Neeltje de Jong.

Sie waren tags zuvor mit der *Artemis* in Leeuwarden aufgebrochen und über den *Van Harinxmakanaal* nach Harlingen gefahren. Pieter hatte zufrieden festgestellt, dass das Herz des alten Schiffs, der Motor, noch schnurrte wie ein Kätzchen. Lediglich der Ölfilter musste ausgetauscht werden, was Pieter in Harlingen erledigte, wo sie die Nacht im Hafen verbracht hatten.

Heute Morgen waren sie in aller Herrgottsfrühe ausgelaufen, um mit dem ablaufenden Wasser in Richtung der Inseln zu fahren. Und nun lag die *Artemis* im Hafen von Vlieland, ohne dass jemand von ihrer Ankunft Notiz genommen hatte.

Pieter und Noemi sprachen auf dem Schiff alle Informationen, die sie in dem Fall gesammelt hatten, noch einmal durch und überprüften, ob ihnen vielleicht etwas entgangen war.

Bislang hatte Griet davon abgesehen, Henk über ihre Anwesenheit zu informieren. Sobald er erfuhr, dass sie die Ermittlungen inoffiziell weiterführten, wäre er gezwungen, Wim Wouters zu verständigen – sie vertraute zwar darauf, dass er dies nicht tun würde, allerdings wollte sie ihn lieber gar nicht erst in diese Zwickmühle bringen.

Sie mochte Henk sehr, trotzdem hatte sie sich in den vergangenen Tagen, fern von der Insel, mehr als ein Mal die Frage gestellt, ob ihre ursprüngliche Intuition nicht doch richtig gewesen war und sie die Grenze zwischen Beruf und Privatem nicht wieder überschreiten sollte.

Griet durchquerte das Foyer. Das *Badhotel* war nicht unterkellert wie vermutlich die meisten Häuser auf der Insel. Die Küche, das Lager und alle anderen Räumlichkeiten, die dem Alltagsgeschäft dienten, lagen daher im Erdgeschoss. Bei ihrem letzten Besuch hatte Griet bereits registriert, dass sich in den oberen Etagen ausschließlich Gästezimmer befanden, abgesehen vom Dachgeschoss mit den Büros. Von dort würde sie sich aber fernhalten, um nicht Emma Bakker in die Arme zu laufen.

Vom Foyer aus bog sie in den Gang ab, der zum Speiseraum führte. Sie fand ihn verlassen vor. Mit wenigen Schritten war sie bei der Tür zur Küche, schob die Schwingtür einen Spalt weit auf und spähte hinein. Zu ihrer Rechten stand ein Mann in Kochkleidung am Herd. Er hatte ihr den Rücken zugewandt. Links befand sich eine Tür, die zu einer Vorratskammer führte. Griet schätzte, dass es nur wenige Meter bis dorthin waren. Unbemerkt schlich sie hinüber und verschwand in dem angrenzenden Raum.

Es gab keine Fenster. Eine flackernde Neonröhre beleuchtete zwei Kühltruhen und eine Regalwand voller Konserven und anderer Vorräte. Von dem Raum zweigte ein schmaler Gang ab. Griet folgte ihm und fand sich im Freien wieder, in der Gasse zwischen dem *Badhotel* und dem gegenüberliegenden Haus. Kartons, Getränkekisten und Fässer waren an der Wand gestapelt. Ein Lieferwagen parkte rückwärts in der Gasse. An der Fahrertür stand eine junge Frau, die dem Lieferanten auf einem Tablet etwas quittierte. Als der Mann einstieg und den Motor anließ, drehte sich die Frau um. Es war Neeltje.

»Was wollen Sie hier?«, fragte sie, als sie Griet erkannte. »Sie glauben doch nicht ernsthaft, dass ich mit Ihnen sprechen werde. Sie haben meinen Freund erschossen.«

Griet tat einen Schritt auf sie zu. Aus der Nähe konnte sie die dunklen Schatten unter Neeltjes Augen sehen.

»Was geschehen ist, tut mir sehr leid.«

»Das macht Tim nicht wieder lebendig. Er war kein Mörder.«

Neeltje begann, die angelieferten Kisten an der Hauswand neben den anderen zu stapeln.

»Für mich ist die Sache noch nicht beendet«, sagte Griet. »Wenn Ihr Freund wirklich unschuldig war, dann helfen Sie mir, es zu beweisen.«

Neeltje nahm einen Karton und trug ihn nach drinnen. Es dauerte einen Moment, dann ertönte aus dem Gebäude Neeltjes Stimme. »Also gut … was wollen Sie?«

Griet ging hinein. Neeltje lehnte im Lagerraum an der Regalwand.

»Wie lange waren Sie schon mit Tim zusammen?«, fragte Griet.

»Hm … ungefähr vier Monate.«

»Sie mochten ihn sehr?«

Neeltje schob die Hände in die Taschen. »Wir wollten weg.«

»Wohin?«

»Erst mal aufs Festland. Dann … irgendwohin, Hauptsache, weit weg von hier. Tim hatte auch die Schnauze voll von den ganzen bornierten Typen auf der Insel. Wir hatten beide etwas gespart.«

Griet konnte sich vorstellen, mit welchen Jobs Tim sich das Startkapital für ein neues Leben verdient hatte.

»Was ist mit dem Hotel?«, fragte Griet. »Ich hatte den Eindruck, Ihnen gefällt die Arbeit. Wollen Sie das Hotel nicht einmal übernehmen?«

Neeltje schüttelte den Kopf. »Auf keinen Fall. Immer dreht sich alles nur um dieses Hotel. Meine Mutter und Vincent konnten an nichts anderes denken, als noch mehr Geld damit zu scheffeln …«

»Wie war Ihre Beziehung zu Ihrem Stiefvater?«

»Zu Vincent? Ich hab nie verstanden, warum meine Mutter ihn geheiratet hat. Er ist jedem Rockzipfel nachgerannt und dachte, sie merkt es nicht. Und er …« Neeltje verzog angewidert den Mund, verschränkte die Arme vor der Brust und blickte zur Seite.

»Was ist, Neeltje?«

»Nichts …«

Etwas schien die junge Frau zu bedrücken. Griet sah, dass sie mit den Tränen rang.

»Sie müssen es mir nicht sagen … aber wenn wir die Wahrheit herausfinden wollen, kann selbst das kleinste Detail wichtig sein.«

»Ich … ich möchte nicht darüber reden.«

»Ist gut.« Griet hatte eine dunkle Ahnung, was Neeltje auf der Seele lag, denn sie hatte eine solches Verhalten schon häufig bei Frauen beobachtet. Sie wusste daher, dass es keinen Zweck hatte, sie unter Druck zu setzen. Griet wartete einen Moment, bevor sie weitersprach.

»Wie haben sich Tim und Ihr Stiefvater verstanden?«

»Gar nicht. Vincent hat mir den Umgang mit Tim verboten.«

»Warum?«

»Er hielt ihn für einen Tunichtgut.«

»Gab es mal Streit zwischen den beiden?«, fragte Griet.

»Weiß nicht …«

»Tim hat uns erzählt, dass Sie in der Nacht, als Ihr Stiefvater ermordet wurde, bei ihm auf dem Campingplatz waren. Stimmt das?«

»Ja.«

»Sie haben sich gestritten?«

»Kann sein.«

»Worum ging es?«

»Nichts Besonderes …«

»Tim lief fort. Wo wollte er hin?«

Neeltje zuckte die Schultern.

»Was ist dann passiert?«

»Ich wusste erst mal nicht, was ich tun sollte.«

»Er meinte, Sie hätten ihn gesucht.«

»Stimmt.«

»Wissen Sie noch ungefähr, wie lange das gedauert hat?«

»So 'ne halbe Stunde vielleicht?«

»Wo haben Sie ihn gefunden?«

»Er war in der Schrebergartenlaube seiner Eltern. Seine Eltern nutzen sie nicht mehr, weil sie so viel mit dem Geschäft zu tun haben. Alle haben hier immer viel mit dem Geschäft zu tun. Die Laube war früher Tims Versteck … also, bevor er von zu Hause weg ist.«

»Was haben Sie beide dann gemacht?«

»Wir sind in der Laube geblieben.«

Griet nickte. »Danke, Neeltje.«

»Glauben Sie mir … ich meine, dass Tim unschuldig war?«

»Das werde ich herausfinden.«

»Er war kein schlechter Kerl …«

»Mag sein.«

Griet schüttelte Neeltje zum Abschied die Hand. Dann ging sie durch die schmale Gasse zur Dorpstraat. Bevor sie aus dem Schatten der Häuser hervortrat, hielt sie inne. Schräg gegenüber, einige Hundert Meter entfernt, war die Polizeiwache. Karen, Henks Assistentin, kam gerade zur Tür heraus.

Griet wollte ihr nicht begegnen. Sie entschied, den Hinterausgang zum Wattendeich zu nehmen. Dazu musste sie ins Foyer zurück und von dort über die Terrasse in den Garten. Sie setzte sich in Bewegung.

Dieser Fall war wie ein gigantischer Kabelsalat, einer von jener Art, wie er entstand, wenn man Elektrokabel achtlos in eine Schublade stopfte. Man hatte nur eine Chance, das Knäuel wieder zu entwirren, wenn man ein loses Ende fand. Und das war in dieser Sache nicht in Sicht.

Wenn Neeltje die Wahrheit sagte, konnte Tim Janssen nicht der Mörder sein. In einer halben Stunde hätte er niemals mit dem Rad zum Hafen fahren, Vincent Bakker erschießen und die Leiche mit einem Boot aufs Meer schaffen können.

Da waren aber immer noch seine Schuhabdrücke am Tatort und die Verletzungen an seiner Hand. Durchaus vorstellbar, dass Tim den Stiefvater seiner Freundin aufgesucht und geschlagen hatte. Das wäre in der kurzen Zeit zu schaffen. Und wenn Bakker etwas gegen die Beziehung zwischen Tim und Neeltje gehabt hatte, konnte das der Grund für einen Streit zwischen den beiden gewesen sein.

Was allerdings hatte Neeltje über ihren Stiefvater vorhin nicht preisgeben wollen? Griet hoffte, dass es nicht das war, was sie vermutete.

Griet ging durch den Gang mit den Ahnenbildern der Familie, durch den Guus van Schouten sie bei ihrem ersten Besuch im *Badhotel* geführt hatte. Sie blieb vor dem Bild mit Sjan und Aad Koopmanns stehen. Das Hotel, das sie aufgebaut hatten, war über die Jahre Zeuge einer tragischen Familiengeschichte geworden, mit zahlreichen Unfällen, Toten, Intrigen … Was die beiden Gründer wohl denken würden, wenn sie wüssten, dass ihr Vermächtnis die Familie zerstört hatte?

Griets Blick blieb an einem Detail in dem Bild der Koopmanns' hängen. Sie ging näher heran und betrachtete es eingehender. Es war das Medaillon, das Sjan Koopmanns um den Hals trug. Silbern, in der Mitte ein Stein eingebettet in eine wabenförmige Struktur.

Es glich jenem Medaillon, das sie in der Kate von Tinneke neben der Tür hatte hängen sehen. Konnte es sich um dasselbe Schmuckstück handeln? Das Porträt von Sjan und Aad Koopmanns war handgemalt. Eines jener Bilder, mit denen sich die Menschen für die Nachwelt verewigten. Die Koopmanns' hatten sich das etwas kosten lassen. Und für eine solche Gelegenheit kleidete man sich entsprechend. Aad trug einen Smoking, Sjan ein weißes Abendkleid und das Medaillon. Es musste sich um ihr liebstes, wenn nicht gar wertvollstes Schmuckstück gehandelt haben. Und ein solches verlor oder verschenkte man nicht einfach. Man vererbte es oder gab es einem Menschen, der einem besonders wichtig war.

Wenn es sich also um ein und dasselbe Medaillon handelte – wie war Tinneke, die normalerweise Strandgut sammelte, in seinen Besitz gelangt?

Mit diesem Gedanken ging Griet durch den verlassenen Speiseraum auf die Terrasse hinaus. Durch den Hotelgarten gelangte sie auf den Kiesweg, der zum Deich führte.

Als sie sich umdrehte, um das Gartentor hinter sich zu schließen, sah sie kurz hinauf zum Dachgeschoss des Hotels.

Emma Bakker stand am Fenster und starrte sie an.

26

STRANDGUT

Die späte Nachmittagssonne schien zwischen den kahlen Bäumen hindurch auf Tinnekes Kate, die einsam auf der Lichtung im Wald stand. Rauch stieg aus dem Schornstein empor. Hinter dem Haus hörte Griet jemanden Holz hacken. Sie folgte dem Geräusch und ging seitlich um das Haus herum, wo unter einem Vordach ein Stapel Holzscheite lag. Tinneke stand mit einer Axt daneben und hackte neues Brennholz. Oder sie versuchte es zumindest. Sie holte Schwung, trieb die Axt aber nur wenige Zentimeter in den Holzblock, den sie auf dem Hackklotz aufgestellt hatte.

»Ich brauche zum Glück nicht mehr viel«, sagte sie, als sie Griet bemerkte, und wischte sich mit dem Handrücken die Schweißperlen von der Stirn. »Das Frühjahr ist da, so viele kalte Tage kommen nicht mehr.«

»Darf ich helfen?«, fragte Griet, und Tinneke überließ ihr bereitwillig die Axt. Griet holte aus und zerteilte das Holz mit einem Hieb.

Wenig später hatte sie den Holzvorrat der alten Frau aufgefüllt, und sie saßen drinnen in der geheizten Hütte bei einem *koffie,* für den Tinneke die Bohnen frisch gemahlen hatte.

»Ich glaube, ich werde langsam zu alt für dieses Leben.« Tinneke nippte an dem dampfenden Getränk. »Was führt dich zu mir?«

Griet deute mit einem Nicken zur Wand neben der Tür. »Ich komme wegen des Amuletts. Ich wüsste gern, woher du es hast.«

Tinneke schmunzelte. »Ich habe dein Bild in der Zeitung gesehen. Du arbeitest nicht für die Presse.«

»Nein … ich bin bei der Polizei. Und ehrlich gesagt weiß ich gar nicht, ob dein Medaillon etwas mit meiner Arbeit zu tun hat. Ich bin nur neugierig.«

Tinneke stand auf, holte das Schmuckstück und legte es zwischen sie auf den Tisch. »Es ist etwas ganz Besonderes, eines meiner schönsten Stücke. Wie all die anderen Dinge habe ich es am Strand gefunden, allerdings ist es mit einer traurigen Geschichte verbunden …«

Griet schwieg, während Tinneke das Schmuckstück nachdenklich betrachtete.

»Mein Mann und ich waren damals gerade erst hierhergezogen«, fuhr die alte Frau nach einer Weile fort, »und wir wussten noch nicht, welche Überraschungen unser neues Leben für uns parat halten würde. Eines Tages gingen wir in der Morgendämmerung an den Strand. In der Nacht hatte es einen Sturm gegeben, und wir dachten, es wäre vielleicht etwas angespült worden. Wir sahen sie schon von Weitem. Sie lag reglos da. Es war ein junges Mädchen, keine zwanzig. Sie schien ertrunken zu sein. Und um den Hals trug sie dieses Medaillon … Wir verständigten die Polizei. Und weißt du, ich dachte, die arme Frau braucht es nicht mehr, also bevor das schöne Stück in einer Asservatenkammer vergammelt …«

»Weißt du, wer die Tote war?«

»Wir haben ihren Namen aus der Zeitung erfahren. Sie hieß Lisbeth Mol.«

Griet kam die Geschichte in den Sinn, die Luuk de Jong beim Ausflug auf den *Vliehors* erzählt hatte. »Ich habe von ihr gehört.«

Tinneke lächelte. »Ja, man kann der Geschichte auf Vlieland kaum entgehen. Sie soll sich in der Sturmnacht auf dem *Vliehors* in die Fluten gestürzt haben. Warum sie das getan hat, ist bis heute ein Rätsel geblieben. Warte mal …«

Tinneke stand auf und ging zum Bücherregal. Sie blätterte kurz in einem Album, dann legte sie Griet einen alten Zeitungsartikel vor. »Den habe ich damals aufgehoben.«

Es war eine einspaltige Meldung über den Tod von Lisbeth Mol, die wiedergab, was Griet bereits wusste. Lediglich ein Satz ließ sie innehalten:

Die Verstorbene war Zimmermädchen im Badhotel, *einem beliebten Gästehaus auf der Insel.*

Unter dem Bericht war ein Schwarz-Weiß-Foto von Lisbeth Mol. Griet stellten sich die Haare auf den Armen auf.

»Was hast du?«, fragte Tinneke.

»Ich … Hör zu, ich verstehe, wie viel dir das Stück bedeutet, und ich kann dir nicht sagen, warum, aber es ist sehr wichtig für mich. Kannst du es mir überlassen? Ich zahle dafür.«

Tinneke schüttelte den Kopf. »Nicht nötig. Ich bin in einem Alter, wo man sich langsam von den Dingen trennen sollte. Bei dir ist es gut aufgehoben.«

Sie schob ihr das Medaillon über den Tisch zu.

Wenig später entfernte sich Griet schnellen Schrittes von Tinnekes Kate. Sie holte ihr *mobieltje* heraus und wählte die Nummer von Pieter.

»Wie auch immer ihr das anstellt«, sagte sie, »aber besorgt uns die Akte über eine Lisbeth Mol. Liegt schon lange zurück, 1989. Vermutlich Selbstmord. Ja … frag Henk oder Karen. Das Risiko müssen wir jetzt eingehen.«

Sie beendete das Gespräch.

Griet erinnerte sich an die Zeile aus dem Brief, den Fleming ihr geschrieben hatte: *Nicht selten ist eine alte Familiengeschichte am Ende der Grund für den Mord.*

Lisbeth Mol hatte im *Badhotel* gearbeitet, dem Betrieb von Sjan Koopmanns, der das Medaillon gehört hatte. Lisbeth könnte es ihrer Dienstherrin gestohlen haben. Vielleicht hatte Sjan es ihr aber auch geschenkt. Und dann war da noch eine andere Möglichkeit …

Ihr *mobieltje* klingelte.

Es war Henk.

»Wir haben ein Problem«, kam er ohne Umschweife zur Sache. »Emma Bakker rief mich gerade an. Sie sagt, du wärst auf der Insel und hättest vorhin mit Neeltje gesprochen.«

Griet erklärte ihm die Situation. »Ich weiß, dass du jetzt eigentlich Wouters verständigen müsstest. Aber …«

»Du brauchst dich nicht zu erklären, Griet. Mir ist klar, wie viel bei der Sache für dich persönlich auf dem Spiel steht.«

»Henk«, sagte Griet, »ich kann dich nur bitten, mir eine Chance zu geben.«

Für einen Moment wurde es still am anderen Ende der Leitung. »In Ordnung, aber haltet euch von Emma und Neeltje fern. Emma wird sich sonst sicherlich an die Bürgermeisterin wenden, und dann sind mir die Hände gebunden.«

»Danke, Henk.«

Griet schob das *mobieltje* in die Jackentasche und beschleunigte ihre Schritte.

Sie wusste, wo sie Lisbeth Mol finden würde.

27

BÖSE MENSCHEN

Es wurde langsam Abend. Pfarrer Arjan, der neben Griet am Grab von Coen Martens stand, schlug den Kragen seiner Jacke hoch und rieb sich die Hände. Sie hatte ihn in der Sakristei angetroffen.

»Manchmal finden Liebende erst im Tod zueinander«, sagte er. Links neben der letzten Ruhestätte von Coen Martens befand sich ein schmaleres Grab mit einem grauen, ehemals weißen Grabstein. Auf ihm stand in schwarzer Schrift der Name Lisbeth Mol. Das gerahmte Bild, das den Stein zierte, war das gleiche Schwarz-Weiß-Foto wie in dem Zeitungsartikel bei Tinneke. Griet erinnerte sich daran, dass sie das Bild und Lisbeths Namen im Vorbeigehen gesehen hatte, als sie das erste Mal an das Grab von Coen Martens getreten war.

»Das bedeutet, dass Lisbeth Mol und Coen Martens ein Liebespaar waren?«

»Vermutlich.«

Das würde eventuell erklären, wie Lisbeth an das Medaillon von Coens Großmutter Sjan Koopmanns gekommen war.

»Warum haben Sie mir das nicht erzählt?«

»Sie haben nicht gefragt. Und ich hätte nicht gedacht, dass das für Ihre Ermittlungen von Belang ist.«

Das war Griet zu dem damaligen Zeitpunkt selbst noch nicht klar gewesen. Und sogar jetzt konnte sie noch nicht wirklich sagen, ob diese alte Geschichte tatsächlich eine Rolle beim Tod von Vincent Bakker spielte.

Eines lag jedoch nahe: dass der Tod von Lisbeth Mol und der von Coen Martens zusammenhingen. Griet verglich die Daten auf den beiden Grabsteinen. Lisbeth war eine knappe

Woche nach Coens tödlichem Unglück auf der Fähre in den Freitod gegangen.

»Was wissen Sie über die beiden?«, fragte Griet.

»Wenig. Wie ich schon sagte, ich war damals neu auf der Insel und kannte die Gemeinde noch nicht gut … Allerdings war da eine junge Frau, die regelmäßig zur Messe kam. Sie erzählte mir von Lisbeth.«

»Die beiden waren befreundet?«

»Ja, sie war wohl ebenfalls Zimmermädchen im *Badhotel.*«

»Wissen Sie noch ihren Namen?«

»Anna de Boer«, sagte Pfarrer Arjan. »Kurz nach Lisbeths Tod kam sie wieder zu mir. Sie war völlig verzweifelt und erzählte wirre Dinge. Sie sagte mir, dass Lisbeth eine Beziehung mit Coen hatte. Und dass … böse Menschen sie in den Tod getrieben hätten.«

»Was könnte sie damit gemeint haben?«

»Ich weiß es nicht. Es war ein seltsames Gespräch. Als ich nachfragte, lief sie fort. Wenig später verließ sie dann die Insel.«

»Wo wollte sie hin?«

»Soviel ich weiß, ging sie nach Amsterdam.« Pfarrer Arjan wies Griet mit der Hand den Weg. »Sie müssen mich jetzt leider entschuldigen, ich muss noch die Abendmesse vorbereiten.«

Griet begleitete ihn zum Ausgang des Friedhofs. Bei einem frisch aufgeschütteten Grab, das mit vielen Kränzen und Blumen geschmückt war, blieb der Pfarrer noch einmal stehen. Es war die letzte Ruhestätte von Vincent Bakker.

»Sie meinten vorhin, dass die Ermittlungen für Sie noch nicht abgeschlossen sind«, sagte Pfarrer Arjan. »Und dass Sie Tim Janssen nicht für den Mörder von Vincent Bakker halten.«

Griet nickte.

»Ich glaube das ebenfalls nicht. Der Junge hatte Probleme. Aber in seinem tiefsten Inneren war er kein schlechter Mensch. Finden Sie den wahren Mörder, *mevrouw* Commissaris.«

»Das werde ich, *uwe genade.*«

Sie reichte ihm zum Abschied die Hand und blieb allein zurück. Auf dem Holzkreuz von Vincent Bakkers Grab landete ein Rabe und stieß einen krächzenden Schrei aus.

Griet reihte in Gedanken die Fragmente zusammen, die sie über die Geschehnisse im Sommer 1989 bislang zusammengetragen hatte: Vincent Bakker und Coen Martens, die beiden Cousins, waren damals Auszubildende im *Badhotel* gewesen, wo auch Lisbeth Mol arbeitete. Lisbeth hatte mit Coen eine Beziehung. Coen und Vincent waren beste Freunde. Bis zu dem Abend auf der Fähre. Coen und Vincent hatten an Deck miteinander gerungen. Und Griet ahnte nun, worum es dabei vielleicht gegangen war. Coen stürzte über Bord und starb. Wenige Tage später suchte eine verzweifelte Lisbeth Mol auf dem *Vliehors* in den Fluten den Tod.

Böse Menschen haben sie in den Tod getrieben.

Griet ging einen Schritt näher an das Grab heran und flüsterte:

»Was hast du getan, Vincent Bakker?«

***

Es war eine sternenklare Nacht. Eingehüllt in eine warme Decke, hockte Griet auf der Sitzbank an Deck der *Artemis.* Von Pieter hatte sie inzwischen gelernt, dass sich dieser offene Sitzbereich mit Steuerstand im Heck eines Schiffs *Plicht* nannte. Der Wind ging nur schwach, und hinter dem Deckaufbau ließ es sich einigermaßen aushalten. Das einzige Geräusch kam vom Wasser, das träge am Rumpf des Schiffs schmatzte.

In ihrer Hand dampfte heißer Grog in einem Glas, den Pieter gemacht hatte. Er kletterte den Niedergang hoch, aus dem immer wieder ein Schwall warmer Heizungsluft heraufstieg, und reichte Noemi ebenfalls ein Glas. Dann schaltete er das Licht unter Deck aus und setzte sich zu ihnen.

»Lecker gezellig.« Er blickte in den Himmel. »Seht euch das an …«

Es war beinahe vollständig dunkel im Hafen. Lediglich vor dem Hafengebäude leuchtete eine schwache Lampe, und im Boot von Ruud Seedorf brannte Licht.

»Erkennt ihr die vier hellen Sterne, die eine Art Trapez bilden? Das ist der große Wagen. Vom oberen linken Stern gehen noch drei weitere in einer geknickten Linie ab. Das ist seine Deichsel. Und da …« Pieter streckte den Finger aus. »… schräg darüber ist der kleine Wagen.«

Es mussten Abermilliarden Sterne sein. Einen solchen Nachthimmel hatte Griet lange nicht mehr gesehen. In der Großstadt mit ihren erleuchteten Straßenzügen war die Nacht manchmal fast so hell wie der Tag, vor allem, wenn sich ein bleiernes Grau für Tage am Himmel festsetzte. Doch hier öffnete sich in der Nacht die Unendlichkeit vor ihr – ein Anblick, bei dem ihr bewusst wurde, wie klein und unbedeutend die Welt in der großen galaktischen Unendlichkeit war.

Sie betrachtete noch einen Moment lang schweigend die Sterne. Dann berichtete sie Noemi und Pieter, was sie heute in Erfahrung gebracht hatte.

»Und du glaubst, diese Lisbeth Mol hat etwas mit unserem Fall zu tun?«, fragte Pieter.

»Ich weiß es ehrlich gesagt nicht. Klar ist nur, dass im Sommer 1989 zwei junge Menschen den Tod fanden. Und beide Male taucht der Name Vincent Bakker dabei auf.«

»Hm …«, machte Pieter. »Ich denke, wir sollten erst mal an Neeltje dranbleiben. Vielleicht erzählt sie uns noch mehr über ihren Stiefvater …« Er nickte Noemi zu.

»Du hattest ja gesagt, wir sollten die Akte über Lisbeth Mol besorgen«, erwiderte sie. »Also war ich auf der Wache und habe Karen den Bosch gebeten, im Archiv nachzusehen. Bei der Gelegenheit habe ich mich erkundigt, ob sich auf der Insel in den Tagen vor dem Mord irgendetwas Ungewöhnliches ereignet hat. Die Gute hat offenbar ein schlechtes Erinnerungsvermögen. Ich musste selbst in den Dienstprotokollen nachsehen. Und siehe da: Am Abend vor dem Mord ging auf der Wache ein Anruf von Emma Bakker ein …«

»Und was wollte sie?«

»Sie meldete ihre Tochter als vermisst.«

»*Well alle duivels* – zum Teufel!« Griet stellte den Becher neben sich auf die Bank und beugte sich vor. »Sie meldete Neeltje als vermisst?«

»Als ich ihr die Notiz im Protokoll zeigte, kam Karens Erinnerungsvermögen zurück. Sie hatte den Anruf selbst entgegengenommen. Emma sagte ihr, dass Neeltje an dem Tag nicht bei der Arbeit gewesen und abends auch nicht nach Hause gekommen war. Und bei Freunden war sie ebenfalls nicht …«

»Neeltje ist erwachsen«, meinte Griet, »da ist das doch nichts Ungewöhnliches.«

»Stimmt«, sagte Pieter, »es sei denn, man hat als Mutter einen triftigen Grund, um das Wohl seines Kindes zu bangen. Und wir glauben, dass es für Emma Bakker einen solchen gab.«

»Neeltje tauchte nämlich erst am nächsten Morgen wieder auf, und das unter seltsamen Umständen«, erklärte Noemi. »Karen erinnerte sich an den Anruf von einem Major Kaast. Er leitet den Luftwaffenstützpunkt auf dem *Vliehors.* Und er hatte an jenem Morgen eine Gefechtsübung abbrechen müssen, weil sich eine Person unerlaubt auf dem *Vliehors* aufhielt.«

»Und das war …«

»Neeltje. Es befanden sich bereits zwei F16-Bomber mit scharfer Munition im Endanflug. Major Kaast entdeckte Neeltje durch sein Fernglas, als sie aus dem *Drenkelingenhuisje* kam. Offenbar hatte sie die Nacht dort verbracht.«

»*Ongelofelijk* – unglaublich.« Griet war sprachlos und blickte von Noemi zu Pieter, der ebenfalls nur die Schultern zuckte.

»Karen konnte mir nicht sagen, was das Mädchen dort zu suchen hatte«, fügte Noemi hinzu. »Henk fuhr los und brachte Neeltje nach Hause.«

»Das Merkwürdigste aber ist«, sagte Pieter, »dass außer dem Anruf von Emma Bakker nichts von diesen Ereignissen im Dienstprotokoll verzeichnet steht.«

»Warum nicht?«

»Karen wurde gebeten, den Vorfall nicht zu erwähnen.«

»Von wem?«, fragte Griet.

»Von Henk.«

28
ZIMMER 24

»Ich weiß, dass du dort warst«, sagte Griet zu der jungen Frau, die neben ihr auf der Bank saß. »Und was auch immer der Grund gewesen sein mag, ich verspreche dir, dieses Gespräch bleibt unter uns.«

Sie hatte sich mit Neeltje auf der *Vuurboetsduin* getroffen, dem Hügel, auf dem der weiß-rote Leuchtturm der Insel stand.

Griet war sich inzwischen sicher, dass Neeltje sich in jener Nacht nicht zufällig auf den *Vliehors* verirrt hatte. Als Griet mit Luuk de Jong im *Drenkelingenhuisje* gewesen war, hatte er ein Mobiltelefon präsentiert, das dort immer einsatzbereit lag. Neeltje hätte also jederzeit Hilfe rufen können, was sie aber nicht getan hatte. Das bedeutete, sie hatte absichtlich dort Zuflucht gesucht und die Nacht verbracht. Und wenn eine junge Frau wie Neeltje so etwas tat, musste sie sehr verzweifelt gewesen sein.

Falls es überhaupt eine Chance gab, die Erklärung dafür zu erhalten, dann nur in einem vertraulichen Gespräch. Deshalb hatte Griet sich allein mit Neeltje an diesem einsamen Ort verabredet. Und nun saßen sie auf der Bank unter dem Leuchtturm, von wo aus der Blick über das Watt bis weit in die Ferne schweifen konnte. Es war Ebbe, und eine Handvoll Segler hatte sich vor der Insel trockenfallen lassen. Die Besatzungen der Schiffe wateten in Gummistiefeln in Richtung der Insel.

»Ich hatte gehofft, nie wieder über diese Sache reden zu müssen …«, sagte Neeltje.

»Ich werde dich nicht dazu zwingen. Wir können beide

wieder unserer Wege gehen.« Griet machte eine Pause. »Es ist nur so: Solche Dinge haben die Eigenart, immer auf irgendeine Weise ans Licht zu kommen. Sollte zum Beispiel die Staatsanwaltschaft Zweifel hegen, dass Tim der Täter war, werden sie Leute schicken, die Fragen stellen. Und das werde dann nicht ich sein …«

Neeltje saß vorgebeugt und mit gesenktem Kopf da, ihr Gesicht war von ihren langen schwarzen Haaren verborgen.

Eine Weile schwiegen beide Frauen. Schließlich richtete sich Neeltje auf. Griet konnte die Tränen in ihren Augen sehen.

»Dieses Schwein …«, sagte sie mit erstickter Stimme, »… er hat mich vergewaltigt.«

»Von wem sprichst du, Neeltje?«

»Vincent.« Damit hatte Griet gerechnet, auch wenn sie um Neeltjes willen gehofft hatte, dass es sich nicht so verhielt.

Neeltje begann zu weinen, und Griet legte ihr vorsichtig die Hand auf den Arm. Sie verzichtete darauf, nachzuhaken, sondern wartete, bis die junge Frau weitersprach.

»Es … es war früher Abend. Ich war im zweiten Stock und machte das Bett in einem der hinteren Zimmer. Es … es war Nummer vierundzwanzig. Das werde ich nie vergessen. Er kam einfach rein, schloss die Tür hinter sich ab. Dann zwang er mich aufs Bett und … und dann …«

»Schon gut«, sagte Griet leise. »Mehr brauchst du mir nicht zu sagen …«

Natürlich sah das übliche Vorgehen anders aus. Behauptete eine Frau, vergewaltigt worden zu sein, folgte neben einer körperlichen Untersuchung eine ausgiebige Befragung, wobei die Betroffene den Vorgang in möglichst allen Einzelheiten schildern sollte. Eine entwürdigende Situation, allerdings notwendig, um auszuschließen, dass es sich um eine erfundene Geschichte handelte. Doch in diesem Fall bestand für Griet kein Zweifel, dass die junge Frau neben ihr die Wahrheit sagte.

»War es das erste Mal?«

Neeltje nickte. »Er hat mich schon früher … belästigt, aber das …«

»Ich habe so einiges über ihn gehört«, unterbrach Griet sie.

Neeltje vergrub das Gesicht in den Händen. »Und ich dachte … es läge an mir. Dass ich irgendetwas falsch gemacht hätte, irgendwas gesagt oder getan, das ihn dazu angestachelt hat.«

»Das ist nicht deine Schuld«, sagte Griet. »Was geschah, nachdem er es getan hatte?«

»Ich lief weg. Nach Hause konnte ich nicht … wie sollte ich meiner Mutter gegenübertreten? Ich bin in den Dünen umhergeirrt, stundenlang. Irgendwann war ich auf dem *Vliehors.* Ich bin da einfach raus … diese Weite, da war einfach nichts. Es zog mich an, als könnte ich mich darin auflösen …«

»Und du bist über Nacht im *Drenkelingenhuisje* geblieben.«

»Es wurde irgendwann dunkel. Man verliert dort draußen die Orientierung. War ganz schön kalt. Aber in dem Häuschen liegt eine Notausrüstung für Schiffbrüchige, unter anderem Decken und Wärmepacks. Damit ging es.«

»Der Luftwaffe hast du am nächsten Morgen auf jeden Fall einen gehörigen Schrecken eingejagt.«

Neeltje musste kurz lachen. »Stimmt, die mir aber auch.«

»Henk hat dich nach Hause gebracht?«

»Ja. Mutter hat ihn bedrängt, die Sache zu vertuschen. Sie

fürchtete das Getratsche im Dorf. Schlecht fürs Geschäft … das war natürlich ihre größte Sorge. Henk hat nachgegeben. Er kannte den Major offenbar und meinte, er hätte noch was gut bei ihm.«

Das erklärte, warum von der ganzen Sache nichts in den Dienstberichten zu finden war. Die besondere Situation auf der Insel und Henks Nähe zu den Bewohnern mochte erklären, dass er der Bitte von Emma Bakker nachgekommen war und Neeltje damit geschützt hatte. Dennoch hätte Griet sich gewünscht, dass er ihr davon berichtet hätte.

»Hast du deiner Mutter die Wahrheit erzählt?«

»Nein. Sie denkt, ich wäre wegen eines Streits mit Tim dort raus …«

»Es tut mir sehr leid, dass du das durchmachen musstest«, sagte Griet. »Eines muss ich allerdings noch wissen, und ich bitte dich, ehrlich zu sein.«

Neeltje nickte.

»Wusste Tim, dass Vincent dich vergewaltigt hat?«

Sie schluckte. »Ja. Ich … ich habe ihm am nächsten Abend davon erzählt.«

»Das war der Abend, an dem ihr euch in seinem Camper gestritten habt?«

»Ja … ich war da nicht ganz ehrlich zu dir.«

»Schon okay.«

»Wir haben nicht richtig gestritten. Ich habe ihm erzählt, was passiert war. Da ist er komplett ausgetickt, wurde laut und ist weggerannt. Er … er wollte zu Vincent und ihn zur Rede stellen.«

»Tim wusste, dass dein Stiefvater freitagabends in der Halle an seinem Boot arbeitet?«

»Ich hatte es ihm gesagt … Ich habe Tim aber wirklich kurze Zeit drauf in der Gartenlaube gefunden. Er meinte, dass er bei Vincent war, ihm eine verpasst und ihm gesagt hat, er soll seine Drecksfinger von mir lassen.«

Griet atmete tief durch. »Neeltje, sag mir noch mal, wie viel Zeit verging von dem Zeitpunkt, als Tim weglief, bis du ihn im Schrebergarten gefunden hast?«

»Ich weiß es nicht genau … eine halbe, maximal eine Stunde.«

Griet ging den Ablauf erneut in Gedanken durch und berechnete, ob die Zeit ausgereicht hätte, Vincent Bakker zu töten und seine Leiche raus aufs Meer zu schaffen. Sie kam zum wiederholten Mal zu dem Schluss, dass es unmöglich gewesen wäre.

»Er hat ihn nicht getötet«, sagte Neeltje. »Er hat ihn nur geschlagen. Wir waren dann zusammen in der Laube. Er … ist mir nicht von der Seite gewichen …« Sie begann, heftig zu schluchzen.

Griet seufzte und hob die Augenbrauen. »Ich schätze, es wird so gewesen sein …«

Da war allerdings noch etwas anderes, das ihr in dem Zusammenhang plötzlich durch den Kopf ging.

»Neeltje, wusstest du, dass dein Stiefvater eine Kamera an der Halle installiert hatte, in der sein Schiff stand?«

»Natürlich. Er hat Mutter und mir wochenlang damit in den Ohren gelegen.«

»Du hast nicht zufällig Tim davon erzählt?«, fragte Griet. »Die Sache ist nämlich die: Die Aufzeichnungen wurden gestohlen. Allerdings ereignete sich der Einbruch erst am nächsten Abend. Das bedeutet, wer auch immer die Aufzeichnungen entwendet hat, erfuhr erst später von der Kamera und muss einen guten Grund gehabt haben, das Risiko des Einbruchs einzugehen …«

»Na ja …« Neeltje sah Griet mit großen Augen an. »Ich

habe es ihm tatsächlich gesagt. Ich habe mich mit ihm an dem Tag getroffen, als ihr die Leiche gefunden habt und bei uns wart. Ich sagte ihm, dass man den Täter wohl schnell identifizieren würde … wegen der Überwachungskamera. Und da ist uns beiden aufgegangen, dass er auch darauf zu erkennen sein könnte. Also …«

»Verstehe.«

Sollte der Junge im Besitz der Aufzeichnungen gewesen sein und sie sich angeschaut haben, wusste er, wer nach ihm in die Halle gegangen war und Vincent Bakker erschossen hatte.

Tim Janssen hatte den Täter also vermutlich gekannt.

»Hat Tim die Aufnahmen dir gegenüber jemals erwähnt oder gesagt, was darauf zu sehen ist?«

»Nein.«

»Weißt du, wo er sie versteckt haben könnte?«

Neeltje zuckte die Schultern. »Keine Ahnung.«

Für einen Moment schaute Griet auf das Watt hinaus, wo das verbliebene Wasser flach wie ein bleierner Spiegel dalag. Dann ließ sie den Blick über die Insel schweifen. Rechts erstreckte sich die weite Heidelandschaft in Richtung *Vliehors,* links das kleine Dorf, dessen Häuser sich hinter den Wattendeich kauerten. Von hier oben war sogar die kleine Schrebergartenkolonie zu sehen, wo Neeltje und Tim in der Mordnacht …

Griet stand auf.

»Godverdomme«, sagte sie. »Ich glaube, ich weiß, wo er sie versteckt hat …«

Sie wählte auf dem *mobieltje* die Nummer von Pieter.

»Wir werden alles auf eine Karte setzen müssen«, sagte sie. »Wir müssen mit Wouters reden, und ich schätze, dass du im Moment von uns dreien die besten Chancen hast, bei ihm

Gehör zu finden. Wir brauchen einen Durchsuchungsbeschluss für die Schrebergartenlaube der Janssens.«

»Ich kümmere mich darum«, sagte Pieter am anderen Ende der Leitung. »Es ist gut, dass du anrufst.«

»Warum, was gibt es?«

»Wir haben die Akte von Lisbeth Mol hier. Es scheint sich in der Tat um einen Selbstmord gehandelt zu haben. Aber die junge Dame muss wirklich äußerst verzweifelt gewesen sein.«

»Weshalb?«

»Weil Lisbeth Mol schwanger war.«

29
AMSTERDAM

Es ist seltsam, dachte Griet, als sie entlang der Gracht über den *Oudezijds Achterburgwal* ging. Hier in Amsterdam hatte alles angefangen. Im Viertel *De Pijp.* Dort hatte sie die ersten Dienstjahre als Streifenpolizistin verbracht, bevor sie nach Rotterdam gegangen war. Sie hatte die Stadt geliebt, die Gerüche, die Menschen, die Vielseitigkeit, das pulsierende Leben. Heute war das anders. Sie fühlte sich eingeengt in den schmalen Gassen zwischen den verklinkerten Altbauten. Die Luft war stickig. Die vielen Menschen, der Verkehr, die Geräusche machten sie nervös. Hatten ein paar Wochen in der Einöde von *Fryslân* sie derart verändert? Sie sehnte sich nach frischer Luft, dem hohen Horizont über weitem Land, der Ruhe, dem Geruch des Meeres.

Sie schritt vorüber an einem *Erotic Museum,* mehreren Sexshops, Fenstern, in denen junge Frauen ihren Körper anboten, bis sie schließlich vor einem Eckhaus stehen blieb.

Rechts daneben führte eine Gasse über eine kleine Brücke direkt auf die *Oude Kerk* zu. Das Haus hatte vier Stockwerke, die in einem Stufengiebel endeten. Hinter den Messingfenstern hingen rote Gardinen. Auf dem Schild über der Eingangstür stand *Casa Rosso.* Es war ein Stundenhotel.

Besonders schwierig war es nicht gewesen, Anna de Boer ausfindig zu machen. Natürlich gab es viele Frauen mit einem solchen Namen in der Stadt, aber wiederum nicht so viele, die im entsprechenden Alter waren. Den Rest hatten ein paar Anrufe bei ehemaligen Kollegen erledigt. Bei Toine Stevens, der die Wache im Stadtteil *De Wallen* leitete, war Griet schließlich fündig geworden. Er kannte die Bewohner des Rotlichtbezirks gut und berichtete ihr von einer älteren Dame, die ein einschlägiges Etablissement führte und die ihm einmal erzählt hatte, dass sie als junge Frau das Hotelhandwerk auf Vlieland erlernt hatte.

Griet ging die Stufen zum Eingang hinauf. Toine hatte sie bei Anna de Boer angekündigt. Sie erwartete Griet an der Rezeption. Anna war Ende fünfzig, hatte graues Haar, das zu einem Zopf geflochten war. Auf ihrer rechten Wange prangte eine Warze. Sie trug einen Hosenanzug wie eine seriöse Geschäftsfrau und entsprach in keiner Weise den Klischees, die man allgemein mit Menschen ihres Berufsstandes verband.

Anna führte sie nach hinten in ein Büro, in dem neben einem Schreibtisch eine Couch und ein Sessel standen. Sie schloss die Tür hinter ihnen und bedeutete Griet, auf dem Sofa Platz zu nehmen. Sie selbst setzte sich in den Sessel.

»Toine sagte mir, dass Sie mit mir über Vlieland reden möchten«, meinte Anna. Sie öffnete eine goldene Schatulle, die auf dem Beistelltisch stand, nahm eine Zigarette heraus und zündete sie an. »Ich weiß nicht, ob ich Ihnen eine große Hilfe sein kann, ist schon lange her, dass ich dort war …«

»Ich ermittle im Mordfall Vincent Bakker.«

Anna ließ das Feuerzeug sinken und blickte Griet an. »Da hat es den Richtigen erwischt.«

»Sie kennen ihn?«, fragte Griet.

»Den kann man kaum vergessen.«

Griet hatte sich das Foto von Lisbeth Mol aus dem Zeitungsbericht kopiert und reichte es Anna. »Diese junge Frau nahm sich im Sommer 1989 das Leben.«

Anna de Boer griff nach dem Foto und betrachtete es.

»Lis …«, flüsterte sie.

»Ich möchte uns beiden nicht die Zeit stehlen, *mevrouw* de Boer«, sagte Griet. »An der Leiche von Lisbeth Mol wurde damals eine Obduktion durchgeführt. Als Todesursache wurde Ertrinken festgestellt. Man entdeckte aber auch, dass sie schwanger war. *Mevrouw* de Boer, ich bin selbst Mutter. Ich kann mir daher ansatzweise vorstellen, wie verzweifelt man sein muss, wenn man sich und seinem ungeborenen Kind das Leben nimmt. Ich glaube, dass es einen bestimmten Grund gab, warum Lisbeth das getan hat …«

»Da mögen Sie richtigliegen …« Anna de Boer zog an ihrer Zigarette und ließ den Rauch langsam aus ihrem Mund entweichen. »Allerdings war das damals noch eine andere Zeit. Um ein Zimmermädchen, das sich in die Fluten stürzt, hat man nicht allzu viel gegeben. *Weibliche Depression* nannte der Polizist das.« Sie stieß ein heiseres Lachen aus.

»Was ist Lisbeth Mol damals zugestoßen?«, fragte Griet.

»Vincent Bakker ist ihr zugestoßen.«

»Was hat er getan?«

»Ich nehme an, Sie haben inzwischen ein bisschen was über ihn erfahren?«

Griet nickte.

»Er war einer von den Typen, die durchdrehen, wenn sie

nicht alle paar Tage Sex haben. Ich sehe diese armen Würstchen ja hier jeden Tag … Was irgendwie eine Ironie des Schicksals ist, oder? Einer von diesen Triebgesteuerten treibt meine beste Freundin in den Tod, und heute verdiene ich mein Geld mit ihnen.«

»Hat er sich an Lisbeth vergangen?«

»So hätte er das nie genannt … Wissen Sie, damals regte sich niemand auf, wenn ein Mann einer Frau, besonders einem Dienstmädchen, an den Hintern fasste, *zufällig* ihre Brüste berührte oder sie auf einem Fest einfach mal abknutschte.« Anna de Boer deutete auf die Warze auf ihrer Wange. »Die hatte ich schon damals. Ich glaube, sie hat mich vor Vincent beschützt.«

»Und Lisbeth hatte nicht so viel Glück.«

»Nein. Er hat sie immer wieder bedrängt. Und dann war sie schwanger.«

»Sie meinen, das Kind stammte von ihm?«

»Das wusste Lis nicht. Und das war ja gerade das Schlimme. Sie war damals mit Coen Martens zusammen. Natürlich wusste niemand etwas davon. Der Sohn der Hoteliers und ein Zimmermädchen … so etwas schickte sich nicht.«

»Wusste Coen Martens, dass Lisbeth schwanger war?«

»Wo denken Sie hin. Und Lis hatte ihm auch nichts von der Sache mit Vincent erzählt. Außerdem … Coen ist dann dieses schlimme Unglück zugestoßen …«

Griet dachte an die Sturmnacht, als Coen und Vincent auf dem Oberdeck der Fähre miteinander gerungen hatten. Niemand hatte angeblich von der Beziehung zwischen Coen und Lisbeth gewusst. Und Lisbeth hatte keinem erzählt, was Vincent ihr angetan hatte oder dass sie schwanger war.

Etwas, das Guus van Schouten, der Concierge, gesagt hatte, kam Griet in den Sinn: Vincent hatte manchmal mit seinen weiblichen Eroberungen gegenüber Coen geprahlt. Und einmal hatte Guus die beiden trennen müssen, als sie wegen eines Mädchens miteinander gekämpft hatten.

Was, wenn es wieder so gewesen war?

Was, wenn Vincent Bakker bei seinem Cousin damit angegeben hatte, was er mit Lisbeth getan hatte? Dann war es durchaus zu erklären, dass zwischen den besten Freunden ein Kampf auf Leben und Tod entbrannt war – den Coen Martens verloren hatte.

»Coens Tod gab Lis den Rest«, fuhr Anna de Boer fort. »Er war ihr letzter Anker gewesen. Sie konnte ja nicht mal zu ihren Eltern mit dieser Sache. Da sah sie keinen anderen Ausweg mehr und ging auf den *Vliehors.*«

Wie Neeltje, dachte Griet.

»Hat Lisbeth Ihnen das alles vor ihrem Tod anvertraut?«

»Nein. Ich weiß es aus ihrem Tagebuch. Nach ihrem Tod konnte ich nicht mehr im *Badhotel* bleiben. Und ich wollte etwas Persönliches von ihr als Erinnerung behalten. In ihrem Zimmer fand ich das Tagebuch und nahm es mit.«

»Anna, könnte ich einen Blick darauf werfen?«

»Den Gefallen würde ich Ihnen gern tun. Aber ich habe es nicht mehr. Ich habe es weggegeben.«

Griet war irritiert. Warum sollte diese Frau eines ihrer liebsten Erinnerungsstücke verschenken? »Ich glaube, das müssen Sie mir erklären, Anna.«

»Es ist schon lange her. Ein junger Mann kam hierher. Er wollte mit mir über Lis sprechen …«

»Wer war er?«

»Oh, ich habe ihn sofort erkannt. Er hatte die gleichen Augen wie sie … Ich gab ihm das Buch, er hatte schließlich das Recht, endlich die Wahrheit zu erfahren.«

»Soll das etwa bedeuten …?«

»Aber ja … Lis hatte einen Bruder.«

Griet holte ihr Moleskin heraus.

»Anna, beschreiben Sie mir bitte ganz genau, wie der Mann aussah.«

***

Eine knappe Stunde später steuerte Griet den Mietwagen bei Den Oever auf den *Afsluitdijk,* der Deich, der Nordsee und Ijsselmeer trennte. Nebel war aufgezogen, die Sicht betrug weniger als hundert Meter. Sie aktivierte die Freisprecheinrichtung. Nach dem Freizeichen meldete sich Pieter.

»Ich war gerade bei Anna de Boer«, sagte sie. »Ich weiß jetzt, wer Vincent Bakker getötet hat.«

»*Uitstekend* – ausgezeichnet«, antwortete Pieter. »Dann sind wir schon zu dritt. Ich war mit Noemi in der Schrebergartenlaube der Janssens. Du hattest recht. Tim hatte den Speicherchip mit den Videoaufzeichnungen dort versteckt. Vermutlich muss ich dir nicht mehr sagen, warum uns nicht gefallen kann, was darauf zu sehen ist.«

»Nein. Ich nehme die nächste Fähre. Seht zu, dass er nicht abhaut.«

»Ich fürchte, dafür ist es zu spät. Wir wissen nicht, wo er ist – dafür weiß er aber, dass wir die Aufzeichnung haben.«

»*Godverdomme!*«

Griet legte auf, trat das Gaspedal durch und raste in den dichten Nebel.

30
DER BRUDER

Der *Vliehorsexplorer* kam ruckelnd vor dem *Drenkelingenhuisje* zum Stehen. Luuk de Jong stellte den Motor ab. Er hatte sich umgehend bereit erklärt, der Polizei behilflich zu sein, nachdem Griet ihn daran erinnert hatte, dass sein Geheimnis mit dem Bankraub bei ihnen gut aufgehoben war. Mit einem Blick durch die Windschutzscheibe sagte er: »Ihr werdet erwartet.«

Auf der umlaufenden Terrasse des Schutzhauses war eine Gestalt zu erkennen. Diese Person hatte ihr Kommen beobachtet, wandte sich nun ab und ging auf die Rückseite des Gebäudes.

»Wie besprochen …«, sagte Griet zu Pieter, der auf der breiten Beifahrersitzbank neben ihr saß. »Ich rede allein mit ihm. Greif nur ein, wenn es Ärger gibt.« Und an Luuk de Jong gerichtet, erklärte sie: »Für den Fall, dass wir beide Probleme bekommen, verständigst du sofort Noemi Bogaard über Funk.«

Sie öffnete die Beifahrertür und stieg aus. Der Wind kam stramm von vorn, so als wolle er sie auf die Insel zurückschieben. Sie zog den Reißverschluss des Parkas bis unters Kinn hoch und machte sich auf den Weg zum *Drenkelingenhuisje.*

Was sie tun musste, behagte ihr nicht. Normalerweise war es ein gutes Gefühl, einen Fall abzuschließen, für Gerechtigkeit zu sorgen, den Täter seiner verdienten Strafe zuzuführen. Dieses Mal bedurfte es noch nicht einmal eines Geständnisses, denn die Indizien – vor allem die Kameraaufzeichnung – sprachen eine eindeutige Sprache.

Alles ergab nun einen Sinn: Vincent Bakkers Ruf als Schürzenjäger. Sein Gerangel mit Coen Martens auf der Fähre. Coens tragischer Tod. Der Selbstmord von Lisbeth Mol, ihre Schwangerschaft. Lisbeths Bruder. Und wie all dies in Verbindung stand mit Neeltje de Jongs Vergewaltigung und dem Mord an Vincent Bakker. Seine Leiche war auf der Sandbank *De Richel* angespült worden, demselben Ort, wo man seinen ertrunkenen Cousin Coen gefunden hatte, mit dessen Tod die ganze Tragödie begonnen hatte.

Es war ein perfekter Kreis.

Während Griet mit festen Schritten durch den Sand ging, hoffte sie dennoch, dass es noch eine andere Erklärung gab.

Sie stieg die Leiter zum *Drenkelingenhuisje* hinauf und umrundete es. Auf der Rückseite stand ein Mann am Geländer, den Rücken ihr zugewandt, und blickte auf die See hinaus. Sie blieb einige Meter hinter ihm stehen.

Sie hatte gewusst, dass sie ihn hier finden würde, weil sie sich an seine Worte erinnert hatte: *Wenn irgendwo auf der Welt ein Ort existiert, an dem die Unendlichkeit greifbar ist, dann hier. Etwas zieht mich immer wieder hierher.*

Der Mann wandte sich zu ihr um.

»Hallo, Griet.«

»Hallo, Henk.«

***

Sie stellte sich zu ihm an das Geländer. In der Ferne zog ein Schlepper die havarierte *Honam* hinter sich her. Man hatte den Tanker erst gestern freibekommen, nachdem alles Öl abgepumpt und die Schäden der Kollision notdürftig repariert worden waren. Ohne dieses Schiffsunglück, an dem Marc

Martens eine Mitschuld trug, würden sie jetzt vermutlich nicht hier stehen.

»Wie hast du es herausgefunden?«, fragte Henk.

»Zufall.« Griet griff in die Jackentasche und zog das Medaillon heraus, das einmal Lisbeth Mol gehört hatte. »Das hier hat mich überhaupt erst auf die richtige Spur gebracht.«

Henk nahm das Schmuckstück und betrachtete es. »Ich … ich weiß noch, wie ich sie einmal beobachtet habe. Sie trug es um den Hals und betrachtete sich im Spiegel.«

»Es hat mich schlussendlich zu Anna de Boer geführt.«

»Anna, ja.« Henk blickte zu ihr auf. »Sie … hat dir vermutlich von dem Tagebuch erzählt?«

Griet nickte.

»Dann weißt du alles.«

»Zumindest so viel, dass ich mir das meiste zusammenreimen kann. Außerdem haben wir die Videoaufzeichnung aus der Mordnacht. Darauf ist zu sehen, wie du in die Halle gehst, kurz darauf der helle Blitz eines Schusses. Da du nicht wieder herauskommst, liegt es nahe, dass du mit der Leiche von Vincent Bakker den Hinterausgang genommen hast.«

»Wo hatte er die Aufnahme versteckt?«

»In der Schrebergartenlaube seiner Eltern.«

Henk zog die Augenbrauen hoch. »Natürlich. Hätte ich mir denken können. Manchmal ist es zu offensichtlich …«

»Hast du wirklich geglaubt, dass du mit der Sache durchkommst, Henk?«

»Tja … du weißt ebenso gut wie ich, dass genauso viele Morde unaufgeklärt bleiben wie gelöst werden. Es gab eine realistische Chance. Aber darüber habe ich mir nicht wirklich Gedanken gemacht … Ich musste es einfach tun, Griet.«

»Sie hat dir alles erzählt, oder?«, fragte Griet. »Als du

Neeltje hier auf dem *Vliehors* gefunden hast, hat sie dir gesagt, was Vincent ihr angetan hat. Und dann sind bei dir die Sicherungen durchgebrannt.«

»Es war wie bei meiner Schwester. Ich konnte das kein weiteres Mal geschehen lassen.«

»Eine Anzeige hätte es vielleicht auch getan.«

»Du weißt, wie das abläuft. Du weißt, was Neeltje hätte durchmachen müssen, wenn sie Vincent angezeigt hätte.« Henk bedachte sie mit einem bitteren Lächeln. »Du hast nicht hier neben ihr im Streifenwagen gesessen und gesehen, wie sie vor Kälte und Angst zitterte. Sie war hierhergekommen, um zu sterben. Sie wusste in ihrer Not nicht, wohin sie gehen sollte. Es war ihr eigener gottverdammter Stiefvater, der über sie hergefallen ist. Sollte die Drecksau denn noch eine weitere Frau in den Tod treiben?«

Griet hielt seinem wütenden Blick stand, konnte jedoch nichts erwidern. Denn natürlich hatte Henk recht. Ihr waren bereits dieselben Gedanken durch den Kopf gegangen, als sie mit Neeltje gesprochen hatte. Es wäre ein langer, quälender Prozess gewesen, dem sich die junge Frau hätte aussetzen müssen, und es wäre noch nicht einmal sicher gewesen, dass Vincent Bakker am Ende wirklich der Tat überführt worden wäre.

Henk bedeutete ihr, ihm zu folgen. Er führte sie auf die der Insel zugewandte Seite des *Drenkelingenhuisjes.* In der Ferne war die lange Dünenreihe zu sehen.

»Dort hinten«, sagte er, »da sind Lis und ich an den Wochenenden oft mit unseren Eltern hingekommen. Wir haben gepicknickt, Drachen steigen lassen, in den Dünen gespielt. Nachts in meinen Träumen sind wir wieder dort. Dann sehe ich ihr Lächeln … und wache schweißgebadet auf. Wir waren damals alle so glücklich …«

»Wann bekam deine Schwester die Anstellung im *Badhotel?*«

»Das war 1988. Ich weiß es noch genau. Zu dieser Zeit war es noch schwieriger als heute, auf der Insel Arbeit zu finden. Meine Eltern waren so stolz auf sie … Und dann dieser Tag im Spätsommer '89. Lis kam abends nicht nach Hause. Wir spürten alle, dass etwas nicht stimmt. Meine Eltern riefen bei der Polizei an. Die beruhigten sie, meinten, dass Lis schon wieder auftauchen würde.« Er stieß ein Seufzen aus. »Und das tat sie ja dann auch. Buchstäblich. Am nächsten Morgen entdeckten sie ihre Leiche am Strand …«

»Hatte sie euch gegenüber etwas erwähnt oder angedeutet?«

»Nein, wir waren ahnungslos. Wir wussten nichts über Vincent, nichts über Coen. Wir konnten uns nicht erklären, warum sie es getan hatte. Mein Vater kam am wenigsten damit klar. Er versuchte, es sich so zurechtzulegen, dass es ein Unglück war. Doch es war zu offensichtlich, dass Lis absichtlich den Tod gesucht hatte. Vater begann zu trinken. Mutter und er stritten sich nur noch, gaben sich gegenseitig die Schuld. Meine Mutter trennte sich von ihm und zog mit mir nach Brabant. Sie lernte einen anderen Mann kennen und heiratete ihn.«

»Und sie nahm seinen Namen an.«

»Ja, Kees van der Waal, so hieß er«, sagte Henk. »Kees erzog mich, weil mein eigener Vater es nicht mehr tun konnte: Mein Vater fuhr eines Tages mit dem Boot raus und kam nie wieder zurück.«

»Ich habe mich die ganze Zeit gefragt, warum ein junger Mann mit deinen Fähigkeiten freiwillig auf diese Insel kommt. Jetzt verstehe ich es.«

»Es hat mich nie losgelassen. Ich habe mich immer wieder

gefragt, warum Lis das getan hat. Weißt du, Vlieland war wie ein Magnet, der mich anzog. Ich musste hierherkommen und herausfinden, was meine Familie zerstört hatte.«

»Und hast gefunden, was du gesucht hast?«, fragte Griet.

»Es war nicht so einfach. Die Insulaner sind ein verschworenes Völkchen. Es hat eine Weile gedauert, aber nach und nach schnappte ich Gerüchte auf … über Vincent Bakker, über das Unglück von Coen Martens, der nur wenige Tage vor meiner Schwester gestorben war und direkt neben ihr begraben liegt. Es war nur eine vage Ahnung … bis mir Pfarrer Arjan von Anna de Boer erzählte.«

»Und sie gab dir das Tagebuch.«

Henk blickte zu Boden. »Es war schrecklich, Griet. Ich … ich habe es verbrannt. Lis beschrieb darin alles. Was Vincent mit ihr gemacht hat. Coen, den sie über alles liebte. Die Schwangerschaft. Die Verzweiflung …«

»Eines verstehe ich nicht«, sagte Griet. »Es ist schon länger her, dass Anna dir das Tagebuch gegeben hat. Du hattest reichlich Zeit für deine Rache. Warum erst jetzt?«

Henk zuckte die Schultern. »Ich bin Polizist. Wir bringen nicht einfach jemanden um. Und … ist Vergebung nicht eine der größten Tugenden? Du weißt auch, dass die meisten Menschen, die aus Rache einen Mord begehen, ihr Seelenheil trotzdem nicht finden. Das Gegenteil ist der Fall. Ich hatte beinahe meinen Frieden mit der Sache gemacht.«

»Doch dann kam Neeltje.«

»Genau, dann kam Neeltje …«

»Du wusstest, dass du Vincent an dem Abend in der Halle antreffen würdest?«

»Du erinnerst dich an den Brand in der Halle? Da ich mich mit der Sache befasst habe, wusste ich, dass er jeden Freitagabend dort ist.« Henk schob die Hände in die Jackentaschen.

»Als ich von Neeltjes Vergewaltigung erfuhr, musste ich schnell handeln. An dem Freitagabend war das Fest im *Oude Veermann.* Ich bin hin und habe gewartet, bis Bakker das Lokal verließ und zur Halle ging.«

»Die Waffe?«

»Habe ich vor vielen Jahren mal einem Dealer abgenommen. Warum ich ein Teilmantelgeschoss verwendet habe, brauche ich dir nicht zu erklären.«

»Ich geh davon aus, dass die Waffe jetzt irgendwo auf dem Meeresgrund liegt?«

»Natürlich. Im Gegensatz zu Bakker ist sie dort geblieben.«

»Es hätte das perfekte Verbrechen sein können.«

»Es lief ganz gut. Bis ich auf See war. Da hörte ich über Funk von dem Schiffsunglück. Dass ich mit dem Polizeiboot dort draußen war, hätte ich noch irgendwie erklären können, die Leiche weniger. Also musste ich sie schnellstmöglich loswerden …«

»Das war Pech«, meinte Griet. »Aber was ist mit der Überwachungskamera? Wenn du mit dem Brand in der Halle befasst warst, hättest du doch davon wissen müssen.«

»Bakker hat sie erst später anbringen lassen. Ich hatte keine Ahnung.«

»Aber dir war klar, dass Tim Janssen die Aufzeichnungen in seinen Besitz gebracht hatte.«

»Als wir seine Spuren in der Halle entdeckt haben, lag dieser Schluss nahe. Ich wollte mit ihm sprechen. Er wusste, was Vincent Neeltje angetan hatte. Ich hoffte, ihn auf meine Seite ziehen zu können und dass er sich auf einen Handel einlassen würde. Und wenn nicht: Ich hatte wegen der Drogen genug gegen ihn in der Hand, um ihn einfahren zu lassen.«

»Die Sache hat dann Noemi für dich aus der Welt geschafft.«

»Ich wollte nicht, dass der Junge stirbt, Griet. Warum musste er auch das Messer ziehen?« Henk schüttelte den Kopf.

»Und wenn er nicht gestorben wäre? Hättest du damit leben können, dass dem Jungen der Mord in die Schuhe geschoben worden wäre?«

»Ich weiß nicht … Zumindest hätte es keinen Unschuldigen erwischt. Der Junge war auf dem besten Weg, auf die schiefe Bahn zu geraten.«

»Wenn wir ihn gefasst hätten, hätte Tim womöglich ausgeplaudert, dass du auf dem Video zu sehen bist.«

»Die Gefahr bestand natürlich.«

»Und wenn wir unsere Ermittlungen auf Luuk de Jong und Marc Martens konzentriert hätten?«

»Das ist etwas anderes.« Henk sah ihr in die Augen. »Ich hätte sie dafür nicht in den Knast gehen lassen. Ich hätte die Karten auf den Tisch gelegt, wenn es notwendig gewesen wäre. Aber ihr hättet wahrscheinlich nichts gefunden, was sie dermaßen belastet.«

Griet schwieg einen Moment. Es war an der Zeit, eine Entscheidung zu treffen.

Der Wind trieb die Wolken über den Himmel, und ihre Schatten wanderten rasch über die weite Sandwüste. In einiger Entfernung näherten sich Wanderer dem Ufer der Meerenge zu Texel. Von der Nachbarinsel setzte ein kleines Boot zu ihnen über. Griet erinnerte sich an die Fährverbindung zwischen den Inseln, die der Inhaber des *Posthuys* erwähnt hatte.

»Als Pieter mich vorhin anrief und sagte, dass ihr die Kameraaufzeichnung habt, war mir klar, was das bedeutet. Ich bin hierhergekommen, um mich zu verabschieden«, sagte Henk schließlich. »Ich bin bereit, die Verantwortung für meine Tat zu übernehmen.«

»Weißt du noch, wie du mir erzählt hast, warum du zur Polizei gegangen bist?«, fragte Griet, ohne den Blick von der Landschaft abzuwenden. »Ich werde dir sagen, warum ich diesen Job mache …«

Er sah sie fragend an.

»Meine Großeltern waren Calvinisten. Und der Calvinismus geht von der völligen Verderbtheit des Menschen aus. Die Sünde beherrscht sein Denken, seine Gefühle, seinen Willen. Ich habe den ganzen anderen religiösen Unfug nie geglaubt. Aber weißt du, was ich nach den vielen Jahren in unserem Beruf glaube, Henk? Ich glaube, dass es das Böse wirklich gibt. Es verbirgt sich in den Schatten und Winkeln dieser Welt und lauert auf seine Gelegenheit. Und unsere Aufgabe ist es, die Hilflosen vor ihm zu beschützen.«

Sie machte eine Pause und wandte sich ihm zu.

»Und genau das hast du getan, Henk. Du hast Neeltje beschützt. Wir beide wissen, dass der wahre Mistkerl seine gerechte Strafe bereits erhalten hat. Vincent Bakker wird niemals wieder jemandem etwas antun.«

Sie deutete auf das kleine Schiff, das sich von Texel her dem *Vliehors* näherte. »Ich schätze, es wird bald hier sein.«

Henk ergriff ihren Arm. »Das kannst du nicht tun, Griet.«

»Es gibt nur eines, was ich nicht kann: Ich kann die Wahrheit nicht verheimlichen. Und sei es allein, damit Tims Eltern ihren Frieden finden. Ich kann dir aber einen kleinen Vorsprung geben.«

»Griet …«

»Sag nichts.« Sie löste seine Hand von ihrem Arm. »Ich wünsche dir viel Glück, Henk.«

Sie wandte sich ab, stieg die Treppe des *Drenkelingenhuisjes* hinunter und ging zurück zum *Vliehorsexplorer.* Wenige Augenblicke später kletterte sie auf den Beifahrersitz und schloss die Tür hinter sich.

»Pieter …«

Er hob die rechte Hand. »Du hast das Richtige getan.«

Luuk de Jong sah sie beide fragend an.

»Wir haben dir versprochen, dass dein Geheimnis bei uns sicher ist«, sagte Griet. »Es wäre schön, wenn du im Gegenzug auch etwas für dich behalten könntest …«

De Jong nickte.

Griet schnallte sich an und sah durch die Windschutzscheibe, wie Henk vom *Drenkelingenhuisje* in Richtung des Schnellboots ging.

Er war einer der wenigen Menschen gewesen, denen sie jemals vertraut hatte. Diesen Fehler würde sie nie wieder begehen.

31

IN NIJE DEI

Wim Wouters wirkte angespannt. Die roten Äderchen in seinen Augen und die dunklen Schatten darunter verrieten, dass er in den vergangenen Tagen wenig Schlaf gefunden hatte. Er saß zurückgelehnt auf dem Stuhl am Konferenztisch seines Büros und hatte die Hände wie zum Gebet unter dem Kinn gefaltet.

Griet hatte ihm gegenüber Platz genommen. Sie begegnete seinem Blick, während sie einen Schluck dampfenden *koffie* trank. Sie hatte Wouters einen vollständigen Bericht eingereicht, und nun war er an der Reihe. Pieter hatte von den Kollegen gehört, dass Wouters viele Stunden beim Polizeichef verbracht hatte, natürlich ohne dass jemand wusste, was die beiden besprochen hatten.

Vielleicht hatten sie überlegt, wie sie Griet am elegantesten loswurden. Mit diesem Gedanken war sie am Morgen auf der *Artemis* erwacht, die wieder in der *Norder Stadsgracht* vertäut lag. Als sie aus ihrer Koje durch den Salon zur Kaffeemaschine geschlurft war, die wie immer erst ansprang, nachdem sie dem Sicherungspaneel einen Schlag versetzt hatte, wurde sie von einer seltsamen Stimmung ergriffen: Das alte Plattboot, das Leben auf der Gracht, das klare, weite Friesland – all das fühlte sich inzwischen vertraut an. Und sie wollte ihr neues Leben ungern wieder verlassen.

Wim Wouters löste sich aus seiner Starre.

»Und es hat sich alles so zugetragen, wie in deinem Bericht steht?«

Griet nickte.

»Nachdem ihr das Überwachungsvideo gefunden und angesehen habt, seid ihr sofort auf den *Vliehors* gefahren, wo ihr Henk van der Waal vermutet habt, weil …«

»… seine Schwester damals dort ertrunken ist. Er hatte mir einmal gesagt, dass dies ein besonderer Ort für ihn wäre. Es lag also nahe, ihn dort zu suchen, nachdem er nirgendwo anders zu finden war.«

»Hm.« Wouters nahm Griets Bericht, der auf dem Tisch lag, und blätterte darin. »Und dort habt ihr nur den Polizeijeep gefunden …«

»Precies.«

»Von Henk keine Spur?«

»Nein.«

»Hast du eine Vorstellung, wie er von dort weggekommen

ist? Ich meine, er kann sich ja schlecht in Luft aufgelöst haben.«

Griet schüttelte den Kopf. »*Geen idee.* Ist mir ein absolutes Rätsel.«

»Angesichts dessen, was ihr zusammengetragen habt, gibt es wohl keinen Zweifel, dass er Vincent Bakker ermordet hat.«

»Tim Janssen war jedenfalls nicht an dem Mord beteiligt, das beweist die Aufnahme der Videokamera, die Tim aus der Lagerhalle entwendet hat.«

Wouters klappte den Bericht zu und legte ihn wieder auf den Tisch. Dann stand er auf und stellte sich, den Rücken Griet zugewandt, ans Fenster.

»Ich habe lange mit dem Polizeichef über dein Vorgehen gesprochen. Die Ermittlungen waren ausgesetzt, du und Noemi Bogaard wart vom Dienst freigestellt. Auch wenn ihr den Täter ermitteln konntet, muss ich dir nicht erklären, welche Folgen das für euch hat.«

»Nein, und ich bin bereit, die Konsequenzen zu tragen. Was Noemi und Pieter betrifft, möchte ich allerdings anmerken, dass sie auf meine Weisung hin …«

Wouters hob die Hand. »Das spielt keine Rolle. Die beiden sind erwachsen und wussten, worauf sie sich einlassen. Für diese Sache fliegt ihr alle drei …«

Er schwieg.

Griet senkte den Blick und drehte gedankenverloren die Kaffeetasse, die sie in der Hand hielt. Es ließ sich wohl nicht ändern, Friesland würde nicht mehr als ein kurzes Gastspiel bleiben. Ihr Leben hatte sich in eine raue See verwandelt, und sie fragte sich, wohin der Sturm sie als Nächstes treiben würde.

Wouters wandte sich um und setzte sich wieder zu ihr an den Tisch. »… unter normalen Umständen, heißt das.«

Griet blickte auf.

»Es ist immer unglücklich, wenn ein Polizist gegen das Gesetz verstößt – noch schlimmer, wenn er sich als Mörder entpuppt«, fuhr Wouters fort. »Der Polizeichef hat daher meiner Ansicht zugestimmt, dass es für uns eine überaus glückliche Fügung ist, dass du Henk nicht festnehmen konntest. Nicht auszudenken, was das für einen Wirbel gegeben hätte.«

»Für die Medien wäre es ein gefundenes Fressen gewesen, wenn es zu einem Verfahren gegen Henk van der Waal gekommen wäre.«

»Eben.« Wouters ließ sich in den Sessel zurücksinken. »Nehmen wir mal an – rein hypothetisch und nur unter uns natürlich –, es hätte sich nicht so abgespielt, wie in deinem Bericht geschildert, und du hättest Henk sehr wohl auf dem *Vliehors* angetroffen, dich dann aber entschieden, ihn laufen zu lassen. Ich würde sagen ... das wäre eine kluge Entscheidung gewesen.«

»Das freut mich«, meinte Griet zögerlich. »Rein hypothetisch, natürlich.«

»Selbstverständlich.« Wouters hob die Augenbrauen und lächelte. »Dieser Mann, der euch dorthin gefahren hat ...«

»Luuk de Jong.«

»Ja, dieser Luuk. Wenn ihn jemand zu dem befragen würde, was sich auf dem *Vliehors* zugetragen hat, was würde er sagen?«

»Das, was in meinem Bericht steht. Er war die ganze Zeit im Wagen und hat niemanden gesehen.«

»Und da ist er sich auch ganz sicher?«

»So sicher, wie wir uns über seine Vergangenheit sicher sind.«

»Verstehe, das ist gut.« Wouters schenkte sich eine Tasse Tee ein und trank einen Schluck. »Ich habe in den vergangenen Tagen nämlich nicht nur mit dem Polizeichef gesprochen. Unter anderem habe ich mit Emma Bakker telefoniert. Sie zeigte sich gleichermaßen froh wie erschrocken über das Ergebnis der Ermittlungen. Ich legte ihr dar, vor welche Probleme uns das stellen könnte – aber auch, was es zum Beispiel für ihre Tochter bedeuten würde, wenn die Identität des Täters publik und die ganze Angelegenheit in aller Öffentlichkeit aufgerollt würde. Emma Bakker wies selbst darauf hin, dass ein Medienrummel schädlich für ihr Geschäft wäre. Daher wird sie mein Ansinnen, die Sache diskret zu behandeln, unterstützen. Des Weiteren habe ich mit den Eltern des toten Tim gesprochen. Sie waren erleichtert darüber, dass ihr Junge kein Mörder ist, auch wenn es ihn natürlich nicht wieder lebendig macht. Ich habe ihnen erklärt, dass Agent Bogaard keine andere Wahl hatte, als von der Schusswaffe Gebrauch zu machen, da der Junge ihren Kollegen mit einem Messer angegriffen hatte. Außerdem hatte Tim Vincent Bakker in der Mordnacht tätlich angegriffen und sich zudem des Einbruchs und Diebstahls schuldig gemacht. Und er war in Drogendelikte verwickelt. Die Eltern waren einverstanden, dass wir es bei einer schlichten Mitteilung belassen, die ihren Sohn und ihren Namen entlastet, ohne weitere Details zu nennen. Und was Henk van der Waal betrifft: Sein Dienst hätte ohnehin in wenigen Wochen geendet.«

Griet richtete sich auf. Das alles ging zu schnell, sie war sich nicht sicher, was diese Wendungen für sie und ihr Team bedeuteten.

»Wenn ich Sie richtig verstehe …«, begann sie, doch Wouters sprach unbeirrt weiter.

»Die offizielle Sprachregelung wird sein, dass neue Erkenntnisse Tim Janssen von der Täterschaft freisprechen. Die Ermittlungen gegen Noemi Bogaard werden gleichwohl eingestellt, da sich der Junge der Verhaftung widersetzte, einen Polizisten attackierte, sie also in Notwehr handeln musste. Offen bleibt, wer der Täter im Fall Vincent Bakker ist, weshalb die Ermittlungen offiziell natürlich weitergeführt werden. Und« – Wouters breitete die Hände aus – »sollten sie auf absehbare Zeit zu keinem Ergebnis führen, werden wir den Fall wohl wie so manch anderen leider zu den Akten legen müssen.«

»Und die Staatsanwaltschaft?«

»Der Staatsanwalt geht bald in Rente. Das ist also alles in seinem Interesse.«

Griet konnte Wouters' Vorgehen nachvollziehen, und sie gab sich nicht der Illusion hin, dass er das alles ihretwegen tat. Würde Henks Tat publik werden, bedeutete das ein erheblicher Schaden für das Ansehen der Polizei.

»Da wäre noch etwas«, sagte er. »In deinem Bericht schreibst du, dass der entscheidende Tipp von Noemi Bogaard kam.«

»Das ist korrekt. Es war ihre Idee, in dem Schrebergarten nach der Kameraaufzeichnung zu suchen.«

In diesem Punkt hatte Griet ein wenig kreative Freiheit walten lassen, als sie den Bericht verfasste. Sie hatte gehofft, dass dieser Hinweis Noemi vielleicht in einem positiven Licht erscheinen lassen würde.

»Ich habe dies auch dem Polizeichef gegenüber erwähnt«, sagte Wouters. »Ihm ist am Wohlergehen der jungen Dame sehr gelegen. Er wird daher meinem Vorschlag nachkommen, Noemi Bogaard für das internationale Austauschprogramm zu empfehlen, wo sie ihren Horizont erweitern und ihr Talent weiter entfalten kann.«

Es bedurfte keiner genaueren Erklärung, was er damit meinte. Griet entnahm seinen Worten zwei Dinge: Erstens hatte Pieter recht gehabt, Noemi war der Protegé von jemandem, und nun wussten sie, dass es sich dabei um niemand Geringeren handelte als um den Polizeichef höchstpersönlich. Zweitens leitete Wim Wouters eine elegante Lösung in die Wege, eine ungeliebte Untergebene wegzuloben. Das Austauschprogramm, das in Kooperation mit Polizeibehörden in aller Welt betrieben wurde, dauerte in der Regel mindestens ein halbes Jahr. Und nicht wenige Kollegen, die daran teilnahmen, kehrten anschließend nicht in ihre alten Dienststellen zurück, sondern empfahlen sich für höhere Positionen.

»Was dich und Pieter de Vries betrifft, ist eure Suspendierung ebenfalls aufgehoben«, erklärte Wouters. »Das bedeutet allerdings nicht, dass der Polizeichef oder ich euer Vorgehen gutheißen. Ich schlage daher vor, dass ihr beide euch erst mal ein paar Wochen Urlaub nehmt. Danach werden wir weitersehen. Wie ich gehört habe, ist Pieter mit den ungeklärten Fällen völlig überlastet. Ich könnte mir vorstellen, dass er sich über deine Unterstützung freuen würde … nun, da ihr als Team bereits so gut zusammengewachsen seid.« Wouters erhob sich und zog sein Jackett straff. »Wie gut, dass wir die Sache so einvernehmlich regeln konnten.« Er reichte Griet die Hand und lächelte. »Ich freue mich auf unsere weitere Zusammenarbeit.«

Dann wandte er sich ab und verließ den Raum.

Griet ging hinüber zu dem bodentiefen Fenster und sah hinaus. Nachdem es in ihrer bisherigen Berufslaufbahn immer nur steil bergauf gegangen war und sie der Wertschätzung ihrer Vorgesetzten sicher war, bedeutete diese Entwicklung für sie eine ungewohnte Situation.

So fühlte es sich also an, kaltgestellt zu werden.

***

Aus der Ferne war das Glockenspiel vom Uhrenturm auf dem Schieferdach des *stadhuis* zu hören. Es war achtzehn Uhr. Der Frühling hatte sich unwiderruflich durchgesetzt, die Tage wurden länger, die Abende lauer. Sie saßen an Deck der *Artemis.* Pieter hatte eine Flasche Jonge Genever mitgebracht, aus der er jedem von ihnen ein großzügiges Glas einschenkte.

»Wir haben den Fall gelöst. Darauf sollten wir trinken.«

Sie stießen an. Griet verzog kurz das Gesicht, als sie das scharfe Brennen in ihrer Kehle spürte.

»Ich wollte mich noch bei euch bedanken«, sagte Noemi. »Vor allem bei dir, Griet.«

»Gern«, antworte Griet. »Weißt du schon, wo du hinkommst?«

»Ich konnte es mir aussuchen. Und es geht nach London … zu Scotland Yard.«

Griet stieß einen leisen Pfiff aus. Der Polizeichef hatte offenbar seine Kontakte spielen lassen, zum Yard wollten viele Kollegen im Austauschprogramm, doch nur wenige kamen hin.

Auf das Gesicht von Pieter trat ein Lächeln. »Eine ausgezeichnete Adresse. Du bist mir mit deinem Ehrgeiz manchmal wirklich auf den Keks gegangen. Aber aus dir wird eine hervorragende Ermittlerin werden. Beim Yard kannst du eine Menge lernen. Du brauchst nur ein bisschen mehr Geduld.«

»Ich werd's mir merken«, versprach Noemi.

Er schenkte ihr nach, und sie leerten ihre Gläser in einem Zug.

Dann verabschiedete Noemi sich und ging von Bord.

Griet machte es sich auf der Sitzbank bequem und beobachtete, wie Pieter sich über die Reling beugte und etwas am Heck des Schiffs begutachtete.

»Du solltest vielleicht mal das Ruderblatt ersetzen«, sagte er, als er wieder auftauchte. »Es hält zwar noch, doch wenn du damit tatsächlich mal segeln willst …«

»Wer sagt denn, dass ich segeln will. Ich bekomme den Kahn ohne deine Hilfe ja kaum vom Fleck.«

»Du willst dieses prächtige Schiff doch nicht hier in der Gracht vergammeln lassen. Die Nordsee, das Ijsselmeer, zwei der schönsten Reviere der Welt liegen direkt vor deiner Haustür.«

»In meinem Alter macht man keinen Segelschein mehr …«

»*Flouwe kul* – Unsinn. Wer braucht schon einen Segelschein? Ich bringe dir bei, was du wissen musst.«

Er setzte sich ihr gegenüber auf die Bank und machte sich daran, die Taue zu sortieren und aufzurollen, die unordentlich an Deck lagen.

»Hätte schlimmer kommen können«, sagte er schließlich.

»Ich weiß nicht. Ohne dir zu nahe treten zu wollen … aber als ich hergekommen bin, hatte ich nicht vor, für den Rest meines Lebens ungelöste Fälle zu bearbeiten.«

Pieter schürzte die Lippen und betrachtete sie nachdenklich. »Was hast du denn erwartet?«

»Ich … na ja …«

Wenn sie ehrlich war, hatte sie darauf keine Antwort. Vielleicht lag es daran, dass sie eigentlich vor ihrem alten Leben weggelaufen war. Vor dem Schmerz, den Bas' Tod hinterlassen hatte. Vor ihrer Ehe. Vor dem Muttersein.

Pieter kam herüber und setzte sich neben sie. »Ich möchte dir auch nicht zu nahe treten. Aber ich kenne Menschen wie dich. Du hast dein Leben an beiden Enden angezündet. Du hast für die Karriere gelebt. Den Erfolg. Für das Adrenalin. Aber das hält man nicht ewig durch. Du hast nur dieses eine Leben. Und am Ende, wenn sie dir einen Deckel auf die Nase nageln, wird es keine Belobigung für deine Beförderungen geben. Deshalb … leb im Hier und Jetzt, genieße, was dir das Leben gibt. Und denk nicht so sehr an die Zukunft.« Er setzte seine Schiebermütze auf und rückte sie zurecht. »Ich habe auch schon Spannenderes gemacht, als ungelöste Fälle abzuarbeiten. Dafür habe ich geregelte Arbeitszeiten, und das macht mich auf andere Weise reich – reich an Zeit, die ich mit meiner Familie und den Kindern verbringen kann. Und wenn ich mir das Foto auf deinem *mobieltje* in Erinnerung rufe, hast du ebenfalls eine reizende Tochter. Dass sie nicht bei dir ist, bedeutet, dass vermutlich etwas schiefgelaufen ist. Du hast dein Glück bislang an der falschen Stelle gesucht.«

Griet sah sprachlos zu, wie er aufstand, in seine Jacke schlüpfte und sich zum Gehen wandte. Es war lange her, dass ihr jemand den Kopf gewaschen hatte – tatsächlich war ihr Vater der Letzte gewesen, der es gewagt hatte.

»Die Arbeit mit dir war mir übrigens eine große Freude. Ich wusste gar nicht, dass ich das alles noch draufhabe.« Er tippte sich zum Abschied an die Mütze. »Wir sehen uns.«

An diesem Abend saß Griet noch lange allein an Deck.

Sie sah die Sterne langsam am Nachthimmel aufscheinen, beobachtete die Passanten, die vorbeigingen, und lauschte dem Glucksen des Wassers. Aus dem Radio im Salon spielte leise Musik.

Irgendwann war die Flasche Whisky leer, die Ruud Seedorf ihr geschenkt hatte. Sie trank den letzten Schluck und beschloss, alsbald eine neue Flasche zu besorgen. An Deck sitzen, Whisky trinken, die Ruhe genießen – dieser Teil ihres neuen Lebens gefiel ihr gut. Und es gab tatsächlich einige Dinge aus ihrem alten Leben, die sie nicht vermisste. Vielleicht hatte Pieter recht. Sie musste nicht länger suchen.

Während im Radio die ersten Akkorde des Songs *In Nije Dei* – ein neuer Tag – von der friesischen Band De Kast ertönten, holte Griet kurz entschlossen einen Briefbogen und einen Stift von unten und begann zu schreiben. Sie berichtete Fleming von ihren Erlebnissen und ihrem neuen Leben. Und sie fragte, wann sie Fenja besuchen könnte.

DANKSAGUNG

An diesem Buch haben viele Menschen mitgewirkt. Mein großer Dank gilt chronologisch zum Entstehungsprozess: Marion und Hanna, die sich ohne Wenn und Aber mit mir auf das Abenteuer Schriftstellerleben eingelassen haben. Ilka Heinemann und Matthias Kuhlemann, die auf der Frankfurter Buchmesse mit am Tisch saßen, als die Idee zu einem Holland-Krimi entstand. Ann-Kathrin Schwarz, die mich immer wieder motiviert hat und ohne die es Griet Gerritsen vermutlich nicht gäbe. Steffen Haselbach für unermüdliches Nachhaken, wie es denn mal mit einem Roman aussähe. Joachim Jessen für Lob und Tadel – beides immer zur rechten Zeit, am rechten Platz. Andrea Hartmann und Monika Beck, die diese Reihe mit aus der Taufe gehoben haben und nie um Ideen verlegen sind. Ilse Wagner, die dem Text mit einem feinen Auge für Details den letzten Schliff verpasst hat. Annika und Sven für ihre Auskunftsbereitschaft in polizeilichen Angelegenheiten. Besonderer Dank dem wunderbaren Verlagsteam von Droemer Knaur, das ein tolles Cover entworfen, das Buch gesetzt, gedruckt, vertrieben und vermarktet und dafür gesorgt hat, dass es den Weg in die Buchhandlungen und zu den Leserinnen und Lesern findet. Und last but not least Dank an Jan Tim, der weiß, warum.

JAN JACOBS

DIE TOTE IN DER GRACHT

Der zweite Fall für Griet Gerritsen

EIN HOLLAND-KRIMI

LESEPROBE

KNAUR

PROLOG

ELFSTEDENTOCHT, 1997

Ijs kost mensenvlees – Eis kostet Menschenfleisch, so lautet ein altes Sprichwort, und der alte Mann hat es immer beherzigt. Sosehr er es auch liebt, hier draußen in der flachen Weite auf Kufen über die zugefrorenen *slooten, meeren* und *vennen* zu gleiten, ist er sich dessen doch bewusst. Das Eis ist ein falscher Freund. Mehr als einmal hat er erlebt, wie es von anderen seinen Tribut gefordert hat. Er selbst hat immer Glück gehabt. Doch er fürchtet, dass dies nun aufgebraucht ist.

Mit den Jahren hat der alte Mann ein besonderes Gespür für Eis entwickelt, und deshalb weiß er, dass es an dieser Stelle gefährlich ist. Die Nacht ist schwarz, und er kann es kaum sehen. Doch er fühlt es. Die Kufen seiner Schlittschuhe stoßen immer wieder gegen Unebenheiten und Furchen, die sich wie ein Geflecht aus Adern über den gefrorenen Kanal ziehen. Er darf nicht stürzen. Wenn er jetzt fällt, wird er vor Erschöpfung liegen bleiben. Er wird sich der Dunkelheit hingeben, die den Schmerz von ihm nimmt, und sich von ihr forttragen lassen.

Das grelle Licht eines Suchscheinwerfers trifft ihn und lässt ihn aufschrecken. Es kommt von dem Hubschrauber, der knatternd über den Kanälen und Seen kreist und nach Läufern sucht, die zusammengebrochen sind. Für einen Moment sieht der alte Mann im Lichtkegel das Gesicht des Jungen neben sich, seines treuen Gefährten, der ihm das gesamte

Rennen lang nicht von der Seite gewichen ist. Auch er ist mit den Kräften am Ende. Seine Augenlider sind gefroren, seine Lippen blau. Er keucht bei jedem Atemzug.

Wenn der Junge nicht gewesen wäre, denkt der alte Mann, hätte ich es nie so weit geschafft.

Wenigstens haben sie jetzt den Wind im Rücken. Diesen verfluchten Wind, der ihnen die Kräfte geraubt hat. Nachdem sie den kleinen Ort Stavoren am Ijsselmeer passiert hatten, kam er direkt aus Nordost, der Richtung, in der das Ziel lag. Es müssen mindestens sechs oder sogar sieben Windstärken gewesen sein, schätzt der alte Mann, eine Wand aus Luft, die sich ihnen über Stunden entgegengestemmt hat.

Doch sie haben es bis nach Dokkum geschafft, der nördlichsten Station des *Elfstedentocht.* Und ist man erst in Dokkum, so besagt es ein weiteres Sprichwort, schafft man das letzte Stück bis nach Leeuwarden zur Not auch auf Socken. Denn dann hat man Rückenwind.

Wenn es doch nur so einfach wäre.

Der Wind hat von ihnen abgelassen, doch die Kälte ist geblieben. Sie hat sich wie Zement im Körper des alten Mannes ausgebreitet, ist ihm bis in die Knochen gefahren und droht sie von innen zu zersprengen.

Und seine Beine. Sie haben ihm bei vielen Rennen treu gedient, ihn auch heute fast zweihundert Kilometer getragen. Doch nun fühlen sie sich an wie Streichhölzer, die jeden Moment unter ihm zersplittern könnten.

Vielleicht hat er sich überschätzt.

Eine Hand berührt ihn an der Schulter, und er blickt zu dem Jungen hinüber. Er zeigt mit ausgestrecktem Arm in die Ferne. Der alte Mann fährt sich mit dem Handschuh über die

Augen und wischt den Frost weg. Verschwommen erkennt er die hellen Punkte. Es müssen die Lichter der Stadt sein. Leeuwarden. Dann ist es wirklich nicht mehr weit.

Adrenalin schießt durch seinen Körper, ein letztes Aufbäumen. Der alte Mann beschleunigt mit langen Ausfallschritten, und der Junge zieht mit, hängt sich in seinen Windschatten. Wie schon so oft an diesem Tag bilden sie eine Einheit gegen die Kräfte der Natur.

Schließlich macht die Strecke eine Kurve. In einem weiten Bogen biegen sie auf einen schnurgeraden Kanal ein, die *Bonkevaart,* die Zielgerade des Elfstedentocht. Zu beiden Seiten steht ein Meer aus Zuschauern, wie es der alte Mann noch nicht gesehen hat. Es müssen Tausende sein, wenn nicht gar Zehntausende. Er sieht blau-weiß-rote Fahnen, hört den Jubel der Masse.

Noch ein Mal wird er ihr Held sein.

Das Eis auf diesem Abschnitt ist glatt und frei von Unebenheiten. Sie beschleunigen weiter, gleiten mit langen synchronen Zügen durch das Menschenmeer.

Nein, sie gleiten nicht. Sie *fliegen.*

Dann richtet der alte Mann sich auf und reicht dem Jungen die Hand. Gemeinsam passieren sie die Ziellinie. Eine Welle puren Glücks durchläuft den alten Mann. Er hat es wieder geschafft. Vermutlich zum letzten Mal in seinem Leben.

Der alte Mann läuft direkt weiter zum Stand der Wettkampfrichter, wo er seine Teilnehmerkarte abstempeln lässt. Auf der kleinen Pappkarte sind die Namen der Orte und Städte, die er heute passiert hat, mit einem Zeitstempel vermerkt. Zusammen mit der Karte überreicht einer der Wettkampfrichter ihm das *elfstedenkruisje,* jene Medaille in Form eines Malteserkreuzes, die alle Läufer erhalten, die es innerhalb des Zeitlimits ins Ziel schaffen.

Er geht zu den Helfern hinüber, nimmt dankbar einen warmen *thee* entgegen, lässt sich eine Decke über die Schultern legen. Der alte Mann schaut auf die Stempelkarte.

Leeuwarden, 23.08 Uhr

Fünf Stunden länger als beim letzten Mal. Unbehagen mischt sich in seine Freude. Denn er muss daran denken, was den Jungen und ihn aufgehalten hat.

Als er aufblickt, sieht er seine Frau. Sie kommt zu ihm gelaufen, umarmt ihn und drückt ihm einen Kuss auf die Wange. Bevor er etwas sagen kann, sind Reporter da, die ihre Kameras auf ihn richten und ihn mit Fragen traktieren.

Aus dem Augenwinkel bemerkt der alte Mann den Jungen.

Er steht etwas abseits, hält ebenfalls ein *elfstedenkruisje* in der Hand. Stolz liegt in seinem Blick, doch da ist auch noch etwas anderes, eine unausgesprochene Frage. Die Euphorie des alten Manns verblasst. Er weiß, was dem Jungen auf dem Herzen liegt. Ihn beschäftigt derselbe Gedanke.

Sie wissen beide, was sie heute Nacht gesehen haben, wovon sie Zeuge geworden sind.

Der alte Mann zögert. Dann schüttelt er unmerklich den Kopf. Der Junge nickt, er hat verstanden.

Manchmal, denkt der alte Mann, nennen sie den Elfstedentocht auch den *tocht der mysteriën.* Und vielleicht ist es besser, wenn das Mysterium dieser Nacht für immer verborgen bleibt.

ERSTER TEIL

1

ELFSTEDENKOORTS

BARTLEHIEM, HEUTE

Der Winter hatte *Fryslân,* wie die nördlichen Niederlande im Volksmund genannt werden, seit Wochen fest im Griff. Eine weiße Kruste bedeckte das flache weite Land, und ein eisiger Nordwind schaufelte beständig weitere Schneemassen heran. Sogar in den Städten hatte der Winterdienst seine liebe Not, die Straßen frei zu halten. Auf vielen Häusern lag inzwischen eine so große Schneelast, dass manche Dachkonstruktion das Gewicht nicht mehr trug. Erst am Wochenende war in der Nacht die Decke einer Turnhalle in Leeuwarden heruntergekommen. Auch die Wasserwege waren nur noch beschränkt zu befahren, selbst auf dem Ijsselmeer kamen die Schiffe nicht mehr ohne Weiteres durch. Zwar schien heute die Sonne vom wolkenlosen Himmel, doch für den Verlauf der Woche sagte der Wetterdienst neue Niederschläge voraus, und auch ein ausgewachsener Wintersturm war nicht ausgeschlossen.

Der Schnee knirschte unter den Stiefeln von *Commissaris* Griet Gerritsen, als sie stehen blieb, um die halbautomatische Maschinenpistole zu überprüfen, die sie an einem Ledergurt um die Schulter trug. Es war eine SCAR SC Kaliber .300 mit verlängertem Lauf vom belgischen Hersteller Fabrique Nationale. Es handelte sich um eine Neuerwerbung der *politie.* Die schweren Jungs rüsteten mit schwerem Geschütz auf, und die Ordnungshüter wollten ihnen nicht nachstehen. Abgesehen von einer kurzen Einweisung hatte Griet allerdings noch keine Gelegenheit gehabt, sich eingehend mit dem Gewehr vertraut zu machen.

Sie kontrollierte, ob die Waffe gesichert und der Feuermodus auf Einzelschuss gestellt war.

Dann ließ sie den Blick prüfend über die Menschenmenge bis zu der kleinen weißen Holzbrücke wandern, die sich bogenförmig über den zugefrorenen Kanal spannte. Dutzende Zuschauer drängten sich darauf und feuerten die Eisläufer an, die unter ihnen hindurchjagten. Am Fuß der Brücke stand ein Reporter mit Mikrofon vor einer Fernsehkamera und berichtete über das Geschehen. Weitere Schaulustige hatten sich zu beiden Seiten des Ufers versammelt. Manche jubelten, schwenkten niederländische Nationalfahnen, andere kümmerten sich um ihr leibliches Wohl und hatten sich am Imbissstand mit einer Portion *friet* oder *poffertjes* versorgt.

So unwirtlich das Wetter auch sein mochte, Griet wusste, dass sich ihre Landsleute dieser Tage im Fieber befanden – genauer gesagt, einer besonderen Art von Fieber, dem *elfstedenkoorts,* hervorgerufen von der feurigen Hoffnung auf eine Neuauflage des *Elfstedentocht.*

Der Elfstedentocht, ein Nationalmonument der Niederlande, war das weltweit längste und härteste Langstreckenrennen auf Natureis im Eisschnelllauf. Innerhalb von achtzehn Stunden mussten die Läufer eine über zweihundert Kilometer lange Strecke zurücklegen, die sie über Kanäle, Grachten und Seen durch die historischen elf Städte von *Fryslân* führte, darunter Orte wie Sneek, Sloten, Stavoren, Hindelopen oder Workum.

Seit seiner Erstaustragung im Jahr 1909 hatte das Rennen bislang nur fünfzehn Mal stattgefunden. Und der letzte

Elfstedentocht lag nun schon über zwanzig Jahre zurück. Seit 1997 waren die Winter ausnahmslos zu warm gewesen, das Eis nicht dick genug, wenn sich überhaupt welches gebildet hatte.

Dieses Jahr war der Winter so kalt wie lange nicht mehr.

Und damit bot sich eventuell die Gelegenheit für eine Neuauflage des sagenhaften Rennens. Und da der Klimawandel unverändert fortschritt, würde es vielleicht die letzte Möglichkeit für eine lange Zeit sein.

Die Vorfreude war gigantisch, und entsprechend hoch stufte die *politie* den Elfstedentocht ein, als Ereignis der Kategorie GRIP 4 nämlich, womit das Rennen einem nationalen Katastrophenfall gleichgesetzt war. Und dabei handelte es sich nicht um Übertreibung. Der *tocht der tochten,* die Mutter aller Rennen, wie der Elfstedentocht auch genannt wurde, würde die ganze Nation mobilisieren. Aus allen Landesteilen würden die Menschen nach Fryslân strömen, zudem rechnete man mit Tausenden Besuchern aus den Nachbarländern. Das allein genügte, um den Schutz der Teilnehmer und Zuschauer für die *politie* zu einer Herkulesaufgabe zu machen. Erschwerend kam hinzu, dass der Elfstedentocht die maximale Aufmerksamkeit der Medien genießen würde und damit eine perfekte Gelegenheit für einen Anschlag war. Als Horrorszenario galt allen das Attentat auf den Marathonlauf in Boston vor etlichen Jahren. Daher setzte die *politie* alles daran, das Ereignis zu schützen, was bedeutete, dass derzeit fast jeder Polizeibeamte in den nördlichen Niederlanden in irgendeiner Form mit dem Elfstedentocht befasst war.

Einer der neuralgischen Punkte der Veranstaltung war die kleine weiße Holzbrücke in der Nähe des Weilers Bartlehiem, mitten im friesischen Nirgendwo, wo Griet Gerritsen sich gerade befand. Hier wurden besonders viele Besucher erwartet.

»Wusstest du, dass Gott höchstpersönlich das *bruggetje von Bartlehiem* erbaut hat?«, fragte Pieter de Vries, als er neben Griet trat. »Es soll am elften Tag gewesen sein.«

»Was du nicht sagst.« Griet zog die Wollmütze tiefer in die Stirn und betrachtete ihren Kollegen mit einem Schmunzeln. Pieter trug ebenfalls die dunkelblaue Einsatzuniform mit der Aufschrift *politie* auf dem Rücken, und so, wie die Jacke über seinem Bauch spannte, bestand kein Zweifel, dass er sie lange nicht mehr angezogen hatte.

»So besagt es zumindest eine friesische Legende.« Er massierte sich den grau melierten Vollbart.

»Dann wird es wohl stimmen.«

Pieter liebte seine Heimat, und Griet hatte in dem knappen Jahr, das sie nun zusammenarbeiteten, gelernt, dass es wenig Sinn hatte, mit ihm über friesische Weisheiten und Eigenarten zu diskutieren, selbst wenn sie einem noch so seltsam erschienen. Und im Grunde kamen ihr seine Exkurse durchaus gelegen, denn auf diese Weise lernte sie ihre neue Heimat besser kennen.

Griet hatte sich vor etwas weniger als zwölf Monaten von Europol in Rotterdam nach Leeuwarden versetzen lassen, nachdem ihr Kollege und Geliebter Bas Dekker durch ihre Schuld bei einem Einsatz ums Leben gekommen war. Nun arbeitete sie für die *Districtsrecherche Fryslân,* die sich in der Region zwischen Stavoren im äußersten Westen, Assen im Osten und von den Watteninseln bis hinunter nach Lemmer mit Kapitalverbrechen aller Art befasste.

Griet wurde nur langsam mit den Leuten hier oben warm. Den Friesen eilte nicht zu Unrecht der Ruf voraus, ein eher kühler, verschlossener Menschenschlag zu sein. Ihr Kollege Pieter de Vries war ihr daher eine große Hilfe. Sie wünschte nur, dass er sich manchmal etwas kürzerfasste.

Während sie ihre Patrouille fortsetzten, die Maschinenpistolen auf den Boden gerichtet, erklärte Pieter, dass die unscheinbare Holzbrücke von Bartlehiem bei den Zuschauern so beliebt war, weil sie von den Läufern zweimal passiert wurde. »Sie kommen zunächst aus westlicher Richtung über die *Finkumervaart,* laufen unter der Brücke durch auf das *Dokkumer Ee* in Richtung Norden«, sagte Pieter und wies dabei auf den Verlauf des Kanals. »Wenig später kommen sie aus Dokkum zurück, biegen bei der Brücke nach Osten auf die *Ouderkerkvaart* ab und machen sich auf die letzten Kilometer bis ins Ziel nach Leeuwarden. Nirgendwo sonst kommst du den Läufern so nah wie hier! Wirklich fantastisch!«

»Interessant …«, murmelte Griet.

Sie wusste die Begeisterung des Kollegen für das Traditionsrennen durchaus zu schätzen, allerdings galt ihre Aufmerksamkeit gerade jemand anderem, nämlich der Frau vor dem Imbissstand. Sie hatte eine Bobfrisur, und die wasserstoffblonden Haare fielen ihr strubbelig ins Gesicht. Griet hatte sie erstmals bemerkt, als sie sich eine Portion *friet* kaufte. Das war vor geschätzt zehn Minuten gewesen. Seitdem hatte sie an einem Stehtisch gestanden und keinen einzigen Bissen gegessen. Die Frau stand lediglich da und schien durch ihre getönte Sonnenbrille die Zuschauermenge zu beobachten.

Ein Knistern erklang in dem kabellosen In-Ear-Kopfhörer, den Griet trug, und der Einsatzleiter meldete sich: »Team 2. Überprüft den Mann, der sich auf die Brücke zubewegt. Schwarze Haare, Bart, graue Jacke, roter Rucksack, Getränkebecher in der Hand.«

»Negativ«, gab Griet zurück. »Hab ihn schon gecheckt. Keine Gefahr.«

Der Mann hatte vorhin auf der anderen Seite des Ufers bei seiner Freundin gestanden, war herübergekommen und zum Getränkestand gegangen. Nun war er auf dem Rückweg. Davon abgesehen erschien es Griet wenig wahrscheinlich, dass ein potenzieller Attentäter seine Bombe in einem knallroten Rucksack durch die Gegend trug.

Aus dem Augenwinkel bemerkte Griet, wie sich die Frau mit dem Bob vom Stehtisch löste und in Bewegung setzte. Die Schale mit den Pommes frites ließ sie unangerührt stehen. Sie tauchte in die Menge ein. Und dann ging alles schnell.

Die Frau öffnete die Jacke. Griet sah die Klinge eines Messers aufblitzen. Im nächsten Moment lagen die ersten Menschen schreiend und verletzt auf dem Boden.

Während Griet eine Meldung über Funk machte, eilte Pieter in Richtung der Frau, die Maschinenpistole im Anschlag. Griet wollte ihm hinterher, kam aber nicht gegen die panisch in alle Richtungen flüchtende Menge an.

Über Funk hörte Griet die Stimmen der Kollegen.

»Sie ist auf der Brücke.« »Jemand freies Schussfeld?« »Negativ.« Dann Pieters Stimme: »Bin da … sie … oh, *potverdikkie …*«

Die Menschenmenge löste sich langsam auf, und Griet bewegte sich weiter, bis sie endlich freies Sichtfeld hatte.

Die Attentäterin stand auf der Mitte der Brücke. Sie hatte Pieter in ihrer Gewalt, das Messer an seinem Hals. Seine Waffe lag auf dem Boden.

Die Frau blickte kurz um sich, abgelenkt von den Kollegen, die auf der gegenüberliegenden Seite des Ufers herangestürmt kamen. Das genügte Griet.

Es war reine Routine, ein oft geübter Ablauf, der kein Nachdenken erforderte. In einer fließenden Bewegung hob Griet die Maschinenpistole, entsicherte, legte an, zielte und schoss.

Auf Pieters Brust breitete sich ein roter Fleck aus. Mit überraschtem Gesichtsausdruck sank er zu Boden.

Griet gab zwei weitere Feuerstöße ab und schaltete die Attentäterin aus.

Dann wurde es still um sie herum.

In Gedanken war Griet plötzlich wieder im Rotterdamer Hafen, an jenem Abend vor nunmehr sechs Jahren, und blickte in die leblosen Augen von Bas Dekker, ihrem Kollegen und Geliebten. Sie hatte nicht auf die Verstärkung gewartet und sich in eine ausweglose Situation gebracht, als sie auf ein Frachtschiff gestürmt war, um das Leben von Flüchtlingen zu retten, die in einem Container geschmuggelt wurden. Sie lag angeschossen auf dem Boden, Bas eilte ihr zu Hilfe. Dann traf ihn die tödliche Kugel.

Hätte sie sich an die Regeln gehalten, wäre er noch am Leben. Das Ereignis hatte Griets Leben aus der Bahn geworfen, und Friesland sollte ein Neuanfang sein. Sie hatte sich geschworen, nie wieder das Leben eines Kollegen zu gefährden.

Langsam fand Griet zurück in die Wirklichkeit.

Ihr Blick ruhte immer noch auf Pieter, der am Boden lag. Sie atmete keuchend ein und aus, die eisige Luft brannte in ihrer Lunge.

Pieter blinzelte. Er setzte sich auf und rückte die braune Hornbrille zurecht. Dann stand er auf, hob seine karierte Schiebermütze auf, die auf den Boden gefallen war, und klopfte sie ab, bevor er sie wieder aufsetzte. Er machte sich nicht die Mühe, den Fleck wegzuwischen, den die Farbpatrone hinterlassen hatte, sondern kam direkt zu Griet herüber. Vorsichtig legte er die Hand auf den Lauf der Maschinenpistole, die sie noch immer im Anschlag hielt, und drückte ihn hinunter.

»Griet …«, sagte er. »Es ist alles in Ordnung.«

Sie bemerkte, wie sich ihre Augen mit Tränen füllten. »Pieter, ich wollte nicht …«

»Ich weiß. Es ist doch alles gut.«

»Nein, nichts ist gut. Das sollte nie wieder …«

»Griet.« Er fasste sie an beiden Schultern und blickte sie eindringlich an. »Es war nur eine Übung. Ich lebe. Und – hej, du hast die Attentäterin erwischt!«

Sie schluckte den Kloß in ihrem Hals herunter und lockerte ihre verkrampften Finger von der Waffe.

Über Funk kam die Stimme des Einsatzleiters. »Okay, Leute, es ist vorbei. Einpacken und aufräumen. Tut uns leid um dich, Pieter. Wir werden eine Gedenktafel für dich aufhängen. Ist nicht alles so gut gelaufen heute. Die Nachbesprechung muss trotzdem leider ausfallen … Der Polizeichef gibt später eine Pressekonferenz zum Elfstedentocht und erwartet mich. Wir holen das dann nächstes Mal nach.«

Um sie herum löste sich die Kulisse langsam auf. Eben

noch Verletzte erhoben sich, ein Uniformierter half der vermeintlichen Attentäterin wieder auf die Beine, die Zuschauer, bei denen es sich um Kollegen aus den Hundertschaften handelte, gingen nach Hause oder zum Imbissstand, wo es für alle nach absolvierter Übung wie immer eine kostenlose Stärkung gab.

»Kommende Woche gleiche Zeit, gleicher Ort«, erklärte der Einsatzleiter. »Der Polizeichef und ich werden auf der Pressekonferenz übrigens verkünden, dass wir die Sache im Griff haben und den Elfstedentocht zu einem sicheren Spaß für Alt und Jung machen. Sollte einer von euch auf die Idee kommen, irgendwem zu verraten, dass wir uns hier gegenseitig über den Haufen schießen, wäre das für seine Karriere wenig förderlich.«

Pieter legte Griet den Arm über die Schulter und führte sie über die schneebedeckte Wiese zu ihrem Auto, einem Renault Zoë, den sie für den Tag gemietet hatte.

»Was hältst du von einem schönen Mittagessen im *Onder de kelders*? Das bringt dich auf andere Gedanken«, meinte er.

Das *Onder de kelders* an der *Bierkade* hatte sich zu Griets Lieblingsrestaurant in Leeuwarden entwickelt. Es befand sich in einem Gewölbekeller auf Niveau der Gracht, und im Sommer konnte man auf einem Ponton auf dem Wasser sitzen und laue Nächte bei gutem Essen und gutem Wein genießen.

»Heute lieber nicht«, sagte Griet. »Ich muss noch etwas vorbereiten … Ich bekomme doch Besuch.«

»Wie konnte ich das vergessen. Am Wochenende, richtig?«

»Ja.«

»Hast du das Geschenk besorgt?«

»Natürlich.« Sie waren an ihrem Wagen angekommen, und Griet deutete auf die Rückbank, wo ein großer Teddybär saß. Er war Pieters Idee gewesen.

»Sie wird ihn lieben«, stellte er zufrieden fest.

Griet schloss die Autotür auf.

»Du kommst klar?«, fragte er.

»Ja.« Sie merkte, dass ihrer Stimme jede Überzeugung fehlte.

Pieter drückte noch einmal ihre Schulter und schenkte ihr ein Lächeln, als er auf den Farbfleck auf seiner Jacke deutete. »Ich hoffe, das geht wieder raus.«

Griet setzte sich auf den Fahrersitz und blickte Pieter nach, wie er zu seinem Auto hinüberging. Dann startete sie den Motor, legte die zitternden Hände um das Lenkrad und steuerte den Renault mit einem elektrischen Surren auf die Straße.

In zwei Wochen war Weihnachten, dachte Griet. Wäre es heute keine Übung gewesen, hätte sie Pieters Frau zur Witwe und seine beiden Kinder zu Halbwaisen gemacht.

Eine schöne Bescherung.

2

LIEBESGRÜßE AUS LONDON

Die Abenddämmerung hatte sich über Leeuwarden gelegt, und hinter den laublosen Bäumen des *Prinsentuin* ragte der *Oldehove* in den orangeroten Himmel. Im Mittelalter hatte er einst die größte Kirche des Landes werden sollen, doch sein Erbauer bedachte nicht, dass die eine Hälfte des Fundaments auf sandigem Boden stand, und so waren auch die Niederlande in den Besitz eines schiefen Turms gekommen.

Griet beugte sich über das Heck ihres Plattboots, einer alten Lemsteraak, die sie von ihrem Vater geerbt hatte und auf der sie lebte, seit sie bei der *Districtsrecherche* arbeitete. Mit einem kritischen Blick prüfte Griet ihre Lebensversicherung. Dabei handelte es sich um einen De-Icer der ortsansässigen Firma Dutch Heat. Das Gerät sorgte dafür, dass das Wasser um das Boot herum eisfrei blieb und Griet nicht eines Morgens auf dem Grund der *Noorderstadsgracht* erwachte.

Pieter hatte den De-Icer installiert. Als waschechter Friese verstand er nicht nur etwas von hiesigen Gebräuchen, sondern auch von Segelschiffen. Im Sommer hatte er Griet geholfen, die in die Jahre gekommene *Artemis* wieder in Schuss zu bringen. Der Rumpf hatte eines neuen Außenanstrichs bedurft – er glänzte nun in frischem Weiß –, und auch der Einbau einer neuen Heizung war notwendig gewesen. Die Frischzellenkur summierte sich am Ende auf drei Monatsgehälter, und damit war auch nur das Nötigste getan.

Der Winter war dieses Jahr früh und hart über das Land gekommen, und für Griet hatte sich bald die Frage gestellt, wie sie das Plattboot vor dem gefrierenden Wasser der Gracht schützen sollte. Grundsätzlich wurde ein Schiff, das durchgehend bewohnt und beheizt wurde, zwar nicht so schnell vom Eis eingeschlossen, wie Pieter ihr erklärte, doch sicher war sicher. Die Installation der Lebensversicherung verschlang ein weiteres Monatsgehalt.

Der De-Icer ähnelte einer Tonne mit Propeller und wurde mit Leinen unter dem Schiff in Position gehalten. Von dort wirbelte er das am Grund des Gewässers befindliche warme Wasser an die Oberfläche, sodass rund um den Rumpf eine eisfreie Zone entstand.

Griet stellte beruhigt fest, dass er seinen Dienst ordnungsgemäß verrichtete. Zur Sicherheit umrundete sie noch den übrigen Teil des Bootes und überprüfte, ob überall genügend Wasser zwischen Schiff und Eis frei lag.

Als sie wieder am Heck angelangt war, blickte sie sich um. In den meisten Häusern am Rand der Gracht brannte Licht, und einige der Bewohner waren damit beschäftigt, die großen Fenster ihrer Wohnzimmer mit Weihnachtsschmuck zu dekorieren. Aus den Schornsteinen auf den schneebedeckten Dächern quoll Rauch, und der Geruch von Kaminholz lag in der Luft. Aus der Stadt klang das Glockenspiel des *stadhuis* herüber.

Selbst für ein kleines Land wie die Niederlande war Leeuwarden ein Provinznest. Der Kontrast zum quirligen Rotterdam, wo Griet einen Großteil ihres Lebens verbracht hatte, konnte nicht größer sein. Dennoch hatte sie die Stadt in den zurückliegenden Monaten ins Herz geschlossen. Die Zeit schien hier auf eine angenehme Weise stehen geblieben zu sein, in den Gassen zwischen den alten Häusern mit ihren verzierten Schweif- und Stufengiebeln folgte das Leben einem ruhigen Rhythmus. Wobei von Langeweile keine Rede sein konnte. In der Stadt lockte ein reiches Angebot an Cafés, Restaurants, Theatern oder Künstlerateliers, schließlich war Leeuwarden nicht ohne Grund vor Kurzem europäische Kulturhauptstadt gewesen. Der kleine, aber feine Unterschied zu größeren Städten, der Griet immer wieder auffiel: Die Menschen hier wirkten einfach entspannter.

Natürlich lebte Griet auch in einer besonders malerischen Ecke der Stadt: Die *Norderstadsgracht* bildete den nördlichen Teil des *Singel,* einem mittelalterlichen Wassergraben, der das historische Stadtzentrum sternförmig umgab. Regelmäßig wurde diese Gracht zum schönsten Liegeplatz der Niederlande gekürt.

Insgeheim fragte Griet sich manchmal, ob es vielleicht auch an ihr selbst lag. Früher hätte sie die Betulichkeit hier nicht ertragen. Doch ihre fünfundvierzig Lebensjahre waren nicht spurlos an ihr vorübergegangen.

An manchen Tagen spürte sie dies besonders deutlich. Heute war einer von ihnen. Sie dachte an die Übung heute Morgen. In ihren besten Tagen hätte sie die Attentäterin mit einem einzigen Schuss erledigt. Es war genügend Abstand zwischen ihr und Pieter gewesen. Doch diese Zeiten waren offenbar vorbei.

Dabei hatte Griet die Übung als willkommene Abwechslung empfunden. Pieter und sie hatten das vergangene Dreivierteljahr ausschließlich mit der Arbeit an Cold Cases verbracht, alten ungelösten Fällen. Darunter befanden sich Vermisstenfälle, wie das Verschwinden des Jurre Blom, einem jungen Mann aus Franeker, vor über zwanzig Jahren, der Fund einer bislang nicht identifizierten Frauenleiche im *Heeger Meer* oder die Entführung eines Kindes. Sie hatten sich aber lediglich jener Fälle angenommen, in denen es neue Hinweise gab. Das waren nicht allzu viele gewesen, und in keinem einzigen hatten ihre Bemühungen zu etwas geführt. Die ungelösten Fälle waren allesamt ungelöst geblieben.

Ihr Vorgesetzter, Wim Wouters, hatte Griet und Pieter zu dieser Arbeit abgestellt, nachdem ihre Ermittlungen in einem

Mordfall auf der Nordseeinsel Vlieland aus dem Ruder gelaufen waren – was noch milde formuliert war.

Griet wurde von lautem Geschrei aus den Gedanken gerissen. Eine Gruppe Kinder jagte mit Hockeyschlägern bewaffnet auf dem Eis einem Puck hinterher.

Im Winter war es auf der *Norderstadsgracht* nicht mehr ganz so idyllisch. Seit die Gracht zugefroren war, hatte sich das öffentliche Leben praktisch auf das Eis verlagert. Die ganze Stadt schien dieser Tage das Schlittschuhlaufen einem Spaziergang vorzuziehen, und auf dem Eis herrschte fast ununterbrochen buntes Treiben.

Griet hatte die Leute bei sich in drei Gruppen eingeteilt: Einmal gab es jene, die für den Elfstedentocht trainierten. Das waren ihr die Liebsten, denn sie fuhren rasch vorüber und sparten ihren Atem. Schlimmer waren die Flaneure, ein geschwätziges Volk, das gemächlich umherlief und ab und an stehen blieb, um eines der Boote zu bestaunen und seinen Besitzer in endlose Fachsimpeleien zu verwickeln. Am meisten fürchtete Griet aber die dritte Gruppe: spielende Kinder. Man glaubte nicht, welchen Lärmpegel sie entfalten konnten. Sie waren schlimmer als die Kampfjets, die vom nahe gelegenen Fliegerhorst zu ihren Übungsflügen nach Vlieland starteten.

»Goeie jûn!«, hörte sie eine Stimme hinter sich.

Griet wandte sich um und sah den Postboten, der sein Fahrrad am Straßenrand abgestellt hatte, über die verschneite Wiese auf sich zukommen. Die Boote in der Gracht befanden sich am Ende seiner Route, und nicht selten bekam Griet die Post erst zum Abendessen.

Mit diesem Umstand konnte sie sich noch abfinden. Wesentlich schwerer tat sie sich hingegen mit dem *Fries,* dem friesischen Dialekt, der sogar als eigene Sprache anerkannt war. Die Bewohner von Leeuwarden pflegten zu allem Überfluss eine eigene Form, das *Liwwadders,* was die Verständigung manchmal zusätzlich erschwerte. Wollte man jemandem guten Appetit wünschen, sagte man nicht *eet smakelijk,* sondern *lekker ite, koffie* hieß hierzulande *kofje,* und statt mit *goedenavond* begrüßte man sich um diese Uhrzeit mit *goeie jûn.*

Die Liebe zur eigenen Sprache und Kultur ging so weit, dass es, wie Griet erfahren hatte, hier im Norden sogar die FNP, die *Fryske Nasjonale Partij* – Friesische Nationale Partei – gab. Sie war ein Kuriosum der niederländischen Parteienlandschaft und schaffte es meistens gerade über die Fünf-Prozent-Hürde. Die Nationalfriesen sahen sich nicht einfach als normale Niederländer, sondern als eigenes Volk, mit eigener Sprache und Kultur, dessen Rechte und Interessen es zu vertreten galt. Vor allem sprachpolitische Aufgaben standen auf der Agenda der Partei, was im Alltag zu abstrusen Situationen führen konnte.

Griet hatte mit einem Vertreter der FNP Bekanntschaft gemacht, als sie neulich einen neuen Personalausweis beantragt hatte. Er hatte beharrlich *Liwwaddders* gesprochen, sodass sie Mühe gehabt hatte, ihr Anliegen verständlich zu machen. Und natürlich hatte ihr Gegenüber nicht daran gedacht, einfach ins gewöhnliche Niederländisch zu wechseln.

Der Postbote drückte Griet einen Packen Briefe in die Hand, griff sich an die Mütze und brummte: »*Oant moarn* – bis morgen.« Man verlor hier oben im Norden nicht unnötig Worte.

Griet ging zu den beiden hölzernen Flügeltüren, deren Fenster mit Messingsprossen versehen waren, öffnete sie und kletterte den Niedergang, die schmale Holztreppe, die ins Innere des Schiffs führte, hinunter. Direkt neben der Stiege befand sich eine Kochnische. Griet setzte heißes Wasser auf, ging dann zum Navigationspult hinüber, um am Sicherungspaneel den Schalter für das Licht umzulegen. Pieter hatte alle Sicherungen ausgetauscht, sodass Griet nicht mehr mit der Faust gegen das Paneel schlagen musste, damit es hell unter Deck wurde.

Der Innenraum des Schiffs war beengt, und Griet musste mit ihren einen Meter achtzig Körpergröße leicht gebeugt gehen. Den Raum in der Mitte des Boots hatte ihr Vater immer den Salon genannt, was sie anfangs für einen Euphemismus gehalten hatte, inzwischen leistete sie ihrem alten Herrn aber nachträglich Abbitte, denn hier war tatsächlich der meiste Platz auf dem Schiff.

Mit einer dampfenden Tasse Earl Grey in der Hand setzte Griet sich an den ausklappbaren Esstisch, der mittig im Salon montiert war und ihr gleichzeitig auch als Wohnzimmertisch und Arbeitstisch diente.

Die Briefe, die sie anhand der Absender eindeutig als Rechnungen identifizieren konnte, legte sie zunächst zur Seite. Dann stieß sie auf eine selbst gedruckte Postkarte mit einem Foto auf der Vorderseite. Es zeigte eine junge Frau, die in dunkelblauem Kostüm und James-Bond-Pose – die eine Hand zur Pistole geformt – vor einer Polizeistation stand. Unter der Weihnachtsmütze, die sie trug, ragten schwarze Rastalocken hervor. Den Eingang des Gebäudes hinter ihr umrahmten vier Steinsäulen, darüber stand in großen Lettern:

Charing Cross Police Station. Griet drehte die Karte um und las den Text:

Hallo Griet! Meine letzten Tage im Dienst Ihrer Majestät. Weihnachten bin ich wieder zu Hause. Hoffe, wir sehen uns dann. Ihr fehlt mir! Groetjes Noemi

Griet warf einen Blick auf den Poststempel, die Karte war vergangene Woche abgeschickt worden.

Noemi Bogaard hatte mit Griet und Pieter in der Mordsache auf Vlieland ermittelt. Noemi besaß großes Talent, legte allerdings oft ein ungestümes und eigenmächtiges Verhalten an den Tag. Im Laufe der Ermittlungen hatte sie einen jungen Mann der Tat verdächtigt und auf ihn schießen müssen, als dieser einen Kollegen mit dem Messer attackiert hatte. Der Junge war an den Folgen der Schussverletzung gestorben, hatte sich später aber als unschuldig herausgestellt. Die internen Ermittlungen kamen zu dem Schluss, dass Noemi in dieser Situation nicht anders hatte handeln können. Allerdings blieb die Frage offen, ob sie den Jungen, einen labilen Charakter, mit ihren Verdächtigungen nicht erst in diese Lage gebracht und ihn praktisch zu einer Kurzschlussreaktion verleitet hatte.

Wim Wouters, der Leiter der *Districtsrecherche,* hatte Noemi vom Dienst suspendieren wollen. Doch wie sich herausstellte, war sie ein persönlicher Protegé des Polizeichefs. Und dieser hatte als Kompromiss eine Bestrafung vorgeschlagen, die eigentlich keine war: Noemi wurde in das Austauschprogramm abgeschoben, das die *politie* mit anderen europäischen Polizeibehörden unterhielt, und landete für ein Jahr beim

Metropolitain Police Service, besser bekannt als Scotland Yard. Wouters konnte mit dieser Lösung gut leben, denn viele Kollegen mit Auslandserfahrung empfahlen sich für höhere Weihen, und er spekulierte wohl darauf, dass Noemi nach ihrer Rückkehr nicht mehr zur *Districtsrecherche* zurückkommen würde.

Griet hatte Noemi zu ihrer eigenen Überraschung in den vergangenen Monaten vermisst. Der Ärger, den die junge Frau ihr eingebrockt hatte, war zwar mit ein Grund, warum sie und Pieter bei den Cold Cases gelandet waren. Dennoch mochte sie Noemi. Ihre engagierte, manchmal brachiale Art, sich im Dienste der Wahrheitsfindung über alle Hindernisse und Vorschriften hinwegzusetzen, hatte Griet an sich selbst erinnert. In jungen Jahren war sie ähnlich ungestüm zu Werke gegangen, was ihrer Karriere nicht abträglich gewesen war.

Griet legte die Karte von Noemi beiseite und schnappte sich den Teddybären, der neben ihr auf der Sitzbank lag.

Auf dem Weg nach vorne in die Koje schaltete sie das alte Autoradio an, das in einem Schlitz neben dem Sicherungspaneel verbaut war. Es lief, wie fast nicht anders zu erwarten, ein Bericht über den Elfstedentocht.

Seit den ersten Frostnächten dominierte die Frage, ob dieses Jahr erneut ein Rennen stattfinden würde, die Berichterstattung. Der Radioreporter unterhielt sich gerade mit Lieke Dijkstra, der Vorsitzenden der *Koninklijke Vereniging de Friesche Elf Steden,* der Organisation, die den Elfstedentocht ausrichtete. Es ging um ihre eigenen Erlebnisse beim letzten Rennen von 1997, das sie als eine von wenigen Amateurläuferinnen erfolgreich beendet hatte. Dann analysierten die beiden die Chancen auf eine Neuauflage des Elfstedentocht. Alles schien sich in dem kleinen Örtchen Sloten zu entscheiden, in dessen Gracht das Eis nicht dick genug werden wollte …

Weiter hörte Griet nicht zu.

In Thorn, dem limburgischen Städtchen, in dem sie aufgewachsen war, gab es ein Sprichwort: *Die gaat van het land op het ijs is niet wijs.* Sinngemäß: Wer sich vom Land auf das Eis wagt, ist nicht ganz bei Trost. Und so hatte Griet es auch immer gehalten. Sie hatte das Schlittschuhlaufen zwar in der Kindheit erlernt – die Schulen kümmerten sich nicht um überkommene Volksweisheiten –, doch sie hatte nie ein Faible dafür entwickelt. Anders als bei ihren Landsleuten rangierte daher der Elfstedentocht bei Griet auf einer Ebene mit anderen Großereignissen wie zum Beispiel einer Fußballweltmeisterschaft oder den Olympischen Spielen. Für sie waren dies reine Nebensächlichkeiten, und sie wünschte sich, ihre Mitmenschen würden sich mit gleicher Inbrunst und Begeisterung den wesentlichen Fragen der Zeit widmen.

Griet zog den Kopf ein, als sie in die vordere Koje ging. Der Raum hatte ursprünglich Platz für vier Etagenbetten geboten. Ihr Vater hatte ihn so umgebaut, dass ein Doppelbett, ein Nachttisch, ein schmaler Kleiderschrank sowie ein Bücherregal hineinpassten. Griet setzte sich auf die Matratze und legte den Teddybären auf das Kopfkissen neben dem ihren. Dort würde bald ihr kleiner Gast nächtigen.

Die Weihnachtsferien begannen kommende Woche, und nach Heiligabend kam ihre Tochter Fenja für ein paar Tage zu Besuch. Einerseits freute sich Griet darauf, andererseits machte sie die Aussicht, eine längere Zeit mit ihrem Kind zu verbringen, nervös. Sie war nicht gut in Familiendingen, und hatte als Mutter für ihr eigenes Dafürhalten bislang auf ganzer Linie versagt.

Wenn eine Frau ein Kind bekam, ging alle Welt davon aus, dass sie sich begeistert in ihre Rolle als Mutter einfand und damit glücklich war. Bei vielen mochte das der Fall sein. Doch für Griet galt dies nicht. Sie dachte mit Grauen an die Schwangerschaft zurück, als sie sich über Monate wie eine trächtige Kuh gefühlt hatte. Danach die schlaflosen Nächte, das nervenzehrende Geschrei, die endlos öden Tage, die sie zwischen Wickelkommode, Stillkissen und Kinderbettchen verbrachte, vollgekleckert mit Babybrei, Erbrochenem oder anderen Flüssigkeiten und Ausscheidungen.

Griet hatte sich während dieser Zeit nichts sehnlicher gewünscht, als wieder ihrer Arbeit nachzugehen. Und dafür hatte sie sich geschämt. Es hatte sich angefühlt, als stimme etwas nicht mit ihr, ein Systemfehler in ihrer Natur als Frau.

Fenja war einige Monate nach dem traumatischen Ereignis im Rotterdamer Hafen zur Welt gekommen. Fleming, Griets Ex-Mann, hatte daher zunächst Verständnis gezeigt, natürlich auch, weil Griet ihm nie die Wahrheit über ihre Beziehung mit Bas gebeichtet hatte. Sie hatte es einfach nicht übers Herz gebracht. Doch irgendwann hatte sie auch nicht länger mit der Lüge leben können. Sie trennte sich von Fleming und flüchtete nach Leeuwarden.

Ihre Tochter war bei Fleming geblieben. Er war ein erfolgreicher Krimiautor, dessen Bücher inzwischen sogar fürs Fernsehen verfilmt wurden – woran Griet ihren Anteil trug, da sie ihn immer mit inspirierenden Geschichten aus dem Polizeialltag versorgt hatte. Nach der Trennung hatte sich

Fleming jedenfalls eine Auszeit genommen, um ganz für Fenja da zu sein.

Der Besuch ihrer Tochter war nun ein erster Schritt bei dem Versuch, eine neue Basis für die Beziehung zu Fenja zu finden. So gesehen, hatte die Arbeit an den Cold Cases auch etwas Gutes, dachte Griet. Sie hatte in ihrem Leben noch nie so viel Zeit gehabt. Ihr Dienst begann und endete zu festen Zeiten, es gab keine Überstunden, Nacht- oder Wochenendschichten, und sie musste sich nicht in Situationen begeben, von denen sie nicht wusste, ob sie sie lebend überstehen würde.

Gerade nach dem Erlebnis von heute Morgen war sie überzeugter denn je, dass das Schicksal sie auf verschlungenen Wegen an die richtige Stelle geführt hatte. Die Zukunft gehörte jungen Kollegen und Kolleginnen wie Noemi Bogaard. Für sie selbst war es an der Zeit, sich in die zweite Reihe zurückzuziehen. Dort hatte sie Gelegenheit, die Scherben ihres Lebens einzusammeln und zusammenzukleben.

Vom Deck her erklang plötzlich Männergesang.

Griet sprang auf und eilte durch den Salon, wobei sie mit dem Kopf an einem der niedrigen Deckenbalken anschlug. Sie massierte sich die Stirn, während sie den Niedergang hoch ins Freie hinaufstieg.

An Deck stand Pieter, in eine dicke Winterjacke gepackt, die karierte Schiebermütze auf dem Kopf, und sang. *»Sien ik weer naar de Oldehove, voelt mien hart weer geel en blauw, want dat gevoel kan niemand dove, dat is de stad waar ik van hou …«*

Griet folgte seinem Blick, der zum Kirchturm des *Oldehove* ging, der inzwischen hell erleuchtet war.

»Entweder liebst du deine Stadt wirklich über alle Maßen«, stellte Griet fest, »oder du willst dich mit dem Katzengejammer dafür rächen, dass ich dich heute Morgen erschossen habe.«

»Das ist ein sehr bekanntes Volkslied von Ricky Junior van Daalen.« Pieter lächelte. »Also, ja, ich liebe meine Stadt. Und nein, ich bin nicht nachtragend. Im Gegenteil, ich dachte, es wäre gut, wenn du heute Abend nicht allein bist. Die Regierung hat mir Freigang erteilt.«

»Die Regierung?«

»Meine Frau.« Er nahm das Paar Schlittschuhe, das er über der Schulter trug, und hielt es Griet hin. »Wie wäre es?«

»*Serieus* – im Ernst?« Griet legte die Stirn in Falten. »Du weißt, was ich vom Schlittschuhlaufen halte.«

Pieter hielt den Zeigefinger in die Höhe. »Erstens … Man lernt eine Stadt nur wirklich kennen, wenn man sie vom Eis aus betrachtet.« Der Mittelfinger gesellte sich zum Zeigefinger. »Zweitens … Das Christkind wird uns dieses Jahr einen Elfstedentocht zum Fest bescheren. Da bin ich mir sicher. Und Pieter de Vries wird dann am Start sein und das Rennen seines Lebens fahren. Das Training beginnt heute!«

Griet verdrehte innerlich die Augen. Sie ahnte, worauf das hinauslief. Wenn der Kollege sich etwas in den Kopf gesetzt hatte, standen die Chancen, ihn davon abzubringen, ziemlich schlecht. Andererseits hatte er vermutlich recht, ein wenig frische Luft täte ihr gut.

Griet seufzte, stieg zurück ins Schiffsinnere und holte ihren olivgrünen Parka, Handschuhe und eine Wollmütze. Wieder an Deck, band sie sich die blonden Haare zusammen.

»Schreib dir eins hinter die Ohren«, sagte sie mit dem Haargummi zwischen den Zähnen. »Nichts und niemand werden mich jemals dazu bringen, zweihundert Kilometer auf Schlittschuhen zurückzulegen!«

Pieter grinste. »Das werden wir noch sehen.«

3

EIN JUNGE NAMENS SJOERT

Sie glitten lautlos durch die Nacht, vorbei an den hell erleuchteten Häusern der *Noordersingel* auf der einen und dem *Prinsentuin* auf der anderen Seite. Leichte Schneeflocken fielen vom Himmel und wehten ihnen entgegen.

Trotz ihrer anfänglichen Abneigung konnte Griet eine gewisse Freude nicht verbergen. Leeuwarden auf dem Eis zu erkunden, rückte tatsächlich alles in eine neue Perspektive. Rechts von ihnen lagen die Neubaugebiete, links das historische Zentrum. Ein wenig konnte sie sich vorstellen, wie die Stadt früher auf die Bauern, Händler oder Reisenden gewirkt haben musste, wenn sie aus den umliegenden Dörfern oder von weit her mit Pferden, Karren und Waren angereist waren und vor dem *singel* hatten haltmachen müssen, bis man ihnen Einlass gewährte.

Die Gracht beschrieb einen weiten Bogen und führte sie zur *Vrouwenportbrug*. Im Schatten des *Oldehove* standen dort im Halbkreis aufgebaut ein halbes Dutzend kleinere Holzhütten und Zelte auf dem Eis, die mit bunten Lichterketten miteinander verbunden waren. Zahlreiche Menschen hatten sich in dem Halbrund versammelt und unterhielten sich mit dampfenden Bechern in den Händen.

»Ich dachte, wir gönnen uns eine kleine Stärkung«, meinte Pieter. »Sonst kommen wir nicht weit.«

Griet blickte flüchtig auf die Uhr an ihrem Handgelenk. Pieter hatte offenbar seine eigene Vorstellung von Training; sie waren keine zehn Minuten unterwegs gewesen. Andererseits wusste Griet, wie wichtig ihrem Kollegen die Einnahme regelmäßiger Mahlzeiten war.

Pieter deutete auf ein Rundzelt, das etwas größer war als die umstehenden. »Das beste *koek en zopie* in der Stadt.«

Noch bevor Griet ihn fragen konnte, was genau er damit meinte, war er durch den Eingang verschwunden. Sie folgte ihm.

Das Innere des Zelts war spärlich beleuchtet, mit antiken Gaslampen, die auf Stehtischen standen. Stimmengewirr lag in der Luft, es roch nach Erbsensuppe, Glühwein und Kuchen. Unter den Umstehenden erkannte Griet einige Kollegen, die sie mit einem kurzen Nicken grüßten.

»Ein echtes Stück friesische Tradition«, stellte Pieter mit Stolz in der Stimme fest. Er erklärte ihr, dass die ersten *koek en zopies* im 17. Jahrhundert entstanden waren, dem Goldenen Zeitalter der Niederlande. Unter dem Einfluss der kleinen Eiszeit, mit extrem kalten und langen Wintern, kultivierten die Leute damals das *ijspret,* das Vergnügen auf dem Eis. Sie bauten Zelte und kleine Hütten auf den gefrorenen Grachten, Kanälen und Seen. Dabei war der Begriff Vergnügen weit gefasst: Neben Glücksspiel und reinen Ess- und Trinkzelten, den *koek en zopies* eben, gab es auch Etablissements, in denen sich Damen gegen Bares auf andere Art und Weise um das leibliche Wohl kümmerten. Ränge und Stände spielten auf dem Eis keine Rolle, Prinzen und Grafen wärmten sich am selben Feuer wie Seilmacher, Huren oder Gauner.

»Dann war das Eis so eine Art mittelalterlicher Vergnügungspark?«, fragte Griet.

»Ja«, meinte Pieter und grinste, »allerdings hatte das bunte Treiben einen Hintergrund: Die Aufbauten auf dem Eis, also auch die *koek en zopies,* waren allesamt von den sonst üblichen Steuern und Abgaben ausgenommen.«

Griet ließ sich von Pieter zu einer behelfsmäßigen Theke führen, die aus gestapelten Europaletten bestand, auf denen eine breite Holzplatte befestigt war. Dahinter stand ein kleiner Mann mit Glatze, der gerade in einem Kochtopf rührte.

»Joop«, machte Pieter den Mann auf sich aufmerksam. »Darf ich dir Griet Gerritsen vorstellen, den heimlichen Star der *Districtsrecherche?*«

Der Mann sah auf und machte ein erfreutes Gesicht. »*Pieter, dat is lang geleden, leuk je te zien* – das ist lange her, schön, dich zu sehen.« Sie reichten sich die Hand.

»Joop hatte früher mal eine Kneipe«, erklärte Pieter. »Abends hat sich dort immer das ganze Revier getroffen.«

»Das war damals, als Pieter noch in seine Streifenuniform passte«, meinte Joop und stieß ein kehliges Lachen aus. Er reichte Griet die Hand. »Freut mich, dich kennenzulernen, Griet Gerritsen. Mir kommt noch immer manches zu Ohren. Und was dich betrifft, scheint Pieter nicht zu übertreiben.«

»Gerüchte«, antwortete Griet. »Vermutlich stimmt nicht mal die Hälfte.«

Wim Wouters hatte zwar dafür gesorgt, dass Pieter und sie seit beinahe einem Jahr an keinem heißen Fall mehr beteiligt gewesen waren, doch den Flurfunk hatte er nicht abstellen können. Und so hatte sich herumgesprochen, wie Griet sich bei den Ermittlungen auf Vlieland über den Kopf von Wouters hinweggesetzt, den Fall trotz aller Widrigkeiten gelöst und mit ihren Entscheidungen dabei am Ende noch die Reputation der *politie* bewahrt hatte. Bei den Kollegen hatte ihr das Respekt eingebracht.

Joop stellte zwei dampfende Becher vor Griet und Pieter auf die Theke. »*Een zopie* – ein Schnäpschen?«

»*Bedankt*«, meinte Pieter, winkte aber ab. »Ich muss noch fahren.«

»Hab dich nicht so. Auf alte Zeiten.«

Pieter gab nach, und sie prosteten sich zu. Auch Griet probierte einen Schluck und musste husten. Das *zopie* schmeckte, als habe eine Brauerei ihre gesamten Alkoholvorräte mit verdorbenen Gewürzen zusammengepanscht.

»Gut, was?« Joop lehnte sich auf die Theke. »Das ist *zopie* nach Originalrezept aus dem 17. Jahrhundert.«

»Müssen harte Zeiten gewesen sein«, meinte Griet. »Was zum Teufel ist da drin?«

Joop grinste und lehnte sich über die Theke. »Du bringst zuerst Dunkelbier zum Kochen. Auf einen Liter eine Prise Zimt, dazu zwei Gewürznelken und zwei Scheiben Zitronen. Dann nach zwanzig Minuten die Kräuter und die Zitrone rausholen und etwa 120 Gramm braunen Zucker reingeben. Und anschließend noch zwei rohe Eier. Die binden mit dem Zucker das Bier. Zum Schluss noch zwei Deziliter Rum.«

Griet betrachtete den Becher in ihrer Hand. Vielleicht sollte sie mit dem Zeug die Heizung ihres Schiffs befeuern.

»Noch eins?«, fragte Joop.

Griet schüttelte vehement den Kopf, woraufhin Joop wieder in sein kehliges Lachen ausbrach.

»Griet bewohnt ganz in der Nähe ein Schiff auf der *Noorderstadsgracht*«, schaltete sich Pieter ein, und Griet war ihm dankbar, dass er das Gespräch von dem furchtbaren Schnaps wegführte.

»So ein Jammer.« Joop schnalzte mit der Zunge. »Früher hättest du dort beim Elfstedentocht in der ersten Reihe gesessen.«

»Warum?«, fragte Griet.

»Bis 1956 befand sich der Zielstrich auf der *Noorderstadsgracht*«, erklärte Pieter.

»Das waren noch Zeiten«, sagte Joop. »Das Feld bestand mehr oder weniger aus Amateurläufern. Selbst ein einfacher Bauernjunge konnte über Nacht zum Helden werden. Auf der *Noorderstadsgracht* gab es einige dramatische Entscheidungen.«

»O ja«, sagte Pieter mit glänzenden Augen. »Der *Pact van Dokkum!*«

»Natürlich«, meinte Joop, »das wird man nie vergessen.«

»Jongens«, sagte Griet, »ich komme nicht mit.«

»Erzähl du es, Pieter«, meinte Joop.

Bei dem Pakt von Dokkum, so erfuhr Griet, handelte es sich um eine Absprache der fünf Läufer, die das Rennen von 1940 angeführt hatten. Die Gruppe lag so weit in Führung, dass sie sich im Städtchen Dokkum eine Pause gönnten. Sie waren zu dem Zeitpunkt schon so lange gemeinsam unterwegs gewesen, dass sie sich verbrüderten und beschlossen, zusammen Hand in Hand über die Ziellinie zu laufen. Als sie schließlich auf die *Noorderstadsgracht* einbogen, hielt sich einer von ihnen, Auke Adema, nicht an die Abmachung und sprintete davon. Piet Keijzer setzte ihm nach, holte ihn sogar noch ein, doch da die Zuschauer bereits in Massen auf das Eis strömten, war nicht mehr auszumachen, wer von den beiden als Erster die Ziellinie passierte. Als die Jury später von dem gebrochenen Pakt erfuhr, beschloss sie kurzerhand, alle fünf Läufer zu Siegern zu erklären.

»Und noch heute kennt jedes Kind hier in *Fryslân* ihre Namen«, schloss Joop andächtig.

»Noch verrückter war nur der Zieleinlauf 1954«, sagte Pieter. »Anton Verhoeven lag vor Jeen van den Berg in Führung. Als er das Schild mit der Aufschrift *Finish* passierte, riss er die Arme in die Luft und begann zu feiern …«

»… aber offenbar hatte er seine Brille vergessen«, stieg Joop grinsend ein. »Denn ihm war entgangen, dass unter dem Wort *Finish* der Zusatz stand: *in 500 Metern.*«

»Jeen van den Berg fiel der Irrtum als Erster auf. Er lief weiter und ging als Sieger über die echte Ziellinie auf der *Noorderstadsgracht*«, beschloss Pieter.

»Dann wohne ich wirklich auf geschichtsträchtigem Gebiet«, sagte Griet, und zum ersten Mal keimte in ihr eine Ahnung auf, warum der Elfstedentocht eine solche Faszination ausübte.

»So«, meinte Pieter. »Und jetzt ist es Zeit für einen Teller von Joops famoser *snert.*«

Auch in Limburg, wo Griet herstammte, war *snert* der weniger feine Ausdruck für Erbsensuppe. Joop trug ihnen zwei große Teller davon auf, schnitt dazu für jeden eine frische Scheibe Graubrot ab, und im Gegensatz zum *zopie* schmeckte die Suppe vorzüglich. Griet sortierte lediglich die

Speck- und Wurststückchen aus und schob sie an den Rand. Sie hatte vor langer Zeit das Fleischessen aufgegeben, nachdem eine Ermittlung sie in einen Schlachthof geführt hatte. Sie hoffte, dass Joop es nicht als Affront auffasste, doch so weit kam es gar nicht, da Pieter den Speck mit Freuden auf seinen Teller schaufelte.

Nach einer Weile gesellte sich Joop wieder zu ihnen.

»Griet, wenn du eine echte Leeuwarderin werden willst«, sagte er, »solltest du wissen, dass es in dieser Stadt nur zwei wahre Helden des Elfstedentocht gibt: Kaarst Leemburg und Mart Hilberts.«

Griet machte ein fragendes Gesicht, woraufhin Pieter ihr zwischen einem Löffel Suppe und einem Bissen Graubrot erzählte, dass Kaarst Leemburg 1929 als erster und bislang einziger Leeuwarder den Elfstedentocht gewonnen hatte – mit einem abgefrorenen Zeh als Andenken, den man ihm hatte amputieren müssen.

»Der Elfstedentocht ist heute ein Volksfest«, sagte Joop, das Gesicht halb im Schatten, halb im Schein der Gaslaterne. »Dabei vergessen die meisten, dass es ein Kampf von Mensch gegen Natur ist. Zweihundert Kilometer gegen Wind und Kälte. Manche haben dafür mit dem Leben bezahlt.«

»Und kein anderer aus Leeuwarden hat sich der Herausforderung so oft gestellt wie Mart Hilberts«, sagte Pieter. »Er fuhr zum ersten Mal ’63 mit, da war er gerade achtzehn, das Mindestalter für die Teilnahme. Danach lief er die Rennen von ’85 und ’86 und zuletzt ’97. Er gewann keines der Rennen, gab aber nie auf, und kam immer völlig erschöpft ins Ziel. Seine Hartnäckigkeit hat ihm den Respekt der Leute eingebracht.«

»Tja … und jetzt ist unser Mart im Elfstedenhimmel«, sagte Joop. Er nahm drei Becher, füllte sie mit *zopie* und reichte sie ihnen. »Auf Mart.«

Pieter und Joop tranken ihr *zopie* in einem Zug leer, Griet nippte nur daran und stellte den Becher wieder auf die Theke.

»Haben sie Sjoert denn gefunden?«, fragte Pieter.

»Nein«, erwiderte Joop, »traurigerweise nicht.«

»Wer ist denn nun wieder Sjoert?«, hakte Griet nach.

»Bei seinem letzten Rennen, 1997, lief Mart mit einem Jungen namens Sjoert über die Ziellinie«, erzählte Joop. »Mart hatte damals schon seine besten Zeiten hinter sich. Zu viele selbst gedrehte Zigaretten und *pilsjes.* Soweit bekannt, hatte er auf der Hälfte des Rennens einen Einbruch, saß am Streckenrand und dachte ans Aufgeben. Da stand plötzlich dieser Sjoert vor ihm. Der Junge hatte ihn offenbar erkannt und trieb ihn an, das Rennen mit ihm gemeinsam fortzusetzen. Sjoert war allein unterwegs und hoffte wohl, von Marts großer Erfahrung zu profitieren. Mart hängte sich dafür in den Windschatten des Jungen. Sie schafften es tatsächlich bis ins Ziel. Eine wunderbare Geschichte von Brüderlichkeit zwischen Jung und Alt.«

Pieter trank noch einen Schluck *zopie* und sagte dann: »Danach sahen sich die beiden nie wieder. Vor wenigen Monaten erfuhr Mart, dass er Lungenkrebs im Endstadium hat. Da hatte er den Wunsch, seinen alten Freund Sjoert noch einmal zu sehen. Dummerweise kannte er nur den Vornamen des Jungen, was die Suche nicht gerade einfach gestaltete.«

»Es stand sogar in der Zeitung«, sagte Joop. »Trotzdem war dieser Sjoert nicht ausfindig zu machen. Mart ist vor zwei Wochen gestorben, ohne seinen Freund noch einmal zu sehen.«

Pieters *mobieltje* klingelte. Während er das Smartphone aus der Jackentasche zog, wurde Griet bewusst, dass sie ihres auf dem Schiff gelassen hatte. Pieter nahm den Anruf entgegen und hörte zu.

»Verstehe«, sagte er schließlich. »Wir sind auf dem Weg.«

Er beendete das Gespräch und blickte Griet verwundert an.

»Das war Wouters«, sagte er. »Wir sollen nach Sloten fahren. Dort haben sie eine Leiche aus der Gracht gezogen.«

4
DIE TOTE IN DER GRACHT

Die Schneeflocken legten sich sofort in einer dicken Schicht auf die Windschutzscheibe, als Griet den dunkelblauen Volvo D40 in die Ortsmitte von Sloten steuerte und auf der *Dubbelstraat* neben dem blau-weißen Absperrband mit der Aufschrift *politie* zum Stehen brachte. Pieter hatte ihr bereitwillig das Steuer überlassen und auf der Fahrt eine halbe Rolle King Pfefferminz gegessen, um die Nachwirkungen der zwei Becher *zopie* zu übertünchen, die er getrunken hatte. Während die Scheibenwischer mit dem immer dichteren Schneefall gekämpft hatten, hatte Griet über Wim Wouters nachgedacht. Warum beorderte er sie urplötzlich zu einem Leichenfund, nachdem er sie monatelang bei den Cold Cases hatte versauern lassen? Griet kannte ihren Vorgesetzten inzwischen gut genung, um zu ahnen, dass es dafür eigentlich nur eine Erklärung gab, auch wenn sie nicht sonderlich schmeichelhaft für sie und Pieter war: Es gab niemand anderen, den Wouters schicken konnte; er hatte schlichtweg zu wenig Personal. Die Kollegen waren neben ihren gewöhnlichen Aufgaben in die Vorbereitung des Elfstedentocht eingebunden, und viele schoben Wochenendschichten, um die zusätzliche Arbeit bewältigen zu können. Bei den ungelösten Fällen, mit denen sich Griet und Pieter befassten, bestand hingegen keine Dringlichkeit.

Außerdem vermutete Griet, dass Wouters den Leichenfund in Sloten als Routine einstufte. Er hatte Pieter am Telefon gesagt, dass die Tote von einer Brücke in die Gracht gestürzt und ertrunken war. Allem Anschein nach ein Unfall. Bei einem solchen notierte der Arzt eine nicht natürliche Todesursache, was wiederum die *Districtsrecherche* auf den Plan rief, die dem üblichen Prozedere folgend überprüfte, ob es sich tatsächlich um ein Unglück handelte oder ob nicht doch jemand nachgeholfen hatte.

Griet öffnete die Fahrertür und stieg aus. Das flackernde Blaulicht eines in der Nähe geparkten Streifenwagens spiegelte sich in den Fenstern der umliegenden Häuser.

Im Sommer hatte Griet auf der *Noorderstadsgracht* regelmäßig Touristen als Nachbarn gehabt, die mit ihren Motorbooten und Segeljachten *Fryslân* erkundet hatten. Daher wusste sie, dass Sloten unter Wassersportlern als beliebtes Ziel galt. Beim Anblick des Ortszentrums verstand sie, warum dies so war.

Vom *Slotermeer* im Norden kommend, führte eine schnurgerade Gracht mitten durch den Ort. Zu beiden Seiten standen dicht an dicht niedrige Backsteinhäuser, teils mit weißen Sprossenfenstern, teils mit grünen oder braunen Schlagläden. Die Schweif- oder Stufengiebel der Gebäude waren mit aufwendigen Ornamenten verziert. Knorrige, laublose Bäume säumten zu beiden Seiten die Ränder der Gracht, und die Wege waren mit klobigen Kopfsteinen gepflastert.

Griet fühlte sich um Jahrhunderte in der Zeit zurückversetzt und musste sich bewusst darauf konzentrieren, die Szenerie, die sich ihr bot, mit professionellen Augen zu analysieren.

In Sloten führten drei Brücken über die vereiste Gracht: Eine Autobrücke für den Durchgangsverkehr, dort, wo sie und Pieter standen. Eine Holzbrücke für Fußgänger, ungefähr in der Mitte der Gracht. Und am entfernten Ende eine bogenförmige Steinbrücke, neben der eine Windmühle thronte, von deren Flügeln Eiszapfen herabhingen.

Die Tote musste von der Steinbrücke in die Gracht gestürzt sein – im Eis unter ihr klaffte ein großes Loch.

Die Kriminaltechniker waren bereits mit der Spurensicherung befasst und begutachteten in weiße Schutzanzüge gehüllt den Fundort. Am Fuß der Steinbrücke war ein Zelt aufgebaut, in dem sich, wie Griet vermutete, die Leiche befand. Ein Polizeifotograf machte Bilder.

In der Nähe der weißen Fußgängerbrücke standen neben einem Rettungswagen zwei *wijkagenten* des örtlichen *basisteams,* das für die Gemeinde Sloten zuständig war. Die Streifenkollegen unterhielten sich mit einer Frau und zwei Männern, von denen der Jüngere in eine silber-goldene Rettungsdecke gehüllt im Krankenwagen auf einer Trage saß.

Griet und Pieter gingen unter dem Absperrband hindurch

bis an den Rand der Gracht. Eine Frau kam auf sie zu, öffnete im Gehen den Reißverschluss ihres Schutzanzugs und schob die Kapuze nach hinten. An den langen weißen Haaren und den gleichfarbigen Augenbrauen erkannte Griet, dass es sich um Noor van Urs handelte, die Leiterin der Kriminaltechnik.

»Schön, dass wir mal wieder zusammenarbeiten«, sagte sie mit einem Lächeln. »Hat Wouters euch schon ins Benehmen gesetzt?«

»Er war nicht besonders auskunftsfreudig«, antwortete Griet. »Wir wissen nur, dass eine Frau tot in der Gracht gefunden wurde.«

»Ja, so wie es aussieht, ist sie von der Brücke dort drüben gefallen.« Noor wandte sich um und deutete auf die Steinbrücke unterhalb der Windmühle. Dann blickte sie mit einem Nicken zu den *wijkagenten* hinüber, die sich weiter mit der Frau und den beiden Männern unterhielten. »Die drei haben sie aus dem Wasser gezogen.«

»Habt ihr die Frau identifiziert?«

»In ihrem Portemonnaie haben wir ihren Ausweis gefunden. Ihr Name war Jessica Jonker. Alter fünfundzwanzig.«

»Wisst ihr, warum sie gestürzt ist?«, fragte Pieter.

»Nein. Bislang gibt es zumindest keine Spuren, die auf ein Fremdeinwirken hindeuten.« Noor rieb die Hände aneinander. »In der Jacke der Toten haben wir ein *mobieltje* und einen Autoschlüssel gefunden. Der Wagen parkte in der Nähe. Auf dem Beifahrersitz lag ein Laptop. Ich geb beides zur Auswertung an die *digitale recherche* weiter.«

Noor zog den Reißverschluss ihres Anzugs wieder zu. »Verflucht kalt heute Nacht. Ich sehe mal zu, dass wir fertig werden.« Sie überreichte ihnen zwei weiße Overalls. »Von meiner Seite wäre das auch erst mal alles. Mei ist im Zelt bei der Leiche.«

Mei Nakamura war die Rechtsmedizinerin vom Forensischen Institut des GGD in Leeuwarden. Griet hatte sie im Zuge der Vlieland-Ermittlungen kennengelernt.

»Du sprichst mit den Zeugen«, sagte Griet zu Pieter und schob mit einem Blick auf das flackernde Licht des Streifenwagens hinzu: »Und sag den Kollegen, sie sollen das Ding ausmachen.«

Sie streifte sich den Schutzanzug über und ging auf das Zelt neben der Gracht zu. Die Häuser, an denen sie vorbeischritt, waren nahtlos aneinandergebaut, und die meisten Wohnzimmerfester gingen nach vorne zur Gracht hinaus. In fast allen brannte Licht, und hier und da standen die Bewohner hinter dem Glas und beobachteten das Geschehen. Gut möglich, dass es noch weitere Zeugen gab, die gesehen hatten, was Jessica Jonker zugestoßen war. Vermutlich war es unumgänglich, alle Einwohner zu befragen, deren Haus sich direkt am Wasser befand. Griet zog ihr Moleskine aus der Jackentasche und notierte sich, die *wijkagenten* später mit der Aufgabe zu betrauen.

Sie schob die Plane am Eingang des Schutzzelts zur Seite und bückte sich, um einzutreten. Mei Nakamura, eine Asiatin, hockte neben der Leiche. Als sie Griet bemerkte, blickte sie auf.

»Mir war zu Ohren gekommen, dass Wouters euch bis in alle Ewigkeit bei den ungelösten Fällen geparkt hat«, sagte sie und blickte über den Rand ihrer runden Metallgestellbrille.

»Ich schätze, er wollte kurz vor Weihnachten noch eine gute Tat vollbringen«, erwiderte Griet und ging neben Mei in die Hocke.

Sie betrachtete die Tote. Sie war zur Hälfte noch vollständig bekleidet, trug dunkelblaue Jeans und braune Boots. Lediglich den Oberkörper hatte Mei freigelegt. Jessica Jonker hatte lange rote Haare, die wie nasser Seetang ihr schmales Gesicht bedeckten.

Griet bemerkte, wie sich ihr Magen unweigerlich verkrampfte. Fenja, ihre Tochter, hatte ebenfalls rotes Haar.

Sie wandte den Blick ab, um den Gedanken loszuwerden.

»Was den Todeszeitpunkt angeht, ist es dieses Mal eindeutig«, sagte Mei. »Einer der Auffindungszeugen hat Jessica Jonker gegen achtzehn Uhr von der Brücke stürzen sehen.«

Mei hob den Kopf der Toten vorsichtig an und drehte ihn leicht zur Seite. Am Hinterkopf war eine große Platzwunde zu erkennen.

»Vermutlich ist sie mit dem Kopf auf das Eis geschlagen«, sagte Mei. »Allerdings kann ich zum jetzigen Zeitpunkt eine Einwirkung mit einem stumpfen Gegenstand auch nicht völlig ausschließen.«

»War die Verletzung tödlich, oder ist sie ertrunken?«

»Weder noch«, antwortete Mei und legte den Kopf der Toten wieder vorsichtig ab. »Schädel und Genick sind nicht gebrochen. Möglicherweise wurde sie beim Aufprall bewusstlos. Ertrunken ist sie aber nicht, jedenfalls kann ich oberflächlich keine Anzeichen dafür erkennen, wie etwa einen Schaumpilz vor Mund und Nase.«

»Abwehrverletzungen?«

»Ebenfalls Fehlanzeige. Weder an Armen noch Händen.«

Griet betrachtete die fahle Haut der Toten, auf der sich hellrote Verfärbungen gebildet hatten. Üblicherweise waren die Leichenflecke blau oder blau-violett. »Was ist damit?«, fragte sie.

»Das hat nichts zu bedeuten«, erklärte Mei. »Es ist die Kälte, da werden die Leichenflecke rot.«

Mei nahm eine Taschenlampe aus ihrem Arztkoffer und schob die Augenlider der Toten hoch. »Auch nichts ...«

Griet ging auf die andere Seite der Leiche und hockte sich neben Mei.

»Ich kann keine Stauungsblutungen in den Bindehäuten erkennen«, sagte die Medizinerin. »Das hätte zum Beispiel auf ein Erwürgen oder Ersticken hingedeutet. Es gibt also nichts, das auf eine gewaltsame Auseinandersetzung schließen ließe.«

Sie steckte die Taschenlampe wieder weg und betrachtete den Leichnam stumm. »Nach jetzigem Stand würde ich sagen, *mevrouw* Jonker hatte einen Herzstillstand.«

»Du meinst, von dem Kälteschock, als sie in das eisige Wasser fiel?«, fragte Griet.

»Möglicherweise. Hängt davon ab, wie schnell die Helfer zur Stelle waren – und ob ich bei der Obduktion Wasser in ihrer Lunge finde. Vielleicht hat ihr Herz aber auch schon vor dem Sturz ausgesetzt ...«

Mei griff in ihren Koffer und zog einen durchsichtigen Beweismittelbeutel heraus. »Das hier steckte in ihrer Jackentasche.«

Griet nahm den Beutel entgegen und betrachtete das Plastikröhrchen mit Globuli, das sich darin befand.

»Digitalis«, erklärte Mei. »Ein Herzmittel.«

Die Rechtsmedizinerin packte ihre Sachen und erhob sich.

»Ich will mich vor der Autopsie nicht festlegen. Aber es könnte sein, dass *mevrouw* Jonker ein Problem mit dem Herzen hatte. Dann haben wir es vielleicht lediglich mit einer Verkettung unglücklicher Umstände zu tun.«

Mei verließ das Zelt, und Griet folgte ihr. Draußen sah sie zu der Steinbrücke hinüber, von der Jessica Jonker in den Tod gestürzt war. Dicke Schneeflocken fielen aus dem Nachthimmel in das dunkle Loch, das unter der Brücke im Eis klaffte.

»Du bist skeptisch?«, bemerkte Mei.

»Ich vertraue deinem Urteil. Es ist nur so …« Griet versuchte, ihre Worte mit Bedacht zu wählen, aus Angst, die professionelle Ehre der Rechtsmedizinerin zu kränken. »Was die Verkettung unglücklicher Umstände angeht, bin ich über die Jahre vorsichtig geworden. Besonders, wenn sie in Zusammenhang mit einer Leiche auftreten.«